Manfred Elberfeld
281279

Diogenes Taschenbuch 130/VII

de
te
be

Die Menschliche Komödie

Honoré de Balzac

Honorine

Erzählungen

Diogenes

MIT FREUNDLICHER GENEHMIGUNG DER
ROWOHLT VERLAG GMBH, REINBEK BEI HAMBURG
VERÖFFENTLICHT ALS DIOGENES TASCHENBUCH, 1977

100/77/E/I
ISBN 3 257 20447 7

Inhalt

HONORÉ DE BALZAC · HONORINE

HABEN DIE FRANZOSEN EBENSOVIEL ABNEIgung gegen das Reiſen wie die Engländer Luſt dazu, ſo haben wohl Franzoſen und Engländer jede in ihrer Art recht. Man findet überall Beſſeres als England, dagegen iſt es äußerſt ſchwierig, fern von Frankreich Frankreichs Reize wiederzufinden. Die anderen Länder bieten wundervolle Landſchaften. Sie haben oft einen Komfort, den es in Frankreich nicht gibt, da Frankreich gerade auf dieſem Gebiet nur ganz langſam Fortſchritte macht. Die fremden Länder entfalten Pracht, Großartigkeit und ſtrahlenden Luxus. Es fehlt ihnen nicht an Anmut und vornehmen Sitten, aber das geiſtige Leben, der Austauſch der Ideen, das Talent der Konverſation und der Attizismus, der ſo ganz zu Paris gehört, dies plötzliche und ſelbſtverſtändliche Übereinſtimmen über das, was man zwar denkt, aber nicht ſagt, die Begabung, ſich in Andeutungen zu äußern, was ſchon zur Hälfte den Reiz der franzöſiſchen Sprache ausmacht, das gibt es nirgendwo wieder. Daher welkt der Franzoſe, deſſen Ironie in der Fremde nicht recht verſtanden wird, im Ausland dahin wie ein aus der Heimaterde entwurzelter Baum. Auswandern iſt für Franzoſen etwas Widerſinniges. Viele Franzoſen geſtehen, ſchon beim Anblick des Zollbeamten ihres Vaterlandes Freude empfunden zu haben, und das iſt doch wohl die kühnſte Übertreibung des Patriotismus.

Dieſe kleine Einleitung hat den Zweck, den Franzoſen, die eine Reiſe gemacht haben, das unermeßliche Vergnügen ins Gedächtnis zu rufen, das ſie empfunden haben, wenn ſie im Salon irgendeines Diplomaten gewiſſermaßen das ganze Vaterland wie eine Oaſe in der Wüſte wiederfanden.

Diejenigen allerdings, die niemals den Asphalt der Boulevards verlaſſen haben, und für die ſchon das linke Ufer von Paris nicht mehr zu Paris gehört, werden dieſe Freude kaum begreifen können.

Paris wiederfinden! Wißt ihr, was das heißt, Ihr Pariſer? Es heißt zwar nicht, die Küche des Rocher de Cancale wiederzufinden, wie Borel ſie für Feinſchmecker, die ſie zu ſchätzen wiſſen, ſorgfältig zubereitet — ſo etwas gibt es ja nur in der Rue Montorgueil — aber eine Bedienung, die daran erinnert. Es heißt, die franzöſiſchen Weine wiederzufinden, die außerhalb Frankreichs nur dem Namen nach vorhanden und ebenſo ſelten ſind wie die Frau, von der hier die Rede ſein wird. Es heißt nicht, den Modewitz wiederzufinden, denn er iſt auf der Reiſe von Paris bis zur Grenze ſchon ſchal geworden — es iſt ein Wiederfinden des geiſtreichen, verſtändnisvollen, kritiſchen Milieus, in dem die Franzoſen leben vom Dichter bis zum Tagelöhner, von der Herzogin bis zum Gaſſenjungen.

Im Jahre 1836, als der ſardiniſche Hof in Genua reſidierte, durften ſich zwei mehr oder weniger berühmte Pariſer nach Paris zurückverſetzt glauben. Sie wohnten in einem vom franzöſiſchen Generalkonſul gemieteten Palais auf einem Hügel, auf dem letzten Ausläufer, den die Apenninen zwiſchen dem Sankt Thomas-Tor und dem berühmten Leuchtturm bilden, der alle Anſichten von Genua ſchmückt. Dies Haus iſt einer der berühmten Paläſte, wo die vornehmen Genueſer in den Zeiten, da die ariſtokratiſche Republik noch mächtig war, ihre Millionen verſchwendeten. Wenn die Dämmerung irgendwo ſchön iſt, ſo iſt ſie es ſicher in Genua: wenn es den Morgen über in Gießbächen geregnet hat, wie es dort regnet, wenn des Meeres Klarheit mit des Himmels Reinheit ſtreitet, wenn am Ufer und in den Luſtwäldchen zwiſchen den Marmorfiguren, aus deren geöffneten Rachen geheimnisvoll Waſſer rinnt, tiefes Schweigen herrſcht, wenn die Sterne funkeln, wenn des Mittelländiſchen Meeres Wellen heranrollen, zögernd nur, wie die Geſtändniſſe einer Frau, die ſie ſich nur Wort für Wort entreißen läßt — der Augenblick, in dem balſamiſche Luft voller Wohlgeruch unſere Lungen und unſere Träume durchzieht, da ein Wolluſtgefühl, das geradezu gegenſtändlich und beweglich wird wie die Atmoſphäre, ſich unſer bemächtigt, wenn wir auf unſeren Seſſeln mit dem Löffelchen in der Hand allerlei Eis und Sorbett ſchlürfen, die Stadt zu unſeren Füßen, ſchöne Frauen vor uns, — ſolche Stunden à la Boccaccio gibt es nur in Italien und an den Geſtaden des Mittelmeers.

Um den Tiſch ſaßen der Marquis di Negro, der gaſtfreundliche Berater aller reiſenden Talente, und der Marquis Damaſo Pereto, zwei als Genueſer verkleidete Franzoſen, der Generalkonſul mit ſeiner Gattin, die ſchön war wie eine Madonna, und zwei Kinder, die ruhig waren, weil ſie ſchon Schlaf hatten, der franzöſiſche Botſchafter und ſeine Gattin, ein erſter Attaché und zwei Pariſer, die ſich bei dieſem glänzenden Diner von der Gattin des Konſuls verabſchieden wollten. Der Kreis wurde beherrſcht von einer berühmten Frau, die alle Blicke auf ſich lenkte und die die Heldin des improviſierten Feſtes war. Der eine Franzoſe war der berühmte Landſchaftsmaler Léon de Lora, der andere der berühmte Kritiker Claude Vignon. Sie begleiteten die Dame, die eine Zierde des weiblichen Geſchlechtes war, Mademoiſelle des Touches, die unter dem Namen Camille Maupin in der literariſchen Welt bekannt war. Mademoiſelle des Touches war Geſchäfte halber nach Italien gekommen. Aus Gefälligkeit hatte ſie Léon de Lora mitgenommen, um ihm Italien zu zeigen. Sie war bis nach Rom gefahren, um ihn in die römiſche Campagna zu führen. Sie waren über den Simplon gekommen und reiſten jetzt über die Corniche-Straße nach Marſeille. Dem Landſchaftsmaler zuliebe hatte ſie in Genua Station gemacht.

Der Generalkonſul wollte natürlich vor Ankunft des Hofes einer Perſönlichkeit, deren Vermögen, Ruf, Stellung und Talent Geltung hatten, die Honneurs von Genua machen. Camille Maupin, die Genua bis in die letzten Winkel kannte, überließ den Landſchaftsmaler der Fürſorge des Diplomaten und der beiden genueſiſchen Grafen, ſie ſelbſt geizte mit ihrer Gegenwart. Obgleich der Botſchafter ein ſehr geſchätzter Schriftſteller war, lehnte es die berühmte Frau doch ab, ſeinen liebenswürdigen Einladungen Folge zu leiſten, ſie befürchtete das, was die Engländer eine „exhibition“ nennen, aber ſie gab ſchließlich nach, da es ſich um die Abſchiedsfeier in der Villa des Konſuls handelte. Léon de Lora hatte Camille bedeutet, daß ihre Anweſenheit in der Villa das einzige wäre, womit ſie dem Geſandten und ſeiner Gattin, den beiden genueſiſchen Grafen, ſowie dem Konſul und ſeiner Gattin danken könnten. Mademoiſelle des Touches opferte alſo einen Tag völliger Freiheit, wie er den Leuten, auf die ſich in Paris aller Augen richten, nur ſelten gegönnt iſt. Nachdem ſo erklärt iſt, wie ſich die Geſellſchaft zuſammenſetzte, wird man leicht verſtehen, daß die Etikette viele und hochgeſtellte Frauen aus dieſem Kreis verbannt hatte, die neugierig waren zu wiſſen, ob der männliche Zug in Camille Maupins Begabung ihrer Anmut als Frau ſchadete und die Männerhoſe unter dem Unterrock zum Vorſchein käme. Vom Diner bis neun Uhr abends, wo eine Erfriſchung gereicht wurde, war die Unterhaltung abwechſelnd fröhlich und ernſt und unaufhörlich von den luſtigen Streichen Léon de Loras erheitert, der damals als der witzigſte Menſch von Paris galt. Infolge des guten Geſchmacks, der bei der Auswahl der Gäſte nicht überraſchend ſein konnte, vermied man es jedoch, von Literatur zu ſprechen. Zuletzt aber führte die Ungebundenheit, die einem franzöſiſchen Geiſtesturnier eigen iſt, doch zu dieſem Geſprächsthema, um dieſen eigentlich nationalen Gegenſtand doch wenigſtens zu ſtreifen. Bevor wir aber zu der Wendung des Geſprächs gelangen, die den Generalkonſul veranlaßte, das Wort zu ergreifen, muß über ſeine Familie und über ihn Einiges geſagt werden.

Der Diplomat war ein Mann von ungefähr dreiundvierzig Jahren und ſeit ſechs Jahren verheiratet. Er war das lebende Porträt von Lord Byron. Bei der Berühmtheit dieſer Züge bedarf es keiner beſonderen Schilderung mehr. Man muß aber bemerken, daß in den Zügen des Generalkonſuls bei aller Träumerei nichts Affektiertes lag. Lord Byron war ein Dichter, und der Diplomat war poetiſch angehaucht. Die Frauen verſtehen dieſen Unterſchied, der manche ihrer Neigungen nicht rechtfertigt, aber doch erklärt. Die Schönheit des Generalkonſuls, die durch einen liebenswerten Charakter und durch die Gewohnheiten eines einſamen und arbeitſamen Lebens noch mehr ausgeprägt worden war, hatte eine genueſiſche Erbin bezwungen. Eine genueſiſche Erbin? Dieſer Ausdruck könnte in Genua lächerlich erſcheinen, wo eine Frau ſelten reich iſt, da die Töchter nicht erben; Onorina Pedrotti aber war eine Ausnahme, da ſie das einzige Kind eines Bankiers war, der keine männlichen Erben hatte. Obwohl eine Leidenſchaft für den, der ſie erweckt hat, immer ſchmeichelhaft iſt, ſchien der Generalkonſul ſich nicht vermählen zu wollen. Nach zwei Jahren wurde die Ehe aber doch geſchloſſen, nachdem der Botſchafter während des Aufenthaltes des Hofes in Genua einige Schritte unternommen hatte. Der junge Mann nahm ſeine frühere Weigerung weniger wegen der rührenden Zuneigung der Onorina Pedrotti, als vielmehr auf Grund eines unbekannten Ereigniſſes zurück, einer der Kriſen des privaten Lebens, über die im Verlauf der Tagesintereſſen ſo ſchnell Gras wächſt, daß ſpäter ganz natürliche Handlungen unerklärlich ſcheinen. Dieſe Verhülltheit der Gründe iſt ſehr oft Anlaß für die ernſteſten Geſchehniſſe. Das glaubte wenigſtens die Stadt Genua, wo einige Damen ſich die auffallende Zurückhaltung und Melancholie des franzöſiſchen Konſuls nur durch das Wort Leidenſchaft erklären konnten. Beiläufig ſei bemerkt, daß Frauen ſich niemals darüber beklagen, die Opfer eines ſolchen Intereſſes zu ſein. Sie opfern ſich gern dem allgemeinen Wohl. Onorina Pedrotti, die den Konſul vielleicht gehaßt hätte, wenn ſie für immer von ihm verſchmäht worden wäre, liebte ‚suo sposo' nicht weniger, vielleicht aber mehr, als ſie von ſeiner Liebe erfuhr. In Herzensſachen geſtehen die Frauen einen Vorrang zu.

Ein Mann iſt aber nicht umſonſt Diplomat: der ‚sposo' war verſchwiegen wie das Grab, und zwar ſo verſchwiegen, daß die Kaufleute Genuas einen gewiſſen Vorbedacht im Gebaren des jungen Konſuls zu bemerken glaubten, da die Erbin ihm vielleicht entgangen wäre, wenn er die Rolle des eingebildeten Liebeskranken nicht geſpielt hätte. Entſprach dies der Wahrheit, ſo fanden die Frauen es doch zu erniedrigend, um daran zu glauben. Pedrottis Tochter aber machte aus ihrer Liebe ein Reich des Troſtes. Sie wiegte ihres Gatten unbekannte Schmerzen auf dem zärtlichen Lager italieniſcher Liebkoſungen.

Der alte Pedrotti hatte ſich auch ſonſt über die Wahl, zu der ihn ſeine vielgeliebte Tochter gezwungen hatte, nicht zu beklagen. Von Paris aus wachten mächtige Gönner über das Wohlergehen des jungen Diplomaten. Der Generalkonſul wurde Baron und Kommandeur der Ehrenlegion, wie der Geſandte es dem Schwiegervater verſprochen hatte. Schließlich wurde der alte Pedrotti vom König von Sardinien zum Grafen ernannt. Die Mitgift betrug eine Million. Da der erſte und letzte der Grafen Pedrotti im Januar 1831 entſchlief, fiel auch das Familienvermögen der Pedrotti, etwa zwei Millionen, die im Getreidehandel verdient waren, ſechs Monate nach der Vermählung den jungen Eheleuten zu. Onorina Pedrotti war eine ſchöne Genueſerin. Wenn die Töchter Genuas ſchön ſind, gehören ſie zu den herrlichſten Geſchöpfen Italiens.

Für das Grabmahl Guilianos nahm Michelangelo ſeine Modelle aus Genua. Von dort ſtammt die Üppigkeit, die ſeltſame Geſtaltung des Buſens der Figuren „Tag“ und „Nacht“, die ſo viele Kritiker übertrieben finden, die aber den Frauen Liguriens eigentümlich iſt. In Genua exiſtiert heute die Schönheit nur noch bei den niederen Ständen. Das läßt ſich bei allen heruntergekommenen Völkern beobachten. Der edle Typ findet ſich nur noch im Volk, ſo wie ſich, wenn eine Stadt niedergebrannt iſt, die Münzen in der Aſche verbergen. Aber ſo wie Onorina ein beſonderes Schickſal hatte, ſo war ſie auch eine beſondere patriziſche Schönheit. Die Gattin des Konſuls beſaß einen Knaben von ſechs Jahren, der ſchön war wie der Traum einer Mutter, und ein Mädchen von vier Jahren, das auf ihren Knien ſpielte, das ſchön war wie der Kindertyp, den der Bildhauer David ſo eifrig für ein Grabmal ſuchte.

Camille beobachtete insgeheim dieſe ſchönen Menſchen mit großer Aufmerkſamkeit. Die etwas zerſtreute Miene, die ſie beim Konſul beobachtete, ſchien ihr nicht recht zu einem volkommen glücklichen Menſchen zu paſſen. Wenn ihr auch den ganzen Tag über der Mann und ſeine Gattin ein bewundernswürdiges Bild vollkommenen Glückes darboten, ſo fragte ſich Camilla doch, warum einer der erleſenſten Männer, dem ſie jemals begegnet war und in den Pariſer Salons getroffen hatte, Generalkonſul in Genua blieb, wenn er doch über ein Vermögen von mehr als hunderttauſend Franken Rente verfügte. Aber aus unzähligen Kleinigkeiten, für die Frauen einen Blick haben, hatte ſie mit der Intelligenz des weiſen Arabers aus „Zadig“

erkannt, mit welcher Hingebung er an ſeiner Gattin hing. Dieſe beiden ſchönen Geſchöpfe würden ſich ſicher ohne Enttäuſchung bis ans Ende ihrer Tage lieben, aber dennoch fragte ſie ſich immer wieder: „Was geht zwiſchen beiden vor?“ und ſie antwortete ſich: „Nichts.“ Die ruhige Haltung des Konſuls, der die abſolute Ruhe der Engländer, der Naturvölker, der Orientalen und der vollendeten Diplomaten in ſich vereinigte, konnte täuſchen.

Man ſprach von Literatur, und dabei kam auch die Rede auf ihren ewigen Ladenhüter: den Fehltritt der Frau. Bald ſtanden ſich zwei Meinungen gegenüber, wer am Fehltritt der Frau die Schuld trüge? Die drei anweſenden Damen, die Gattin des Geſandten, die Gattin des Konſuls und Fräulein des Touches, die natürlich für unantaſtbar galten, waren unerbittlich gegen die Frau. Die Herren dagegen bemühten ſich, den drei ſchönen Blüten des weiblichen Geſchlechts nachzuweiſen, daß einer Frau nach ihrem Fehltritt noch Tugenden bleiben könnten.

„Wie lange wollen wir hier denn noch ſo Verſtecken ſpielen?“ fragte Léon de Lora.

„Meine Liebe, bring deine Kinder zu Bett und ſage Gina, ſie möchte mir die kleine ſchwarze Brieftaſche bringen, die auf meinem Boule-Schrank liegt“, ſagte der Konſul zu ſeiner Gattin.

Die Gattin des Konſuls erhob ſich, ohne etwas zu erwidern, woraus zu ſchließen iſt, daß ſie ihren Mann ſehr liebte, denn ſie verſtand genug Franzöſiſch, um zu fühlen, daß ihr Gatte ſie fortſchickte.

„Ich will Ihnen eine Geſchichte erzählen, in der ich ſelbſt eine Rolle ſpiele. Danach wollen wir weiter diskutieren, vorher erſcheint es mir kindiſch, das

Skalpell am untauglichen Objekt zu verſuchen. Will man ſezieren, ſo muß man zuerſt eine Leiche haben.“

Alle ſetzten ſich bequem hin, um mit Wohlgefallen zuzuhören. Wenn jeder genug geſprochen hat und die Unterhaltung zu ermüden anfängt, iſt der richtige Augenblick für den Erzähler gekommen. Der Generalkonſul fing alſo an:

„Als ich mit zweiundzwanzig Jahren Doktor der Rechte geworden war, empfand mein alter Oheim, der Abbé Loreaux, der damals zweiundſiebenzig Jahre alt war, die Notwendigkeit, mir einen Protektor zu geben, um mich in irgendeine Laufbahn zu lancieren. Der ausgezeichnete Mann, einen Heiligen möchte ich ihn beinahe nennen, betrachtete jedes neue Lebensjahr als ein neues Geſchenk Gottes. Überflüſſig zu erwähnen, wie leicht es dem Beichtvater einer königlichen Hoheit fiel, einen von ihm erzogenen jungen Mann, den einzigen Sohn ſeiner Schweſter, irgendwo unterzubringen. Eines ſchönen Tages, gegen Ende des Jahres 1824, ſtieg der verehrungswürdige Alte, der ſeit fünf Jahren Pfarrer an der Blancs-Manteaux-Kirche war, in mein Zimmer hinauf, das ich in ſeinem Pfarrhaus bewohnte und ſprach:

‚Kleide dich an, mein Junge, ich will dich einer Perſönlichkeit vorſtellen, die dich als Sekretär anſtellen will. Wenn ich mich nicht irre, ſo wird dieſe Perſönlichkeit für den Fall, daß Gott mich zu ſich rufen ſollte, meine Stelle bei dir vertreten. Um neun Uhr wird meine Meſſe beendet ſein, du haſt alſo dreiviertel Stunden Zeit.‘

‚Oh, lieber Onkel, ſoll ich alſo dieſem Zimmer Lebewohl ſagen, wo ich vier Jahre lang ſo glücklich geweſen bin?‘

‚Ich kann dir kein Vermögen hinterlaſſen', antwortete er.
‚Hinterlaſſen Sie mir nicht den Schutz Ihres Namens, das Andenken Ihrer Werke und . . . ?'
‚Reden wir nicht von dieſer Erbſchaft', meinte er lächelnd, ‚du kennſt die Welt noch nicht genug, um zu wiſſen, daß die eine Erbſchaft dieſer Art kaum anerkennen würde. Wenn ich dich aber heute morgen zum Herrn Grafen . . .'
(„Geſtatten Sie," warf der Erzähler hier ein, „daß ich ihnen meinen Protektor nur mit ſeinem Taufnamen bezeichne und ihn Graf Octave nenne.")
‚Wenn ich dich heute morgen zum Herrn Grafen Octave führe, ſo glaube ich dir damit eine Protektion zu verſchaffen, die, wenn du dieſem großen Staatsmann gefällſt, woran ich nicht zweifle, ebenſoviel wert iſt wie das Vermögen, daß ich für dich geſammelt hätte, wenn der Ruin meines Schwagers und der Tod meiner Schweſter nicht ſo überraſchend gekommen wären wie ein Blitz aus heiterem Himmel.'
‚Sind Sie der Beichtvater des Herrn Grafen?'
‚Oh, wenn ich es wäre, dann könnte ich dich doch nicht bei ihm unterbringen. Welcher Prieſter iſt fähig, aus Geheimniſſen Nutzen zu ziehen, die ihm im Beichtſtuhl anvertraut ſind? Nein, du verdankſt dieſe Protektion dem Herrn Großſiegelbewahrer. Dein Protektor wird wie ein Vater zu dir sein, lieber Maurice. Der Herr Graf gibt dir zweitauſendvierhundert Franken feſtes Gehalt, ein Logis in ſeinem Palaſt und Verpflegungsgelder in Höhe von zwölfhundert Franken. Er wird dich nicht zu ſeiner Tafel zuziehen, er will dich aber auch nicht beſonders bedienen laſſen, um dich nicht der mangel-

haften Pflege ſeines Hausperſonals zu überlaſſen. Ich habe das Angebot erſt angenommen, als ich mir die Gewißheit verſchafft hatte, daß der Sekretär des Grafen Octave niemals nur ſein erſter Bedienter ſein wird. Du wirſt allerdings mit Arbeiten überhäuft werden, denn der Graf geht in ſeiner Arbeit auf; verläßt du aber ſpäter ſeinen Dienſt, ſo biſt du für die höchſten Poſten geeignet. Diskretion brauche ich dir wohl nicht beſonders zu empfehlen, denn Verſchwiegenheit iſt die Kardinaltugend der Männer, die ſich dem öffentlichen Leben widmen.' Sie können ſich meine Neugier vorſtellen. Der Graf Octave bekleidete damals einen der höchſten Beamtenpoſten, er beſaß das Vertrauen der Dauphine, die ihn zum Staatsminiſter hatte ernennen laſſen. Er führte ein Leben wie der Graf de Sérizy, den Sie kennen. Nur war ſeine Lebensweiſe, glaube ich, noch zurückgezogener. Er wohnte im Marais, Rue Payenne, und er empfing faſt niemals Beſuch. Infolge ſeiner unaufhörlichen Arbeit und ſeiner klöſterlichen Zurückhaltung war ſein Privatleben der Kontrolle der Öffentlichkeit entzogen. Laſſen Sie mich in wenig Worten meine Lage ſchildern. Mein Oheim hatte mich dem ſtrengen Gymnaſialdirektor vom Collège Saint-Louis anvertraut, und ich hatte mit achtzehn Jahren die Schulzeit beendet. Ich hatte das Collège ebenſo rein verlaſſen wie ein gläubiger Seminariſt die geiſtliche Schule Saint-Sulpice verläßt. Auf ihrem Totenbett hatte meine Mutter meinem Onkel das Verſprechen abgenommen, mich nicht Prieſter werden zu laſſen, aber ich war ſo fromm, als ob ich die Weihen empfangen hätte. Als ich ‚mulus' war, um den alten Schülerausdruck zu gebrauchen, hatte mich der

Abbé Loraux in ſein Pfarrhaus aufgenommen und mich Rechtswiſſenſchaft ſtudieren laſſen. Während der vier Studienjahre, die erforderlich ſind, um alle Grade zu erreichen, arbeitete ich viel und vor allem außerhalb der trockenen Gebiete der Jurisprudenz. Da ich im Collège, wo ich bei dem Gymnaſialdirektor wohnte, von der Literatur ferngehalten wurde, hatte ich jetzt Heißhunger danach. Ich las erſt einige zeitgenöſſiſche Meiſterwerke und dann die Werke der vorhergehenden Jahrhunderte. Ich wurde ein Theaternarr. Lange Zeit hindurch ging ich täglich ins Theater, obwohl mein Oheim mir nur hundert Franken im Monat gab. Dieſe Sparſamkeit, zu der ſeine Fürſorge für die Armen den guten Alten zwang, hatte das Gute, daß ſie den Lebensappetit des jungen Mannes in vernünftigen Grenzen hielt. In dem Zeitpunkt, da ich beim Grafen Octave meine Stellung antrat, war ich zwar nicht mehr unſchuldig, aber ich betrachtete meine ſeltenen Escapaden als Verbrechen. Mein Oheim war wirklich wie ein Heiliger, und da ich ihm keinen Kummer machen wollte, verbrachte ich während der vier Jahre keine Nacht außerhalb ſeines Hauſes. Der gute Alte ging niemals zu Bett, bevor ich nach Hauſe gekommen war. Dieſe mütterliche Sorge hielt mich mehr zurück als alle Predigten und Vorwürfe, mit denen man in puritaniſchen Familien die jungen Leute anödet. Da ich den verſchiedenen Kreiſen, die die Pariſer Geſellſchaft bilden, fremd war, kannte ich nur ehrbare Damen und Bürgerfrauen, die ich auf meinen Spaziergängen ſah oder in den Logen des Theaters und noch dazu vom Parterre aus, wo ich ſaß. Wenn man mir damals geſagt hätte: ‚Du kannſt Canalis ſehen oder Camille Maupin', ſo hätte mir das Herz und Hirn entflammt. Berühmtheiten waren für mich damals wie Götter, die nicht ſprechen, gehen und eſſen wie andere Leute. Wieviel Märchen aus Tauſendundeine Nacht blühen uns, ſolange wir jung ſind! Mit wieviel Wunderlampen muß man ſich erſt befaßt haben, bevor man erkennt, daß die wahre Wunderlampe der Zufall, die Arbeit oder das Genie iſt! Bei manchen Menſchen dauert dieſer Traum nicht lange. Ich habe ihn immer noch. Damals träumte ich mich Fürſt und Millionär, im Traum war ich Geliebter einer Prinzeſſin oder ein berühmter Mann.

Meine Stellung beim Grafen Octave und die hundert Louis im Jahr waren für mich der Beginn eines unabhängigen Lebens. Ich hatte jetzt Chancen, in die vornehme Geſellſchaft zu kommen und dort das zu ſuchen, was mein Herz vor allem erſehnte, eine Beſchützerin, die mir das gefährliche Leben erſparen ſollte, dem in Paris zweiundzwanzigjährige junge Leute notwendigerweiſe verfallen, ſo vernünftig und wohlerzogen ſie auch ſind. Ich fing an, mich vor mir ſelbſt zu fürchten. Das Studium des Völkerrechts, mit dem ich mich befaßt hatte, reichte nicht immer aus, meine wilden Gedanken zu verſcheuchen. Ja, ich dachte damals daran, mich dem Theater zu widmen, ich glaubte, ich könnte ein berühmter Schauſpieler werden. Ich träumte von Triumphen und zahlloſen Liebſchaften, ich wußte ja damals nichts von den Enttäuſchungen, die ſich hinter dem Vorhang bergen wie überall anderswo auch, denn jede Szene hat ihre Kuliſſen. Manchmal bin ich mit glühendem Herzen wie ein Gehetzter durch Paris gerannt, um den Spuren einer ſchönen

Frau zu folgen, ſie bis zur Tür ihres Hauſes zu geleiten, ſie auszuſpähen, ihr zu ſchreiben, um ihr mein ganzes Herz auszuſchütten und durch die Gewalt meiner Liebe die ihre zu erringen. Mein armer Oheim, der ganz in ſeinen Werken der Wohltätigkeit aufging, der mit ſiebenzig Jahren ein Kind, weiſe wie Gott und dabei naiv wie ein Genie war, erriet zweifellos die Wirren meines Herzens. Niemals verſäumte er mir zu ſagen: ‚Hier, Maurice, du biſt doch ein armer Junge! Hier ſind zwanzig Franken. Du darfſt ja dem Vergnügen nachgehen, weil du kein Prieſter biſt.' So ſprach er zu mir, wenn er die Leine, an der er mich hielt, allzu ſtraff geſpannt glaubte und befürchtete, ſie könne reißen. Wer das milde Feuer geſehen hätte, das ſeinen grauen Augen Glanz verlieh, das Lächeln ſeiner liebenswürdigen Lippen, den verehrungswürdigen Ausdruck des erhabenen Antlitzes, deſſen Häßlichkeit durch einen apoſtoliſchen Zug veredelt wurde, der hätte wohl die Empfindung verſtanden, die mich hieß, ſtatt jeder Antwort, den Pfarrer zu küſſen, als ob er meine Mutter geweſen wäre.

‚Du wirſt', ſagte mir mein Oheim, als wir in die Rue Payenne gingen, ‚im Grafen Octave nicht nur einen Vorgeſetzten, ſondern auch einen Freund finden, aber er iſt mißtrauiſch, oder, richtiger geſagt, er iſt vorſichtig. Die Freundſchaft dieſes Staatsmannes läßt ſich nur allmählich gewinnen. Trotz ſeines großen Scharfſinns und ſeiner Menſchenkenntnis iſt er von deinem Vorgänger betrogen worden, er wäre beinahe das Opfer eines Vertrauensbruches geworden. Hiermit habe ich dir über dein Betragen beim Grafen Octave genug geſagt.'

Er klopfte an das rieſige Tor des Palaſtes, der zwiſchen Hof und Garten gelegen, ebenſo ausgedehnt war wie das Hotel Carnavalet; wie in einer Einöde hallte das Klopfen wider. Während mein Oheim den alten Schweizer, der Livree trug, fragte, ob der Graf zu Hauſe ſei, warf ich einen der Blicke, die alles ſehen, über den Hof, deſſen Pflaſter faſt unter dem Gras verſchwand. Ich ſah die ſchwarzen Mauern, auf deren geſchmackvollem Oberbau kleine Gärten gediehen, und die Dächer, die ſo hoch waren wie die der Tuilerien. Die Baluſtraden der oberen Galerien waren zerfallen. Durch eine herrliche Arkade ſah ich einen zweiten Seitenhof, auf dem ſich die Nebengebäude befanden, deren Tore ſchon verfaulten. Ein alter Kutſcher war gerade dabei, eine alte Karoſſe zu reinigen. An dem läſſigen Gebaren dieſes Bedienten konnte man leicht erkennen, daß die prunkvollen Stallungen, in denen früher zahlloſe Pferde wieherten, jetzt höchſtens noch zwei beherbergten. Die prachtvolle Faſſade des Hofes erſchien mir finſter wie bei einem Gebäude, das dem Fiskus gehört und irgendeiner Behörde überwieſen iſt.

Eine Glocke ertönte, während mein Onkel und ich aus der Pförtnerloge der Freitreppe zuſchritten, auf der ein Diener erſchien, deſſen Livree ſo ausſah wie das Koſtüm von Labranche im Théâtre Français in alten Stücken.

Beſuch war hier wohl ſelten. Der Diener war noch dabei, ſeine Jacke anzuziehen, während er eine aus kleinen quadratiſchen Scheiben beſtehende Glastür öffnete, zu deren beiden Seiten der Rauch zweier Laternen Gebilde, die wie Sterne ausſahen, auf die Mauer gezeichnet hatte.

Ein Periſtyl, dessen Pracht an Verſailles erinnerte, ge-

währte den Blick auf eine der Treppen, wie ſie heute nicht mehr in Frankreich gebaut werden, und die ſo viel Platz einnehmen wie ein modernes Haus. Während wir die Marmorſtufen hinaufſtiegen, die eiſig waren wie Gräber, und auf denen acht Perſonen nebeneinander hätten ſchreiten können, hallten unſere Schritte unter den Wölbungen wider. Man glaubte in einer Kathedrale zu ſein. Die Geländer erfreuten den Blick durch Wunder der Schmiedekunſt, in denen die phantaſtiſchen Einfälle eines Künſtlers aus dem Zeitalter Heinrich III. ſich offenbarten Ein eiſiger Mantel legte ſich auf unſere Schultern, als wir durch die Vorzimmer und die in einer Zimmerflucht gelegenen Prunkzimmer ſchritten, die mit Parkett belegt waren, aber keine Teppiche hatten. Sie waren mit den herrlichen Altertümern ausgeſtattet, die aus ſolchen Räumen zu den Antiquitätenhändlern gelangen. Zuletzt kamen wir in ein großes Kabinett, das in einem winkligen Pavillon gelegen war und deſſen Fenſter auf einen geräumigen Garten hinausgingen.
‚Der Herr Pfarrer von der Blancs-Manteaux-Kirche und ſeine Neffe, Herr de L'Hostal', meldete der Kammerdiener, der ſo ausſah wie Labranche und der uns ins Vorzimmer geleitet hatte.
Der Graf erhob ſich von einem rieſigen Schreibtiſch, kam an den Kamin und hieß mich durch eine Bewegung niederſitzen. Er nahm die Hände meines Oheims und drückte ſie herzlich.
‚Obwohl ich zur Pfarrei Saint-Paul gehöre, habe ich natürlich doch vom Pfarrer der Blancs-Manteaux-Kirche gehört, und ich bin glücklich, ſeine Bekanntſchaft zu machen.'
‚Eure Exzellenz ſind ſehr freundlich,' entgegnete

mein Oheim, ‚ich bringe Ihnen hier meinen einzigen Verwandten. Wenn ich Eure Exzellenz mit ihm ein Geſchenk zu machen glaube, ſo nehme ich auch an, daß ich meinem Neffen hiermit einen zweiten Vater ſchenke.‘

‚Darauf kann ich Ihnen erst antworten, Herr Abbé, wenn wir, Ihr Neffe und ich, uns erprobt haben‘, ſagte der Graf Octave. ‚Wie heißen Sie?‘ wandte er ſich an mich.

‚Maurice.‘

‚Er ist Doktor der Rechte‘, ließ mein Oheim einfließen.

‚Schön, ſchön‘, ſagte der Graf und betrachtete mich prüfend vom Scheitel bis zur Sohle.

‚Herr Abbé, hoffentlich werden Sie mir um Ihres Neffen willen, aber auch um meinetwillen die Ehre erweiſen, von jetzt ab jeden Montag bei mir zu ſpeiſen. Das ſoll eine Art Familienſouper für uns ſein.‘

Mein Onkel und der Graf fingen an, ſich über Religion vom politiſchen Geſichtspunkte aus zu unterhalten, und ſie ſprachen über Werke der Wohltätigkeit und über die Bekämpfung von Verbrechen. Ich konnte ſolange nach Belieben den Mann anſchauen, von dem mein Schickſal abhängen würde.

Der Graf war mittelgroß; ich konnte infolge ſeiner Kleidung von ſeinem Körperbau keine rechte Anſchauung gewinnen. Er ſchien mir aber mager und dürr zu ſein. Das Geſicht war herb und ausgehöhlt. Seine Züge offenbarten Feinheit. Sein etwas zu großer Mund ließ gleichzeitig auf Ironie und Gutmütigkeit ſchließen. Seine etwas zu gewaltige Stirn ſetzte in Schrecken, als ob es eines Geiſteskranken Stirn ſei, und dies um ſo mehr, als ſie mit dem unteren Teil des Geſichtes kontraſtierte, der durch ein kleines Kinn, das faſt an die Unterlippe ſtieß, abgeſchloſſen wurde. Zwei türkisblaue Augen, die lebhaft und geiſtſprühend waren wie die des Fürſten Talleyrand, den ich ſpäter bewunderte, beſaßen die Gabe der Verſchwiegenheit ſo ſehr, daß ſie faſt finſter erſchienen. Sie gaben dieſem Geſicht, das nicht bleich, aber gelblich getönt war, noch eine beſondere Fremdheit. Dieſe Farbe ſchien auf einen reizbaren Charakter und auf heftige Leidenſchaften zu deuten. Seine Haare, die ſchon ſilbern ſchimmerten, waren ſorgfältig gekämmt. Da er ſich früh am Morgen ins Königliche Schloß zu begeben hatte, ſo war ſein Bart bereits gepflegt. Zwei vierarmige Kandelaber, die mit Lampenſchirmen bekleidet waren, ſtanden zu beiden Seiten des Tiſches. Die Kerzen brannten noch, und daraus ließ ſich ſchließen, daß der Miniſter ſich ſchon vor Tagesanbruch erhob. Seine Hände, die ich beobachtete, als er die Klingelſchnur ergriff, um ſeinen Kammerdiener zu rufen, waren ſehr ſchön und weiß wie Hände einer Frau.

(Wenn ich Ihnen dieſe Geſchichte erzähle“, unterbrach ſich der Generalkonſul, „verändere ich die ſoziale Poſition und die Titel dieſer Perſönlichkeit, aber ich zeige ſie Ihnen in einer Situation, die der wirklichen entſpricht. Stand, Würde, Luxus, Vermögen, Lebensführung, alle dieſe Einzelheiten ſind der Wirklichkeit entnommen. Ich will aber weder gegen meine Verpflichtungen meinem Wohltäter gegenüber, noch gegen meine gewohnte Diskretion verſtoßen.)

Anſtatt mich als das zu fühlen, was ich war,“ ſetzte der Konſul nach einer Pauſe ſeine Erzählung fort,

„anſtatt mir damals wie ein Inſekt gegenüber einem Adler zu erſcheinen, empfand ich beim Anblick des Grafen ganz verſchiedenartige und unerklärbare Empfindungen, über die ich mir erſt heute klar bin. Geniale Künſtler," dabei verneigte er ſich verbindlich vor dem Botſchafter, vor der berühmten Frau und den beiden Pariſern, „große Politiker, Dichter, Feldherren, die Heere befehligt haben, mit einem Wort: die wirklich großen Menſchen ſind einfach. Ihre Einfachheit bringt ſie mit den anderen Menſchen auf gleiche Stufen. Sie, die Sie zu den geiſtig Überlegenen gehören," wandte er ſich an ſeine Gäſte, „haben vielleicht bemerkt, wie ſehr die Gaben des Herzens die von der Geſellſchaft geſchaffenen Abſtufungen überwinden können. Sind wir den genialen Menſchen auch in Geiſtesgaben unterlegen, ſo können wir ihnen doch durch hingebende Freundſchaft näherkommen. Je mehr ich von meinem Protektor durch den Unterſchied des Ranges getrennt war, deſto näher fühlte ich mich ihm durch den gleichen Rhythmus des Herzſchlags — verzeihen Sie das etwas kühne Bild —. Mit einem Wort, die Seele iſt hellſichtig. Sie fühlt den Schmerz, den Kummer, die Freude, die Abneigung und den Haß in der Seele des andern. Mit Verwundern bemerkte ich, daß das Geſicht des Grafen ſich in ähnlicher und doch ganz anderer Weiſe verändert hatte, wie ich es beim Antlitz meines Oheims beobachtet hatte. Die Heiterkeit, die ein gutes Gewiſſen verleiht, die Reinheit des Gedankens und das Vollbringen guter Werke hatten meinen Oheim ſo verändert, daß aus dem häßlichen Menſchen ein ſchöner geworden war. Im Antlitz des Grafen bemerkte ich eine umgekehrte Verwandlung: im erſten Augenblick hielt ich ihn für fünfundfünfzig Jahre alt; nachdem ich ihn aber aufmerkſam betrachtet hatte, erkannte ich, daß hier eine Jugend unter dem Eiſe eines tiefen Kummers begraben lag unter unaufhörlicher, ermüdender Arbeitslaſt und unter dem Gluthauch einer unglücklichen Leidenſchaft. Bei einem Wort meines Oheims gewannen die Augen des Grafen für Augenblicke Dauer die Friſche des Immergrüns zurück, und als ein Lächeln der Bewunderung ſeinen Mund umſpielte, hielt ich ihn für einen Mann von vierzig Jahren. Das alles kam mir damals noch nicht zum Bewußtſein, ſondern ſpäter erſt, als ich mir die Umſtände dieſer Begegnung ins Gedächtnis zurückrief.

Der Kammerdiener trat ein und brachte ſeinem Herrn auf einem Tablett das Frühſtück.

‚Ich habe mein Frühſtück nicht verlangt,' ſagte der Graf, ‚laſſen Sie es aber hier ſtehen und zeigen Sie dem Herrn ſeine Zimmer.'

Ich folgte dem Kammerdiener, der mich in eine hübſch und vollſtändig eingerichtete Wohnung führte, die unter einer Terraſſe zwiſchen dem großen Hof und den Nebengebäuden und über einer Galerie gelegen war, durch die die Küchenräume mit der großen Treppe verbunden waren. Als ich in den Arbeitsraum des Grafen zurückkam, hörte ich, bevor ich die Tür öffnete, meinen Oheim folgendes Urteil über mich ausſprechen:

‚Er hat viel Herz, und deshalb wird er Fehler machen. Wir alle ſind ja den ehrenvollen Irrtümern des Herzens unterworfen. Aber ich bürge für ſeine Reinheit.'

‚Nun,' wandte ſich der Graf an mich, und er ſah mich freundlich dabei an, ‚wird es Ihnen dort gefallen? Es gibt in dieſer Kaſerne ſo viel Wohnungen, daß ich Sie anderswo einquartieren könnte, wenn Ihnen die Wohnung, die ich Ihnen zugewieſen habe, nicht gefällt.'

,Ich habe bei meinem Onkel nur ein einziges Zimmer bewohnt', antwortete ich.

,Sie können alſo noch heute abend einziehen,' ſagte der Graf, ,Sie beſitzen ja wohl nur die übliche Studentenhabe, die man in einer Droſchke transportieren kann. Heute wollen wir drei zuſammen ſpeiſen,' ſetzte er, mit einem Blick auf meinen Oheim, hinzu.

Eine herrliche Bibliothek ſtieß an das Arbeitszimmer des Grafen; er führte uns hinein und zeigte mir einen kleinen zierlichen, mit Bildern geſchmückten Verſchlag, der wohl früher als Kapelle gedient hatte.

,Das iſt Ihre Zelle,' ſagte er, ,hier werden Sie ſich aufhalten, wenn Sie mit mir zu arbeiten haben, denn Sie ſollen nicht angekettet ſein.'

Er beſchrieb mir im Einzelnen die Art und die Dauer meiner Tätigkeit bei ihm. Während ich ihm zuhörte, erkannte ich in ihm einen großen Lehrer in Dingen der Staatskunſt.

In ungefähr einem Monat machte ich mich mit Menſchen und Dingen vertraut, ſtudierte die Pflichten meiner neuen Stellung und paßte mich den Methoden des Grafen an. Es iſt natürlich, daß ein Sekretär den Mann beobachtet, in deſſen Dienſten er ſteht. Geſchmack, Leidenſchaften, Charakter und Eigenarten ſeines Herrn werden unwillkürlich Gegenſtand ſeines Studiums. Eine ſolche Zuſammenarbeit iſt gleichzeitig mehr oder weniger als eine Ehe. Drei Monate lang ſuchten der Graf Octave und ich uns wechſelſeitig auszuforſchen. Mit Erſtaunen erfuhr ich, daß der Graf erſt ſiebenunddreißig Jahre alt war. Der ſcheinbare Frieden, der über ſeinem Leben lag und ſeine weiſe Zurückhaltung entſtammten nicht nur tiefem Pflichtgefühl und ſtoiſcher Geſinnung. Je mehr ich mit dieſem Mann zuſammen war, der allen, die ihn gut kannten, außergewöhnlich ſchien, deſto mehr begriff ich, daß hinter ſeinen Arbeiten, ſeiner Höflichkeit, hinter der Maske ſeines Wohlwollens und ſeiner Reſignation unermeßliche Tiefen lagen, die den Seelenfrieden des Weiſen vortäuſchten. So wie manchmal, wenn man durch Wälder wandelt, der Boden durch den Ton, den die Schritte hervorrufen, auf Felsgeſtein und Wüſte deutet, ſo geben der unter den Blumen der Höflichkeit verborgene Egoismus und die vom Unglück unterwühlten Tiefen des Gemüts einen hohlen Ton, wenn das innere Leben unaufhörlich berührt wird. In des Grafen wahrhaft großer Seele wohnte der Schmerz, nicht die Mutloſigkeit. Er hatte verſtanden, daß das Handeln, daß die Tat höchſtes Geſetz des Menſchen iſt, der in der Öffentlichkeit wirken will. So ſchritt er, trotz ſeiner geheimen Wunden, auf ſeinem Wege weiter, und wie ein glaubensſtarker Märtyrer betrachtete er mit heiterem Auge die Zukunft. Seine verborgene Trauer, ſeine bittere Enttäuſchung, an der er litt, hatte ihn nicht in die philoſophiſche Wüſte der Ungläubigkeit getrieben. Der mutige Staatsmann war fromm, aber er trug ſeine Frömmigkeit nicht zur Schau. Er ging zur erſten Meſſe, die in Saint-Paul für die frommen Dienſtboten und Handwerker geleſen wurde. Niemand von ſeinen Freunden, niemand am Hofe wußte, daß er ſo treu die

Vorschriften seiner Religion beobachtete. Er diente Gott wie manche an und für sich ehrenhafte Leute dem Laster dienen, das heißt, in tiefster Verschwiegenheit. Eines Tages kam ich zur Erkenntnis, daß auf dem Grafen ein Berg des Unglücks lastete, der viel höher war als der, den die tragen, die sich für die am schwersten Geprüften halten, die über die Leidenschaften und Irrtümer ihres Mitmenschen spotten, weil sie ihre eigenen überwunden haben, und die alles mit Spott und Verachtung übergießen. Der Graf spottete nicht über die, die ihrer Hoffnung treu bleiben, auch wenn sie sie schon in den Sumpf geführt hat, noch über die, die einen Felsen erklimmen, um allein zu sein, noch über die, die in ihrem Kampfe ausharren und die Arena mit ihrem Blute röten und sie mit ihren Hoffnungen bestreuen; er sah die Welt in ihrer Totalität, er zwang die Irrtümer nieder, er hörte auf die Klagen, er ahnte Liebe und Treue. Aber der große und ernste Minister empfand Mitleid mit solchen Empfindungen. Er bewunderte sie nicht mit vorübergehender Begeisterung, sondern mit dem Schweigen, mit der Empfänglichkeit einer gleichgestimmten zärtlichen Seele. Er war so etwas wie ein katholischer „Manfred". Er trug den Zweifel in seinen Glauben, er schmolz den Schnee an der Glut eines Vulkanes, er sprach mit einem Stern, den er allein sah. In seinem äußeren Leben bemerkte ich mancherlei, was mir dunkel erschien. Er entzog sich meinen Blicken nicht wie ein Wanderer, der auf seinem Wege je nach den Launen der Landschaft in den Schlammlöchern oder Schluchten verschwindet, sondern wie ein Schütze, der sich erspäht weiß und sich deshalb verbergen will und Deckung sucht. Ich konnte mir nicht erklären, warum er gerade dann, wenn am meiſten Arbeit vorlag, häufig abweſend war. In ſolchen Fällen pflegte er mir zu ſagen: ‚Machen Sie meine Arbeit weiter' und vertraute mir ſeine Pflichten an. Er, der ſich ſo tief in ſeine dreifachen Pflichten als Staatsmann, Beamter und Redner verſenkt hatte, gefiel mir vor allem durch die Freude, die er an Blumen hatte, eine Neigung, die für ſchöne Seelen und fein empfindende Menſchen charakteriſtiſch iſt. Sein Garten und ſein Arbeitszimmer waren voll von ſonderbaren Pflanzen, die er immer in welkem Zuſtande zu kaufen pflegte. Vielleicht gefiel er ſich in dieſem Abbild ſeines eigenenen Schickſals . . . Er ſelbſt war welk wie dieſe ſterbenden Blumen, deren Duft ihn mit eigenartigem Rauſch erfüllte. Der Graf liebte ſeine Heimat, und er widmete ſich den Intereſſen ſeines Vaterlandes mit dem Übermaß einer Leidenſchaft, die über eine andere hinwegtäuſchen will. Aber all ſeine Arbeiten, in die er ſich ſtürzte, genügten ihm nicht. In ſeiner Seele ſpielten ſich furchbare Kämpfe ab, von denen auch ich betroffen wurde. Manchmal äußerte er eine herzzerreißende Sehnſucht nach Glück, und mir war, als müſſe er noch glücklich werden. Was aber war das Hindernis? Liebte er eine Frau? Dieſe Frage legte ich mir immer wieder vor.

Trotz aller Anſtrengungen gelang es ihm nicht, die Gefühle ſeines Herzens ganz zu unterdrücken. Unter ſeinem ſtrengen Gebaren, unter ſeiner Beamtenwürde zuckte eine Leidenſchaft, die er ſo beherrſchte, daß niemand außer mir, ſeinem Hausgenoſſen, ſein Geheimnis erriet. Seine Deviſe ſchien zu lauten: ‚Ich leide und ſchweige.' Das Gefolge,

das ihn reſpektvoll umgab, die Freundſchaft mit ſo unermüdlichen Arbeitsmenſchen, wie es die Präſidenten Grandville und Sérizy waren, blieben ohne Einfluß auf ihn; entweder vertraute er ihnen nichts an, oder ſie wußten alles. In der Öffentlichkeit bot der Graf das Bild eines Mannes, der erhobenen Hauptes einherſchreitet und ſeine Empfindungen nicht zeigt. Nur in ſeltenen Augenblicken, allein in ſeinem Garten oder in ſeinem Arbeitszimmer, wenn er ſich unbeobachtet glaubte, zeigte er ſein wahres Weſen. Dann wurde er zum Kind. Er ließ ſeinen Tränen freien Lauf, die zur Toga des Staatsmannes nicht paßten, er gab ſich Erregungen hin, die bei falſcher Auslegung vielleicht ſeinem Ruf als ſcharfſinniger Staatsmann geſchadet hätten.
Als ich über alle dieſe Dinge Beſcheid wußte, hatte der Graf Octave für mich den Reiz eines Rätſels, das man nicht löſen kann. Ich liebte ihn zärtlich, als ob er mein Vater wäre. Verſtehen Sie jetzt meine Neugierde, die durch meine Hochachtung vor ihm im Zaum gehalten wurde?
Was für ein Unglück mochte dieſen Gelehrten befallen haben, der ſich wie Pitt ſeit dem achtzehnten Jahre der Staatskunſt gewidmet hatte und doch nicht ehrgeizig war, dieſen Richter, der das Völkerrecht, das Staatsrecht, das Zivil- und das Strafrecht beherrſchte, und der dabei doch keine Waffen finden konnte gegen alle Wirren und Irrtümer, dieſen tiefen Geſetzgeber, dieſen ernſthaften Schriftſteller, der wie ein frommer Einſiedler lebte, und deſſen Leben über jeden Vorwurf erhaben war. Gott hätte einen Verbrecher nicht ſchwerer beſtrafen können als meinen väterlichen Freund; der Kummer hatte ihn der Nachtruhe beraubt, er ſchlief

nur noch vier Stunden. Was für ein Kampf mochte in diesen Stunden vor sich gehen, die so ruhig schienen in der unendlichen Stille der Nacht? Da geschah es wohl, daß ich ihn überraschte, wenn die Feder seinen Händen entsunken war, wenn er den Kopf in die Hände stützte und seine starren Augen tränenschwer waren.
Manchmal sah mich der Graf mit argwöhnischem, plötzlich auftauchendem Mißtrauen an, mit dem wohl ein Mann einen anderen ansieht, wenn er einen Mitschuldigen sucht. Danach vermied er meinen Blick, und wenn er seine Augen wieder aufschlug, war es, als ob er mir sagen wollte: ‚Sprechen Sie zuerst.'
Bisweilen war der Graf Octave von einer wilden und mürrischen Traurigkeit. Wenn er mich in einer solchen Stimmung einmal verletzte, so wußte er mich wieder zu versöhnen, ohne mit Worten um Entschuldigung zu bitten. Er war dann liebenswürdig und von geradezu christlicher Demut. Da ich mich wie ein Sohn an diesen Mann gefesselt fühlte, der für mich so geheimnisvoll war und so verständlich für die Welt, der ja das Wort ‚originell' genügt, um alle Rätsel des Herzens zu erklären, erlaubte ich mir, die äußere Lebensführung im Hause des Grafen zu ändern. In der Führung seiner Privatgeschäfte war der Graf von einer geradezu törichten Indifferenz. Er besaß ungefähr hundertsechzigtausend Franken Rente, ungerechnet die Einkünfte aus seinen Ämtern. Er verbrauchte ungefähr sechzigtausend Franken, von denen mindestens dreißigtausend Franken seinem Dienstpersonal zugute kamen. Am Ende des ersten Jahres jagte ich all' diese Spitzbuben davon und bat Seine Exzellenz, mir mit der Autorität

ſeines Namens bei der Suche nach ordentlichen Leuten behilflich zu ſein. Am Ende des zweiten Jahres genoß der Graf, der jetzt über eine beſſere Bedienung verfügte, modernen Komfort: er hatte ſchöne Pferde, für die ein Kutſcher ſorgte, dem ich monatlich für jedes Pferd eine beſtimmte Summe zahlte, es gab jetzt Diners und Empfänge, bei denen der bekannte Chevet zu feſtgeſetztem Preiſe die Lieferung der Speiſen übernommen hatte, und die dem Gaſtgeber Ehre machten. Für den täglichen Tiſch ſorgte eine ausgezeichnete Köchin, die mein Oheim beſorgt hatte, und zwei Küchenmädchen. Abgeſehen von den Neuanſchaffungen, beliefen ſich die Ausgaben jetzt auf kaum dreißigtauſend Franken. Wir hatten zwei Dienſtboten mehr, die ſich um die Inſtandhaltung des alten Palaſtes zu kümmern hatten. Der alte Palaſt hatte etwas Majeſtätiſches, und es war eine Schmach, daß man ihn ſo hatte verfallen laſſen. ‚Ich wundere mich gar nicht mehr', ſagte der Graf, als er dieſe Erfolge wahrnahm, ‚daß meine Angeſtellten ſo reich geworden ſind. Ich habe zwei Köche gehabt, die in ſieben Jahren wohlhabende Reſtaurateure geworden ſind.'
‚Sie haben in ſieben Jahren dreihunderttauſend Franken verloren', antwortete ich, ‚Sie, der Sie als Richter im Juſtizpalaſt Urteile gegen Verbrecher unterzeichnen, Sie ermutigen den Diebſtahl im eigenen Hauſe.'
Zu Beginn des Jahres 1826 hatte der Graf aufgehört, mich zu beobachten, und wir waren ſo miteinander verbunden, wie es zwei Männer ſein können, von denen der eine dem andern untergeordnet iſt. Er hatte zwar niemals ein Wort über meine Zukunft fallen laſſen, aber er hatte ſich wie ein Vater und

Lehrer bemüht, mich zu unterrichten. Er ließ mich oft das Material für ſeine ſchwierigſten Arbeiten ſammeln, ich redigierte manche ſeiner Berichte, er korrigierte mich und zeigte mir den Unterſchied zwiſchen ſeiner Geſetzesauslegung, ſeiner Anſchauung und meiner. Als ich ſchließlich eine Arbeit angefertigt hatte, die er als ſeine ausgeben konnte, empfand er darüber eine Freude, die mich für meine Arbeit entſchädigte, und er bemerkte, daß ich es ſo auffaßte. Dies kleine Vorkommnis machte auf die Seele des Grafen, die ſo unzugänglich ſchien, einen ſtarken Eindruck. Der Graf urteilte jetzt über mich, um mich eines Ausdrucks aus der Gerichtsſprache zu bedienen, in letzter Inſtanz; er nahm meinen Kopf und küßte mich auf die Stirn.

‚Maurice,' rief er, ‚Sie ſind jetzt nicht mehr nur mein Mitarbeiter, ich weiß nicht, was Sie mir noch ſein werden, aber, wenn ſich in meinem Leben nichts ändert, ſo werden Sie vielleicht mein Sohn werden.'

Der Graf Octave hatte mich in die vornehmſten Pariſer Häuſer eingeführt; ich begab mich an ſeiner Statt mit ſeinen Lakaien und ſeiner Kutſche zu Geſellſchaften, wenn er, was oft vorkam, nicht hinfuhr, ſondern plötzlich ſeine Abſicht änderte, einen Mietswagen kommen ließ, um . . . wohin zu fahren? Das eben war das Geheimnis.

An dem Empfang, den man mir überall bereitete, erriet ich die Gefühle, die der Graf für mich hegte, und ich begriff, wie ernſt es ihm mit ſeinen Empfehlungen war. Er war fürſorglich wie ein Vater, er kam meinen Bedürfniſſen um ſo freigebiger entgegen, als meine Verſchwiegenheit ihn dazu zwang, andauernd an mich zu denken.

Einmal, Ende Januar 1827, hatte ich auf einem Spielabend bei der Gräfin de Sérizy andauernd ſo viel Pech gehabt, daß ich zweitauſend Franken verloren hatte und ſie nicht aus meiner Kaſſe bezahlen konnte. Am nächſten Morgen dachte ich: ‚Soll ich meinen Oheim um die Summe bitten, oder ſoll ich mich dem Grafen anvertrauen?‘ Ich entſchloß mich zu letzterem.

‚Geſtern‘, erzählt ich ihm beim Frühſtück, ‚habe ich beim Spiel immer verloren. Trotzdem habe ich immer weiter geſpielt und ſchließlich zweitauſend Franken Schulden gemacht. Geſtatten Sie mir, daß ich die zweitauſend Franken als Vorſchuß auf mein Jahresgehalt nehme?‘

‚Nein,‘ antwortete er mit bezauberndem Lächeln, ‚wenn man in vornehmer Geſellſchaft ſpielt, muß man auch eine Spielkaſſe haben. Nehmen Sie ſechstauſend Franken, bezahlen Sie Ihre Schulden. Wir werden von heute ab Halbpart machen, denn wenn Sie mich ſo oft vertreten, dann ſoll wenigſtens Ihr Selbſtgefühl nicht darunter leiden.‘

Ich dankte dem Grafen nicht. Ein in Worten ausgedrückter Dank wäre ihm wohl als zu familiär erſchienen. Dieſe Nuance zeigt, wie unſere Beziehungen geartet waren. Wir hatten noch immer nicht unbegrenztes Vertrauen zueinander, und er erſchloß mir immer noch nicht die unermeßlichen Tiefen, die ich in ſeinem geheimen Leben erkannt hatte, und ich wagte auch nicht, ihn zu fragen: ‚Was haben Sie? Woran leiden Sie?‘

Was tat er wohl während der langen Abende? Oft kehrte er zu Fuß oder in einem Mietwagen nach Hauſe zurück, wenn ich, ſein Sekretär, in ſeiner Karoſſe heimfuhr. War dieſer gottesfürchtige Mann vielleicht das Opfer eines heuchleriſch verborgenen Laſters? Wandte er alle Geiſteskräfte in einer Eiferſuchtsaffäre auf, wobei er geſchickter war als Othello? Lebte er mit einer Frau, die ihm nicht ebenbürtig war? Als ich eines Morgens von irgendeinem Lieferanten, dem ich eine Rechnung bezahlt hatte, zurückkam, traf ich zwiſchen Saint-Paul und dem Hôtel de Ville den Grafen Octave in ſo lebhafter Unterhaltung mit einer alten Frau, daß er mich nicht bemerkte. Das Ausſehen der Alten rief in mir ſeltſamen Verdacht wach, einen Verdacht, der um ſo begründeter war, als ich keine Ahnung hatte, wie der Graf ſeine Erſparniſſe verwandte. Abſcheulicher Gedanke! Ich ſpielte den Sittenrichter meines Herrn. Ich wußte, daß er damals mehr als ſechshunderttauſend Franken anlegen konnte; hätte er ſie zum Ankauf von Renten benutzt, ſo hätte ich bei dem Vertrauen, das er mir in ſeinen Angelegenheiten entgegenbrachte, das unbedingt wiſſen müſſen.

Manchmal ging der Graf des Morgens in ſeinem Garten ſpazieren. Er ging dort auf und ab wie ein Mann, für den dieſer Spaziergang das Fabeltier iſt, das ſeine träumeriſche Schwermut beſteigt. Er ging hin und her und rieb ſich babei die Hände, als ob er ſich die Haut abreißen wollte. Und wenn ich ihn bei der Biegung einer Allee überraſchte, ſah ich ſein Geſicht in Freude glänzen. Seine Augen hatten dann nicht mehr die trockene Starrheit von Türkiſen, ſie bekamen dann den ſammetweichen Glanz des Immergrüns, der mich ſchon bei meinem erſten Beſuch in Erſtaunen geſetzt hatte. Ein merkwürdiger Gegenſatz beſtand zwiſchen den verſchiedenen Sprachen ſeiner Augen: dem Blick des Glücklichen und dem Blick des Unglücklichen. In ſolchen

Augenblicken hatte er mich zwei- oder dreimal am Arm genommen und mich mit ſich gezogen. ‚Was wollen Sie mich fragen?‘ pflegte er dann zu ſagen, anſtatt ſeine Freude in mein Herz, das ihm offenſtand, auszugießen. Öfter noch, und beſonders ſeitdem ich ihn bei ſeinen Arbeiten vertrat und ſeine Berichte ſchrieb, blieb der Unglückliche ſtundenlang in Betrachtung der Goldfiſche verſunken, die in einem herrlichen Marmorbecken inmitten des Gartens ſchwammen, um das die ſchönſten Blumen in einem aufſteigenden Halbrund ſtanden. Dem Staatsmann ſchien es gelungen, das mechaniſche Vergnügen, den Fiſchen Brotkrumen zuzuwerfen, in eine Leidenſchaft zu verwandeln.

Jetzt will ich Ihnen erzählen, wie ſich das Drama dieſes Daſeins, das in ſeinem Innern ſo tief aufgewühlt war und in deſſen verborgenen Winkel fürchterliche Freuden erwuchſen, enthüllte.“

(Der Erzähler machte eine Pauſe.)

„An einem Montag,“ fuhr der Generalkonſul fort, „waren zufällig der Präſident de Grandville und der Herr de Sérizy, der damals Vizepräſident des Staatsrates war, zu einer Sitzung zum Grafen Octave gekommen. Dieſe drei Herrn bildeten eine Kommiſſion, deren Sekretär ich war. Der Graf hatte mich ſchon zum Beiſitzer des Staatsrates ernennen laſſen. Alle Dokumente, die den Herren bei der geheimen Prüfung der politiſchen Frage notwendig waren, lagen auf einem der langen Tiſche unſerer Bibliothek. Die Herren de Grandville und de Sérizy hatten die vorläufige Bearbeitung der Dokumente zunächſt dem Grafen Octave überlaſſen. Um den Transport der Dokumente zu Herrn de Sérizy, dem Präſidenten der Kommiſſion, zu vermeiden, war man übereingekommen, zunächſt in der Rue de Payenne eine Sitzung abzuhalten. Der Hof in den Tuilerien legte großes Gewicht auf dieſe Arbeit, die hauptſächlich auf meinen Schultern laſtete und der ich noch im Verlauf dieſes Jahres meine Ernennung zum Staatsrat verdanken ſollte. Obwohl die Grafen de Grandville und de Sérizy, deren Tageseinteilung faſt genau ſo war wie die meines Herrn, niemals außerhalb ihres Hauſes zu ſpeiſen pflegten, ſo berieten wir doch zu unſerer eigenen Überraſchung bis zu vorgerückter Stunde. Schließlich trat der Kammerdiener ein und meldete: „Die Herrn Pfarrer von Saint-Paul und der Blancs Manteaux-Kirche ſind ſchon ſeit zwei Stunden im Salon.“ Es war bereits neun Uhr.

‚Meine Herren‘, ſagte der Graf Octave lächelnd zu ſeinen Kollegen, ‚Sie müſſen jetzt ein Pfarrer-Diner über ſich ergehen laſſen. Ich weiß nicht, ob Grandville ſeine Abneigung gegen die Soutane unterdrücken wird?‘

‚Das richtet ſich nach den Pfarrern.‘

‚Keine Sorge‘, antwortete ich, ‚der eine iſt mein Onkel, und der andere iſt der Abbé Gaudron. Nur keine Angſt. Der Abbé Fontanon iſt nicht mehr Vikar an Saint-Paul.‘

‚Alſo auf zum Diner,‘ entgegnete der Präſident Grandville, ‚ein Frömmler iſt mir ein Graus. Niemand aber iſt fröhlicher als ein wahrhaft Frommer.‘ Wir gingen in den Speiſeſaal. Das Mahl verlief ſehr angenehm. Wirklich gebildete Männer, Politiker, denen die Staatsgeſchäfte Erfahrung und Wortgewandtheit verleihen, ſind wundervolle Plauderer, wenn ſie zu plaudern verſtehen. Unter ſich ſind ſie nicht ſchwerfällig und pathetiſch. In der reizvollen

Kunſt des Plauderns übertrifft der Fürſt Metternich noch Charles Nodier. Der Scherz der Staatsmänner iſt klar und funkelnd wie ein in Facetten geſchliffener Diamant und voller Pointen. Mein Oheim, der ſich den Umgangsformen dieſer drei überlegenen Männer anzupaſſen verſtand, entfaltete all ſeinen Witz, ſeinen Geiſt und die Feinheit, über die alle Leute verfügen, die ihre Gedanken unter der Amtstracht verbergen müſſen. Seien Sie verſichert, daß es in dieſer Unterhaltung nichts Vulgäres, nichts Haſſenswürdiges gab, bei dieſem Tiſchgeſpräch, das ich in ſeiner Einwirkung auf die Seele gern der Muſik Roſſinis vergleichen möchte.
Der Abbé Gaudron war, wie Herr de Grandville ſagte, eher ein heiliger Petrus als ein heiliger Paulus; er war ein glaubensſtarker Bauer, ein vierſchrötiger Rieſe, ein Stier im geiſtlichen Gewand. Seine Unkenntnis in allem, was Welt und Literatur betraf, belebte die Unterhaltung durch ſeine Naivität und ſeine überraſchenden Fragen. Zum Schluß unterhielten wir uns von einer der Wunden, die mit der Geſellſchaftsordnung verknüpft iſt: vom Ehebruch. Mein Oheim machte auf den Widerſpruch aufmerkſam, den die Geſetzgeber des Code civile unter der Wirkung der revolutionären Stürme zwiſchen dem bürgerlichen und dem religiöſen Geſetz errichtet haben. Daher, ſo glaubte er, kam das ganze Unglück. ‚Für die Kirche‘, ſagte er, ‚iſt der Ehebruch eine Sünde, für die Gerichte iſt er ein Verſtoß gegen das Geſetz. Der Ehebruch erſcheint gewiſſermaßen in vornehmer Aufmachung vor der Scheidungskammer, anſtatt auf der Anklagebank vor dem Schwurgericht zu ſitzen. Der Staatsrat Napoleons, der wohl Mitleid mit der ſchuldigen Frau empfand, beſaß

keine Erfahrung. Hätte nicht das bürgerliche Geſetz mit dem religiöſen übereinſtimmen müſſen, und hätte nicht, wie das früher geſchah, die ſchuldige Ehefrau für den Reſt ihres Lebens ins Kloſter geſchickt werden müſſen?' . . .

‚Ins Kloſter?' entgegnete Herr de Sérizy, ‚da hätte man doch erſt Klöſter bauen müſſen damals, als die Klöſter in Kaſernen verwandelt wurden, und dann, Herr Abbé, ſoll man denn Gott das geben, was die Menſchen nicht mehr mögen?'

‚Oh,' meinte der Graf de Grandville, ‚Sie kennen Frankreich nicht. Der Gatte hat allerdings das Recht, den Klageantrag zu ſtellen, aber es gibt kaum zehn Ehebruchsklagen in jedem Jahr.'

‚Der Herr Abbé predigt für ſeinen Heiligen,' nahm der Graf Octave das Wort, ‚denn Jeſus Chriſtus hat den Ehebruch geſchaffen. Im Orient, der Wiege der Menſchheit, war das Weib nur ein Spielzeug, nur eine Sache. Man heiſchte von ihm keine anderen Tugenden, als Schönheit und Gehorſam. Die europäiſche Familie aber, die doch die Tochter Jeſu iſt, hat die Seele über den Körper geſetzt, die Unlösbarkeit der Ehe erfunden und aus ihr ein Sakrament gemacht.'

‚Oh, die Kirche erkannte wohl all dieſe Schwierigkeiten', rief Herr de Grandville.

‚Dieſe Inſtitution hat eine neue Welt geſchaffen,' fuhr der Graf lächelnd fort, ‚aber die Sitten dieſer Welt werden niemals dieſelben ſein wie die in den Zonen, wo die Frau ſchon mit ſieben Jahren heiratsfähig iſt und mit fünfundzwanzig Jahren ſchon ganz alt erſcheint. Die katholiſche Kirche hat die Bedürfniſſe der einen Hälfte der Erde verkannt. Sprechen wir jetzt nur von Europa. Iſt die Frau ein minderwertiges Wesen oder ein höhergeartetes? Das ist die Frage, die hier zur Diskussion steht. Ist die Frau weniger wert als der Mann, so müßte die Kirche, die sie so hoch erhoben hat, für den Ehebruch furchtbare Strafen erfinden. Früher ist das ja auch geschehen. Das Kloster oder der Tod, das war die Quintessenz der früheren Gesetzgebung. Seitdem aber haben die Sitten die Gesetze verändert, wie das immer zu geschehen pflegt. Der Thron hat dem Ehebruch als Bett gedient, und der Umstand, daß dies liebenswürdige Verbrechen solche Fortschritte gemacht hat, hat die Schwäche der Dogmen der katholischen Kirche aufgezeigt. Heute fordert die Kirche von der sündigen Frau nur aufrichtige Reue, und die Gesellschaft begnügt sich damit, der Ehebrecherin ein Schandmal anzuheften, anstatt ihren Tod zu fordern. Das Gesetz verurteilt die Schuldigen zwar noch, aber es schüchtert sie nicht mehr ein. Mit einem Wort: Wir haben eine doppelte Moral, die Moral der Gesellschaft und die Moral des Gesetzbuches. Wo das Gesetzbuch sich als schwach erweist, hier stimme ich mit unserem lieben Abbé überein, ist die Gesellschaft übermütig und frivol. Es gibt nur wenig Richter, die nicht das Vergehen begangen haben möchten, gegen das sie ihr Urteil richten, und dazu kommen noch die mildernden Umstände. Die Gesellschaft, die durch ihre Sitten, Vergnügungen und Feste das Gesetz Lügen straft, ist dabei doch strenger als Gesetzbuch und Kirche: sie bestraft die Ungeschicklichkeit, nachdem sie die Heuchelei ermutigt hat. Eine gründliche Reform der Ehegesetze scheint mir notwendig. Vielleicht wäre das französische Gesetz vollkommen, wenn es die Mädchen vom Erbe ausschlösse.‘

‚Wir drei ſind der Frage auf den Grund gegangen,‘ ſagte lächelnd der Graf de Grandville, ‚ich ſelbſt habe eine Frau, mit der ich nicht leben kann. Sérizy hat eine Frau, die nicht mit ihm leben will, und deine Frau, Octave, hat dich verlaſſen. In uns dreien iſt die ganze Kaſuiſtik der ehelichen Gewiſſensfragen beſchloſſen. Wir werden ſicher die richtige Kommiſſion bilden, wenn die Eheſcheidung vom Geſetz neu geregelt werden ſollte.‘

Octaves Gabel fiel auf ſein Glas. Das Glas zerbrach und auch der Teller. Der Graf, der bleich geworden war wie ein Toter, warf dem Präſidenten de Grandville einen zerſchmetternden Blick zu, mit dem er gleichzeitig auf mich deutete.

‚Verzeihung, lieber Freund, ich hatte nicht daran gedacht, daß Maurice anweſend iſt‘, entgegnete der Präſident de Grandville. ‚Sérizy und ich, wir waren deine Mitſchuldigen, nachdem wir dir vorher als Zeugen gedient hatten, und ich glaubte daher in Gegenwart dieſer hochwürdigen Geiſtlichen keine Indiskretion zu begehen.‘

Herr de Sérizy wechſelte das Geſprächsthema und erzählte, was alles er verſucht habe, um ſeiner Frau angenehm zu erſcheinen, wobei er aber niemals Erfolg gehabt hatte. Der alte Herr ſchloß mit der Bemerkung, daß es unmöglich ſei, die menſchlichen Sympathien und Antipathien durch Verordnungen beſtimmen zu wollen. Er behauptete, daß das bürgerliche Geſetz niemals vollkommener ſei, als wenn es ſich den Naturgeſetzen nähere. Der Natur aber komme es nicht auf die Vereinigung der Seelen an, ihr Ziel ſei vielmehr mit der Fortpflanzung des Menſchengeſchlechts erreicht. Der Code civile wäre daher ſehr klug geweſen, wenn er dem Zufall einen großen Raum zugeſtanden hätte. Die Ausſchließung der Mädchen vom Erbe, wenn männliche Erben da wären, ſei eine vorzügliche Änderung, ſowohl um die Degeneration der Geſchlechter zu vermeiden, als auch, um die Ehen glücklicher zu machen. So nämlich würden die ſkandalöſen Verbindungen nicht zuſtande kommen, und man würde bewirken, daß einzig und allein ſittliche Werte und Schönheit erſtrebt werden. Aber, fügte er mit einer Gebärde des Unwillens hinzu, wie ſoll man eine Geſetzgebung vervollkommnen, wenn ein Land ſo anmaßend iſt, ſich durch ſieben- oder achthundert Geſetzgeber regieren laſſen zu wollen . . . Aber ſchließlich, wenn ich auch dahin bin, ich habe ein Kind, das mich beerben wird.'

‚Alle religiöſen Fragen beiſeite,' nahm mein Oheim das Wort, ‚möchte ich Ew. Exzellenz zu bedenken geben, daß die Natur uns nur das Leben ſchuldet, die Geſellſchaft aber das Lebensglück.'

‚Sind Sie Vater?' fragte ihn Herr de Grandville.

‚Und ich? Habe ich denn Kinder?' rief Graf Octave mit einer Stimme, deren hohler Klang und deren Tonfall ſolchen Eindruck machte, daß man darauf verzichtete, von Frauen und Ehe zu ſprechen. Nachdem man Kaffee getrunken hatte, gingen die beiden Grafen und die beiden Pfarrer fort, der arme Octave verſank in einen Anfall von Schwermut, ſo daß er das allmähliche Verſchwinden ſeiner Gäſte gar nicht bemerkte. Ganz gebrochen ſaß mein Beſchützer in einem Seſſel am Feuer.

‚Sie kennen jetzt das Geheimnis meines Lebens', ſagte er zu mir, als er bemerkte, daß wir allein waren. ‚Nach dreijähriger Ehe wurde mir eines Abends, als ich nach Hauſe zurückkehrte, ein Brief übergeben, in dem mir die Gräfin ihre Flucht mitteilte. Dieſer Brief war nicht ohne Vornehmheit, denn es gehört zum Weſen des Weibes, auch noch bei einem ſo ſchrecklichen Fehltritt ſeine guten Eigenſchaften zu wahren . . . Meine Frau — ſo glaubt man wenigſtens in der Geſellſchaft — ſoll ein Schiff beſtiegen haben, das untergegangen iſt. Sie gilt für tot. Seit ſieben Jahren lebe ich allein . . . Genug für heute Abend, Maurice. Wir werden noch über meine Lage ſprechen, wenn ich mich an den Gedanken gewöhnt habe, mit Ihnen über dieſe Dinge zu reden. Leidet man an einer unheilbaren Krankheit, ſo muß man ſich mit ihr abfinden. Das iſt aber oft nur eine andere Art des Leidens.‘

Ganz verwirrt legte ich mich zur Ruhe, denn das Geheimnis hatte ſich mir noch nicht erſchloſſen, im Gegenteil, es erſchien mir nur noch verworrener. Ich ahnte, daß es ſich um ein ganz ſeltſames Drama handeln müſſe, da mir bewußt war, daß ſich zwiſchen einer Frau, die der Graf erwählt hatte, und einem Charakter, wie dem ſeinen, nichts Gewöhnliches begeben haben konnte. Die Ereigniſſe, die die Gräfin veranlaßt hatten, einen ſo vornehmen, ſo liebenswürdigen, ſo vollkommenen Mann zu verlaſſen, der ſelbſt liebte und geliebt zu werden verdiente, mußten ganz außerordentliche geweſen ſein. Der eine Satz des Herrn de Grandville erleuchtete mir wie eine Fackel die unterirdiſchen Gänge, in denen ich ſeit langem herumirrte. Und wenn dies Licht ſie auch nur unvollkommen erhellte, ſo konnten meine Augen doch ihre Ausdehnung ermeſſen. Ich konnte mir die Leiden des Grafen erklären, aber ihre Tiefe und ihre Bitterkeit konnte ich noch nicht erkennen. Das gelbe Geſicht, die eingeſunkenen

Schläfen, ſein rieſenhafter Arbeitsdrang, ſeine Augenblicke der Verträumtheit, die geringfügigſten Einzelheiten aus dem Leben dieſes verheirateten Mönchs wurden mir deutlicher in dieſer Stunde des Nachdenkens, der ſich jedes fühlende Herz hingegeben hätte, wie ich es tat. Oh, wie liebte ich meinen armen Herrn! Er erſchien mir erhaben. Ich fabelte mir eine ſchwermütige Romanze zuſammen; dies Herz, das ich für erſtarrt gehalten, ſchien mir jetzt erfüllt von raſtloſer Bewegung. Endet der tiefſte Schmerz nicht in der Erſtarrung? Hatte der Staatsmann, der über ſo viel Macht verfügte, ſich gerächt? Hatte er ſich an einem langen Todeskampf geweidet? Wieviel bedeutet es, in Paris zehn Jahre lang die Glut dieſer Rache zu bewahren? Was hatte Octave ſeit dieſem großen Unglück unternommen? Denn die Trennung zweier Gatten ist das größte Unglück in unſerer Zeit, da das Privatleben, was es früher nicht war, eine ſoziale Angelegenheit geworden iſt. Einige Tage beobachteten wir uns gegenſeitig, denn große Leiden haben ihre Schamhaftigkeit. Eines Abends aber rief mir der Graf mit ernſter Stimme zu: ‚Bleiben Sie.' Er erzählte mir ungefähr folgendes:

‚Mein Vater hatte zu der Zeit, da ich aus dem Gymnaſium in dieſen alten Palaſt zurückkehrte, ein Mündel, ein ſechzehnjähriges, reiches und ſchönes Mädchen. Honorine, die von meiner Mutter erzogen worden, erwachte gerade damals zum Leben. Voller Anmut und Kindlichkeit träumte ſie von Glück, wie ſie von Schmuckſachen träumte. Und vielleicht war das Glück ihr gleichſam das Schmuckſtück der Seele. Ihre Frömmigkeit ſelbſt war nicht ohne kindliche Freude, ſelbſt die Religion war für dies unbefangene

Herz Poesie. Ihre Zukunft sah sie wie ein ewiges Fest vor sich. Sie war rein und unschuldig, und noch hatte keine Begierde ihren Schlummer gestört. Scham und Leid hatten noch niemals ihr Antlitz entstellt und ihr Auge noch nicht befeuchtet. Sie fühlte sich schwach und zum Gehorsam bestimmt, und sie erwartete die Ehe, ohne sie herbeizuwünschen. Ihre heitere Phantasie wußte nichts von der vielleicht notwendigen Leidenschaft, die die Literatur dadurch, daß sie sie schildert, vielleicht erst dem Herzen einimpft. Von der großen Welt und den Gefahren, die sie birgt, ahnte sie nichts. Das liebe Kind hatte so wenig Leiden ausgestanden, daß es noch niemals nötig gehabt hatte, seinen Mut zu entfalten. Mit einem Wort, ihre Herzensreinheit hätte sie furchtlos unter Schlangen wandeln lassen wie die Idealfigur, die ein Maler zum Symbol der Unschuld macht. Keine Stirn konnte heiterer und heller sein als die ihre. Niemals wußte ein Mädchenmund mit so viel Naivität eindeutige Fragen ihres bösen Sinnes zu entkleiden. Wir lebten wie Geschwister. Nach Verlauf eines Jahres fragte ich sie im Garten des Palastes vor dem Goldfischbecken, als wir den Fischen Brotkrumen zuwarfen: ‚Willst du mich heiraten? Wenn ich dein Mann bin, kannst du alles tun, was du magst. Jeder andere Mann aber wird dich unglücklich machen.‘

‚Mama‘, wandte sie sich an meine Mutter, die gerade zu uns kam, ‚Octave und ich sind entschlossen uns zu heiraten.‘

‚Mit siebenzehn Jahren?‘ entgegnete meine Mutter, ‚nein, ihr werdet noch anderthalb Jahre warten. Und wenn ihr euch nach Ablauf dieser anderthalb Jahre noch gern habt, habe ich nichts dagegen. Im

Rang und im Vermögen ſeid ihr euch gleich. Ihr werdet alſo eine Ehe ſchließen, die gleichzeitig eine Konvenienz- und eine Liebesheirat ſein wird.'
Als ich ſechsundzwanzig Jahre und Honorine neunzehn Jahre alt war, vermählten wir uns. Unſer Reſpekt vor meinen Eltern, die noch am Hof vor der Revolution eine Rolle geſpielt hatten, veranlaßte uns, von einer Neueinrichtung des Palaſtes abzuſehen, und ſo blieben wir denn hier, wie ſchon vorher als Kinder. Trotzdem nahm ich am geſellſchaftlichen Leben teil, ich führte meine Frau in die Geſellſchaft ein, und ich hielt es für eine meiner Pflichten, ſie über alles zu belehren. Später habe ich dann erkannt, daß es in Ehen, die unter Bedingungen geſchloſſen werden wie die unſere, eine Klippe gibt, an der Neigung, Klugheit und das Leben ſelbſt zerſchellt. Der Mann wird zum Pädagogen und zum Magiſter. Die Liebe erliſcht unter der Zuchtrute, die früher oder ſpäter doch ſchmerzt. Denn eine junge und ſchöne, geſcheite und heitere Frau läßt ſich doch nur von den Vorzügen imponieren, mit denen ſie ſelbſt von der Natur ausgeſtattet iſt. Habe ich vielleicht unrecht gehandelt? Habe ich vielleicht im ſchwierigen Beginn der Ehe mit allzu pedantiſchem Ton geſprochen? Vielleicht habe ich aber auch den Fehler begangen, der reinen Natur der Gräfin allzuſehr zu vertrauen, und ich habe ſie nicht genügend überwacht, da ich es für unmöglich hielt, daß ſie ſich je empören könnte. Ach ja, man weiß ja nie, weder in der Politik noch in der Ehe, ob ein Kaiſerreich oder eine glückliche Ehe durch allzuviel Vertrauen oder durch allzuviel Strenge zugrunde geht. Oder hat vielleicht der Mann die Träume des jungen Mädchens nicht verwirklichen

können? Ach, in den Tagen des Glücks weiß man ja nicht, welche Lebensregeln man nicht befolgt hat.‘ (Ich erinnere mich nicht mehr an alle Vorwürfe, die der Graf ſich ſelbſt machte. Mit der Gewiſſenhaftigkeit des Anatomen ſuchte er die Gründe des Leidens, die die anderen Ärzte nicht entdecken konnten. Seine milde Nachſicht erinnerte mich an die Barmherzigkeit Chriſti, der die Ehebrecherin rettete.)

‚Anderthalb Jahre nach dem Tode meines Vaters, der einige Monate vor meiner Mutter ins Grab ſank,‘ fuhr er fort, ‚kam die entſetzliche Nacht, in der ich den Abſchiedsbrief von Honorine erhielt. Von welchem Zauber war meine Frau verführt worden? Waren es die Sinne? Waren es die magnetiſchen Kräfte, die vom Unglück oder vom Genie ausgehen? Was für eine Kraft hatte ſie befallen und mit ſich geriſſen? Ich wollte es nicht wiſſen. Der Schlag war ſo grauſam, daß ich einen Monat lang wie geiſtesgeſtört war. Später bin ich dann abſichtlich in meiner Unkenntnis verblieben. Das unglückliche Schickſal meiner Frau hat mich dann allzugut über all dieſe Dinge aufgeklärt. Was ich dir bisher erzählt habe, Maurice, iſt eine häufig vorkommende Geſchichte. Ein einziges Wort aber ändert alles: Ich liebe Honorine, ich habe nie aufgehört, ſie anzubeten. Seit dem Tag, da ſie mich verlaſſen hat, lebe ich von meinen Erinnerungen. Immer wieder erlebe ich in meiner Phantaſie die Genüſſe, an denen Honorine keinen Geſchmack fand.‘

‚Oh,‘ rief er, als er mein Erſtaunen ſah, ‚machen Sie keinen Helden aus mir, halten Sie mich nicht für einen Dummkopf, weil ich keine Zerſtreuungen geſucht habe. Oh, mein Sohn, ich war zu jung oder zu verliebt. In der ganzen Welt habe ich keine andere Frau finden können. Nach ſchrecklichen inneren Kämpfen verſuchte ich allerdings, mich zu betäuben. Ich ließ meine Taler ſpringen und ging bis in den Vorhof der Untreue. Dort aber tauchte meine Erinnerung an Honorine wie eine weiße Statue vor mir auf. Erinnerte ich mich ihrer köſtlichen feinen Haut, durch die man das Blut rinnen und die Nerven vibrieren ſieht, tauchte ihr Köpfchen wieder vor mir auf, das an dem Tage meines Unglücks noch ebenſo kindlich erſchien wie an dem Tag, da ich um ſie warb, umſtrömte mich wieder ihr Duft, der himmliſch rein war wie der der Tugend, glaubte ich mich wieder in ihren Blicken zu ſpiegeln und die Anmut ihrer Gebärden wiederzuſchauen — dann ergriff ich die Flucht wie ein Mann, der ein Grab ſchänden will und dabei die Seele des verklärten Toten aus dem Grabe aufſteigen ſieht. Im Staatsrat, in den Tuilerien, in meinen Nächten träume ich immer und immer von Honorine, und ich muß meine ganze Willenskraft anwenden, um bei meinen Taten und Worten nicht abweſend zu erſcheinen. Das iſt das Geheimnis meiner Arbeitswut. Ich habe gegen meine Frau nicht mehr Zorn empfunden, als wohl ein Vater empfindet, wenn er ſein liebes Kind in einer Gefahr ſieht, in die es ſich unvorſichtig hineingeſtürzt hat. Ich weiß wohl, daß ich aus meiner Frau eine Art Dichtung gemacht habe, an der ich mich ſo berauſche, daß ich wähne, ſie nähme an meinem Rauſche teil.

Oh, Maurice, eine kritikloſe Liebe iſt beim Mann ein Fehler, der alle Verbrechen der Frau vorbereitet. Wahrſcheinlich hatte ich die Kräfte dieſes Weſens, das ich wie ein Kind liebte, ungenutzt gelaſſen. Vielleicht hatte ich ſie mit meiner Liebe ermüdet, bevor für ſie die Stunde der Liebe geſchlagen hatte. Zu jung, um zu ahnen, daß der Hingebung der Mutter die Treue der Gattin vorausgehen muß, hat ſie die erſte Prüfung der Ehe für das Leben ſelbſt gehalten und als widerſpenſtiges unreifes Kind das Leben verwünſcht, ohne daß ich etwas davon ahnte, und nicht gewagt, ſich bei mir zu beklagen, vielleicht weil ſie ſich ſchämte. In einer ſo grauſamen Situation wird ſie wohl einem Manne gegenüber, der es verſtand, ihr Intereſſe leidenſchaftlich zu erregen, widerſtandslos geweſen ſein. Und ich, der ich doch ein ſcharfſinniger Richter bin, wie man ſagt, ich, der ich guten Willens war, aber den Kopf voll von anderen Dingen hatte, ich habe allzuſpät die Geſetze des weiblichen Geſetzbuches begriffen, ich habe ſie erſt geleſen im Feuerſchein des Brandes, der mein eigenes Haus zerſtörte. In Kenntnis des Geſetzes habe ich mein eigenes Herz zum Richter gemacht, denn das Geſetz macht den Mann zum Richter: ich habe meine Frau frei geſprochen und mich verurteilt.

Danach wurde die Liebe für mich Gier, die häßliche und unentrinnbare Gier, wie ſie manche Greiſe befällt. Heute liebe ich Honorine, die ferne Honorine, wie man mit ſechzehn Jahren ein Weib liebt, das man um jeden Preis beſitzen will, und ich fühle in mir die Kraft des jungen Mannes. In mir iſt die Verwegenheit des gierigen Greiſes und die Schüchternheit des zögernden Jünglings vereint. Mein Lieber, für eine ſo ſcheußliche Lage eines Ehemannes hat die Geſellſchaft nur Spott. Wo ſie mit einem Liebhaber noch Mitleid empſindet, ſieht ſie beim Ehemann nur Schwäche. Sie lacht über die, die eine

Frau nur unter dem von der Kirche gesegneten Brautschleier und vor dem Standesamt errungen haben und sie dann nicht halten können. Daher habe ich schweigen müssen. Sérizy hat es gut. Er verdankt seiner Nachsicht das Vergnügen, seine Frau wenigstens besuchen zu dürfen. Er beschützt und verteidigt sie, und da er sie anbetet, kennt er die unermeßlichen Wonnen des Wohltäters, dem alles gleich ist, selbst die Lächerlichkeit, wie er selbst seine väterlichen Freuden getauft hat. ‚Ich bleibe nur um meiner Frau willen verheiratet', sagte mir Sérizy eines Tages, als wir aus dem Staatsrat kamen. Aber ich . . . ich habe nichts, nicht einmal die Lächerlichkeit, der ich trotzen könnte. Keiner anderen Frau der Welt kann ich ein Liebeswort sagen. Die käufliche Liebe verabscheue ich, ein Zauber zwingt mich zur Treue. Wäre ich nicht gläubig, ich hätte Selbstmord begangen. Herausfordernd habe ich mich in den Abgrund der Arbeit gestürzt, lebend, von Leidenschaft verzehrt, bin ich ihm entstiegen, dabei habe ich den Schlaf verloren.'
(Ich kann mich im einzelnen nicht mehr an die Worte des so beredten Grafen erinnern. Ich weiß nur, daß die Leidenschaft ihm eine Beredsamkeit verlieh, die die der Rednerbühne übertraf. Lauschte ich seinen Worten, so waren meine Wangen tränenbenetzt wie die seinen. Stellen Sie sich vor, was ich empfand, als er nach einer Pause, während der wir uns die Tränen abwischten, in der Fortsetzung seiner Erzählung das Geheimnis seines Lebens vollends entschleierte.)
‚Das ist das Drama in meinem Innern, es hat nichts zu tun mit dem Drama, das sich außen in der Pariser Gesellschaft abspielt. Das Drama in meiner Seele

hat für ſonſt niemanden Intereſſe. Ich weiß es, und Sie, der Sie in dieſem Augenblick mit mir trauern, werden es eines Tages erkennen: Niemand belaſtet ſeine Seele oder auch nur ſeine Haut mit dem Schmerz eines anderen. Nur wir ſelbſt wiſſen, wie ſehr wir leiden. Auch Sie verſtehen meine Leiden nur durch Vergleich, der nur das Allgemeine trifft. Oh, wenn Sie wüßten, daß ich die Raſerei meiner Verzweiflung dadurch beruhige, daß ich ein Miniaturbild betrachte, auf dem mein Blick ihre Stirn und das Lächeln ihrer Lippen wiederfindet. Ich küſſe das Bild, aus dem ich den Duft ihrer Haut einatme, ja, ich glaube dann mit den ſchwarzen Flechten ihres lockigen Haares zu ſpielen. Haben Sie mich nicht dann und wann dabei überraſcht, wie ich hoffnungsgeſchwellt aufſpringe, wie ich mich dann aber wieder unter den tauſend Pfeilen der Verzweiflung winde und durch den Kot von Paris wandere, um meine Ungeduld durch Ermüdung zu bezähmen? Ich erlebe Augenblicke der Kraftloſigkeit wie die Menſchen, die an der Auszehrung leiden. Dann wieder habe ich Heiterkeitsausbrüche wie ein Irrſinniger, und die Furcht eines Mörders, der einem Gendarmen begegnet. Mit einem Wort, mein Leben iſt ein unaufhörlicher Paroxysmus von Schrecken, Wonne und Verzweiflung.

Sie glauben, ich wäre mit dem Staatsrat, mit der Kammer und der Politik beſchäftigt! . . . Lieber Gott, ſieben Stunden genügen mir ja zur Erledigung aller meiner Geſchäfte. Das Leben, das ich führen muß, hat meine Kräfte ungeheuerlich geſteigert. Ich habe nur eine große Lebensaufgabe: Honorine. Meine Frau wiederzuerobern, iſt meine einzige Arbeit. Sie in dem Käfig zu überwachen, wo ſie, ohne daß ſie es weiß, in meiner Macht iſt, für ihre Bedürfniſſe zu ſorgen, ihr das bißchen Freude zu verſchaffen, das ſie ſich geſtattet. Immer um ſie zu ſein wie ein Geiſt, ohne daß ſie etwas von mir ahnt und weiß. Andernfalls wäre meine ganze Zukunft verloren, Das iſt mein Leben, mein wahres Leben. Seit ſieben Jahren habe ich mich nie zur Ruhe begeben, ohne den Schein ihrer Nachtlampe zu ſehen oder ihren Schatten auf den Vorhängen des Fenſters. Sie hat mein Haus verlaſſen und nichts anderes mit ſich genommen als das Kleid, das ſie gerade an dem Tag trug. Das Kind hat die Vornehmheit der Empfindungen bis zur Narrheit übertrieben.

Anderthalb Jahre nach ihrer Flucht wurde ſie von ihrem Liebhaber verlaſſen. Den Elenden ſchreckte das bittere, eiſige und elende Geſicht der Armut ab. Der Kerl hatte wohl auf ein glückliches Leben im Wohlſtand gerechnet, das ſich die vornehmen Damen leiſten, wenn ſie ihre Gatten verlaſſen haben. Honorine beſaß ein eigenes Vermögen von ſechzigtauſend Franken. Der Elende hat die Arme, die ein Kind erwartete, ohne einen Sous zurückgelaſſen. Im November 1820 veranlaßte ich einen der beſten Geburtshelfer von Paris dazu, die Rolle eines kleinen Vorſtadtarztes zu ſpielen. Den Pfarrer des Stadtviertels, in dem die Gräfin wohnte, habe ich dazu beſtimmt, für ihre Bedürfniſſe zu ſorgen, als ob es ſich um ein Werk der Barmherzigkeit handele. Den Namen meiner Frau zu verbergen, ihr ein Inkognito zu ſichern, ihr eine Haushälterin zu beſchaffen, die mir ergeben und eine kluge Vertraute war . . . ja, das war Arbeit genug für einen Figaro. Den Zufluchtsort meiner Frau zu entdecken, war mir ein leichtes. Nach drei Monaten der Hoffnungsloſigkeit war ich entſchloſſen, mich ganz dem Glück Honorines zu widmen, und ich nahm Gott zum Zeugen meiner Reue. Nur ein verſchmähter Liebhaber kann auf einen ſolchen Gedanken verfallen. Jede Liebesleidenſchaft will ein Wirkungsfeld, und dann — mußte ich das Kind, das nur durch meine Unklugheit ſchuldig geworden war, nicht vor neuem Unheil beſchützen? Mußte ich meine Rolle als Schutzengel nicht weiterführen?

Nachdem ſie das Kind ſieben Monate genährt hatte, ſtarb es, zum Glück für ſie und für mich. Neun Monate lang ſchwebte meine Frau zwiſchen Tod und Leben. Sie war gerade in dem Augenblick verlaſſen worden, da ſie am meiſten des ſchützenden Armes eines Mannes bedurfte. Dieſer Arm aber — und mit einer energiſchen Bewegung hob er den ſeinen — war zum Schutz über ihr Haupt gebreitet. Honorine wurde ſo gut gepflegt, als ob ſie in ihrem eigenen Palaſt geweſen wäre. Als ſie nach ihrer Geneſung fragte, wie und durch wen ihr Hilfe zugekommen ſei, antwortete man ihr: ‚Die barmherzigen Schweſtern des Stadtviertels, der Mutterſchutzverein und der Pfarrer ſind es geweſen.' Dieſe Frau, deren Stolz ſchon beinahe ein Laſter iſt, entwickelte im Unglück eine Widerſtandskraft und einen Eigenſinn ohnegleichen. Honorine wollte ihren Lebensunterhalt verdienen! Meine Frau arbeitet! . . . Seit fünf Jahren habe ich ihr in der Rue Saint-Maur in einem entzückenden Häuschen einen Raum eingerichtet, wo ſie künſtliche Blumen und Putz anfertigt. Sie glaubt die Produkte ihrer Arbeit an einen Händler zu verkaufen, der ſie ihr ſo teuer bezahlt, daß ſie zwanzig Franken pro Tag hat, und ſeit ſechs Jahren hat ſie nicht den geringſten Argwohn gehegt. Für alles, was ſie zum Leben braucht, zahlt ſie nur ein Drittel des wirklichen Wertes, ſo daß ſie mit den ſechstauſend Franken, die ſie im Jahr hat, ſo lebt, als ob ſie fünfzehntauſend hätte. Sie hat Freude an Blumen und gibt einem Gärtner hundert Taler, der von mir zwölfhundert Franken Lohn bekommt und mir vierteljährlich Rechnungen über zweitauſend Franken vorlegt. Ich habe dieſem Mann ein Stückchen Land und einen Gemüſeladen verſprochen, der an die Portierloge des Hauſes in der Rue Saint-Maur grenzt. Das Grundſtück gehört mir und iſt auf den Namen eines Gerichtsſchreibers eingetragen. Beginge der Gärtner die geringſte Indiskretion, ſo würde er alles verlieren. Honorine beſitzt ihr kleines Haus, ihren Garten, ein herrliches Treibhaus für fünfhundert Frankeu Miete im Jahr. Sie lebt dort unter dem Namen ihrer Kammerfrau, einer Frau Gobain. Die Verſchwiegenheit dieſer Alten iſt über jeden Verdacht erhaben, und ſie liebt ihre Herrin. Aber ihr Eifer iſt, wie der des Gärtners, nur durch das Verſprechen einer Belohnung am Tage des Erfolges, wachzuhalten. Der Portier und ſeine Frau koſten mich aus den gleichen Gründen ſchrecklich viel Geld.

Seit drei Jahren iſt Honorine glücklich. Sie glaubt, die Pracht ihrer Blumen, ihre Toiletten und ihren Wohlſtand der eigenen Arbeit zu verdanken.

Oh, ich weiß, was Sie ſagen wollen', rief der Graf, als er in meinen Blicken und auf meinen Lippen eine Frage zu leſen glaubte. ‚Selbſtverſtändlich habe ich ſchon einen Verſuch gemacht. Meine Frau wohnte zuerſt im Faubourg Saint-Antoine. Als ich eines Tages, durch einige Worte der Gobain veranlaßt, an die Möglichkeit einer Verſöhnung glaubte,

ſchrieb ich einen Brief, in dem ich meine Frau umzuſtimmen ſuchte; ich habe den Brief wohl zwanzigmal angefangen. Ich will Ihnen meine Qual nicht ſchildern. Auf dem Weg aus meinem Hauſe bis zur Rue de Reuilly war ich wie ein zum Tode Verurteilter, der vom Juſtizpalaſt zur Richtſtätte gezerrt wird, aber ein Verurteilter wird doch wenigſtens im Karren gefahren, und ich mußte gehen. Es war bereits dunkel und ſehr neblig, als ich zu Frau Gobain ging, die mir über meine Frau Auskunft geben ſollte. Als Honorine meine Handſchrift erkannt hatte, hatte ſie meinen Brief ungeleſen ins Feuer geworfen. ‚Frau Gobain,' hatte ſie geſagt, ‚ich ziehe morgen hier aus.'
War dies Wort nicht ein Dolchſtoß für einen Mann, der unermeßliche Wonnen in den Liſten fand, die er erſann, um ſeiner Frau, die in ihrer Weltfremdheit mit zweihundertfünfzig Franken Frau Gobain, die Köchin eines Biſchofs, zu bezahlen glaubte, den ſchönſten Lyoner Samt, Faſanen, Fiſche und Früchte für das Zehntel ihres Wertes zu beſchaffen.
Sie haben mich wohl ſchon dabei überraſcht, wie ich mir manchmal die Hände rieb, wenn ich glaubte, daß mir eine Liſt glücklich gelungen. Es gelang mir zum Beiſpiel, meine Frau zu täuſchen, indem ich ihr durch eine Händlerin einen indiſchen Schal anbieten ließ, der kurze Zeit von einer Schauſpielerin getragen ſei. In Wirklichkeit hatte ich, ich, der ernſte Staatsmann, eine Nacht lang mich in dieſen Schal gehüllt. Mein ganzes Leben läßt ſich in zwei Worten zuſammenfaſſen, die das Übermaß der Qualen ausdrücken: Ich liebe und warte.
In Frau Gobain habe ich eine Vertraute, die die Wünſche des Herzens, das ich anbete, ausſpioniert.

Jeden Abend treffe ich mich mit ihr, um zu erfahren, was Honorine tagsüber getrieben hat; die geringfügigsten Worte, die sie gesprochen hat, lasse ich mir sagen, denn ein einziges Wort kann mir ja die Geheimnisse dieser Seele ausliefern.
Honorine ist fromm. Sie geht zur Messe und betet. Aber sie ist niemals zur Beichte gegangen und auch nie zum Abendmahl. Sie ahnt wohl, was der Priester ihr sagen würde. Den Rat, das Gebot, zu mir zurückzukehren, will sie nicht hören. Der Abscheu, den sie gegen mich empfindet, erschreckt und verwirrt mich, denn ich habe Honorine doch niemals Böses getan. Ich bin doch immer gut zu ihr gewesen. Möglich, daß ich bei ihrer Erziehung etwas zu heftig gewesen bin, und daß meine Ironie den Stolz des jungen Mädchens verletzt hat. Aber das ist doch kein Grund, in einem Entschluß zu verharren, den nur der unversöhnlichste Haß einflößen kann. Honorine hat Frau Gobain niemals gesagt, wer sie ist. Sie hat ein unverbrüchliches Schweigen über ihre Ehe bewahrt, so daß diese wackere Frau nicht ein Wort zu meinen Gunsten sagen kann, und sie ist doch die einzige, die mein Geheimnis kennt. Die anderen wissen nichts: Sie stehen unter dem Schrekken, den das Wort Polizeipräsident erweckt, und sie verharren in Ehrerbietung vor der Macht eines Ministers. So ist es mir unmöglich, in ihr Herz einzudringen; die Festung gehört mir wohl, aber ich kann nicht hinein. Ich weiß nicht, wie ich angreifen soll. Ginge ich mit Gewalt vor, so würde ich meine Sache für immer verderben. Wie aber soll man gegen Gründe streiten, die man gar nicht kennt? Soll ich einen Brief schreiben, ihn von einem öffentlichen Schreiber abschreiben lassen und ihn Hono-

rine in die Hände ſpielen? . . . Daran habe ich ſchon gedacht. Aber damit würde ich ja nur Gefahr laufen, daß Honorine zum drittenmal die Wohnung wechſelt. Der letzte Umzug koſtete mich ſchon hundertfünfzigtauſend Franken. Der Erwerb des Hauſes wurde unter dem Namen des Sekretärs getätigt, deſſen Nachfolger Sie geworden ſind. Der Unglückliche wußte nicht, wie leicht mein Schlaf iſt. Ich habe ihn dabei ertappt, wie er mit einem Nachtſchlüſſel die Kaſſe öffnete, in der ich den Vertrag aufbewahrte. Ich räuſperte mich, und er erſchrak. Am nächſten Tag zwang ich ihn, das Haus an meinen jetzigen Strohmann zu verkaufen, und ſetzte ihn an die Luft.

Oh, wenn ich nicht in mir alle edlen Möglichkeiten befriedigt und entfaltet fühlte, wenn ich nicht durch all' meine Poren Glück einſöge — es gibt Augenblicke, in denen ich glaube, einer Monomanie zu verfallen. In manchen Nächten glaube ich, die Narrenſchellen des Wahnſinns zu hören. Ich habe Furcht vor den Augenblicken, da meine ſchwache Hoffnung, die manchmal aufzuckt, in völlige Verzweiflung übergeht.

Wenn Honorine ein Kind von mir hätte, dachte ich oft, müßte ſie dann nicht in ihr eheliches Heim zurückkehren? Immer glaube ich an eine glückliche Zukunft. Vor zehn Monaten habe ich einen der ſchönſten Paläſte des Faubourg Saint-Honoré erworben und bezahlt. Gewinne ich Honorine wieder, ſo will ich nicht, daß ſie dieſen Palaſt und das Zimmer, aus dem ſie entflohen iſt, wiederſieht. Ich will mein Idol in einen neuen Tempel ſtellen, wo es an ein ganz neues Leben glauben kann. Man arbeitet jetzt daran, aus dieſem Palaſt ein Wunder von Geſchmack und Eleganz zu machen. Man hat mir von einem Dichter erzählt, der in ſeiner tollen Liebe für eine Sängerin im Anfang ſeiner Leidenſchaft das ſchönſte Bett von Paris gekauft hatte, ohne zu wiſſen, ob die Schauſpielerin ſeine Leidenſchaft erwidern würde. Und mich, den ernſten Staatsmann, mich, den Ratgeber der Krone, hat dieſe kleine Geſchichte bis in die Wurzel des Herzens getroffen. Ich, der Politiker, verſtehe dieſen Dichter, der ſeinen Traum damit ſpeiſt, indem er ſich die Verwirklichung ſeines Wunſches vorgaukelt. Drei Tage vor der Ankunft von Marie-Louiſe hat ſich Napoleon in das Hochzeitsbett von Compiègne gelegt ... Alle gigantiſchen Leidenſchaften gleichen ſich. Ich liebe wie ein Dichter und wie ein Kaiſer.'

Als ich den Grafen Octave die letzten Worte ſprechen hörte, glaubte ich, daß ſeine Furcht, in Wahnſinn zu verfallen, ſich verwirklichen könnte. Er war aufgeſtanden, lief im Zimmer herum und geſtikulierte. Dann aber, als ob er ſich ſelbſt vor der Heftigkeit ſeiner Worte entſetzte, wurde er ruhiger; er ſuchte bei mir einen Blick der Teilnahme, und nach einer langen Pauſe ſprach er: ‚Ich bin wohl ſchon ganz lächerlich.'

‚Keineswegs, Herr Graf, Sie ſind nur ſehr unglücklich.'

‚Oh,' ſagte er, und fuhr in ſeinen Geſtändniſſen fort, ‚ich bin unglücklicher, als Sie glauben. Aus der Heftigkeit meiner Worte ſchließen Sie wohl auf die heftigſte ſinnliche Leidenſchaft, die ſeit neun Jahren mich ganz verzehrt. Aber dieſe Leidenſchaft bedeutet nichts im Vergleich mit der Anbetung ihrer Seele, ihres Geiſtes, ihres Weſens, ihres Herzens und alles deſſen, was in dieſem Weibe nicht Weib iſt. Rückblickend erkenne ich Honorinens Herzensanmut und ihren Geiſt, den ich, wie alle glücklichen Menſchen, in den Tagen des Glücks wenig beachtete. Von Tag zu Tag habe ich die Größe meines Verluſtes mehr erkannt, immer mehr habe ich die himmliſchen Eigenſchaften dieſes launenhaften und eigenſinnigen Kindes gewürdigt, das unter der ſchweren Hand der Armut und in der Verlaſſenheit ſo ſtark und ſtolz geworden iſt. Und dieſe himmliſche Blume welkt in Einſamkeit und Verborgenheit.

Oh, das Geſetz, von dem wir ſprachen,‘ fuhr er mit bitterer Ironie fort, ‚das Geſetz iſt gleichbedeutend mit einer Abteilung Gendarmen, die meine Frau packen und mit Gewalt hierhin ſchleifen! Das hieße doch nur einen Leichnam erobern. Die Religion übt keinen Einfluß auf ſie aus. Sie ſucht im Glauben nur die Poeſie. Sie betet, aber befolgt die Gebote der Kirche nicht. Milde, Güte, Liebe — alles habe ich erſchöpft . . . Ich bin am Ende. Es gibt nur noch ein Mittel, um zum Erfolg zu gelangen: die Liſt und die Geduld, mit der die Vogelſteller ſchließlich auch mißtrauiſche, flinke und ganz ſeltene Vögel fangen. Als die entſchuldbare Indiskretion des Herrn de Grandville Ihnen, lieber Maurice, das Geheimnis meines Lebens enthüllte, habe ich darin einen Befehl des Schickſals geſehen, einen jener Winke, auf den die Spieler inmitten der heftigſten Spielpartien warten und den ſie erbetteln. Sind Sie mir ſo zugetan, um mir blind ergeben zu folgen?‘

‚Herr Graf,‘ unterbrach ich ihn, ‚ich errate Ihre Abſichten. Ihr erſter Sekretär hat nur Ihre Kaſſe aufbrechen wollen. Ich aber kenne das Herz des zweiten. Er könnte in Liebe für Ihre Gemahlin erglühen, und dürfen Sie ihn dem Unglück preisgeben,

indem Sie ihn ſelbſt ins Feuer ſchicken? Seine Hand in ein Kohlenbecken zu tauchen, ohne ſich dabei zu verbrennen, iſt das möglich?'
,Sie ſind ein Kind,' entgegnete der Graf, ,ich werde Sie mit Handſchuhen dorthin ſchicken. Nicht als mein Sekretär werden Sie ſich in dem kleinen Hauſe des Gemüſehändlers in der Rue Saint-Maur einlogieren, ſondern als mein Halbvetter, Staatsrat Baron de l'Hostal.'
Einen Augenblick lang war ich vor Überraſchung faſſungslos. Dann hörte ich ein Glockenzeichen, und ein Wagen rollte vor. Alsbald meldete der Kammerdiener Frau de Courteville und ihre Tochter. Der Graf Octave beſaß in der mütterlichen Linie eine ſehr zahlreiche Verwandtſchaft. Frau de Courteville, ſeine Couſine, war die Witwe eines Richters am Seine-Tribunal, der ſie mit einer Tochter und ohne das geringſte Vermögen zurückgelaſſen hatte. Was konnte die Mutter neben ihrer zwanzigjährigen Tochter bedeuten, die ſo ſchön war, daß die Phantaſie ſich keine ſchönere Geliebte denken konnte?
,Baron, Staatsrat, Miniſterialdirektor, und was weiß ich, und dieſen alten Palaſt als Mitgift, das werden Ihre Gründe ſein, um die Gräfin nicht zu lieben,' flüſterte er mir ins Ohr. Er ergriff mich bei der Hand und ſtellte mich Frau de Courteville und ihrer Tochter vor. Ich war geblendet, nicht durch die Vorteile, die mir in Ausſicht geſtellt wurden, an die ich niemals im Traume zu denken gewagt hätte, ſondern durch die Schönheit, die Amélie de Courteville ausſtrahlte, deren Reiz noch durch eine Toilette gehoben wurde, wie ſie ſo wundervoll von den Müttern erſonnen werden, wenn ſie ihre Töchter

verheiraten wollen . . . (Aber von mir wollten wir ja nicht ſprechen‘, meinte der Konſul und machte eine Pauſe.)

‚Drei Wochen ſpäter‘, fuhr er fort, ‚zog ich in das Haus des Gemüſehändlers ein, das vorher gereinigt und mit einer Schnelligkeit neu eingerichtet worden war, die ſich nur durch drei Worte: Paris! Franzöſiſche Arbeiter! Geld! erklären läßt. Ich war damals ſo verliebt, wie es der Graf im Intereſſe ſeiner eigenen Sicherheit nur wünſchen konnte. War aber die Gewandtheit eines jungen Mannes von fünfundzwanzig Jahren ausreichend für die Liſten, die ich jetzt anſpinnen mußte und bei denen es ſich um das Glück eines Freundes handelte? Ich muß geſtehen, daß ich dabei ſehr auf meinen Oheim rechnete. Der Graf hatte mir nämlich die Erlaubnis gegeben, ihn in all den Fällen ins Vertrauen zu ziehen, in denen ich ſeine Intervention für notwendig halten würde.

Ich nahm einen Gärtner, ich gebärdete mich ſelbſt als Blumennarr, und wie ein Mann, der gar nichts zu tun hat, beſchäftigte ich mich, das Sumpfgelände umzugraben, um für die Blumenzucht Terrain zu gewinnen. Wie ein von einer fixen Idee beſeſſener Holländer oder Engländer kultivierte ich nur eine Blume. Ich beſchäftigte mich lediglich mit der Kultur von Dahlien, die ich in allen möglichen Spielarten zuſammenbrachte. Selbſtverſtändlich war mir mein Verhalten bis ins geringſte vom Grafen genau vorgeſchrieben worden. Mit all ſeinen geiſtigen Kräften folgte der Graf allen Szenen der Tragikomödie, die ſich jetzt in der Rue Saint-Maur abſpielen ſollte.

Wenn die Gräfin ſich zur Ruhe begeben hatte, hielten wir, das heißt Octave, Frau Gobain und ich, jeden Abend zwischen elf und zwölf Uhr Kriegsrat. Die Alte erstattete dem Grafen Bericht über alles, was seine Frau während des Tages getan hatte, und ich hörte zu. Er erkundigte sich nach allem, nach ihren Mahlzeiten, nach ihren Beschäftigungen, selbst nach dem Küchenzettel für den nächsten Tag und nach ihren künstlichen Blumen. Ich verstand jetzt, was verzweifelte Liebe ist, eine Liebe, die dem Hirn, dem Herzen und den Sinnen entstammt. Octave lebte nur für diese eine Stunde.

Während der zwei Monate, die von meinen Arbeiten ausgefüllt waren, richtete ich keinen Blick auf das kleine Haus, in dem meine Nachbarin wohnte. Ich hatte mich nicht einmal danach erkundigt, ob ich eine Nachbarin besäße, obwohl der Garten der Gräfin von meinem nur durch einen Zaun getrennt war, an dem sie Zypressen hatte anpflanzen lassen, die schon vier Fuß hoch waren.

Eines schönen Tages berichtete Frau Gobain ihrer Herrin wie ein großes Unglück, daß ein origineller Kauz, der ihr Nachbar geworden sei, die Absicht geäußert habe, gegen Ende des Jahres zwischen den beiden Gärten eine Mauer aufzuführen. Mich verzehrte die Neugierde, die Gräfin endlich zu sehen... Dieser Wunsch ließ selbst meine Liebe zu Amélie de Courteville erblassen. Mein Plan, die Mauer zu bauen, war eine schreckliche Drohung, denn die Mauer würde der Gräfin die frische Luft rauben und aus ihrem Garten eine Art Allee machen, die zwischen meiner Mauer und ihrem Häuschen eingepreßt war. Das Häuschen war ein alter Pavillon und glich einem Kartenhaus. Es hatte nur eine Tiefe von dreißig Fuß, bei einer Länge von etwa hundert

Fuß. Die im deutſchen Stil gemalte Faſſade ſtellte ein Blumengeranke dar, das bis zum erſten Stockwerk reichte, es war ein entzückendes Beiſpiel des Pompadour-Stiles, der auch Rokoko genannt wird. Eine breite Lindenallee führte zum Pavillon. Der Garten des Pavillons und das Sumpfgelände bildeten eine Axt, deren Griff dieſe Allee war. Meine Mauer hätte drei Viertel der Axt abgeſchnitten.
Die Gräfin war in Verzweiflung und ſagte zu Frau Gobain: ,Was für ein Menſch iſt denn dieſer Blumenfreund?'
,Ach,' ſagte ſie, ,ich weiß nicht, ob es möglich iſt, ihn zu zähmen, Frauen ſcheinen ihm ein Greuel zu ſein. Er iſt der Neffe eines Pariſer Pfarrers. Den Onkel habe ich nur einmal geſehen. Das iſt ein alter Mann von fünfundſiebenzig Jahren. Er iſt ſehr häßlich, aber ſehr liebenswürdig. Es mag wohl ſein, daß der Pfarrer — ſo erzählt man wenigſtens in unſerem Stadtviertel — den Neffen in ſeiner Blumenleidenſchaft beſtärkt, um ihn vor einer ſchlimmeren Leidenſchaft zu behüten.'
,Was ſoll das bedeuten?'
,Ihr Nachbar iſt nicht ganz richtig', ſagte die Gobain mit einer bezeichnenden Gebärde auf ihre Stirn.
Wie ſehr der Graf recht hatte, wenn er mir die Rolle eines harmloſen Verrückten zuerteilt hatte, wird ſich im weiteren Verlauf der Geſchichte zeigen.
,Was hat er denn eigentlich?' fragte die Gräfin.
,Er hat zu viel ſtudiert,' antwortete die Gobain, ,und dabei iſt er toll geworden. Außerdem hat er vielleicht Gründe, Frauen nicht mehr zu lieben . . . Hiermit wiſſen Sie alles, was man ſich von ihm erzählt.'

‚Schön,' erwiderte die Gräfin, ‚die Verrückten machen mir weniger Angſt als die geſcheiten Leute. Ich will mit ihm ſprechen. Sage ihm, ich bäte um ſeinen Beſuch. Habe ich keinen Erfolg, ſo werde ich zum Pfarrer gehen.'

Als ich am Morgen nach dieſer Unterhaltung in meinem Garten herumſpazierte, ſah ich im erſten Stock des Pavillons hinter den Vorhängen eines Fenſters das Geſicht einer Dame, die neugierig herumblickte. Die Gobain ſprach mich an. Ich warf einen wütenden Blick auf den Pavillon und machte eine brutale Geſte, als ob ich ſagen wollte: Was ſchert mich ihre Herrin? Die Gobain kehrte zur Gräfin zurück, um ihr über ihre Miſſion Bericht zu erſtatten:

‚Gnädige Frau, der Verrückte hat mich erſucht, ihn in Ruhe zu laſſen. Er hat behauptet, jeder arme Teufel ſei wenigſtens Herr innerhalb ſeiner vier Wände, beſonders wenn keine Frau da wäre.'

‚Damit hat er doppelt recht.'

‚Sehr wohl, aber ſchließlich hat er ſich doch herbeigelaſſen, mir zu ſagen, daß er käme.'

Am folgenden Morgen erfuhr ich durch ein Zeichen der Gobain, daß man meinen Beſuch erwartete. Als die Gräfin nach dem Frühſtück vor ihrem Pavillon ſpazieren ging, brach ich durch den Zaun und ging auf ſie zu. Ich war wie ein Landmann gekleidet. Ich hatte eine alte graue Hoſe an, große Holzſchuhe, einen alten Jagdrock, ein häßliches Halstuch, und meine Hände waren von Erde beſchmutzt.

‚Gnädige Frau, der Herr iſt Ihr Nachbar', ſagte die Gobain.

Die Gräfin zeigte ſich gar nicht ängſtlich.

Endlich alſo durfte ich die Frau ſehen, nach deren

Anblick ich mich ſo ſehr geſehnt hatte. Wir waren damals in den erſten Tagen des Monats Mai. Die klare Luft, der blaue Himmel, das erſte Grün und der Duft des Frühlings war ein ſchöner Rahmen für die Begegnung mit der Leiderfüllten. Als ich Honorine ſah, begriff ich die Leidenſchaft des Grafen und die Wahrheit ſeines Ausrufs: Eine himmliſche Blume!

Ihre Haut war auffallend durch ein ganz beſonderes Weiß; es gibt ebenſo vielerlei Weiß, wie es mannigfaltige Rot und Blau gibt. Wenn ich die Gräfin betrachtete, ſo war es mir, als ob ich ihre weiche Haut berührte, unter der das Blut in bläulichen Äderchen rann. Bei der geringſten Bewegung breitete es ſich unter dem Gewebe aus wie ein rotſchimmernder Hauch. Als wir uns begegneten, umgaben die Sonnenſtrahlen, die durch das feine Laub der Akazien ſchimmerten, Honorine mit dem Goldglanz, den Raffael und Tizian als einzige unter allen Malern der heiligen Jungfrau geliehen haben. Die braunen Augen drückten gleichzeitig Zärtlichkeit und Heiterkeit aus. Der Glanz der Augen ſpiegelte ſich auf dem Antlitz wider. Schlug Honorine ihre ſeidenweichen Augenlider auf, ſo ging ein Zauber von ihr aus. In ihrer Art, dieſen Schleier der Seele zu heben oder zu ſenken, lag eine Fülle von Gefühlen: Erhabenheit, Furcht und Hochmut zugleich. Mit einem Blick konnte ſie ihr Gegenüber zu Eis erſtarren laſſen oder beleben. Ihr aſchgraues, loſe aufgeſtecktes Haar umgab die Stirn eines Träumers und Poeten. Sie beſaß einen wollüſtigen Mund. Sie hatte den Vorzug, der in Frankreich ſelten, aber in Italien landesüblich iſt, nämlich den, daß alle Linien, alle Umriſſe ihres Kopfes etwas Edles hatten. Honorine

war ſchlank, aber nicht mager, und ihre Formen waren dazu angetan, die Liebe wieder zu erwecken, wenn ſie ſich ſchon erſchöpft glaubt. Sie gehörte zu den kleinen geſchmeidigen Frauen, die ſich nehmen, ſchmeicheln, verlaſſen und wieder einfangen laſſen. Ihre niedlichen Füße, deren Schritt ich im Sande hörte, machten ein leichtes Geräuſch, das zu ihnen paßte und mit dem Rauſchen ihres Kleides im Einklang ſtand. Es war eine Art weiblicher Muſik, die ſich in das Herz grub und ihren Schritt von dem tauſend anderer Frauen unterſchied. Ihre hoheitsvolle Haltung hätte auch in den ſchmutzigſten Gaſſen die verwegenſten Menſchen beiſeite treten laſſen. Sie war heiter, ſanft, ſtolz und ehrfurchtgebietend. Man konnte ſie ſich nur mit dieſen Eigenſchaften ausgeſtattet denken, die ſich doch auszuſchließen ſcheinen und deren Vereinigung ihr etwas Kindliches ließ. Aber das Kind konnte ſtark werden wie ein Engel, und wie ein Engel, der einmal in ſeinem Weſen verletzt iſt, war ſie ſicher unverſöhnlich. Als ich den Veilchenduft roch, den ſie ausatmete, begriff ich, wie die Erinnerung an dieſe Frau den Grafen bis an die Schwelle der Ausſchweifung begleitet hatte, und wie er ſie nie vergeſſen konnte, die für die Augen den Geruch- und Taſtſinn eine Blume war und für die Seele eine Blüte des Himmels . . . Honorine flößte Hingebung ein, ritterliche Hingebung, die keine Gegengabe fordert. Wenn man ſie ſah, dachte man: Ich werde deine Gedanken erraten, ich werde deinen Worten gehorchen. Nimm mein Leben, wenn es dir einen Tag des Glückes ſchaffen kann. Ich werde lächeln wie die Märtyrer auf den Flammenſtößen.
Wenn ich ſo von ihr ſpreche, ſo deshalb, weil es

ſich nur um ihr Seelenleben handelt, um ihre Gedankenwelt, um die Feinheiten ihres Herzens, und weil Sie mir ſonſt vorwerfen würden, daß ich ſie ihnen nicht ſchilderte. Bei ihrem Anblick hätte ich meine Rolle als halbverrückter Kerl und brutaler Rohling faſt vergeſſen.

‚Gnädige Frau, man hat mir erzählt, daß Sie Blumen lieben.'

‚Ich bin Blumenarbeiterin,' erwiderte ſie, ‚wenn ich die Blumen gezüchtet habe, ſo bilde ich ſie nach, ſo wie eine Mutter vor allem ihre Kinder abmalen würde, falls ſie Malerin iſt. Reicht das nicht aus, um Ihnen zu erklären, daß ich arm und außerſtande bin, mich für das, was ich von Ihnen erbitte, mit Geld zu revanchieren?'

‚Wie kommt es,' erwiderte ich mit Beamtenwichtigkeit, ‚daß Sie, die Sie doch offenbar eine vornehme Dame ſind, einen ſolchen Beruf ausüben. Haben Sie gleich mir Gründe, mit den Händen zu arbeiten, um den Kopf von Arbeit zu befreien?'

‚Bleiben wir lieber bei unſerer Mauer', erwiderte ſie lächelnd.

‚Wir ſind ja ſchon bei der Grundſteinlegung', antwortete ich. ‚Muß ich aber nicht vorher wiſſen, welcher von unſeren beiden Schmerzen oder Verrücktheiten, wenn Sie ſo lieber wollen, die eine der anderen weichen muß . . . Oh, welch ſchönes Narziſſenbeet. Die Narziſſen ſind ſo friſch wie dieſer Morgen.'

Der Garten atmete balſamiſche Düfte aus und flößte nur holde Gedanken ein, anmutige und wollüſtige Phantaſien. Man erkannte in ihm die Prägung, die ſich in Worten nicht wiedergeben läßt, den Stempel, den unſer wahrer Charakter allen Dingen aufprägt,

wenn wir nicht gezwungen ſind, uns vor den verſchiedenen, übrigens notwendigen Konventionen zu beugen, die die Geſellſchaft fordert. Ich betrachtete abwechſelnd das Narziſſenbeet und die Gräfin, und um meine Rolle richtig zu ſpielen, ſtellte ich mich in die Blumen verliebter als in ſie.
‚Sie lieben die Blumen alſo wirklich?' fragte ſie.
‚Sie ſind die einzigen Weſen,' ſagte ich, ‚die unſere Sorgfalt und Zärtlichkeit nicht täuſchen.'
Ich redete nun heftig ins Blaue hinein und zog eine Parallele zwiſchen der Botanik und der Welt, ſo daß wir ſchließlich mehr als tauſend Meilen von unſerer Mauer entfernt waren und die Gräfin mich für einen leidenden Menſchen hielt, der des Mitleids würdig wäre. Nichtsdeſtoweniger brachte meine Nachbarin mich wieder auf unſere eigentliche Frage zurück; wenn Frauen nicht lieben, ſo verfügen ſie ja alle über die Kaltblütigkeit eines routinierten Sachwalters.
‚Wenn Sie darauf beſtehen, daß der Zaun bleibt,' ſagte ich, ‚ſo haben Sie Gelegenheit hinter alle meine Blumengeheimniſſe zu kommen, die ich verbergen will; ich ſuche nämlich eine blaue Dahlia, eine blaue Roſe; ich bin ganz vernarrt in blaue Blumen. Iſt denn Blau nicht die Lieblingsfarbe der ſchönen Seelen? Wir haben das Haus nicht miteinander gemeinſam, aber könnten wir nicht eine Gittertür anbringen laſſen, die unſere beiden Gärten vereinigt? Sie lieben die Blumen, Sie können dann meine Blumen beſichtigen und ich Ihre. Wenn Sie niemanden empfangen — zu mir kommt nur mein Onkel, der Pfarrer von der Blancs-Manteaux-Kirche.'
‚Nein,' erwiderte ſie, ‚ich will niemandem das Recht

geben, zu jeder Zeit zu mir in meinen Garten zu kommen. Wenn Sie kommen wollen, ſo werde ich Sie immer gern als Nachbarn empfangen, mit dem ich in freundſchaftlichen Beziehungen leben möchte, aber im übrigen liebe ich meine Einſamkeit zu ſehr, um ſie von irgendeiner Abhängigkeit belaſten zu laſſen.‘

‚Wie Sie wollen‘, ſagte ich, und mit einem Satz ſprang ich über den Zaun.

‚Wozu brauchen wir denn noch eine Tür?“ rief ich, als ich wieder auf meinem Grundſtück war, und ich ſuchte die Gräfin durch Gebärden eines Verrückten zu verhöhnen.

Vierzehn Tage ſchien ich mich nicht um meine Nachbarin zu bekümmern. Aber gegen Ende des Monats Mai geſchah es, daß wir beide an einem ſchönen Abend im Garten ſpazieren gingen und uns trafen. Wir mußten über den Zaun hinüber einige Höflichkeitsworte austauſchen. Sie fand mich ſo niedergeſchlagen und in ſchmerzliche Träume verſunken, daß ſie mir von Hoffnungen auf die Zukunft ſprach und mich Worte hören ließ, die ſo ſüß waren wie Wiegenlieder. Da ſtieg ich über den Zaun und war zum zweitenmal neben ihr. Die Gräfin ließ mich eintreten, da ſie meinen Kummer beſchwichtigen wollte. Endlich alſo drang ich in das Heiligtum ein, wo alles mit der Perſönlichkeit der Frau, die ich Ihnen zu ſchildern verſucht habe, im Einklang ſtand. Überall herrſchte eine erleſene Einfachheit. Im Innern war der Pavillon die von der Kunſt des achtzehnten Jahrhunderts erfundene Bonbonnière, das Liebesneſt eines Grandſeigneurs. Der Speiſeſaal im Erdgeſchoß war mit Fresken bedeckt, die Blumengewinde in wundervoller Vollendung darſtellten. Das Treppenhaus war mit Griſaillen ausgeſchmückt. Der kleine Salon gegenüber dem Speiſeſaal war ſchon ſehr in Verfall geraten, die Gräfin hatte ihn aber mit phantaſtiſchen Stickereien bekleidet, die von alten Wandſchirmen herzurühren ſchienen. Über dieſer Zimmerflucht war nur ein einziges großes Zimmer mit einem Ankleidekabinett und einer zum Atelier umgewandelten Bibliothek. Die Küche war in den Kellern verborgen, auf denen das Häuschen ſtand, das man auf einer Freitreppe, die mehrere Stufen hatte, erreichte. Das Dach war von Blumengirlanden im Pompadourſtil verdeckt.

In dieſem Heim glaubte man ſich hundert Meilen von Paris entfernt. Wenn nicht das bittere Lächeln dann und wann auf den ſchönen roten Lippen dieſer blaſſen Frau geſpielt hätte — man hätte glauben können, daß dies in einem Wald von Blumen vergrabene Veilchen glücklich war.

In einigen Tagen kamen wir zu einer gewiſſen Vertraulichkeit, die einerſeits auf der Nachbarſchaft und andererſeits darauf beruhte, daß die Gräfin mich Frauen gegenüber gänzlich indifferent wähnte. Ein einziger Blick hätte alles verraten können, und ich vermied es daher, meine auf ſie gerichteten Gedanken in meinen Augen widerzuſpiegeln. Honorine wollte in mir einen alten Freund erblicken. Ihr Verhalten mir gegenüber beruhte auf einer Art Mitleid. Ihre Blicke, ihre Stimme, alles, was ſie ſagte, zeigte deutlich, daß ſie unendlich weit von den Koketterien entfernt war, die auch die ſtrengſte Frau ſich in einem ſolchen Fall geſtattet hätte.

Bald gab ſie mir das Recht, ſie in ihrer reizenden Werkſtatt zu beſuchen, wo ſie an ihren Blumen arbeitete. Dieſer Raum war voller Bücher und Antiquitäten und wie ein Boudoir geſchmückt und wirkte daher ſo elegant, daß man die Gewöhnlichkeit der Arbeitsgeräte kaum noch bemerkte. Der Gräfin war es gelungen, eine Fabrik, die doch ſozuſagen der ausgeſprochenſte Gegenſatz zur Poeſie iſt, mit Poeſie zu erfüllen. Vielleicht iſt von allen weiblichen Arbeiten die Herſtellung künſtlicher Blumen am meiſten geeignet, den Frauen zur Entfaltung ihrer Anmut Gelegenheit zu geben. Beim Kolorieren muß eine Frau über einen Tiſch gebückt ſitzen und ſich mit Aufmerkſamkeit dieſer Halbmalerei widmen. Die Teppichweberei, wie ſie eine Arbeiterin betreibt, um ihren Lebensunterhalt damit zu verdienen, iſt die Urſache zu Lungenleiden und Rückenverkrümmungen. Notenſtecherei iſt eine der härteſten Arbeiten, weil ſie ungeheure Genauigkeit und Aufmerkſamkeit erfordert. Nähen und Sticken bringen nicht einmal dreißig Sous pro Tag ein. Aber die Fabrikation von Blumen und Putz iſt mit einer Fülle von Bewegungen und Einfällen verbunden, die eine hübſche Frau in ihrer Sphäre laſſen. Dabei bleibt ſie ganz ſie ſelbſt, ſie kann plaudern, lachen, ſingen oder nachdenken. In der Art, wie die Gräfin auf dem langen Tiſch aus Tannenholz Myriaden von gefärbten Blumenblättern ausbreitete, ſprach ſich ihr Gefühl für künſtleriſche Wirkung aus. Die Farbnäpfchen waren aus weißem Porzellan, immer ſauber und ſo aufgeſtellt, daß ſie das Auge in der Skala der Farbtöne die gewünſchte Nuance finden ließen. So ſparte die Künſtlerin ihre Zeit. Ein hübſcher kleiner Schrank aus Ebenholz mit eingelegten Elfenbeinarbeiten enthielt in hundert venezianiſchen Schubfächern die Stahlmatrizen, mit denen ſie die Blumenblätter und Blumenkronen zurechtſchnitt. Eine wundervolle japaniſche Schale enthielt den Leim, den ſie niemals ſchlecht werden ließ. Draht und Meſſing waren in einem kleinen Schubfach ihres Arbeitstiſches aufgehoben. Vor ihren Augen aber ſtand in einem venezianiſchen Glas, das einem Blumenkelch auf dem Stengel glich, das lebende Modell der Blume, die ſie nachzubilden bemüht war. Mit Leidenſchaft arbeitete ſie an ihren Meiſterwerken. Sie machte ſich an die ſchwierigſten Arbeiten heran, an Trauben, an feine Blumenkronen, an Heidekraut, an Honigblüten mit den ſeltſamſten Formen. Ihre Hände waren ebenſo geſchickt wie ihr Hirn. Sie glitten ſchnell über den Blumentiſch wie die Hände eines Künſtlers über die Taſten eines Klavieres. Ihre Hände waren Feenhände, wie Perrault geſagt haben würde. Mit der Anmut der Geſte verband ſich die Kraft, die zum Winden und den anderen Arbeiten in dieſem Beruf erforderlich ſind. Bei ihrem ſicheren Inſtinkt führte jede Bewegung zu dem erwünſchten Ergebnis. Immer wieder ſah ich ihr mit Bewunderung zu, wenn ſie aus den einzelnen vor ihr ausgebreiteten Teilen aus Watte einen Kelch bildete und die einzelnen Blumenblätter daran anheftete. Hierbei entfaltete ſie etwas vom Genie des Malers. Sie ahmte ſogar welke Blätter und Herbſtlaub nach. Sie bemühte ſich auch, Feldblumen nachzubilden, die die einfachſten, aber in ihrer Einfachheit auch gleichzeitig die kompliziertesten Blumen ſind.

‚Dies Kunſtgewerbe,‘ ſagte ſie mir, ‚ſteht noch in den Anfängen. Wenn die Pariſerinnen etwas von der genialen Erfindungsgabe hätten, die die Sklaverei des Harems von den Frauen im Orient fordert, ſo würden ſie die Blumen, die ſie in ihrem Haar tragen, zu Zeichen einer beſonderen Sprache machen. Ich habe aus Künſtlerlaune welke Blumen aus Blättern in florentiniſcher Bronzefarbe angefertigt, wie man ſie wohl vor oder nach dem Winter findet. Könnte ein ſolcher Kranz auf dem Haupt eines jungen Weibes, deſſen Leben zerbrochen iſt oder die vielleicht von einem geheimen Kummer verzehrt wird, nicht voller Poeſie ſein? Was könnte eine Frau nicht alles durch den Blumenſchmuck in ihrem Haar zum Ausdruck bringen. Gibt es nicht Blumen für trunkene Bacchantinnen, Blumen für düſtere und kalte Betſchweſtern und bekümmerte Blumen für Frauen, die ſich langweilen. Die Botanik kann, glaube ich, alle Empfindungen und Gedanken der Seele, ſelbſt die ſubtilſten, zum Ausdruck bringen.'

Sie beſchäftigte mich beim Ausſtanzen der Blätter und bei der Vorbereitung der Drähte für die Stengel. Bei meinem vorgetäuſchten Wunſch nach Zerſtreuung wurde ich bald geſchickt in dieſen Arbeiten, bei denen wir auch plauderten. Wenn ich nichts zu tun hatte, las ich ihr Neuigkeiten vor. Ich durfte meine Rolle nicht aus den Augen verlieren, und ich ſpielte den Mann, der des Lebens überdrüſſig iſt, vom Kummer verzehrt wird und ſkeptiſch und verbittert ist. Wegen meiner Ähnlichkeit mit Lord Byron, dem ich, abgeſehen von dem hinkenden Fuß, ſehr ähnlich ſehen ſollte, wurde ich die Zielſcheibe ihrer reizenden Scherze. Es galt als ausgemacht, daß ihr Unglück, über das ſie tiefſtes Schweigen zu bewahren wünſchte, meines bei weitem überträfe, obgleich meine Gründe für den Menſchenhaß Young und Hiob zur Befriedigung gereicht hätten. Ich will nicht davon ſprechen, wie ſehr ich mich

ſchämte, wenn ich mir wie Straßenbettler Wunden zulegte, die ich gar nicht erhalten hatte, um das Mitleid dieſer wundervollen Frau zu erregen. Als ich merkte, welch unbegrenzte Hingebung für ſie mich beſeelte, begriff ich erſt die ganze Niedrigkeit meiner Spionagetätigkeit. Die Sympathiebeweiſe, die ich von ihr erhielt, hätten auch den Unglücklichſten tröſten können. Das entzückende Geſchöpf, das ſeit vielen Jahren allein und fern von der Welt lebte, beſaß außer der Liebe noch eine Fülle von zärtlichen Empfindungen, und aus dieſem Schatz ſchöpfte ſie mit einem ſo kindlichen Überſchwang und einer Herzlichkeit, die auch einem abgebrühten Wüſtling, der ſie geliebt hätte, Reue eingeflößt hätte. Sie war ganz Barmherzigkeit, ganz Anteilnahme. Ihr Verzicht auf Liebe, ihre Scheu vor dem, was man das Glück der Frauen nennt, enthüllte ſich in ebenſo naiver wie heftiger Weiſe. Dieſe glücklichen Tage haben mir bewieſen, daß die Freundſchaft mit einer Frau der Liebe weit überlegen iſt. Ich hatte mir die Geſtändniſſe meiner Leiden mit ebenſoviel heuchleriſcher Ziererei allmählich entreißen laſſen, die ſich wohl junge Mädchen leiſten, bevor ſie ſich ans Klavier ſetzen, im Bewußtſein der Öde, die ihr Spiel verbreitet.
Sie werden es verſtändlich finden, daß die Gräfin im Kampf gegen meine Abneigung, Geſtändniſſe zu machen, notwendigerweiſe unſere Beziehungen etwas vertraulicher geſtalten mußte; ſie fand aber bei mir ihre eigene Antipathie gegen die Liebe ſo vollſtändig wieder, daß ſie faſt glücklich ſchien, daß ihr der Zufall ſozuſagen einen ‚Freitag' auf die Robinſoninſel ihrer Verlaſſenheit geſandt hatte. Vielleicht begann auch die Einſamkeit auf ihr zu laſten.

Trotzdem war ſie ohne die geringſte Koketterie. In dieſer Beziehung hatte ſie gar nichts Weibliches mehr. Beſäße ſie noch ein Herz, ſo ſagte ſie mir, ſo ſchlüge es nur noch für das Reich des Ideals, in das ſie ſich geflüchtet hätte. Unwillkürlich mußte ich die beiden Exiſtenzen, die des Grafen und der Gräfin miteinander vergleichen: Der Graf war ganz Tätigkeit, Bewegung und Leidenſchaft, die Gräfin war ganz Paſſivität und Ruhe. Mann und Frau lebten, wie es ihrem Weſen entſprach. Mein Menſchenhaß berechtigte mich zu zyniſchen Ausfällen gegen Männer und Frauen, und ich erlaubte mir ſolche Angriffe, weil ich hoffte, Honorine dadurch zu Geſtändniſſen zu verleiten. Sie ließ ſich aber in keiner Schlinge fangen, und ich begriff, daß der Graf mit Recht von ihrem ungeheuren Eigenſinn geſprochen hatte, einer Eigenſchaft, die bei Frauen häufiger iſt, als man glaubt.

‚Die Orientalen haben recht,‘ ſagte ich eines Tages zu ihr, ‚wenn ſie ihre Frauen einſchließen und ſie nur als Inſtrumente ihrer Luſt betrachten. Europa wird hart beſtraft, weil es aus den Frauen einen gleichberechtigten Teil der menſchlichen Geſellſchaft gemacht hat. Ich halte das Weib für ein ganz falſches und unehrliches Geſchöpf. Oder ſollte das gerade ſeinen Reiz ausmachen? Hat ein Weib einem Mann eine Leidenſchaft eingeflößt, ſo iſt es ihm immer heilig. In ſeinen Augen bleibt es mit einem ewigen Privilegium ausgeſtattet. Beim Mann iſt die Dankbarkeit für die Genüſſe der Vergangenheit unauslöſchlich. Trifft er ſeine Geliebte gealtert oder ſeiner unwürdig wieder, ſo hat ſie immer noch Rechte auf ſein Herz. Dem Weib aber bedeutet ein Mann, den ſie einmal geliebt hat, ſpäter nichts mehr, ja mehr noch, er begeht ein unverzeihliches Unrecht damit, daß er überhaupt noch lebt . . . Wie ſchade, daß man ſich an Liebe nicht ſättigen kann wie an Früchten, und daß nach dem Mahl der Liebe dem Weib nur ein Nachgefühl des Genuſſes bleibt.'

,Gott,' ſo erwiderte ſie, ,hat zweifellos das vollkommene Glück für das Paradies aufgeſpart, aber ſo geiſtvoll Ihre Beweisführung auch ſein mag, ich finde ſie vollſtändig falſch. Was ſind denn das für Frauen, die ſich mehr als einer Leidenſchaft hingeben?' und ſie ſah mich bei dieſen Worten an wie die Jungfrau, die Ingres gemalt hat.

,Sie ſind eine geborene Schauſpielerin', entgegnete ich. ,Sie werfen mir da einen Blick zu, der den Ruhm einer Schauſpielerin begründen könnte. Aber auch Sie müſſen geliebt haben, da Sie doch ſo ſchön ſind. Sie wollen bloß nicht mehr daran denken.'

Sie verſuchte meine Frage abzulenken und antwortete:

,Ich bin ja gar kein Weib mehr, ich bin eine Nonne von zweiundſiebenzig Jahren.'

,Wie können Sie denn mit ſolchem Selbſtbewußtſein behaupten, daß Sie heftiger zu empfinden verſtehen als ich. Für Frauen gibt es nur e i n Unglück, und das iſt die Enttäuſchung des Herzens.'

Sie ſah mich mit ſanftem Lächeln an und machte es wie alle Frauen, die ſich in einem Dilemma und ſchon in den Klauen der Wahrheit befinden, aber dennoch auf ihrem Willen beſtehen wollen.

,Ich bin eine Nonne, und Sie ſprechen mir von einer Welt, die ich nicht mehr betreten kann.'

,Nicht einmal in Gedanken?' fragte ich.

,Muß man denn die Welt begehren?' entgegnete ſie.
,Wenn meine Gedanken ſich ſchon verſteigen, dann ſteigen ſie viel höher . . . Der Engel der Vollkommenheit, der ſchöne Gabriel, ſingt oft in meinem Herzen. Wenn ich reich wäre, dann würde ich doch arbeiten, um mich nicht allzu oft auf den bunten Flügeln des Engels davontragen und ins Reich der Phantaſie führen zu laſſen. Es gibt Gedanken, die uns Frauen verderben. Ich verdanke meinen Blumen die Ruhe meiner Seele, obzwar es auch ihnen nicht immer gelingt, mich auszufüllen. An manchen Tagen wird meine Seele von unbeſtimmter Erwartung befallen. Ich kann dann einen Gedanken, der ſich meiner bemächtigt, nicht bannen, und meine Hände verlieren ihre Leichtigkeit. Ich glaube dann, daß ein großes Ereignis ſich vorbereitet, das mein Leben verändern wird. Ich lauſche dann ins Ungewiſſe hinein, ich ſchaue ins Finſtere, meine Arbeit macht mir dann keine Freude mehr, und es dauert lange, bis ich mich in die Alltäglichkeiten des Lebens wieder zurückfinde. Iſt das ein Vorgefühl des Himmels, frage ich mich dann oft?'
Nach drei Monaten des Kampfes, den ſich zwei Diplomaten lieferten, der eine ein Jüngling in der Maske des Melancholikers, der andere ein Weib, das der Abſcheu vor Abenteuern unbeſiegbar gemacht hatte, nach drei Monaten eines ſolchen Kampfes ſagte ich dem Grafen, daß es mir ganz unmöglich ſchiene, die Schildkröte unter ihrem Schild hervorzulocken, ohne das Schildpatt dabei zu zerbrechen. Am Abend vorher hatte die Gräfin im Verlauf unſerer freundſchaftlichen Unterhaltung ausgerufen: ,Lukrezia hat mit ihrem Dolch geſchrieben und in

ihrem Blut leuchtet das erſte Wort in der Erklärung der Menſchenrechte der Frau: Freiheit!'
Der Graf gab mir von jetzt ab unumſchränkte Vollmacht.
‚In dieſer Woche habe ich meine Blumen und meine Hüte für hundert Franken verkauft', ſagte mir Honorine voller Freude eines Sonnabends, als ich ſie in dem kleinen Salon des Erdgeſchoſſes beſuchte, deſſen Vergoldung inzwiſchen durch den falſchen Eigentümer erneuert worden war. Es war zehn Uhr abends. Julidämmerung und Mondſchein, Duft zahlloſer Blumen ſchien die Seele zu liebkoſen. Die Gräfin ließ in ihrer Hand die fünf Goldſtücke klingen, die von einem falſchen Modehändler ſtammten, von einem Helfer des Grafen, den ihm der Richter Popinot beſchafft hatte.
‚So ſeinen Lebensunterhalt zu verdienen und an der Arbeit noch Freude zu haben und frei zu ſein, während die Männer ſich doch mit ihren Geſetzen bewaffnet haben, um uns zu Sklavinnen zu machen! Oh! jeden Samstag habe ich Anwandlungen von Stolz. Ich liebe die Goldſtücke des Herrn Gaudiſſart ſo, wie Lord Byron den Mammon, den er von ſeinem Verleger Murray bekam.'
‚Aber das iſt doch eigentlich nicht die Rolle, die die Natur dem Weib zuerteilt hat', erwiderte ich.
‚Ach was, bin ich denn überhaupt ein Weib? Ich bin ein Junggeſelle mit einer weichen Seele, weiter nichts, ein Junggeſelle, den kein Weib quälen kann.'
‚Ihr Leben iſt eine Verneinung Ihres eigentlichen Weſens', erwiderte ich. ‚Wie iſt es möglich, daß Sie, für die der Herrgott Schätze an Liebe und Schönheit aufgewandt hat, nicht manchmal wünſchen ſollten . . .'

‚Was ſollte ich wünſchen?‘ fragte ſie etwas unruhig wegen meiner Worte, in denen ich zum erſtenmal aus meiner Rolle fiel.
‚Vielleicht ein hübſches Kind mit lockigem Haar, das zwiſchen den Blumen ſpielt — es ſelbſt eine Blüte des Lebens und der Liebe — und Sie Mutter nennt.‘
Ich erwartete eine Antwort. Das Schweigen, das etwas ſehr lange dauerte, ließ mich die ſchreckliche Wirkung meiner Worte merken. Die Gräfin hatte ſich auf ihren Diwan zurückgleiten laſſen. Sie war nicht ohnmächtig, aber ein nervöſer Anfall hatte ſie befallen. Ganz ſanft war er gekommen, wie alles, was mit ihr in Zuſammenhang war. Es war, wie ſie mir ſpäter erzählte, wie wenn ein mildes Gift allmählich in ihren Körper eingedrungen wäre. Ich rief Frau Gobain herbei, die ihre Herrin auf das Bett trug, ſie entkleidete und ſie zum Bewußtſein zurückrief oder richtiger zu der bewußten Empfindung eines ſchrecklichen Schmerzes.
Weinend ging ich die Allee, am Pavillon entlang, auf und ab. Ich zweifelte am Erfolg. Ich wollte auf meine Rolle als Vogelſteller, die ich ſo unvorſichtig übernommen hatte, verzichten.
Frau Gobain kam herunter, und als ſie ſah, daß mein Geſicht in Tränen gebadet war, ging ſie ſchnell wieder zur Gräfin hinauf.
‚Gnädige Frau, was iſt geſchehen? Herr Maurice weint heiße Tränen wie ein Kind.‘
Da die Gräfin fürchtete, daß unſer beider Benehmen in gefährlicher Weiſe ausgelegt werden könnte, legte ſie ſchnell einen Schlafrock an, und ſie gewann ihre Kräfte ſo weit wieder, daß ſie zu mir herunterſteigen und mir ſagen konnte:

,Sie tragen an dieſem Anfall keine Schuld. Ich bin ſolchen Herzkrämpfen öfter unterworfen.'
,Und Sie wollen mir Ihren Kummer verſchweigen', ſagte ich mit einer Stimme, die ungekünſtelt klang. Ich wiſchte mir die Tränen ab. ,Haben Sie mich nicht eben ahnen laſſen, daß Sie ſelbſt Mutter geweſen ſind, und daß Sie das Leid erduldet haben, Ihr Kind zu verlieren?'
,Marie', rief ſie plötzlich und klingelte. Die Gobain ſtürzte herein. ,Bringen Sie die Lampe und den Tee herein', ſagte ſie mit der Kaltblütigkeit einer Lady, die mit dem Stolz gepanzert iſt, den die bekannte engliſche Erziehung verleiht.
Als die Gobain die Kerzen angezündet und die Vorhänge heruntergelaſſen hatte, blieb die Gräfin zunächſt ſtumm. Ihr unbezähmbarer Stolz, ihre Herbheit hatten wieder Gewalt über ſie gewonnen.
,Wiſſen Sie, warum ich Lord Byron so liebe?' ſprach ſie. ,Er hat gelitten, wie Tiere leiden. Was ſoll eine Klage, wenn ſie nicht iſt wie Manfreds Elegie oder wie der bittere Hohn Don Juans oder eine Träumerei wie die Child Herolds? Mich wird man nie ergründen . . . Mein Herz iſt eine Dichtung, die ich Gott darbringe.'
,Wenn ich wollte', . . . warf ich ein.
,Wenn Sie wollten', wiederholte ſie.
,Nein, ich intereſſiere mich für gar nichts. Ich habe kein Talent zur Neugierde, aber wenn ich wollte, ſo wüßte ich ſchon morgen alle Ihre Geheimniſſe.'
,Daraus mache ich mir gar nichts', erwiderte ſie mit ſchlecht maskierter Angſt.
,Iſt das Ihr Ernſt?'
,Ganz gewiß', verſicherte ſie und ſtolz erhob ſie ihr

Haupt. ‚Ich muß wiſſen, ob ein ſolches Verbrechen möglich iſt.‘

‚Gnädige Frau‘, erwiderte ich mit einem Blick auf ihre Hände, ‚dieſe hübſchen Finger ſagen deutlich genug, daß ſie nicht zur Arbeit geſchaffen ſind. Außerdem laſſen Sie ſich Frau Gobain nennen, aber eines Tages haben Sie, als ein Brief ankam, zu Marie geſagt: ‚Hier für dich.‘ Marie iſt alſo die wirkliche Frau Gobain. Sie verbergen alſo Ihren Namen unter dem Ihrer Haushälterin. Oh, gnädige Frau, mich brauchen Sie nicht zu fürchten. In mir haben Sie den treueſten Freund, den Sie jemals beſeſſen haben. Ich ſage mit Bewußtſein: Freund. Ich verleihe dieſem Wort eine heilige und rührende Bedeutung. Dieſem Wort, das in Frankreich, wo wir unſere Feinde ſo titulieren, ſo oft entweiht wird. Ich, Ihr Freund, möchte Sie gegen alles verteidigen und Sie ſo glücklich ſehen, wie eine Frau wie Sie werden muß. Wer weiß, ob der Schmerz, den ich Ihnen unbewußt verurſacht habe, nicht eine bewußte Handlung iſt.‘

‚Ja,‘ erwiderte ſie mit drohender Kühnheit, ‚Sie ſollen neugierig werden. Sagen Sie mir alles, was Sie über mich in Erfahrung bringen können, aber ...‘, fügte ſie hinzu, ‚Sie müſſen mir dann auch ſagen, mit welchen Mitteln Sie in den Beſitz dieſer Auskünfte über mich gelangt ſind. Ob das bißchen Glück, das ich hier genieße, weiterbeſtehen wird, hängt von Ihren Schritten ab.‘

‚Das ſoll wohl heißen, daß Sie fliehen wollen.‘

‚So ſchnell wie möglich‘, rief ſie, ‚und in eine neue Welt ...‘

‚Wo Sie‘, unterbrach ich ſie, ‚den heftigſten Leidenſchaften, die Sie einflößen, ohne Gnade preisgegeben wären. Gehört es nicht zum Wesen des Genies und der Schönheit, zu glänzen, die Blicke auf sich zu lenken und Lüsternheit und Bosheit zu erregen. Paris ist der einzige Ort der Welt, wo man im Verborgenen leben kann, wenn man von seiner Arbeit leben muß. Worüber beklagen Sie sich denn eigentlich? Wer bin ich denn? Ein Dienstbote mehr. Ich bin Herr Gobain, wenn Sie so wollen, das ist alles. Wenn Sie einen Kampf bestehen müssen, so kann Ihnen ein Zeuge vielleicht nötig sein.'

,Bringen Sie nur in Erfahrung, wer ich bin. Ich habe Ihnen schon gesagt, daß ich es wünsche. Jetzt bitte ich Sie darum', fuhr sie mit einer Anmut fort, wie sie ja den Frauen zu Gebote steht."

Bei den letzten Worten warf der Konsul den Zuhörerinnen einen entsprechenden Blick zu.

„,Also gut, morgen um die gleiche Zeit, werde ich Ihnen mitteilen, was ich über Sie in Erfahrung gebracht habe', sagte ich, ,aber Sie dürfen deswegen keinen Haß gegen mich hegen. Oder sollten Sie doch so sein wie andere Frauen?'

,Wie sind denn andere Frauen?'

,Sie heischen ungeheure Opfer von uns. Haben wir aber ihre Wünsche erfüllt, so werfen sie sie uns wie Beleidigungen vor.'

,Die Frauen haben recht, wenn Ihnen ihre Bitten als Opfer erscheinen', meinte sie spöttisch.

,Ersetzen wir das Wort Opfer also durch das Wort Mühe und . . .'

,Das wäre eine Frechheit', sagte sie.

,Verzeihen Sie, ich vergaß, daß das Weib ebenso unfehlbar ist wie der Papst.'

,Lieber Gott', sagte sie nach einer ziemlich langen Pause. ,Zwei Worte können also den Frieden stören,

den ich mir ſo teuer erkauft habe und den ich genieße wie unrechtmäßiges Gut.'
Sie erhob ſich und ſchenkte mir keine Beachtung mehr.
,Wohin ſoll ich gehen?' ſagte ſie dann. ,Was ſoll aus mir werden? Muß ich dies freundliche Aſyl verlaſſen, das ich mir mit ſo viel Liebe eingerichtet hatte, um hier meine Tage zu beſchließen?'
,Ihre Tage zu beſchließen!' rief ich entſetzt aus. ,Haben Sie denn niemals daran gedacht, daß der Augenblick kommen wird, da Sie nicht mehr arbeiten können und der Preis der Blumen und der Putzwaren durch die Konkurrenz gedrückt wird?'
,Ich habe mir ſchon tauſend Taler geſpart.'
,Großer Gott, wieviel Entbehrungen mag Sie dieſe Summe gekoſtct haben!' rief ich aus.
,Bis morgen', ſagte ſie. ,Laſſen Sie mich jetzt allein. Ich bin heute abend nicht ich ſelbſt. Ich will allein ſein. Muß ich meine Kräfte nicht ſammeln, wenn mir ein Unglück droht. Wenn Sie etwas in Erfahrung bringen ſollten, dann müßten auch andere davon wiſſen, und dann . . . Leben Sie wohl', ſagte ſie in ſchneidendem Ton und mit einer herriſchen Gebärde.
,Morgen alſo wird es zum Kampfe kommen', entgegnete ich lächelnd, um der Szene nicht den Charakter des Unwichtigen zu nehmen, denn darauf kam es mir ja an.
Als ich durch die lange Allee hinausging, wiederholte ich mir: ,Alſo morgen wird es zum Kampf kommen.' Und der Graf, den ich wie jeden Abend auf dem Boulevard fand, rief ebenfalls: ,Alſo morgen wird es zum Kampfe kommen.'
Octave war ebenſo voller Angſt und Unruhe wie

Honorine. Bis zwei Uhr morgens wanderten der Graf und ich an den Gräben der Baſtille entlang wie zwei Generale, die am Abend vor der Schlacht alle Chancen abſchätzen, das Kampfgelände prüfen und dann inmitten des Kampfes erſt erkennen, daß der Sieg nur von einem Zufall abhängt, den man ausnutzen muß.

Der Graf und die Gräfin, die ſo gewaltſam voneinander getrennt waren, durchwachten beide dieſe Nacht. Der Graf voller Hoffnung auf Wiedervereinigung, die Gräfin in Angſt davor.

Die Dramen des Lebens ſpielen ſich nicht in der Außenwelt ab, ſondern im Innern, im Herzen oder, wenn Sie ſo lieber wollen, in der unendlichen Welt, die wir die geiſtige nennen. Octave und Honorine handelten und lebten nur in der Welt großer Gedanken.

Ich war pünktlich. Um zehn Uhr abends wurde mir zum erſtenmal der Eintritt in das Neſt der verwundeten Taube geſtattet. Es war ein hübſches Zimmer in Blau und Weiß. Die Gräfin ſah mich an und wollte mich anreden, war aber durch meine ehrerbietige Miene aus der Faſſung gebracht.

‚Gnädige Frau', ſagte ich mit einem ernſten Lächeln.

Die arme Frau, die ſich erhoben hatte, ſank in ihren Seſſel zurück, und ſie verblieb in einer ſchmerzlichen Haltung, die ich gern von einem großen Maler feſtgehalten geſehen hätte.

‚Sie ſind', fuhr ich fort, ‚die Gemahlin des edelſten und angeſehenſten Mannes, eines Mannes, den man für groß hält und der Ihnen gegenüber noch erhabener iſt als in den Augen der Welt. Sie und er, Sie ſind zwei große Charaktere . . . Wo glauben Sie hier zu ſein?'

‚Natürlich in meinem Hauſe', antwortete ſie mit erſtaunten Augen.
‚Sie ſind im Hauſe des Grafen Octave', antwortete ich. ‚Wir ſind getäuſcht worden. Der Gerichtsſchreiber Lenormand iſt nicht der richtige Eigentümer, ſondern der Strohmann Ihres Gatten. Die Ruhe, die Sie hier genießen, iſt des Grafen Werk. Das Geld, das Sie verdienen, kommt vom Grafen, deſſen Fürſorge auch die geringfügigſten Einzelheiten Ihres Lebens nicht vergißt. Auch in den Augen der Welt hat Ihr Gemahl Sie gerettet. Er hat Ihre Abweſenheit mit glaubhaften Gründen erklärt, er gibt nach außen hin der Hoffnung Ausdruck, Sie nicht bei dem Schiffbruch der ‚Cécile' verloren zu haben, auf der Sie ſich nach Havanna eingeſchifft haben ſollen, um ſich die Erbſchaft einer alten Verwandten zu ſichern, die Sie ſonſt vergeſſen hätte. Sie haben dieſe Fahrt in Begleitung zweier Damen ſeiner Familie und eines alten Beamten ſeines Hauſes unternommen. Der Graf erzählt, daß er Agenten in die betreffenden Gegenden geſandt und inzwiſchen Briefe erhalten hätte, die ihm viel Hoffnung gäben . . . Um Sie vor den Blicken der Welt zu verbergen, ergreift er beſſere Vorſichtsmaßregeln, als Sie ſelbſt es tun könnten. mit einem Wort: er gehorcht Ihnen.'
‚Genug,' antwortete ſie, ‚ich will nur eines wiſſen. Von wem haben Sie dieſe Einzelheiten?'
‚Lieber Gott, mein Onkel hat beim Polizeikommiſſar dieſes Stadtviertels einen vermögungsloſen jungen Mann als Sekretär untergebracht. Dieſer junge Mann hat mir alles erzählt. Wenn Sie heute abend das Haus heimlich verlaſſen würden, ſo würde Ihr Mann erfahren, wohin Sie ſich wenden würden, und ſein

Schutz würde Sie überall begleiten. Wie hat eine gescheite Frau wie Sie nur glauben können, daß Händler Blumen und Hüte so teuer bezahlen, wie Sie sie verkaufen? Hätten Sie tausend Taler für einen Strauß gefordert, Sie hätten sie erhalten. Die Zärtlichkeit einer Mutter ist nie so erfinderisch gewesen wie die Ihres Mannes. Ich habe vom Portier des Hauses erfahren, daß der Graf oft, wenn alles ruht, hinter der Hecke auftaucht, nur um das Licht Ihrer Lampe zu erblicken. Ihr großer Kaschmirschal ist sechstausend Franken wert. Ihre Modewarenhändlerin verkauft Ihnen, was aus den besten Fabriken stammt, als alt. Kurz, Sie verwirklichen hier die Sage von Venus, die in den Netzen Vulkans gefangen gehalten wird. Nur daß Sie allein gefangen sind, und zwar durch die Erfindungen einer erhabenen Großmut, die schon sieben Jahre lang bis zu dieser Stunde währt.‘

Die Gräfin zitterte wie eine gefangene Schwalbe, die aus der Hand, die sich um sie spannt, den Hals hervorstreckt und mit fahlem Auge um sich sieht. Nervöses Zucken befiel sie, und sie warf mir einen mißtrauischen Blick zu. Ihre heißen Augen leuchteten im Fieberglanz. Dann brach sie in Tränen aus, sie weinte nicht aus Rührung, sondern aus Ohnmacht und Verzweiflung. Bis jetzt hatte sie sich unabhängig und frei geglaubt, jetzt aber fühlte sie die Ehe wieder auf sich lasten, wie der Gefangene den Kerker fühlt. ‚Ich werde fortgehen,‘ rief sie unter Tränen, ‚er zwingt mich ja dazu. Ich werde dorthin gehen, wohin niemand mich begleiten wird.‘

‚Sie wollen sich töten, gnädige Frau?‘ sagte ich. ‚Es müssen doch sehr starke Gründe sein, die Sie daran hindern, zum Grafen Octave zurückzukehren.‘

‚Ganz gewiß.‘

‚Gut, erklären Sie mir diese Gründe, oder sprechen Sie sich mit meinem Oheim darüber aus. In uns beiden werden Sie zwei ergebene Ratgeber haben. Wenn mein Oheim im Beichtstuhl auch Priester ist, im Salon ist er es nicht. Wir werden Ihnen aufmerksam zuhören und versuchen, eine Lösung der Fragen, die Sie quälen, zu finden; wenn Sie das Opfer eines Irrtums oder Mißverständnisses gewesen sein sollten, so können wir den Stein des Anstoßes vielleicht beseitigen. Sie scheinen noch eine reine Seele zu haben. Sollten Sie aber einen Fehltritt begangen haben, so ist er doch längst gesühnt. Sie dürfen gewiß sein, in mir immer einen aufrichtigen Freund zu finden. Sollten Sie sich der Tyrannei des Grafen entziehen wollen, so werde ich Ihnen dazu die Mittel beschaffen, und er wird Sie niemals finden.‘

‚Ich kann ja ins Kloster gehen‘, sagte sie.

‚Ja, aber der Graf, der Staatsminister geworden ist, kann bewirken, daß Sie von allen Klöstern der Welt zurückgewiesen werden. Mag er aber auch noch so mächtig sein, ich werde Sie vor ihm schützen, wenn ... wenn Sie mir bewiesen haben, daß Sie nicht zu ihm zurückkehren können. Oh, fürchten Sie nicht, daß Sie seine Tyrannei nur mit der meinen vertauschen werden‘, fuhr ich fort, als ich ihren mißtrauischen und allzu stolzen Blick auf mich gerichtet sah. ‚Sie sollen Frieden, Einsamkeit und Unabhängigkeit haben. Sie sollen frei und dabei so respektiert sein, als ob Sie eine häßliche alte Jungfer wären. Nicht einmal ich werde Sie ohne Ihre Zustimmung aufsuchen können.‘

‚Und wie sollte das geschehen? Mit welchen Mitteln?‘

‚Das, gnädige Frau, ist mein Geheimnis. Seien Sie sicher, daß ich Sie nicht täusche. Beweisen Sie mir, daß ein Leben dieser Art das einzige ist, das Sie führen können, und daß es Ihnen lieber ist als das der reichen und geehrten Gräfin, die in einem der schönsten Paläste in Paris wohnen kann, von ihrem Manne geliebt wird und glückliche Mutter sein kann . . . Beweisen Sie mir das.'
‚Wird denn', sagte sie, ‚jemals ein Mensch meine Haltung begreifen können?'
‚Nein,' entgegnete ich, ‚daher habe ich ja auch die Religion angerufen, um über uns zu richten. Der Pfarrer von der Blancs Manteaux-Kirche ist ein Heiliger von fünfundsiebzig Jahren. Mein Oheim ist kein Großinquisitor, aber ein heiliger Johannes. Ihnen gegenüber wird er ein Fénelon sein, der zum Herzog von Burgund sagte: „Essen Sie ruhig am Freitag ein Kalb auf, Hoheit, wenn Sie sonst nur ein Christ sind."'
‚Ach, das Kloster ist doch meine letzte Zuflucht. Nur Gott kann mich verstehen. kein Mensch, und wäre es auch der heilige Augustinus, der sanfteste aller Kirchenväter, könnte in die Zweifel meines Gewissens eindringen, in die ich eingeschlossen bin wie in Dantes Hölle. Ein anderer als mein Gatte hat meine ganze Liebe besessen, so wenig würdig er dieser Gabe auch war, oder richtiger, er hat sie nicht besessen, denn er hat nichts aus ihr zu machen gewußt; und ich hatte sie ihm doch dargebracht, wie eine Mutter ihrem Kind ein kostbares Spielzeug, das das Kind dann zerbricht. Ich kann nicht zweimal lieben. Manche Seelen können mit der Liebe nicht experimentieren, sie lieben, oder sie lieben nicht. Wenn die Liebe in solchen Seelen

erwacht, ſo iſt es eine Liebe, die den ganzen Menſchen ausfüllt. Das Leben dieſer achtzehn Monate iſt mir wie ein Leben von achtzehn Jahren geweſen, all meine Gaben habe ich in dieſes Leben hineingetan. Was ich an Gefühlen beſaß, iſt dahin und ausgeſchöpft in dieſer Zeit eines Zuſammenlebens, das doch keins war, wo ich allein mich ganz hingab. Der Kelch des Glücks iſt für mich nicht leer, ich habe ihn ja nie geleert . . . aber nichts vermag ihn wieder zu füllen, er iſt zerbrochen. Ich ſtehe außerhalb des Lebenskampfes, ich bin waffenlos . . . Nachdem ich mich einmal ſo ganz hingegeben habe, was bin ich da noch? Einer Orgie ekler Reſt. Man hat mir nur e i n e n Namen gegeben, den Namen Honorine, und ich habe auch nur e i n Herz. Mein Mann hat das junge Mädchen beſeſſen, ein unwürdiger Liebhaber die Frau. Was iſt da geblieben? Soll ich mich lieben laſſen? Liebe iſt ja das große Wort, das Sie mir zurufen. Oh, ich bin doch noch ein Menſch, und ich empöre mich bei der Vorſtellung, mich ſo erniedrigen zu laſſen. Oh, beim Schein des Brandes bin ich hellſichtig geworden; es könnte ſein, daß ich den Liebeswerbungen eines Mannes noch einmal nachgebe. Aber Octave dürfte es nicht ſein . . . Octave nicht, niemals.‘
‚Sie lieben ihn‘, unterbrach ich ſie.
‚Ich ſchätze, achte und verehre ihn. Er hat mir niemals etwas Böſes getan. Er iſt gut, er iſt zärtlich, aber ich kann ihn nicht mehr lieben . . . Aber ſprechen wir nicht mehr davon . . . Worte machen alles kleiner. Ich will Ihnen ſchriftlich mitteilen, was ich hierüber denke; in dieſem Augenblick müßte ich daran erſticken. Ich habe Fieber, mir iſt, als ſtünde ich ſchon mit einem Fuß im Jen-

ſeits. Alles, was ich rings um mich erblicke, die Dinge, die ich mir mit meiner Arbeit erworben zu haben glaubte, erinnern mich jetzt an das, was ich vergeſſen wollte. Oh, ich muß von hier fliehen, wie ich aus meinem Hauſe geflohen bin.'

,Wohin wollen Sie fliehen?' ſagte ich. ,Kann eine Frau ohne einen Beſchützer beſtehen? Sie ſind dreißig Jahre alt, im Zenith Ihrer Schönheit, reicher an Kräften, als Sie ſelbſt wiſſen. Sie haben noch Liebe zu verſchenken, und Sie wollen in die Einſamkeit gehen, wo ich Sie verbergen könnte. Beunruhigen Sie ſich nicht. Der Graf, der ſich fünf Jahre lang hier nicht hat ſehen laſſen, wird hier niemals ohne Ihre Zuſtimmung eindringen. Neun Jahre des Lebens, das er geführt hat, gewährleiſten Ihre Ruhe. Sie können deshalb in voller Sicherheit mit meinem Oheim und mir über Ihre Zukunft beraten. Mein Oheim iſt ebenſo mächtig wie ein Staatsminiſter. Faſſen Sie ſich daher in Ruhe und vergrößern Sie Ihr Unglück nicht. Ein Prieſter, deſſen Haupt in Ausübung ſeines heiligen Amtes weiß geworden iſt, iſt kein Kind: Von dem Mann, dem ſeit fünfzig Jahren alle Leidenſchaften anvertraut ſind, und der in ſeinen Händen die Herzen der Könige und Fürſten gewogen hat, werden Sie verſtanden werden. Wenn mein Oheim auch unerbittlich iſt, ſolange ihn die Stola umhüllt, — wenn er vor Ihren Blumen ſteht, wird er mild und nachſichtig ſein wie ſein göttlicher Meiſter.'

Um Mitternacht verließ ich die Gräfin, die einen ruhigen Eindruck machte, aber düſtere Pläne zu hegen ſchien, die kein Scharfſinn durchſchauen konnte. Ich fand den Grafen in der Rue Saint-Maur. Eine unwiderſtehliche Gewalt hatte ihn veranlaßt,

den verabredeten Platz auf dem Boulevard zu verlaſſen.
‚Was für eine Nacht wird das arme Kind erdulden müſſen,' rief er aus, nachdem ich ihm die Szene, die eben ſtattgefunden hatte, zu Ende erzählt hatte. ‚Wenn ich jetzt zu ihr ginge, wenn ſie mich jetzt plötzlich zu Geſicht bekäme ...'
‚Dann würde ſie ſich aus dem Fenſter ſtürzen', antwortete ich. ‚Die Gräfin iſt wie Lukretia, die eine Vergewaltigung nicht überlebt, ſelbſt wenn der Gewalttäter ein Mann iſt, dem ſie ſich ſonſt geben würde.'
‚Sie ſind zu jung,' antwortete er, ‚Sie wiſſen nicht, daß der Wille in einer von grauſamen Überlegungen erregten Seele wie ein See iſt, über den ein Sturm brauſt: Der Wind ändert ſich in jeder Minute, und die Strömung brandet bald gegen das eine, bald gegen das andere Ufer. In dieſer Nacht kann es ebenſogut geſchehen, daß Honorine, wenn ſie mich ſieht, in meine Arme als aus dem Fenſter ſtürzt.'
‚Aber würden Sie es auf dieſe Alternative ankommen laſſen?' fragte ich.
‚Wir wollen doch lieber gehen', antwortete er. ‚Um bis morgen abend warten zu können, habe ich mir vom Doktor Desplein eine Doſis Opium verſchreiben laſſen, damit ich ruhig ſchlafen kann.'
Am nächſten Morgen brachte mir die Gobain einen Brief und berichtete mir, die vollſtändig erſchöpfte Gräfin hätte ſich erſt um ſechs Uhr zur Ruhe begeben und ſchlafe jetzt dank einem vom Apotheker hergeſtellten Mandelmilchpräparat.
(Hier iſt der Brief, ich habe eine Abſchrift aufbewahrt", wandte ſich der Konſul an Camille Maupin. „Sie kennen ja die Kunſtmittel, die Technik des

Stils und die mühevolle Arbeit vieler Schriftſteller; Sie werden aber zugeben müſſen, daß alle literariſche Kunſt ſo etwas wie dieſen Brief nicht ſchaffen könnte. Es gibt nichts Schrecklicheres als die Wahrheit. Ich leſe Ihnen jetzt den Brief vor, den eine Frau geſchrieben hat, oder vielmehr das Leid einer Frau.)

‚Sehr geehrter Herr Maurice!

Ich weiß nicht, was Ihr Oheim mir ſagen könnte, er kann nicht mehr wiſſen als mein eigenes Gewiſſen. Des Menſchen Gewiſſen iſt der Dolmetſch Gottes. Ich weiß, daß ich verdammt werde, wenn ich mich mit Octave nicht ausſöhne: ſo hat es die religiöſe Satzung beſchloſſen. Auch das Zivilgeſetz verlangt von mir Gehorſam. Wenn mein Gatte mich wieder aufnimmt, ſo iſt damit alles geſagt, dann hält die Welt mich für rein und tugendhaft, was auch immer ich getan haben mag. Ja, das iſt das Erhabene bei der Ehe, daß die Welt die Verzeihung des Gatten beſtätigen muß. Nur vergißt die Welt, daß die Verzeihung von der Gattin auch angenommen werden muß. Vom geſetzlichen, religiöſen und geſellſchaftlichen Standpunkt aus müßte ich alſo zu Octave zurückkehren.

Rein menſchlich geſehen iſt es grauſam, ihm ſein Glück zu verſagen, ihn der Nachkommenſchaft zu berauben und den Namen ſeines Geſchlechts aus dem goldenen Buch der Pairs zu ſtreichen. Meine Qualen, mein Widerſtand, meine Empfindungen, mein ganzer Egoismus — ich weiß, daß ich egoiſtiſch bin — müßte der Familie geopfert werden. Wäre ich Mutter, ſo würden die Liebkoſungen meiner Kinder wohl meine Tränen trocknen. Ich wäre glücklich und geehrt, ich könnte mich in ſtolzem Reichtum

in einer glänzenden Equipage zeigen, ich hätte Dienerſchaft und einen Palaſt, ich wäre eine Königin der Feſte, und jede Woche könnte ich ein Feſt veranſtalten. Die gute Geſellſchaft würde mir einen freundlichen Empfang bereiten.
So wären alſo Gott, das Geſetz und die Geſellſchaft in voller Harmonie. Gegen was empörſt du dich eigentlich? klingt es aus der Höhe des Himmels, von der Kanzel, vom Richterſtuhl und vom Thron, deſſen erlauchte Vermittlung der Graf wohl anrufen könnte. Ihr Oheim könnte mir von göttlicher Gnade ſprechen, die in mein Herz ſtrömen würde, wenn ich mit Freude meine Pflicht erfüllte. Gott, das Geſetz, die Geſellſchaft und Octave wollen, daß ich lebe, nicht wahr?
Mit einem Wort aber will ich alle Argumente zurückweiſen: ich will nicht leben. Bleich, rein und unſchuldig werde ich im Grabe liegen, im Schmuck der Todesbläſſe, gegen die kein Wort ſich zu erheben wagt. Das iſt keine Halsſtarrigkeit. Der Eigenſinn, den Sie mir oft lächelnd vorgeworfen haben, iſt bei der Frau die Wirkung der Gewißheit, daß ſie ihrem Schickſal nicht entrinnen kann. Beſitzt auch mein Mann in ſeiner Liebe die erhabene Großmut, das alles zu vergeſſen, ſo kann ich nicht vergeſſen, ich nicht. Ob wir vergeſſen oder nicht vergeſſen, iſt nicht Sache unſeres Willens. Verheiratet ſich eine Witwe zum zweitenmal, ſo verleiht ihr die Liebe eine neue Jungfräulichkeit, denn ſie heiratet einen Mann, den ſie liebt. Ich aber kann den Grafen nicht lieben.
Das iſt der entſcheidende Punkt. Begegneten meine Blicke den ſeinen, ſo würde ich immer meinen Fehltritt darin leſen, ſo liebevoll die Augen meines Man-

nes auch auf mir ruhten. Die Größe ſeines Edelmutes würde mir die Größe meines Vergehens beweiſen. Meine immer unruhigen Blicke würden überall ein unſichtbares Urteil über mich leſen. Mein Herz wäre zerriſſen von ſich bekämpfenden Gefühlen. Niemals könnte die Ehe in mir die grauſame Wonne und den Rauſch der Leidenſchaft erwecken. Ich würde meinen Mann durch meine Kälte töten, durch die Vergleiche, die ich ziehen müßte, die ich verbergen, die er aber doch erraten würde. Oh, an dem Tag, da ich in einer Falte der Stirn, in einem traurigen Blick, in einer kaum wahrnehmbaren Gebärde, einen wenn auch unbewußten Vorwurf fühlen würde, an dem Tage würde nichts mich zurückhalten. Ich würde mit zerſchmettertem Schädel auf dem Pflaſter liegen, das mir milder erſchiene als mein Mann.

Ich würde vielleicht als Opfer der Ungeduld ſterben, die irgendeine geſchäftliche Angelegenheit in Octave erweckt hat, oder vielleicht weil ich mich von einem ungerechten Verdacht getroffen fühlte. Ach, vielleicht auch würde ich einen Liebesbeweis für einen Beweis der Verachtung halten. Welch doppelte Marter!

Octave muß immer an mir und ich immer an ihm zweifeln. Auch gegen meinen Willen muß ich ihm immer einen Mann als Rivalen entgegenſtellen, der ſeiner unwürdig iſt, einen Mann, den ich verachte, durch den ich aber Wonnen kennen gelernt habe, die wie Fackeln in mir lodern, Wonnen, deren ich mich ſchäme und an die ich doch immer wieder denken muß. Habe ich Ihnen jetzt mein Herz weit genug geöffnet?

Niemand kann mir beweiſen, daß eine erſtorbene

Liebe wieder aufblühen kann, und ich kann und will von niemandem mehr geliebt werden. Ein verführtes junges Mädchen gleicht einer zu früh gepflückten Blüte, aber eine ſchuldige Frau iſt eine Blume, die zertreten wird.
Sie ſind Blumenfreund und müſſen daher wiſſen, ob man einem Kelch ſeine Form wiedergeben, welke Blumen wieder beleben und den Lebensſaft wieder in die zarten Adern zurückführen kann. Könnte ein Botaniker, ſelbſt wenn er ein Genie wäre, eine ſolche Operation unternehmen, und würde es ihm gelingen, das zerriſſene Zellengewebe wiederherzuſtellen? Könnte er eine Blume wieder zum Leben erwecken, dann wäre er Gott. Nur Gott allein kann mir wieder Kraft verleihen.
Den bitteren Kelch der Buße trinke ich bis zur Neige aus, und immer wieder muß ich dabei das furchtbare Wort: Büßen iſt nicht wiedergutmachen, buchſtabieren. Einſam lebe ich in meinem Häuschen und eſſe das Brot, das ich mit meinen Tränen benetze. Aber niemand ſieht, wie ich eſſe, niemand ſieht, wie ich weine. Kehrte ich zu Octave zurück, ſo müßte ich auf meine Tränen verzichten, denn meine Tränen würden ihn verletzen. Viele Tugenden muß man mit Füßen treten, nicht um ſich hinzugeben, ſondern um ſich einem Gatten zurückzugeben, den man betrogen hat. Nur Gott allein vermag ſie zu zählen, denn nur er iſt der Vertraute und Anſtifter meiner grauſamen und zärtlichen Empfindungen, die ſelbſt ſeine Engel erblaſſen ließen. Ich gehe noch weiter. Einem Manne gegenüber, der nichts weiß, hat eine Frau Mut. Sie entfaltet bei ihrer Heuchelei eine verwegene Verzweiflung. Sie betrügt, um einem anderen doppeltes Glück

zu ſchenken. Wenn aber beide Gatten wiſſen, ſo iſt es erniedrigend. Ich müßte jede Ekſtaſe mit Demütigungen bezahlen. Würde Octave nicht ſchließlich in meiner Bereitſchaft zur Liebe Verderbtheit entdecken? Die Liebe iſt auf Achtung aufgebaut, auf Opfern, die beide Gatten bringen. Aber Octave und ich könnten an dem Tage nach unſerer Wiedervereinigung keine Achtung mehr füreinander haben: mit einer Liebe, wie ſie ein Greis für eine Courtiſane empfindet, würde er mich entehren, und ich würde immer durchbohrt von dem Schamgefühl, für ihn nur eine Sache zu ſein und kein fühlendes Weib. Er könnte mich in ſeinem Hauſe nicht als ehrbare Frau achten, ich bliebe für ihn nur das Inſtrument der Luſt.
Das ſind die bitteren Früchte meines Fehltritts. Ich habe mein Ehebett zum Marterbett gemacht. Hier habe ich wenigſtens Stunden der Ruhe, Stunden, in denen ich vergeſſen kann. In meinem Palaſt aber wird mich alles an den Schandfleck erinnern, der mein Hochzeitskleid entehrt.
Wenn ich hier leide, ſo ſegne ich meine Qualen, und ich danke Gott dafür. In ſeinem Hauſe aber würde mich Entſetzen peinigen, im Genuß von Freuden, die ich nicht verdient habe. Das alles ſind keine Erwägungen des Verſtandes, es ſind Gefühle einer Seele, die im Leid der ſieben Jahre gewachſen iſt. Soll ich Ihnen noch ein fürchterliches Geſtändnis ablegen? Immer noch fühle ich an meiner Bruſt des Kindes Lippen, das ich in Rauſch und Wonne empfangen habe, im Glauben an Glück. Sieben Monate lang hatte ich es genährt, und jetzt muß ich es ewig unter dem Herzen tragen. Wenn ich neuen Kindern Nahrung geben würde, ſie müßten Tränen trinken,

die ſich in meine Milch miſchen und ſie verderben. Ich mache einen leichtfertigen Eindruck. Ich ſcheine Ihnen ein Kind ... oh, ja, ich habe das Gedächtnis eines Kindes, das Gedächtnis, das am Rande des Grabes wieder Kraft gewinnt. Es gibt alſo in dieſem ſchönen Leben, in das die Geſellſchaft und die Liebe meines Mannes mich wieder zurückführen wollen, für mich keine Situation, die nicht falſch wäre, mir nicht Schlingen ſtellte und Abgründe öffnete, in die ich hinabſtürzen würde. Das über mich geſprochene Urteil iſt unerbittlich. Fünf Jahre lang kreiſen meine Gedanken in der Wüſte meiner Zukunft, und nirgendwo kann ich einen Raum für meine Reue finden. Denn die wahre Reue hat meine Seele ergriffen. Für all das hat ja die Religion Antworten, die ich auswendig weiß. Meine Wirren und meine Leiden ſind meine Strafe, ſagt die Religion, und Gott wird mir die Kraft geben, ſie zu ertragen. Das iſt etwas für fromme Seelen, die eine Energie beſitzen, die ich nicht habe. Ich habe gewählt zwiſchen der Hölle, in der Gott mich nicht hindern kann, ihn zu ſegnen, und der Hölle, die mich beim Grafen Octave erwartet.

Zum Schluß noch dies: Wäre ich ein junges Mädchen und hätte ich die Erfahrungen, die ich jetzt habe, ſo würde ich zu meinem Mann zurückkehren. Ich will aber nicht vor dieſem Mann erröten. Ich will nicht immer vor ihm auf den Knien liegen, wenn er erhobenen Hauptes vor mir ſteht. Und wenn wir unſere Stellungen wechſelten, müßte ich ihn verächtlich finden. Ich will von ihm nicht um meines Fehltrittes willen beſſer behandelt werden. Der Engel, der niemals Roheiten zu begehen wagte, die man ſich erlaubt, wenn beide Gatten unantaſtbar ſind, dieſer Engel lebt nicht auf der Erde, ſondern im Himmel. Ich weiß, daß Octave voller Zartgefühl iſt. So hoch man ihn aber auch ſchätzen mag, er bleibt doch ein Menſch mit menſchlichen Schwächen, und ſeine Seele bietet keine Bürgſchaft für das neue Leben, das ich mit ihm führen ſoll. Kommen Sie alſo zu mir und ſagen Sie mir, wo ich die Einſamkeit, den Frieden und das Schweigen finde, dieſe Freunde des Unglücks.'

Nachdem ich von dem Brief eine Abſchrift genommen hatte, um das Original ſelbſt aufzubewahren, eilte ich in die Rue Payenne. Die Unruhe war ſtärker geweſen als die Kraft des Opiums. Wie ein Irrer lief Octave durch ſeinen Garten.

‚Antworten Sie mir hierauf', rief ich ihm zu, als ich ihm den Brief ſeiner Frau übergab. ‚Bringen Sie Ihre Frau, die in ihrem übertriebenen Schamgefühl irrt, auf den richtigen Weg zurück.'

‚Sie iſt mein', rief der Graf, deſſen Antlitz, je mehr er in dem Brief weiterlas, vom Strahl des Glücks durchſonnt wurde. Er bat mich durch ein Zeichen, ihn allein zu laſſen, da er in ſeiner Freude nicht beobachtet zu werden wünſchte. Ich begriff, daß das Übermaß des Glückes wie das Übermaß des Schmerzes den gleichen Geſetzen unterworfen iſt. Ich machte mich bereit, Frau de Courteville und Amélie zu empfangen, die an dieſem Tage beim Grafen ſpeiſten. So ſchön Fräulein de Courteville auch war, als ich ſie wiederſah, fühlte ich, daß die Frauen, die uns eine vollkommene Liebe einflößen, ſehr ſelten ſind. Wenn ich jetzt unbewußt Amélie mit Honorine verglich, fand ich mehr Liebreiz bei der ſchuldigen Frau als bei dem reinen jungen Mädchen. Für Honorine war die Treue keine Pflicht, ſondern Beſtimmung ihres Herzens. Amélie dagegen konnte mit heiterer Miene feierliche Verſprechungen abgeben, ohne zu wiſſen, welche Verpflichtungen ſie ſich damit auferlegte. Die Frau, die mit einem Fuße im Grabe ſtand, die Sünderin, die der Stütze bedurfte, erſchien mir jetzt erhaben. Sie reizte die natürliche Großmut des Mannes. Die ſündige Frau füllte das ganze Leben aus, ſie trug einen Zwieſpalt in das Glück. Amélie dagegen war rein und vertrauend, ſie würde ſich mit dem friedlichen Glück der Mutterſchaft begnügen, wo es Alltäglichkeit gab ſtatt der Poeſie und mein Geiſt weder Kampf noch Sieg finden konnte. Welcher junge Mann könnte zaudern bei der Wahl zwiſchen den öden Kreideflächen der Champagne und den ſchneebedeckten, ſturmumrauſchten, aber erhabenen Gipfeln der Alpen? Nein, ſolche Vergleiche ſind an der Schwelle der Ehe nicht am Platze. Ach, man muß das Leben ausprobiert haben, um zu wiſſen, daß die Ehe die Leidenſchaft ausſchließt, und daß die Familie nicht auf Liebesraſerei gegründet ſein kann. Nachdem ich von einer unmöglichen, mit zahlloſen Phantaſiebildern geſchmückten Liebe geträumt hatte, nachdem ich mich an den grauſamen Wonnen meines Traums geſättigt, hatte ich jetzt die beſcheidene Wirklichkeit vor mir.

Beklagen Sie mich, wenn Sie mögen. Mit fünfundzwanzig Jahren zweifelte ich an mir, aber ich kam zu einem männlichen Entſchluß. Unter dem Vorwand, ihm die Ankunft von Frau und Fräulein de Courteville zu melden, begab ich mich zum Grafen.

‚Was haben Sie, Maurice?‘ fragte er mich, als er die Veränderung in meinen Zügen wahrnahm.

‚Herr Graf . . .'
‚Warum nennen Sie mich nicht mehr Octave? Sie, dem ich mein Leben, mein Glück verdanke.'
‚Lieber Octave, ſollte es Ihnen gelingen, die Gräfin zu ihrer Pflicht zurückzuführen . . . (er warf mir einen Blick zu, mit dem wohl Othello Jago beobachtet hat, als es Jago gelang, den erſten Argwohn in des Mohren Hirn zu pflanzen). Sie darf mich nie wiederſehn, ſie darf nie wiſſen, daß Sie einen Herrn Maurice als Sekretär gehabt haben. Sie dürfen meinen Namen niemals erwähnen. Niemand darf ſie daran erinnern, ſonſt wäre alles verloren . . . Sie haben mich hier zum Staatsrat ernennen laſſen. Verſchaffen Sie mir irgendeine diplomatiſche Stellung im Ausland, vielleicht ein Konſulat. Geben Sie auch den Gedanken auf, mich mit Amélie zu verheiraten . . . Seien Sie unbeſorgt,' fuhr ich fort, als ich ihn auffahren ſah, ‚ich werde meine Rolle bis zu Ende ſpielen.'
‚Armer Junge', ſagte er. Er nahm meine Hand und verſuchte ſeine Tränen zu unterdrücken.
‚Sie hatten mir Handſchuhe mitgegeben,' ſagte ich lächelnd, ‚ich habe ſie nicht angezogen.'
Wir wurden uns nun darüber ſchlüſſig, was ich am Abend bei meiner Rückkehr in das Gartenhaus unternehmen ſollte. Es war Auguſt. Der Tag war heiß und gewitterſchwer geweſen, aber das Gewitter hatte ſich nicht entladen. Der Himmel war bleiern, die Blumen verbreiteten ſchweren Duft, es war ſchwül wie in einer Badeſtube. Ich überraſchte mich bei dem Wunſch, die Gräfin möchte nach Indien abgereiſt ſein.
Sie aber ſaß in einem weißen Muſſelinkleid mit blauen Schleifen und im Schmuck ihrer dunklen

Locken, die ihr über die Wangen fielen, auf einer Holzbank unter den Büſchen. Ihre Füße ruhten auf einem Schemel. Sie ſtand nicht auf, ſondern wies mir mit der Hand einen Platz an und ſagte:
‚Das Leben hat keinen Ausweg mehr für mich.'
‚Nur das Leben, das Sie ſich ſelbſt geſchaffen haben', erwiderte ich, ‚nicht aber das, daß ich Ihnen bereiten will. Wenn Sie wollen, können Sie ſehr glücklich werden.'
‚Wie ſollte das geſchehen?' fragte ſie.
‚Ihr Brief iſt in den Händen Ihres Mannes.'
Wie eine aufgeſcheuchte Hündin ſtürzte Honorine fort. Sie lief in den Garten, blieb dort einige Augenblicke ſtehen und eilte dann in den Salon. Ich ließ ihr einige Zeit, damit ſie ſich an den Schmerz gewöhnen konnte, den ihr dieſer Dolchſtoß zugefügt hatte. Dann ging ich zu ihr.
‚Sie wollen mein Freund ſein? Ein Verräter ſind Sie, vielleicht ein Spion meines Mannes.'
Der Inſtinkt der Frau ſieht klarer als der Scharfſinn eines bedeutenden Mannes.
‚Ihr Brief fordert doch eine Antwort, nicht wahr? Und es gibt nur einen Mann auf der Welt, der ſie ſchreiben kann. Sie werden alſo ſeine Antwort leſen, Frau Gräfin, und wenn Sie dann keinen Ausweg mehr aus dem Leben wiſſen, dann wird Ihnen der Spion beweiſen, daß er Ihr Freund iſt. Dann werde ich Sie in ein Kloſter bringen, dem Sie ſelbſt die Macht des Grafen nicht entreißen kann. Bevor aber das geſchieht, müſſen wir auch die Gegenſeite hören. Es gibt ein göttliches und menſchliches Geſetz, dem ſelbſt der Haß gehorchen muß, und dies Geſetz befiehlt, niemanden zu verurteilen, bevor man ſeine Verteidigung gehört hat. Bis jetzt haben Sie ge-

urteilt, wie Kinder urteilen, die ſich die Ohren zuſtopfen. Sieben Jahre lang hat der Graf ein Leben voller Hingebung geführt, und ein ſolches Leben hat auch ſeine Rechte. Sie müſſen deshalb die Antwort leſen, die Ihnen Ihr Mann zuſenden wird. Ich habe ihm durch meinen Oheim die Abſchrift Ihres Briefes übergeben laſſen, und mein Oheim hat ihn gefragt, wie er wohl antworten würde, wenn ihm ſeine Gattin einen ſolchen Brief ſchreiben würde. Auf dieſe Weiſe ſind Sie nicht bloßgeſtellt. Den Brief des Grafen wird der würdige Prieſter Ihnen ſelbſt überreichen. In Anweſenheit dieſes heiligen Mannes und vor mir müſſen Sie den Brief leſen, andernfalls wären Sie ja wirklich ein widerſpenſtiges Kind. Dies Opfer müſſen Sie der Welt, dem Geſetz und Gott bringen.‘

Sie erklärte ſich einverſtanden.

All die Arbeit der letzten vier oder fünf Monate ſollte in dieſer Minute münden. Vollenden ſich nicht auch die Pyramiden in einer Spitze, die ſo ſchmal iſt, daß kaum ein Vogel darauf Platz findet? . . . Der Graf hatte alle ſeine Hoffnungen auf dieſe letzte Stunde geſetzt. In meinem ganzen Leben gibt es keine ſchrecklichere Erinnerung als den Augenblick, da mein Oheim um zehn Uhr abends in dem Pompadour-Salon anlangte. Sein Kopf, deſſen ſilbernes Haar durch ſein ſchwarzes Prieſtergewand noch beſonders betont wurde, und ſein Antlitz, das göttliche Ruhe ausſtrahlte, waren von geradezu magiſcher Wirkung auf die Gräfin Honorine. Es war ihr, als ob kühlender Balſam auf ihre Wunden tropfte, der Widerſchein von der Tugend des Prieſters, der ihn umgab, ohne daß er es wußte, fiel leuchtend in ihr Herz.

,Der Herr Pfarrer von der Blancs-Manteaux-Kirche', meldete die Gobain.

,Kommen Sie, lieber Onkel, mit einer Friedens- und Glücksbotſchaft?' fragte ich.

,Glück und Frieden findet man immer, wenn man die Gebote der Kirche beachtet', antwortete mein Oheim, und er überreichte der Gräfin den folgenden Brief.

,Meine liebe Honorine!

Hätteſt Du mir die Liebe erwieſen, nicht an mir zu zweifeln, hätteſt Du den Brief, den ich Dir vor fünf Jahren ſchrieb, geleſen, dann hätteſt Du Dir fünf Jahre unnützer Arbeit und Entbehrungen erſpart, die mich ſelbſt untröſtlich gemacht haben. Damals ſchlug ich Dir ein Abkommen vor, deſſen Einzelheiten alle Deine Befürchtungen vernichten mußten und unſer häusliches Glück wiederherſtellen konnten. Ich muß mir ſchwere Vorwürfe machen, und in den ſieben Jahren der Qual habe ich alle meine Irrtümer eingeſehen. Ich hatte die Ehe falſch verſtanden, ich habe die Gefahr nicht zu ahnen vermocht, die Dich bedrohte. Ein Engel war in meinem Hauſe. Gott ſelbſt hatte mir geſagt: Hüte ihn wohl. Gott hat das Übermaß meines Vertrauens beſtraft. Jeder Schlag, mit dem Du Dich triffſt, trifft auch mich. Sei gnädig, Honorine. Ich kann Deine Gefühle verſtehen, und ich habe nicht mehr die Abſicht, Dich in den alten Palaſt in der Rue Payenne zurückzuführen, in dem ich wohl ohne Dich leben kann, aber nicht vereint mit Dir. Es macht mir Freude, ein anderes Haus im Faubourg Saint-Honoré auszuſchmücken, in das ich eine Frau zu führen hoffe, die ich nicht ihrem Mangel an Lebenserfahrung verdanke und nicht dem Geſetz

— ſondern eine Schweſter, die mir geſtatten wird, auf ihre Stirn den Kuß zu hauchen, den ein Vater ſeiner Tochter gibt, die er täglich ſegnet. Willſt Du mich des Rechtes berauben, daß ich mir in den Zeiten Deiner Verzweiflung erworben habe, des Rechtes, über Dich, Deine Freuden und über Dein Leben zu wachen?

Frauen haben ein Herz, das voller Verzeihen iſt, in ihnen ſchlägt das Herz ihrer Mutter. Du haſt nur meine Mutter gekannt, und ſie hätte Dich ſicher wieder zu mir zurückgeführt. Wie aber kommt es, daß Du nicht erraten haſt, daß mein Herz für Dich ſchlägt wie das Herz meiner und Deiner Mutter? Ja, meine Liebe, meine Neigung iſt weder klein noch kleinlich, meine Neigung duldet nicht einmal, daß der Zeiten Mißgunſt das Antlitz des angebeteten Weſens in Falten legt. Für wen hältſt Du den Geſpielen Deiner Kindheit, Honorine, wenn Du ihn für fähig hältſt, ſich nach leidenſchaftlichen Küſſen zu ſehnen und ſich zwiſchen Freude und Unruhe zu teilen? Fürchte nicht, daß ich um Liebe bettle. Ich weiß jetzt, daß ich ſtark genug bin, Dir Deine Freiheit zu laſſen. Die Schwierigkeiten, die entgegenſtehen, ſind nicht ſo groß, wie Dein Stolz es ſich in der Einſamkeit ausgemalt hat.

Du ſollſt nur das Leben eines Bruders oder eines Vaters teilen, ohne, wenn Du nicht magſt, es mitzuerleben in Freude und Leid. Niemals aber wirſt Du auf Spott ſtoßen oder auf Gleichgültigkeit. Zweifle nicht an meinen Abſichten. Du ſollſt immer in einem gleichmäßigen und ſanften Klima der Seele leben, kein Sturm ſoll Dein Leben verheeren. Wenn Du vielleicht ſpäter, wenn Du gewiß biſt, daß Du in Deinem Palaſt ebenſogut leben kannſt wie jetzt

in Deinem Gartenhäuschen, wenn Du wieder Geſchmack gewonnen haſt an dem, was das Leben an Glücksmöglichkeiten und heiteren Zerſtreuungen bietet, dann magſt Du nach Belieben den Kreis Deines Lebens erweitern.
Die Zärtlichkeit einer Mutter weiß nichts von Verachtung, weiß nichts von Mitleid, denn ſie iſt die wunſchloſe Liebe; wenn Du mit mir leben wirſt, ſo wird meine Verehrung für Dich all die Gefühle verbergen, die Dich verletzen könnten. So können wir einer an der Seite des anderen ein Leben innerer Vornehmheit führen. Dein ſchweſterliches Wohlwollen, Deine nur freundſchaftliche Zärtlichkeit wird dem Ehrgeiz Deines Mannes genügen, der nur Dein Kamerad ſein will. Die zärtliche Leidenſchaft, die er für Dich hegt, wird er unterdrücken, und gerade daran magſt zu ermeſſen, wie lieb er Dich hat. Von gegenſeitiger Eiferſucht auf unſere Vergangenheit kann keine Rede ſein, denn wir billigen uns gegenſeitig ſo viel geiſtige Größe zu, daß wir die Vergangenheit vergeſſen können und nur in die Zukunft ſchauen. Du wirſt alſo in Deinem neuen Heim dieſelbe ſein, die Du in der Rue Saint-Maur für mich geweſen biſt; unverletzlich, unbeſchränkt in Deiner Freiheit, mit Dingen beſchäftigt, die Dir Freude machen und nur Deinen eigenen Geſetzen unterworfen. Dazu kommt noch, daß Du über meinen vom Geſetz ſanktionierten Schutz verfügſt. Alle Welt wird Dir die Hochachtung zollen, die den Frauen Glanz verleiht. Ein großes Vermögen wird Dir geſtatten, unermeßlich viel Gutes zu tun. Honorine, wenn Du noch ſo etwas wie eine Freiſprechung von mir verlangſt, ſo ſag' es nur. Kirche und Geſetz zwingen Dich nicht dazu. Aber vielleicht wünſcht

Dein eigener Stolz, Dein eigenes Gefühl eine ſolche Ausſprache.
Meine Gattin könnte all das befürchten, was Dich erſchreckt, nicht aber meine Freundin und meine Schweſter, der gegenüber alle Künſte des Taktes ſpielen zu laſſen mir am Herzen liegen wird. Dich glücklich zu ſehen, macht mich glücklich; daß dem ſo iſt, haben die letzten ſieben Jahre bewieſen.
Honorine, die Bürgſchaften dieſes meines Wortes beſtehen in all den Blumen, die Du angefertigt haſt, und die ich ſorgſam aufbewahre und mit meinen Tränen netze.
Sollte Dir, mein liebes Kind, dieſer geheime Pakt nicht zuſagen, ſo habe ich den frommen Mann, der Dir dieſen Brief überbracht hat, gebeten, kein einziges Wort zu meinen Gunſten zu äußern. Ich will Deine Rückkehr weder der Angſt verdanken, die Dir die Kirche einflößt, noch den Befehlen des bürgerlichen Geſetzes. Dein eigenes Herz nur ſoll mir das beſcheidene Glück beſcheren, das ich von Dir erflehe. Wenn Du darauf beſtehſt, mir das düſtere, von keinem Lachen erhellte Leben aufzuzwingen, das ich ſeit neun Jahren führe, wenn Du in Deiner freudloſen Einſamkeit bleiben willſt, ſo werde ich mich fügen. Ich verſichere Dir noch einmal: Du ſollſt auch in Zukunft ebenſowenig geſtört werden wie bis heute. Den Verrückten, der ſich in Deine Angelegenheiten gemiſcht und Dir vielleicht Kummer gemacht hat, werde ich wegjagen ...'
Honorine hörte an dieſer Stelle zu leſen auf, ſie verbarg den Brief in ihrem Mieder, dann ſprach ſie zu meinem Oheim:
‚Hochwürdiger Herr, ich danke Ihnen, ich werde

von der Erlaubnis des Herrn Grafen Gebrauch machen und hier bleiben.'
,Oh', ſtöhnte ich. Nach dieſem Ausruf warf mir mein Oheim einen unruhigen Blick zu, und die Gräfin ſah mich verſtohlen und ſpöttiſch an. Das klärte mich über ihre Motive auf. Honorine hatte wiſſen wollen, ob ich ein Komödiant und ein Spion war. Ich hatte die traurige Genugtuung, ihr durch meinen Ausruf einen ſchlechten Dienſt erwieſen zu haben. Mein „Oh" war ein Schrei des Herzens geweſen, und in ſolchen Dingen täuſchen ſich Frauen niemals.
,Maurice,' ſagte ſie, ,Sie verſtehen zu lieben.'
Der Glanz, der jetzt in meinen Augen aufblitzte, mußte auch den letzten Reſt des Verdachtes, den die Gräfin vielleicht noch hegte, zerſtreuen. So bediente ſich der Graf meiner bis zum letzten Augenblick.
Honorine nahm den Brief des Grafen jetzt wieder vor, um ihn zu Ende zu leſen. Mein Oheim machte mir ein Zeichen, und ich erhob mich.
,Wir wollen die gnädige Frau allein laſſen', ſagte er.
,Sie gehen ſchon fort, Maurice?' fragte ſie und ſah mich dabei nicht an. Sie ſtand auf und begleitete uns, immer dabei leſend, bis an die Schwelle des Gartenhauſes, drückte mir herzlich die Hand und ſagte zu mir: ,Wir werden uns wiederſehen.'
Ich preßte ihre Hand ſo heftig, daß ſie aufſchrie, und entgegnete: ,Nein, Sie lieben Ihren Mann. Ich will Sie nicht wiederſehn, ich reiſe morgen ab.'
Dann ging ich ſchnell fort.
,Was hat denn Ihr Neffe nur?' fragte ſie meinen Oheim.
Der arme Geiſtliche vollendete mein Werk, indem

er auf Hirn und Herz zeigte, wie um zu ſagen: ‚Er iſt wirklich ganz verrückt, gnädige Frau, Sie müſſen ihn entſchuldigen.‘ Er glaubte es jetzt beinahe ſelbſt. Zum Vizekonſul ernannt, reiſte ich ſechs Tage ſpäter nach Spanien in eine große Handelsſtadt, wo ich mich in kurzer Zeit auf die Konſulatslaufbahn vorbereiten konnte, auf die ſich mein Ehrgeiz beſchränkte. Kaum hatte ich mein Amt angetreten, als ich vom Grafen folgenden Brief empfing.

‚Mein lieber Maurice!

Wäre ich glücklich, dann würde ich Ihnen nicht ſchreiben. Aber für mich hat jetzt eine neue Leidenszeit begonnen. Ich bin wieder jung geworden durch das Begehren. In mir raſt die Leidenſchaft des Ungeduldigen, der bereits über vierzig iſt, und dabei bemühe ich mich, die Vorſicht des Diplomaten zu üben, der ſeine Leidenſchaft zu mäßigen weiß. Als Sie abreiſten, wurde mir der Eintritt in das Gartenhaus in der Rue Saint-Maur noch nicht geſtattet, aber in einem ſanften und ſchwermütigen Brief, dem Brief einer Frau, die die Erregung des Wiederſehens fürchtet, wurde mir eine Zuſammenkunft verſprochen. Nachdem ich über einen Monat gewartet hatte, wagte ich, mich in der Rue Saint-Maur zu zeigen, und ich ließ durch die Gobain fragen, ob mein Beſuch willkommen wäre. In dem Gang neben der Portierloge ließ ich mich nieder, ich ſtützte den Kopf in die Hände und wartete ungefähr eine Stunde lang. ‚Die gnädige Frau hat ſich erſt anziehen wollen‘, ſagte mir die Gobain, um mir das Schwanken Honorines unter einer erlaubten Koketterie zu verbergen. Eine Viertelſtunde lang zitterten alle unſere Nerven, wie es wohl dem Redner

geſchieht, der gleich von der Parlamentstribüne aus ſprechen ſoll. Wir richteten nur verworrene Worte aneinander, ſo wie Liebespaare, eine Unterhaltung ſimulieren, wenn ſie überraſcht werden.
‚Honorine', ſagte ich mit Tränen in den Augen, ‚das Eis iſt gebrochen, und ich zittere ſo vor Glück, daß Du mir verzeihen mußt, wenn ich ſinnloſes Zeug ſpreche. Es wird noch lange dauern, bis ich die Faſſung wiedergewinne.'
‚Es iſt doch kein Verbrechen, in ſeine Frau verliebt zu ſein', antwortete ſie mit einem gezwungenen Lächeln.
‚Tu mir den Gefallen und arbeite nicht mehr ſo viel wie bisher. Ich weiß durch die Gobain, daß Du ſeit drei Wochen von Deinen Erſparniſſen lebſt. Du beſitzt doch ſechzigtauſend Franken, die Dein perſönliches Eigentum ſind. Willst Du mir dein Herz nicht zurückgeben, ſo nimm wenigſtens Dein Vermögen zurück.'
‚Schon ſo lange', erwiderte ſie mir, ‚kenne ich Deine Güte.'
‚Wenn Du wirklich lieber hier bleiben willſt', erwiderte ich, ‚und wenn Dir Deine Unabhängigkeit ſo teuer iſt, wenn meine glühende Liebe in Deinen Augen keine Gnade findet, dann arbeite wenigſtens nicht mehr.'
Ich hielt ihr drei Rentenbriefe hin, die alle auf zwölftauſend Franken lauteten. Sie nahm ſie, öffnete ſie gleichgültig, und nachdem ſie ſie geleſen hatte, warf ſie mir ſtatt jeder Antwort nur einen Blick zu. Sie hatte mich verſtanden. Sie fühlte, daß ich ihr kein Geld bot, ſondern die Freiheit.
‚Ich bin geſchlagen', flüſterte ſie, und ſie bot mir die Hand zum Kuß. ‚Beſuche mich, ſo oft Du magſt.'

Sie hatte ſich alſo Zwang antun müſſen, um mich zu empfangen. Am nächſten Tag fand ich ſie in einer Stimmung unechter Heiterkeit; es bedurfte zweier Monate, bevor ſich ihr wahrer Charakter wieder offenbarte. Aber es war wie ein köſtlicher Mai, ein Liebesfrühling, der mir unausſprechliche Wonne schuf. Sie hatte keine Furcht mehr vor mir, ſie ſuchte in mein Weſen einzudringen.
Als ich ihr dann aber vorſchlug, mit mir nach England zu gehen und ſich dort offiziell wieder mit mir zu verbinden, ihren Rang wieder einzunehmen und ihren neuen Palaſt zu beziehen — da wurde ſie wieder von Furcht befallen.
‚Warum können wir nicht immer ſo leben wie jetzt?‘ fragte ſie. Ich begnügte mich damit und entgegnete kein Wort. Vielleicht ſoll es eine Probe ſein, dachte ich, als ich ſie verließ.
Zu Hauſe angelangt, erwachte ich zu neuem Leben, Liebesgedanken umgaukelten mein Herz, und ich dachte wie ein junger Mann: Heute abend wird ſie nachgeben.
Aber all dieſe erkünſtelte oder auch wirkliche Kraft verflog bei ihrem Lächeln, beim Gebot ihrer ſtolzen Angen, die von meiner Leidenſchaft ungerührt blieben. Das ſchreckliche Wort, das Sie mir einſt wiederholten, kam mir in den Sinn: Lukretia hat mit ihrem Dolch und ihrem Herzblut das erſte Wort der Erklärung der Menſchenrechte der Frau geſchrieben: Freiheit.
Dies Wort ließ mein Blut erſtarren, und ich fühlte, daß das freiwillige Nachgeben Honorines unbedingt erforderlich wäre; ich ahnte, daß es unmöglich wäre, ihr dies Zugeſtändnis zu entreißen. Erriet ſie etwas von den Stürmen, die in meinem Herzen

raſten, wenn ich zu ihr ging oder von ihr Abſchied nahm?
Zuletzt ſchilderte ich ihr in einem Briefe meine Lage, denn ich hatte darauf verzichtet, mit ihr darüber zu ſprechen.
Honorine antwortete mir nicht, ſie blieb immer traurig, und ich tat deshalb ſo, als hätte ich gar nicht geſchrieben. Ich empfand eine heftige Qual, da ich ihr einen neuen Kummer bereitet hatte. Sie las in meinem Herzen und vergab mir.
Hören Sie, was jetzt geſchah. Vor drei Tagen empfing ſie mich zum erſtenmal in ihrem Zimmer in Blau und Weiß. Es war geſchmückt und hell erleuchtet, und Blumen dufteten. Honorine hatte ein Kleid angezogen, das ihr entzückend ſtand. Ihr leichtgewelltes Haar umrahmte ihr Geſicht, das Sie ja kennen. Heidekraut ſchmückte ihr Haupt. Sie trug ein Kleid aus weißem Muſſelin und einen weißen Gürtel mit umherflatternden Enden. Sie wiſſen ja, welch eine Wirkung ſolche Schlichtheit ausübt. Damals erſchien ſie mir wie in den erſten Tagen unſerer Ehe.
Aber mit meiner Freude war es bald zu Ende, denn ihr Antlitz war voller Herbheit und Bitterkeit. Unter der Kälte, die ſie vorzutäuſchen ſuchte, glühte Fieberglanz.
‚Octave,‘ ſagte ſie, ‚wenn du es willſt, werde ich wieder Deine Frau, aber, beachte das, meine Unterwerfung iſt mit Gefahren verbunden. Ich kann mich unterwerfen …‘ Ich machte eine abwehrende Geſte. ‚Ja,‘ fuhr ſie fort, ‚ich verſtehe dich, meine Paſſivität verletzt dich. Du verlangſt etwas von mir, was ich nicht geben kann: Liebe … Religion und Mitleid mit dir haben bewirkt, daß ich auf meine Einſam-

keit verzichtet habe . . . Jetzt biſt du alſo bei mir.‘ Nach einer Pauſe begann ſie von neuem: ‚Zuerſt haſt du auch nicht mehr verlangt, jetzt aber willſt du deine Frau wiederhaben. Gut, ich gebe dir Honorine wieder ſo, wie ſie iſt. Ich darf dich aber nicht darüber täuſchen, was ſie ſein wird. Was ich ſein werde? Mutter! Ich wünſche es. Oh, glaube mir, ich wünſche es heftig. Verſuche mich umzuformen, ich will es dir leicht machen: Wenn ich aber dabei ſterbe, lieber Freund, ſo verfluche mein Andenken nicht, und nenne nicht Eigenſinn, was ich Hingebung an das Ideal nenne, eigentlich aber müßte man das unausſprechliche Gefühl, das mich töten wird, Hingebung ans Göttliche nennen. Mit der Zukunft habe ich nichts mehr zu ſchaffen, das iſt deine Sache.‘
Sie ſah mich unter dem Schmerz, den ſie mir zugefügt hatte, erbleichen. Ich fühlte, wie mein Blut gefror. Sobald ſie die Wirkung ihrer Worte ſah, nahm ſie mich bei den Händen, legte ſie in die ihren und ſprach zu mir:
‚Octave, ich liebe dich, aber anders als du geliebt ſein willſt. Ich liebe deine Seele, ich liebe dich ſo, daß ich für dich ſterben könnte. Für dich könnte ich in den Tod gehen wie eine Sklavin des Morgenlandes, ohne zu klagen. Das wird meine Buße ſein.‘ Sie tat noch mehr, Sie warf ſich vor mir auf einem Kiſſen in die Knie, und mit erhabenem Mitleid ſprach ſie zu mir: ‚Vielleicht werde ich gar nicht ſterben.‘ Zwei Monate kämpfe ich jetzt mit mir. Was ſoll ich tun? Mein übervolles Herz ſucht den Freund, den ich fragen kann, was ſoll ich tun?“

Ich beantwortete diesen Brief nicht. Zwei Monate später brachten die Zeitungen die Nachricht, die Gräfin sei auf einem englischen Dampfer angekommen und in den Schoß ihrer Familie zurückgekehrt. Die Einzelheiten der Reise waren so natürlich geschildert, daß ein Zweifel gar nicht aufkommen konnte.

Bei meiner Ankunft in Genua erhielt ich die Mitteilung von der glücklichen Niederkunft der Gräfin, die ihrem Gemahl einen Sohn geschenkt hatte. Ich hielt damals den Brief mit dieser Mitteilung zwei Stunden lang in meinen Händen, hier auf dieser Terrasse, hier auf dieser Bank.

Von Octave und meinen Beschützern, den Herren de Grandville und de Sérizy, gedrängt, entschloß ich mich zwei Monate später zur Heirat. Mein Oheim war inzwischen gestorben, und sein Verlust hatte mich ganz niedergedrückt.

Ein halbes Jahr nach der Julirevolution erhielt ich den folgenden Brief, der das Ende von Honorines Ehe erzählt:

‚Sehr geehrter Herr Maurice!

Ich sterbe, obwohl ich Mutter bin und vielleicht weil ich Mutter bin. Meine Rolle als Frau habe ich gut gespielt. Mein Mann hat sich täuschen lassen, und die Freude, die ich empfunden, war so echt wie die Tränen, die auf der Bühne von Schauspielerinnen vergossen werden. Ich sterbe und opfere mich für die Gesellschaft, die Familie und die Ehe, wie die ersten Christen für Gott starben. Aber warum ich sterben muß, weiß ich doch nicht genau. Ich suche den wahren Grund, denn ich bin nicht eigensinnig. Ihnen, der Sie Ihren Oheim, den himmlischen

Arzt, zu mir geführt haben, dessen eindringlichen Worten ich mich ergeben habe, will ich meine Qual zu erklären versuchen. Ihr Oheim ist mein Beichtvater gewesen, ich habe ihn in seiner letzten Krankheit gepflegt, und er hat mir den Himmel verheißen, wenn ich seinem Gebote, meine Pflicht zu tun, weiterhin gehorchte, und ich habe meine Pflicht getan. Ich tadele die Frauen nicht, die vergessen, im Gegenteil, ich bewundere sie als starke Naturen, die der Welt wohl notwendig sind. Ich aber bin ein schwacher Mensch und bleibe von meinen Erinnerungen beherrscht. Die Liebe des Herzens, die unser Selbst im Wesen des Mannes aufgehen läßt, kann ich nicht zweimal empfinden. Sie wissen ja, daß ich bis zum letzten Augenblick Ihnen, meinem Beichtvater und meinem Mann zugerufen habe: Habt Erbarmen mit mir. Aber Eure Herzen blieben meiner Bitte verschlossen, und niemand hatte Erbarmen.

Jetzt sterbe ich, und im Sterben entfalte ich einen unerhörten Mut. Keine Kurtisane war heiterer als ich. Mein armer Octave ist glücklich. Mag seine Liebe sich an der Vorstellung, ich hätte ihn wiedergeliebt, berauschen, ich leihe diesem schrecklichen Spiel meine Kräfte, und die Komödiantin wird gefeiert und mit Beifall und Blumen überschüttet. Täglich aber kommt der unsichtbare Nebenbuhler, um seine Beute zu holen. Seine Beute ist ein Stück meines Lebens. Mein Herz ist zerrissen, aber ich lächle. Ich lächle zwei Kindern zu, aber das ältere, das tote, siegt. Ich habe es Ihnen ja schon gesagt. Das tote Kind wird mich rufen, und ich muß zu ihm gehen. Das vertraute Zusammenleben mit meinem Mann, das nicht durch Liebe geweiht ist, entehrt meine Seele. Nur wenn ich allein bin, kann ich weinen und mich meinen Träumen überlassen. Meine Pflicht, zu repräsentieren, meine häuslichen Pflichten, die Sorge um mein Kind und um das Wohlbefinden Octaves lassen mir keinen Augenblick Zeit, um mich zu erholen und Kraft zu schöpfen, die mir nur die Einsamkeit geben kann. Der Zwang, immer bereit sein zu müssen, läßt mein Herz nicht zur Ruhe kommen. Meine Seele kann nicht immer wachsam sein wie ein Luchs. Nirgendwo gibt es Lippen, die meine Tränen trinken, nur mein Taschentuch trocknet meine Tränen, nur Wasser kühlt meine fieberheißen Augen, kein liebender Mund.

Ich spiele mit meiner Seele Komödie, und daran gehe ich vielleicht zugrunde. Ich verschließe meinen Kummer so sehr in mir selbst, daß in der Außenwelt nichts von ihm sichtbar wird. Mein Kummer aber muß etwas zum Nagen haben, und er zernagt mein Leben. Den Ärzten, die um mein Geheimnis wissen, habe ich gesagt: Sorgen Sie dafür, daß ich auf eine glaubhafte Weise sterbe, andernfalls würde ich meinen Mann mit ins Grab ziehen. Zwischen den Ärzten Desplein, Bianchon und mir ist also verabredet worden, daß ich an der Erweichung, ich weiß nicht welchen Knochens, sterben soll. Die Wissenschaft wird das schon genauer beschreiben.

Octave glaubt, daß ich ihn liebe. Verstehen Sie mich wohl? Ich befürchte, daß er meinen Tod nicht überlebt. Ich schreibe Ihnen, um Sie zu bitten, in diesem Fall die Vormundschaft über den jungen Grafen zu übernehmen. Diese meine Bitte steht auch in einem Zusatz zum Testament. Sie sollen davon aber nur Gebrauch machen, wenn es notwendig ist, denn vielleicht glaubt nur meine Eitelkeit, daß Octave mir bald folgen wird. Es ist aber auch möglich, daß Octave untröstlich, aber doch am Leben bleiben wird. Armer Octave! Ich wünsche ihm eine bessere Frau als mich, denn er verdient es so, geliebt zu werden.

Da mein geistreicher Spion im Hafen der Ehe eingelaufen ist, soll er sich immer daran erinnern, was die Blumenmacherin aus der Rue Saint-Maur ihm hiermit als letzten Rat hinterläßt: Möge Ihre Frau bald Mutter werden. Seien Sie darauf bedacht, Ihre Frau mit den hausbackensten Angelegenheiten zu beschäftigen. Geben Sie nie zu, daß sie in ihrem Herzen die Wunderblume des Ideals entfaltet, diese Himmelsblume, an die ich geglaubt habe, diese Zauberblume, deren glühende Farben und Wohlgerüche Widerwillen gegen die Wirklichkeit einflößt. Ich bin eine heilige Therese, die in ihrem Kloster nicht ihren Ekstasen leben durfte und dem göttlichen Jesus und dem makellosen Engel, dessen Flügel ihn zu ihr trugen und von ihr wieder gen Himmel. Sie haben mich inmitten meiner vielgeliebten Blumen glücklich gesehen.

Zum Schluß noch eins: Ich habe wohl gefühlt, wie die Liebe unter Ihrer gespielten Verrücktheit keimte, ich habe meine Gedanken und meine Träume verbergen müssen, ich durfte Ihnen ja den Eintritt in mein Reich nicht gewähren. Da Sie mich geliebt haben, werden Sie mein Kind lieben, wenn es eines Tages seinen Vater verlieren sollte. Bewahren Sie mein Geheimnis wie das Grab, in dem ich bald ruhe. Beweinen Sie mich nicht, ich bin ja schon lange tot, wenn es wahr ist, was der heilige Bernhard gesagt hat: Ohne Liebe kein Leben.‘“

Der Konſul faltete die Briefſchaften zuſammen und verſchloß ſie wieder in ſeine Brieftaſche.
„Die Gräfin iſt tot“, ſagte er.
„Lebt der Graf noch?“ fragte der Botſchafter. „Seit der Julirevolution iſt er ja vom politiſchen Schauplatz verſchwunden.“
„Wiſſen Sie noch, Herr de Lora,“ ſagte der Generalkonſul, „daß ich eines Tages einen Herrn zum Dampfer brachte . . .“
„Einen alten Herrn mit weißen Haaren?“ fragte der Maler.
„Ja, einen vierzigjährigen Greis, der nach Unteritalien reiſte, um dort Geſundheit und Erholung zu finden. Der alte Herr war mein armer Freund, mein Beſchützer, der über Genua fuhr, um mir Lebewohl zu ſagen und mir ſein Teſtament anzuvertrauen . . . Er hatte mich zum Vormund ſeines Sohnes eingeſetzt. Von Honorines Wunſch brauchte ich ihm alſo gar nichts zu ſagen.“
„War er ſich deſſen bewußt, daß er den Tod ſeiner Gattin verſchuldet hatte?“ fragte Fräulein des Touches den Baron de l’Hoſtal.
„Er vermutet, daß es ſich ſo verhält“, ſagte der Konſul, „und gerade dieſe Vermutung tötet ihn. Auf dem Dampfer, der ihn nach Neapel brachte, habe ich ihn bis über die Reede hinaus begleitet und mich von einer Barke an Land bringen laſſen. Wir hatten alſo Zeit genug, uns auszuſprechen und Abſchied zu nehmen, Abſchied für immer, wie ich fürchte, Gott allein weiß, wie ſehr man den Vertrauten ſeiner Liebe liebt, wenn die Geliebte verblichen iſt. ‚Ein ſolcher Vertrauter,‘ ſagte damals Octave zu mir, ‚iſt mit dem Strahlenkranz der einſtigen Leidenſchaft geſchmückt.‘ Dann ging der

Graf auf den vordern Teil des Schiffes und betrachtete das Meer. Es war ein ſchöner Tag, und unter dem Eindruck der wundervollen Umgebung, die ihn tief berührte, ſagte er mir folgende Abſchiedsworte: ,Wir müßten menſchlicher werden und mehr darüber nachſinnen, was das für eine unwiderſtehliche Gewalt iſt, die uns dem flüchtigſten aller Genüſſe ein göttliches Weſen zum Opfer bringen läßt? . . . Mein Gewiſſen vernimmt ſchmerzliche Rufe, es iſt nicht nur Honorines Schmerzensſchrei . . . Gewiſſensbiſſe verzehren mich. In der Rue Payenne verging ich an Wonnen, nach denen ich mich ſehnte. In Italien gehe ich an Wonnen zugrunde, die ich genoſſen habe . . . Woher kommt es nur, daß zwei Weſen, die beide gleich edel ſind, nicht übereinſtimmen können? Ich weiß keine Antwort.' "

Einige Minuten lang herrſchte auf der Terraſſe tiefes Schweigen.

„War ſie tugendhaft?" wandte ſich der Konſul an die beiden Damen.

Fräulein des Touches ſtand auf, nahm den Konſul bei der Hand und ſprach dann zu ihm:

„Sind die Männer nicht auch ſchuld, wenn ſie zu uns kommen und aus dem jungen Mädchen ihre Gattin machen und dabei tief in ihrem Herzen ein anderes Bild tragen und uns immer mit der ungekannten Rivalin vergleichen? Der Vergleich fällt zu unſeren Ungunſten aus, da die Rivalin mit all ihren Vollkommenheiten noch im Herzen des Mannes lebt."

„Gnädiges Fräulein, Sie hätten recht, wenn die Ehe nur auf Leidenſchaft gegründet wäre; das war ja der Irrtum der beiden Weſen, von denen das eine bereits im Grabe ruht und das andere nicht mehr

lange leben wird. Eine Ehe, die auf gegenseitiger unwandelbarer Neigung beruhte, wäre ein Paradies."
Fräulein des Touches verließ den Konsul wieder. Claude Vignon kam auf sie zu und flüsterte ihr ins Ohr: „Herr de l'Hostal ist doch etwas läppisch."
„Nein," meinte sie leise, „er ahnt nur immer noch nicht, daß Honorine ihn geliebt hätte."
In diesem Augenblick sah sie die Gattin des Konsuls. ‚Oh, der Konsul ist zu beklagen, seine Gattin hat alles gehört', dachte sie.
Als es elf geschlagen hatte, gingen alle Gäste am Meeresufer entlang nach Hause.
„Im Leben gibt es solche Frauen nicht", sagte Fräulein des Touches. „Honorine ist eine ganz seltene Ausnahme, die seltsamste vielleicht, die menschlicher Geist ersinnen kann. Das Leben besteht nun einmal aus Auf und Ab. Freud und Leid wechseln. Das Paradies Dantes, dies ewige Blau des Himmels ist nur ein Wunsch der Seele. Wie darf man dieses Himmelsblau von den Dingen des Alltags fordern? Für Seelen, die so etwas verlangen, ist das Kloster gut."
„Sie haben recht," sagte Léon de Lora, „mag ich auch sonst ein Schelm sein, ich muß die Frau bewundern, die neben einem Atelier unter dem Dach eines Malers lebte und niemals hinabstieg und nichts von der Welt sehen wollte, um sich vom Dreck der Straße nicht beschmutzen zu lassen."
„Dergleichen kommt vor," sagte Claude Vignon mit tiefer Ironie, „aber es dauert immer nur ein paar Monate lang."
„Gräfin Honorine ist nicht die Einzige ihrer Art", meinte der Botschafter zu Fräulein des Touches.

„Ich habe einen Politiker gekannt, der eine ſpitze Feder führte — er verfiel einer Liebe dieſer Art. Der Piſtolenſchuß, durch den er ſich getötet hat, hat nicht nur ihn getroffen; ſeine Geliebte lebt in der Abgeſchiedenheit einer Nonne."

„So gibt es alſo auch in unſerer Zeit noch große Seelen", ſagte Camille Maupin.

An die Kaimauer gelehnt, ſtarrte ſie gedankenverloren ins Weite.

☆

HONORÉ DE BALZAC · DIE MARANA

TROTZ ALLER DISZIPLIN, DIE ER IN SEINEM Armeekorps zu halten wußte, konnte der Marſchall Suchet bei der Einnahme von Tarragona anfangs Tumult und Durcheinander nicht verhindern. Nach Erzählungen glaubwürdiger Militärs tobte ſich die Siegestrunkenheit in einer regelrechten Plünderung aus, doch verſtand es der Marſchall, bald damit fertigzuwerden. Als erſt einmal die Ordnung wiederhergeſtellt, jedem Regiment ſein Quartier angewieſen und der Platzkommandant ernannt war, traf auch die militäriſche Verwaltung ein. Jetzt bekam die Stadt ein doppeltes Geſicht: zwar wurde alles nach franzöſiſchem Muſter organiſiert, aber man legte den nationalen Empfindungen der Spanier keinen Zwang an. Jener erſte Augenblick der Plünderung, der Gott weiß wie lange oder kurz währte, hatte — wie alles unter dem Mond — eine ganz natürliche Urſache. In der Armee des Marſchalls gab es ein faſt ganz aus Italienern beſtehendes Regiment, das ein gewiſſer Oberſt Eugène befehligte; dies war ein Mann der höchſten Bravour, ein zweiter Murat, dem zwar kein Großherzogtum Berg, kein Königreich Neapel und auch nicht der Tod in Pizzo zuteil wurde — ganz einfach, weil er zu ſpät in den Krieg gekommen war. Er fand alſo keine Krone, immerhin aber mit ſeinem Poſten die allerſchönſte Anwartſchaft auf ein paar Kugeln; und es hätte mit dem Teufel zugehen müſſen, wäre er nicht hin und wieder einer begegnet. Der Grundſtock ſeines Regiments beſtand aus Reſten der italieniſchen Legion.

Für Italien bedeutete diese Legion, was die Kolonialarmee für Frankreich: ihre Garnison auf Elba diente dazu, Söhne guter Familien, für deren Zukunft man Befürchtungen hegte, auf leidlich ehrenvolle Art zu deportieren; darunter gab es auch etliche namhafte Leute, die als nicht ganz zuverlässig galten, deshalb von der Gesellschaft etwas voreilig als „mauvais sujets" abgetan wurden, hauptsächlich Unverstandene, die das Lächeln einer Frau in strahlendste Höhen führen, irgendeine dumme Bemerkung, getan im Rausch des Gelages, ganz und gar verderben kann. Diese Menschen einer vitalen Energie hatte Napoleon in das sechste Linienregiment eingereiht, und er hoffte, zu Generälen zu machen, was die Kugel verschonen würde; indessen die kaiserlichen Berechnungen trafen nur dort genau zu, wo es sich um Abgänge durch Tod handelte. Das also häufig stark dezimierte Regiment behielt zwar immer dasselbe Gesicht, erwarb sich soldatische Lorbeeren, aber sein moralischer Ruf war alles andere als gut. Bei der Belagerung von Tarragona verloren die Italiener ihren berühmten Hauptmann Bianchi, der gewettet hatte, er werde das Herz einer spanischen Schildwache verspeisen — und der es auch tat. Dieser Biwakscherz ist anderswo — in den Szenen aus dem Pariser Leben — wiedergegeben, und beim sechsten Linienregiment erzählt man sich noch heute allerhand Einzelheiten, die den Sachverhalt bestätigen. Wiewohl Bianchi geradezu Beelzebub in Person war, von dem der zweifelhafte Ruf des Regiments ausging, hielt er doch peinlichst auf seine Kavaliersehre; in der Armee macht das die übelsten Ausschreitungen wieder wett. Im vorigen Jahrhundert wäre er einfach ein fabelhafter Flibustier

geweſen. Vor wenigen Tagen erſt hatte er ſich ſo toll hervorgetan, daß der Marſchall ihn auszeichnen wollte. Aber Bianchi wies Beförderung, Penſion, neuen Orden zurück; ſeine einzige Belohnung ſollte die Erlaubnis ſein, beim Sturm auf Tarragona an der Spitze vorzudringen. Der Marſchall gewährte die Bitte und vergaß ſein Verſprechen, Bianchi aber wußte ſich in Erinnerung zu bringen. Als erſter pflanzte der raſende Hauptmann die franzöſiſche Fahne auf die Mauer, dabei wurde er von einem Mönch getötet.
Dieſer geſchichtliche Exkurs war nötig, um darzutun, warum das ſechſte Linienregiment Tarragona zuerſt betrat, und warum die Unordnung, bei einer eroberten Stadt immerhin begreiflich, hier gleich zu einer kleinen Plünderung ausartete.
In dieſem verwegenen Regiment ſtanden auch zwei ziemlich unbedeutende Offiziere, die aber, durch das Zuſammentreffen gewiſſer Umſtände, in unſerer Geſchichte eine äußerſt wichtige Rolle ſpielen.
Der erſte, Hauptmann bei der Intendantur, alſo ſchon ein halber Ziviliſt, lebte — um im Kommißton zu reden — ſo ſeinen Stiefel vor ſich hin. Schwatzte tüchtig, prahlte vor aller Welt mit ſeiner Zugehörigkeit zum ſechſten Linienregiment und konnte den Schnurrbart ganz ſchrecklich zwirbeln; aber ſeine Kameraden mochten ihn durchaus nicht. Bei allem Glück blieb er klug. Und aus zwei Gründen hatte man ihn den Rabenhauptmann genannt: einmal, weil er das Pulver ſchon auf eine Meile hinaus roch und dem Gewehrfeuer ſozuſagen mit offenen Flügeln entwiſchte; daneben aber ſteckte in dieſem Spitznamen ein netter militäriſcher Witz, den er gewiß verdiente und den manch einer gern für ſich

beanſprucht hätte. Der Hauptmann Montefiore, aus der vornehmen Mailänder Familie dieſes Namens, dem im Königreich Italien die Führung ſeines Titels geſetzlich verboten war, galt als einer der hübſcheſten Burſchen im ganzen Heer. Vielleicht lag in dieſer Schönheit der tiefere Grund für ſeine Vorſicht in der Schlacht. Eine einzige Wunde, die ſeine Naſe entſtellt, ſeine Stirn durchfurcht, ſeine Wangen zerſchnitten hätte, würde eines der ſchönſten Geſichter Italiens verdorben haben, von deſſen wundervollſtem Ebenmaß je eine Frau geträumt hat. Sein Antlitz — ähnlich dem, das Girodet auf ſeinem Gemälde „Der Aufſtand in Kairo" dem ſterbenden jungen Türken gab — war von jener typiſchen Melancholie, auf die alle Frauen hereinfallen. Der Marcheſe Montefiore hatte ſeine Liegenſchaften verloren, ſeine Einkünfte auf Jahre hinaus verpfändet — um gewiſſe Streiche in Italien wieder gutzumachen, die in Paris ganz unmöglich geweſen wären. Sein Ruin datierte daher, daß er in Mailand ein Theater finanzierte, lediglich um dem Publikum eine miſerable Sängerin aufzuzwingen, die ihn — ſo behauptete er — wahnſinnig liebte. Dem Hauptmann Montefiore winkte alſo eine reizvolle Zukunft, und er brauchte ſein Leben weiß Gott nicht wegen eines roten Bändchens aufs Spiel zu ſetzen. War er ſchon kein Held, ſo war er doch wenigſtens ein Philoſoph, und man könnte dafür wohl — um parlamentariſch zu reden — Präzedenzfälle anführen. Schwor nicht Philipp II. in der Schlacht bei Saint-Quentin, er wolle bei keinem Feuer mehr zugegen ſein, es ſei denn vor den Scheiterhaufen der Inquiſition; und gab nicht ſelbſt der Herzog von Alba zu, das ſchlechteſte Geſchäft ſei der unfreiwillige Tauſch einer Krone gegen eine

Bleikugel? In diesem Sinne Philippist war Montefiore als Marchese, Philippist als hübscher Bursch, im übrigen auch genau so gründlich in seiner Politik wie Philipp II. Er tröstete sich wegen seines Spitznamens und wegen der Mißachtung beim Regiment und nannte seine Kameraden im stillen Schnapphähne, deren Anschauung eines Tages gänzlich belanglos sein konnte, wenn sie etwa diesen vernichtenden Krieg überleben sollten. Und dann war sein Gesicht ein höchst wertvolles Patent: er träumte sich überraschend schnell zum Obersten befördert, vielleicht durch die magische Wirkung einer Frauengunst oder aber durch die zauberhafte Verwandlung des Intendanturoffiziers in einen Ordonnanzoffizier und des Ordonnanzoffiziers in den Flügeladjutanten irgendeines wohlwollenden Marschalls. Ihm war Ruhm nichts weiter als eine Kleiderfrage. Eines Tages also würde eine Zeitung von ihm als von dem „tapferen Obersten Montefiore" reden usw., er würde dann hunderttausend Skudi Rente beziehen, ein Mädchen aus guter Familie heiraten; kein Mensch würde wagen, seine Tapferkeit oder seine Wunden zu bezweifeln. Ferner hatte der Hauptmann Montefiore einen Freund in der Person des Quartiermeisters, eines Provenzalen aus der Gegend von Nizza; und der hieß Diard.
Ein Freund ist der beste Trost im Unglück, sei's im Bagno, sei's in der Dachkammer des Künstlers. Nun, Montefiore und Diard trösteten sich über das Leben als zwei Philosophen mit der Einmütigkeit ihrer Laster, wie zwei Künstler sich über die täglichen Kümmernisse mit der Hoffnung auf Ruhm hinweghelfen. Für sie war der Krieg eine Sache des Zwecks, nicht der Taten; wer fiel, den nannten sie ganz einfach

einen Einfaltspinſel. Soldaten waren ſie eigentlich nur aus Zufall geworden, von Rechts wegen gehörten ſie an den Verhandlungstiſch. Die Natur hatte Montefiore in der Form Rizzios gegoſſen, Diard aber im Tiegel der Diplomaten. Innerlich waren beide geradezu fiebriſch durchglüht, ſehr beweglich, faſt feminin und jederzeit offen für Gut und Böſe. Daraus konnte, wie es ſich bei dieſen merkwürdigen Temperamenten gerade traf, Verbrechen oder Edelmut, großzügige Handlung oder hundsgemeine Niedertracht entſpringen. Immer hing ihr Schickſal von jenem mehr oder minder ſtarken Druck auf ihren Nervenapparat ab, den ihre heftigen oder nur gelegentlichen Leidenſchaften ausübten. Mochte Diard noch ſo tüchtig als Rechnungsführer ſein — kein Soldat würde ihm Börſe oder Teſtament anvertraut haben, vielleicht aus der Antipathie, die das Militär nun einmal gegen die Bureaukratie empfindet. Andererſeits fehlte es dem Quartiermeiſter nicht an Bravour noch an einer gewiſſen jugendlichen Überlegenheit, die ſich bei rechnenden und berechnenden Leuten mit dem Alter verliert. Wetterwendiſch und unzuverläſſig, wie eine ſchöne blonde Frau, war Diard ein Prahler obendrein und riß das Maul über alles auf. Er nannte ſich Künſtler und raffte, wie zwei gewiſſe und berühmte Generäle, alle möglichen Kunſtwerke zuſammen, angeblich nur, um ſie der Nachwelt zu erhalten. Seine Kameraden wären in einige Verlegenheit geraten, hätte man ſie um ein Urteil über ihn befragt. Einige, die im Notfall ihre Zuflucht zu ſeiner Börſe nahmen, hielten ihn für reich; aber er war Spieler, und Spieler haben eigentlich nie etwas Rechtes. Ein genau ſolcher Spieler war Montefiore, und alle Offiziere ſpielten mit ihnen, weil — und zur Schande der Menſchheit ſei es geſagt — der Spieltiſch nicht ſelten Leute vereint, die nach Schluß der Partie einander weder grüßen noch achten. In der Wette um das Herz der ſpaniſchen Schildwache hatte Montefiore gegen Bianchi gehalten.

Als es zum Sturm ging, drückten ſich Montefiore und Diard in den letzten Reihen herum; aber ſie waren die erſten nach dem Fall, die ins Stadtinnere vordrangen. Solche Zufälle kommen im Gewühl der Schlacht ſchon vor. Bei den beiden Freunden geſchah das ſogar mit der größten Regelmäßigkeit. Sie ſtützten einander und ſtießen ſehr tapfer in ein Gefitz ſchmaler, finſterer Gaſſen vor, jeder ging ſeinen Launen nach, der eine ſuchte gemalte Madonnen, der andere lebende. In Gott weiß welchem Winkel Tarragonas erkannte Diard an der Hallenarchitektur ein Kloſter; das Tor war erbrochen, er ſtürzte hinein, um der Wut der Soldaten Einhalt zu tun. Gerade kam er zurecht, zwei Pariſer daran zu hindern, eine „Jungfrau von Albano" zu zerſchlagen; er kaufte ſie ihnen ab, trotzdem die beiden Jäger ſie in ihrem Kommisübermut ſchon mit einem wackeren Schnurrbart verziert hatten. Alleingeblieben muſterte Montefiore das Haus eines Tuchhändlers, dem Kloſter gegenüber; und bei dieser Muſterung von oben nach unten traf ihn ein feuriger Blick. Blitzendes Augengeplänkel hielt ihn feſt, er wechſelte lebhafte Blicke mit einem neugierigen jungen Mädchen, das ſeinen Kopf zwiſchen zwei Latten der Jalouſie gezwängt hatte.

Tarragona, im Sturm genommen, in ohnmächtiger Wut aus jeder Dachlucke feuernd, vergewaltigt, förmlich in offenen Haaren, halbnackt, die Straßen feurig übergoſſen, von toten und tötenden franzöſiſchen Soldaten überſchwemmt — ein ſolcher Anblick mußte eine unerſchrockene Spanierin ſchon reizen. War das nicht wie ein rieſiger Stierkampf? Montefiore vergaß das Plündern, für einen Augenblick hörte er weder Geſchrei, noch Gewehrgeknatter, noch Kanonendonner. Das Profil der jungen Spanierin war hinreißend ſchön, ſo göttlich, wie er — ein italieniſcher Schürzenjäger, der Italienerinnen müde, überhaupt frauenſatt und eben deswegen beſtändig auf eine ganz unmögliche Frau aus — es noch nie geſehen hatte. Ah, er — roh, abgeſtumpft von Ausſchweifungen, der für ſeine zahlloſen Tollheiten ein Vermögen verſchleudert hatte, mit den tauſend Leidenſchaften eines jungen blaſierten Menſchen, dieſer widerlichſte Auswuchs unſerer Geſellſchaft — er konnte noch zittern! Da brachte ein Flintenſchuß des patriotiſchen Krämers ihn auf eine glänzende Idee: er wollte das Haus in Brand ſtecken. Indeſſen, er war ganz allein, hatte nichts zur Hand; Mittelpunkt des Kampfes war immer noch der Große Platz, wo einige Verzweifelte ſich verteidigten. Darüber kam ihm ein weit beſſerer Gedanke. Auch Diard trat aus dem Kloſter. Montefiore erzählte ihm nichts von ſeiner Entdeckung, und ſo machten ſie zuſammen noch ein paar Streifzüge durch die Stadt. Am andern Vormittag aber nahm der italieniſche Hauptmann mit richtiger militäriſcher Order Quartier bei dem Tuchhändler — und ſchließlich: war das nicht ganz die richtige Wohnung für einen Intendanturhauptmann?

Das Haus des guten Spaniers enthielt im Erdgeſchoß einen zweiten dunklen Laden, der außen mit großen eiſernen Stäben geſichert war, wie man das in Paris

noch an den alten Geſchäften der Rue des Lombards ſehen kann. An dieſen Laden ſchloß ſich ein Saalzimmer, das ſein Licht vom inneren Hof bekam, ein großer Raum ganz mittelalterlichen Gepräges: alte rauchgebräunte Bilder, alte Gobelins, ein antiker Brazero, an ſeinem Nagel der Federhut, das Gewehr der Guerillas, der Mantel des Bartolo. Dieſer Raum für alle, wo man aß und ſich an der düſteren Glut des Kohlenbeckens wärmte, ſeine Zigarre rauchte und den Haß gegen Frankreich ſchürte, lag neben der Küche. Silberne Kannen und koſtbares Gerät zierten die alte Kredenz. Aber der Tag drang nur ſpärlich herein und weckte kaum den Glanz des Geſchirrs; und ſo blieb alles, ſelbſt die Geſichter, bräunlich wie auf einem niederländiſchen Gemälde. Zwiſchen dem Laden und dieſem Raum, der einen ſo edlen Ton und ſo patriarchaliſche Gebärde hatte, führte eine ziemlich dunkle Stiege in einen Speicher, wo weſentlich helleres Licht eine Prüfung der Stoffe erlaubte. Darüber befand ſich die Wohnung des Kaufmanns und ſeiner Frau. Kammern ſchließlich für Lehrjungen und Magd waren in der Manſarde unter dem vorſpringenden Dach ausgeſpart, das mit ſeinen Strebepfeilern einen etwas merkwürdigen Eindruck machte; dieſe Zimmer nahmen jetzt der Kaufmann und ſeine Frau ein, und ſie überließen dem Offizier ihre eigenen Räume, zweifellos um jedem Konflikt aus dem Wege zu gehen.
Montefiore deutete an, er ſei urſprünglich Spanier, aber von Napoleon verfolgt, und diene ihm nur widerwillig; was er da halb und halb zuſammenlog, hatte den gewünſchten Erfolg. Man lud ihn ein, an der Familienmahlzeit teilzunehmen, wie es ſeinem Namen, Titel und ſeiner Herkunft zukam. Montefiore

hatte ſeine Gründe, wenn er ſich um die Gunſt des
Kaufmanns bemühte: er ſpürte ſeine Madonna wie
der Oger das Fleiſch des kleinen Däumlings und ſei-
ner Brüder. Bei allem Vertrauen, das er dem Tuch-
händler einzuflößen wußte, bewahrte dieſer das tief-
ſte Schweigen über die Madonna; und nicht nur, daß
der Hauptmann während des erſten Tages unter dem
Dach des ehrlichen Spaniers keine Spur von dem
jungen Mädchen entdeckte, er hörte nicht einmal das
leiſeſte Geräuſch, fand nicht die leiſeſte Andeutung,
aus der er hätte auf ihre Anweſenheit in dieſem alten
Haus ſchließen können, obwohl jeder Laut zwiſchen
all ſeinen hölzernen Wänden ſo deutlich zu hören
war, daß Montefiore hoffen durfte, in der Stille der
erſten Nachtſtunden würde ſich ihm das Verſteck der
jungen Unbekannten verraten. Da er ſie für die ein-
zige Tochter der alten Leute hielt, wähnte er ſie in
denſelben Dachkammern verborgen, wo ſich die El-
tern für die Dauer der Beſetzung eingerichtet hatten.
Aber nichts rührte ſich und enthüllte das Verſteck
des koſtbaren Schatzes. Wohl klebte der Offizier förm-
lich an den kleinen bleigefaßten Fenſterſcheiben, die
auf den Hof und ſein dunkles Gemäuer hinausgingen;
doch ſah nur den Schein aus der Kammer der alten
Leute, die hüſtelten, hin und her gingen und ſchwatz-
ten. Von einem jungen Mädchen — nicht einmal ein
Schatten. Montefiore war viel zu ſchlau, um den Er-
folg ſeines Abenteuers etwa durch nächtliches Herum-
ſpionieren im Haus oder durch leiſes Pochen an den
Türen zu gefährden. Hätte dieſer glühende Patriot,
der als ſpaniſcher Vater und Tuchhändler mißtrauiſch
war, ihn dabei überraſcht, ſo wäre das unweigerlich
ſein Ende geweſen. Alſo beſchloß der Hauptmann,
geduldig zu warten; er rechnete mit der Zeit und der

Unvollkommenheit der Menschen, die schließlich — und wenn das schon einem Bösewicht passiert, um wieviel eher noch einem ehrlichen Menschen — irgendeine Vorsicht außer acht lassen. Schon am Morgen merkte er, wo die Magd geruht hatte; denn er sah in der Küche so etwas wie eine Hängematte. Der Lehrling aber schlief auf dem Ladentisch. Beim Abendbrot dieses zweiten Tages schimpfte Montefiore so lange über Napoleon, bis es ihm glückte, die sorgenvolle Stirn seines Wirts zu glätten, der ein richtiger Spanier war, ernst, finster, mit einem Gesicht, wie man es früher in Geigenköpfe schnitzte; und auch in das faltige Antlitz seines alten Weibes stahl sich wieder ein Lächeln freudigen Hasses. Lampe und dunkle Reflexe des Brazero gaben dem gediegenen Raum etwas Phantastisches. Die Hausfrau bot gerade dem Halb-Landsmann eine Zigarette an. Da hörte Montefiore das Rascheln eines Kleides und den Fall eines Stuhles hinter der Tapete.

„Mögen uns alle Heiligen beistehen," rief die Frau und wurde blaß, „wenn da nur nichts passiert ist!"

„Haben Sie jemanden da drinnen?" fragte der Italiener, ohne seine Spannung merken zu lassen.

Dem Tuchhändler entschlüpfte ein Fluch über die Mädchen. Voller Angst öffnete seine Frau eine Geheimtür und zog die Madonna des Italieners halbtot vor Schreck herein. Der entzückte Anbeter schien sie überhaupt nicht zu beachten. Um aber auch hierin nichts zu übertreiben, sah er sich das junge Mädchen an, wandte sich an den Hausherrn und fragte in seiner Muttersprache: „Ist das Ihre Tochter, Herr?"

Perez de Lagunia, so hieß der Kaufmann, hatte früher weitschichtige Handelsbeziehungen nach Genua, Florenz, Livorno gehabt; er verstand also Italienisch und antwortete darin: — „Nein! Wäre es meine eigene Tochter gewesen, so hätte ich weniger ängstliche Vorsichtsmaßregeln getroffen. Dieses Kind ist uns anvertraut, und ich möchte lieber sterben als zusehen, daß ihr das geringste Leid geschähe. Aber, bringen Sie mal ein junges Ding von achtzehn Jahren zur Vernunft!"

„Sie ist recht hübsch", sagte Montefiore kühl, ohne das junge Mädchen noch länger anzusehen.

„Die Schönheit der Mutter war über alle Maßen berühmt", antwortete der Kaufmann.

Sie rauchten weiter und beobachteten einander. Obgleich Montefiore sich heftig zwang, nicht einen einzigen Blick hinüber zu werfen, der seine vermeintliche Kühle zweifelhaft machen konnte, wagte er es doch einmal, als der Tuchhändler spuckend sich zur Seite drehte, — und begegnete zwei blitzenden Augen. Dann aber erriet er mit dem hellsichtigen Wissen, das der Lüstling genau so hat wie der Bildhauer, mit jener fatalen Fähigkeit, eine Frau sozusagen auszuziehen, ihre Formen durch ein schnelles, scharfsinniges Folgern — und er sah eines von den Meisterwerken, in denen die Schöpfung das Glück der Liebe gipfeln läßt. Auf ihr Antlitz hatte der spanische Himmel leichtes Braun gelegt, das dem Ausdruck seraphische Ruhe gab, glühenden Stolz und einen Schimmer unter den zarten Teint, der vielleicht von etwas maurischem Blut farbig belebt war. Das Haar, auf den Scheitel hinaufgekämmt, floß wieder zurück in schwarzen Flechten um die rosig durchscheinenden Ohren und bot die Linien eines zartblau geäderten Halses. Reiche Locken umrahmten brennende Augen und einen roten schön geschwungenen Mund. Der spanische Reifrock brachte die Biegung der graziösen

Taille wundervoll zur Geltung und machte ſie ſchlank wie eine Weidengerte. Das war nicht die italieniſche Jungfrau, ſondern die ſpaniſche, die Jungfrau Murillos, des einzigen Künſtlers, der kühn genug war, ſie trunken vor Glück über die Empfängnis Chriſti darzuſtellen — die ſchwärmeriſchſte Viſion des kühnſten und glühendſten Malers. Drei Dinge fanden ſich in dieſem Mädchen vereint, von denen ein einziges ſchon genügt, eine Frau zur Göttin zu erheben: die Reinheit der Perle, die noch auf dem Meeresgrund ruht, das höchſte Verzücktſein der heiligen Thereſe von Spanien, und eine Sinnlichkeit, die ihr ſelber noch unbewußt war. Ihre Gegenwart hatte ganz und gar die Kraft eines Talismans. Monteſiore ſah nichts mehr von dem alten Kram um ſich herum; das junge Mädchen hatte alles förmlich verjüngt. So hinreißend dieſe Erſcheinung war, ſo kurz dauerte ſie. Die Unbekannte wurde zurückgeführt in den geheimnisvollen Raum, wohin ihr von nun an die Magd ganz offen Licht und Mahlzeit brachte.

„Sie haben recht, ſie zu verſtecken“, ſagte Monteſiore italieniſch. „Ich werde Ihr Geheimnis hüten. Aber zum Teufel! wir haben Generale, die ſie aus militäriſchen Gründen ganz einfach requirieren würden.“ Monteſiore war vom Anblick der Unbekannten ſo benommen, daß ihm ſogar der Gedanke an eine Heirat aufſtieg. Er fragte ſeinen Wirt nach ihren Lebensumſtänden. Perez erzählte ihm ohne weiteres das Abenteuer, das ihm ſeinen Schützling zugeführt hatte, und der kluge Spanier war zu einer ſolchen Vertraulichkeit bereit, einmal, weil er von dem glänzenden Namen Monteſiore in Italien hatte reden hören, dann aber auch, weil er zeigen wollte, von welch ſtarken Schranken das junge Mädchen vor jeder Verführung geſichert ſei. Obgleich der Biedermann eine gewiſſe patriarchaliſche Beredheit hatte, die gut zu ſeinem einfachen Gehabe, aber auch zu der alten Büchſe paßte, mit der er auf Montefiore geſchoſſen hatte, dürften ſeine Ausführungen doch im Extrakt gewinnen.

Damals, als die Franzöſiſche Revolution in den Ländern, in denen ſie Krieg führte, auch die alten Sitten umſtieß, kam ein venezianiſches Freudenmädchen, durch den Fall ihrer Stadt vertrieben, nach Tarragona. Das Leben dieſes Geſchöpfes war ein Gewebe aus romantiſchen Abenteuern und höchſt ſonderbaren Wechſelfällen. Häufiger als ſonſt eine dieſer ausgeſtoßenen Frauen konnte ſie dank der Laune irgendwelcher Herren, die von ihrer eigenartigen Schönheit bezaubert waren, zuweilen bis an den Hals in Gold ſtehen, in Schmuck und den tauſend Genüſſen des Reichtums wählen. Es gab Blumen, Wagen, Pagen, Kammerdiener, Paläſte, Gemälde, Zügelloſigkeit, Reiſen im Stil Katharinas II. — mit einem Wort das Leben einer unumſchränkten Königin, deren Launen über alle Phantaſie hinausreichten. Bis ſie eines Tages — und weder ſie ſelbſt noch ſonſt jemand, ein Phyſiker, Chemiker, Gott weiß wer, hätte entdecken können, welcher geheimnisvolle Prozeß ihr Gold verflüchtigte — wieder auf der Gaſſe ſtand, arm, nackt, und hatte nur noch ihre hinreißende Schönheit; doch kümmerte ſie ſich nicht um das, was geweſen war, und auch Gegenwart und Zukunft machten ihr keine Sorge. Irgendein armer Offizier und Spieler, deſſen Schnurrbart ſie anbetete, hatte ſie in ſolches Elend geſtürzt und hielt ſie aus; ſie aber hing ihm an wie ein Hund ſeinem Herrn, teilte mit ihm die üblen Seiten ſeines Soldatenlebens und trö-

ſtete ihn darüber hinweg; ſchließlich ſchlief ſie, wie es gerade traf, genau ſo vergnügt unter einem Speicherdach wie unter dem üppigſten ſeidenen Betthimmel. Italienerin wie Spanierin, hielt ſie ſtreng auf ihre religiöſen Pflichten, und mehr als einmal ſagte ſie zu ihrem Liebhaber: „Komm morgen wieder! Heute gehöre ich Gott!“ Doch dieſer Dreck von Gold und Parfüms, dieſe Gleichgültigkeit in allem, dieſe raſenden Leidenſchaften und dieſer tiefe Gottesglaube, der in dies Herz wie ein Diamant in den Kot gefallen war, dieſes ganze Leben, das im Spital begonnen hatte und im Spital enden ſollte, dieſe Verſpieltheit ihrer Seele, die ſich ihrem Weſen ſo völlig mitteilte, die hohe Alchemie ſchließlich, bei der das Laſter die Flamme unter dem Schmelztiegel ſchürt, darin die größten Vermögen, die hart zuſammengeſparten Taler der Väter und die Ehre großer Namen zerrinnen und verdampfen — all das entſprang einer beſonderen Veranlagung, die ſich aus den Zeiten des Mittelalters getreulich von Mutter auf Tochter vererbt hatte. Jene Frau hieß La Marana. In dieſer ganz und gar weiblichen Familie waren ſeit dem dreizehnten Jahrhundert die Perſon, Name, Gewalt eines Vaters völlig unbekannt. Das Wort Marana war für ſie dasſelbe, was für das berühmte ſchottiſche Königsgeſchlecht die Würde der Stuarts war: ein Ehrenbegriff, der den väterlichen Namen in der Familie durch eine unaufhörlich vererbte Würde erſetzte.
Einſt, im vierzehnten und fünfzehnten Jahrhundert, als Frankreich, Spanien und Italien gemeinſame Intereſſen hatten, die ſie bald vereinten, bald entzweiten, was andauernd zu Kriegen führte, bedeutete „Marana“ über alle drei Länder hin „Freudenmädchen“, im weiteſten Sinne des Wortes. Dieſe Sorte

Frauen hatte damals in der ganzen Welt eine Stellung, von der man ſich heute gar keine Vorſtellung mehr macht. Nur Ninon de Lenclos und Marion Delorme haben in ſpäteren Zeiten die Rolle der Imperia, Catalina, Marana geſpielt, bei denen Rote Robe, Soutane und Degen verkehrten. Eine Imperia baute in Rom aus plötzlicher Reue ich weiß nicht welche Kirche, wie Rhodope einſtmals in Ägypten eine Pyramide. War der merkwürdigen Familie, von der hier die Rede iſt, dieſer Name zuerſt wie ein Brandmal aufgedrückt worden, ſo hatten ihre Mitglieder ihn ſich ſpäter ganz ernſthaft zugelegt, er adelte das Laſter durch die unbeſtreitbare Ehrwürdigkeit eben dieſes Laſters. Nun aber geſchah es eines Tages, im neunzehnten Jahrhundert — ob es ein Tag des Elends oder der Üppigkeit war, das blieb Geheimnis zwiſchen ihr und Gott, doch war es ſicherlich eine Stunde frommſter Melancholie — daß ſie fühlte: ihre Füße ſtanden im Schlamm, ihr Haupt ragte in den Himmel. Da verfluchte ſie das Blut ihrer Adern, verfluchte ſich ſelbſt; ſie zitterte bei dem Gedanken, ſie könne eine Tochter haben; und ſie ſchwor, wie nur dieſe Frauen ſchwören können — ſo unglaublich ehrlich und mit dem eiſernen Willen, den allein das Zuchthaus züchtet, mit dem allerzäheſten Willen und der allertiefſten Ehrlichkeit, die es unterm Himmel gibt; ſie ſchwor vor einem Altar, oh, ſie glaubte an den Altar, ſie wolle aus ihrer Tochter ein tugendhaftes Geſchöpf machen, eine Heilige, um ans Ende dieſer langen Kette von Liebesſünden und verlorenen Frauen einen Engel zu reihen, der für ſie alle ein Fürſprecher im Himmel wäre. Aber noch unter dem Gelübde rührte ſich ſchon wieder das Blut der Marana, die Kurtiſane warf ſich in ihr abenteuerliches Leben, nur war jetzt in ihrem Herzen ein Gedanke mehr. In der lustigsten Liebesleidenschaft, in die Prostituierte fallen können, wie etwa Henriette Wilson vor dem Lord Ponsomby, wie Fräulein Dupuis vor Bolingbroke oder die Marchesa Pescara vor ihrem Gatten – liebte, nein betete sie einen blonden, reichlich femininen Menschen an, maß ihm Tugenden bei, die er gar nicht besaß, und wollte alles Lasterhafte nur noch auf sich nehmen. Und von diesem schwächlichen Burschen — aus dieser unsinnigen Ehe, dieser Vereinigung, die weder Gott noch Mensch segnen, höchstens das Glück rechtfertigen konnte (doch spricht das Glück sie nicht frei, und die ruhigsten erröten eines Tages darüber) aus dieser Ehe wurde ihr eine Tochter, eine Tochter, die sie retten wollte, für die sie ein schönes Leben ersehnte, vor allem jene Keuschheit, die ihr selbst nicht verliehen war. Ob sie damals in Glück oder Unglück, Reichtum oder Armut lebte — jedenfalls war in ihrem eigenen Herzen ein Gefühl der Reinheit, das schönste menschliche Gefühl, denn es ist selbstlos. Die Liebe hat immer noch Egoismus in sich, Mutterliebe nicht mehr. Die Marana wurde Mutter, wie keine Mutter es je geworden ist; denn in ihrem ewigen Schiffbruch erschien die Mutterschaft ihr als eine Rettung. War es nicht besser denn späte Reue, einen Teil ihres irdischen Tuns zu heiligen, indem sie einen Engel mehr ins Paradies schickte? War das nicht das einzige Gebet, das sie noch zu Gottes Thron aufsteigen lassen durfte? Als ihr dann diese Tochter, ihre Maria Juana Pepita — alle Heiligen der Legende hätte sie ihr am liebsten zum Schutz gegeben! — geschenkt war, hatte sie eine so hohe Meinung von ihrem mütterlichen Beruf, daß sie das Laster um einen Waffenstillstand anflehte. Sie lebte zurückgezogen und tugendhaft. Ohne Feste, Nächte, Liebeleien. Alles Glück und alle Freude barg die zarte Wiege ihrer Tochter. Das Lallen dieser Kinderstimme schuf mitten in der glühenden Wüste ihres Lebens eine Oase. Dieses Gefühl hat auf Erden nicht seinesgleichen. Enthielt es nicht alle irdischen Träume und alle himmlischen Hoffnungen? Die Marana wollte auf keinen Fall, daß an ihrer Tochter ein anderer Makel außer dem ihrer Herkunft hafte; und den versuchte sie mit allen möglichen gesellschaftlichen Eigenschaften wegzuwaschen; auch verlangte sie, daß der junge Vater ihr ein väterliches Erbe und einen väterlichen Namen schüfe. So war dieses Mädchen keine Juana Marana mehr, sondern eine Juana de Mancini. Nach sieben Jahren der Freude und Küsse, der Trunkenheit und des Glücks mußte die arme Marana ihr Idol von sich tun, damit das Kind nicht eines Tages seine Stirn vor der Erbschande beugen sollte; diese Mutter hatte den Mut, um des Kindes willen auf das Kind zu verzichten, und unter grauenhaftem Weh suchte sie ihm eine andere Mutter, eine Familie, ein sittliches Vorbild, ein erhabenes Beispiel. Der Verzicht einer Mutter ist schrecklich oder groß; dieser war wohl groß! Und nun machte ein glücklicher Zufall in Tarragona sie mit den Lagunia bekannt; sie lernte die Rechtschaffenheit des Spaniers und die bedeutende Tugend seiner Frau schätzen. Den beiden erschien sie wie ein Engel vom Himmel. Vermögen und Ehre des Kaufmanns, gerade in Gefahr, erforderten rasche und verschwiegene Hilfe, die Marana übergab ihm eine Summe, die sie als Juanas Mitgift bestimmte, ohne für sich selber Erkenntlichkeit noch Interesse zu verlangen. Nach ihrer Rechtsauffassung war ein Vertrag eine Sache des Herzens, der Dolch die Justiz der

Schwachen und Gott das höchſte Tribunal. Nachdem ſie der Donna Lagunia den tiefen Schmerz ihres Lebens gebeichtet hatte, vertraute ſie Kind und Vermögen der alten ſpaniſchen Ehre an, die in dieſem Hauſe rein und makellos lebte. Donna Lagunia hatte keine Kinder, deshalb war ſie überglücklich, nun eine Adoptivtochter erziehen zu können. Die Marana trennte ſich von ihrer geliebten Juana, einer ſchönen Zukunft für ſie gewiß und einer Mutter, die aus ihr keine Marana, ſondern eine Mancini machen würde. Als das arme Freudenmädchen dieſes einfache und beſcheidene Kaufmannshaus verließ, in dem bürgerliche Familientugenden, Religioſität, lautere Empfindungen und Ehrgefühl eingeſeſſen waren, konnte die ihres Kindes beraubte Mutter den tiefen Schmerz nur ertragen im Gedanken an Juana als Jungfrau, Gattin, Mutter, glückliche Mutter für ein langes, langes Leben. Und auf der Schwelle dieſes Hauſes weinte ſie eine von den Tränen, die die Engel in ihre Krüge ſammeln. Seit dieſem Tag der Trauer und Hoffnung war die Marana in unbezwingbarer Sehnſucht nach ihrem Kind noch dreimal wiedergekommen. Das erſtemal fand ſie Juana als Beute einer gefährlichen Krankheit. — „Ich wußte es“, ſagte ſie beim Eintreten zu Perez. Fern im Traum hatte ſie Juana ſterbend geſehen. Sie pflegte das Kind, ſie wachte bei ihm; dann eines Tages, als ihre Tochter, ſchon in Rekonvaleszenz, ſchlief, küßte ſie deren Stirn und ging, ohne ſich verraten zu haben. Die Mutter verjagte die Kurtiſane. Das zweitemal erſchien die Marana in der Kirche, als Juana de Mancini kommunizierte. Schlicht und dunkel gekleidet ſtand die verbannte Mutter hinter einem Pfeiler und ſah in der Tochter, was ſie ſelbſt einmal geweſen war: das himmliſche Engelsangeſicht, rein wie friſcher, morgendlicher Alpenſchnee. Kurtiſane ſelbſt in ihrer Mütterlichkeit, ſpürte die Marana im Grund ihres Herzens eine Eiferſucht, die viel ſtärker als alle ihre Liebſchaften zuſammen waren; und ſie ging aus der Kirche, weil ſie dem Verlangen nicht mehr widerſtehen konnte, ein Meſſer in die Bruſt der Donna Lagunia zu ſtoßen, die mit ſtrahlendem Geſicht und im höchſten Muttergefühl daneben ſtand. Und endlich fand eine dritte Begegnung zwiſchen Mutter und Tochter in Mailand ſtatt, wohin der Kaufmann und ſeine Familie gereiſt waren. Mit dem ganzen Pomp einer Herrſcherin fuhr die Marana über den Korſo: wie der Blitz tauchte ſie vor ihrer Tochter auf, wurde aber nicht erkannt. Du armes Herz in deiner Qual! Dieſer Marana, die über und über mit Küſſen bedeckt war, fehlte ein Kuß, ein einziger, für den ſie alle anderen drangegeben hätte: der friſche, lächelnde Kuß der Tochter für die Mutter, die geachtet in allen häuslichen Tugenden ſtrahlt. Für ſie war die lebende Juana tot. — „Was haſt du, Liebes?" fragte der Herzog von Lina die Kurtiſane, in der ein Gedanke wieder aufſtieg. Und was für ein herrlicher Gedanke! Juana war für immer gerettet. Sie würde vielleicht die untertänigſte Frau ſein, aber niemals die verachtete Kurtiſane, die jeder Beliebige anreden durfte: „Was haſt du, Liebes?" Der Kaufmann und ſeine Frau hatten ihre Pflicht mit ſtrengſter Gewiſſenhaftigkeit erfüllt, Juanas Vermögen, in ihre Hand gelegt, war verzehnfacht. Perez de Lagunia, der reichſte Kaufmann der Provinz, brachte dem jungen Mädchen eine faſt abergläubiſche Liebe entgegen. Hatte Juana nicht das alte Haus vor entehrendem Ruin gerettet? Hatte ihre himmliſche Gegenwart nicht unerhörten Segen hereingetragen? Und ſeine Frau, ſelbſt vom edelſten, zartfühlendſten Herzen, hatte das ſchöne Kind fromm und rein erzogen. Juana konnte ebenſo gut einen vornehmen Herrn wie einen reichen Kaufmann heiraten, ſie brachte die beſten Tugenden für den erhabenſten Platz mit; und wären nicht dieſe letzten Ereigniſſe eingetreten, ſo hätte Perez, der davon träumte, nach Madrid zu gehen, ſie wohl gar an einen ſpaniſchen Granden vermählt. „Ich weiß nicht, wo heute die Marana ſteckt," ſchloß Perez; „aber wenn ſie hört, daß Eure Armee unſere Provinz genommen und Tarragona beſetzt hat, ſo eilt ſie vom Ende der Welt hierher, um über ihre Tochter zu wachen!"

Dieſe Erzählung änderte die Abſichten des italieniſchen Hauptmanns; ſchon dachte er nicht mehr daran, aus Juana de Mancini eine Marcheſa Montefiore zu machen. Er hatte ſofort das Blut der Marana erkannt aus dem feurigen Blick, den das junge Mädchen durch die Jalouſie mit ihm gewechſelt, die ſie zur Befriedigung ihrer Neugier ſoeben gebraucht, an dem letzten Augenaufſchlag, mit dem ſie ihn noch geſtreift hatte. Dieſer Lüſtling wollte zur Gattin ein tugendhaftes Weib. Das Abenteuer war voller Gefahren, aber ſolche Gefahren ſchrecken keinen Mann, der nur einigermaßen couragiert iſt, denn ſie bergen Liebe und Luſt. Der Lehrling, der auf dem Ladentiſch ſchlief, die Magd in der Küche, Perez und ſein Weib, die ſicher nur den Halbſchlaf alter Leute hatten, die Hellhörigkeit des Hauſes, und die auch tags von Drachen bewachte Jungfrau — all das waren Hinderniſſe; dieſe Liebe wurde geradezu unmöglich. Doch hatte Montefiore gegen ſolche Umöglichkeiten eine Waffe: das Blut der Marana, das im Herzen

dieſer eigenartigen Italienerin wallte, die ihrer Erziehung nach Spanierin ſein mochte, die ſicher noch Jungfrau war, aber ſchon in der Ungeduld der Liebe zitterte. Die Leidenſchaft — das Mädchen — Montefiore: zu dritt vermochten ſie der ganzen Welt die Stirn zu bieten.
Montefiore mit ſeinen Glücksritter-Inſtinkten und den unbeſtimmten Erwartungen, die im Grunde unerklärlich ſind, für die man aber das ausgezeichnet treffende Wort „Vorgefühle" hat, Montefiore lehnte die erſten Nachtſtunden am Fenſterkreuz und forſchte hinunter, wo die beiden Gatten das Glück ihrer alten Tage wohl verborgen hielten. Das Magazin im Entresol — ich benutze dieſen franzöſiſchen Ausdruck, weil er die Örtlichkeit am beſten bezeichnen dürfte — lag zwiſchen den beiden jungen Leuten. Der Hauptmann konnte ſich alſo nicht durch Klopfzeichen an der Wand verſtändlich machen, in welcher Kunſtſprache Liebende bei ſolcher Lage recht erfinderiſch zu ſein pflegen. Aber der Zufall — oder das junge Mädchen ſelbſt? — kam ihm zu Hilfe. Gerade als er ſich gegen das Fenſtergebälk lehnte, bemerkte er an der ſchwachen Hofmauer einen Lichtkreis, in deſſen Mitte ſich Juanas Silhouette deutlich abzeichnete. Aus den regelmäßigen Bewegungen ihres Arms und überhaupt aus ihrer Haltung war zu ſchließen, daß ſie ſich zur Nacht kämmte.
Ob ſie wohl allein iſt? fragte ſich Montefiore. Ob ich wohl ohne Gefahr einen Brief an einem Faden hinunterlaſſen kann? Man müßte ihn durch ein paar Geldſtücke beſchweren und damit an die runde Scheibe klopfen, durch die zweifellos das Licht aus der kleinen Zelle herausſcheint.
Sogleich ſchrieb er ein Billett, das echte Billett eines

Offiziers, eines Soldaten, den seine Familie nach Elba abgeschoben hat, eines in Mißkredit geratenen Marchese, der immer ein Kavalier war und zum Intendanturhauptmann hinunterrutschen mußte. Dann knüpfte er aus lauter Schnüren einen Strick, befestigte daran das Billett, das er mit ein paar Münzen schwer machte, und ließ es in tiefster Stille bis in die Mitte des Lichtkreises tauchen.

Wenn es nun Schatten gibt, dachte Montefiore, werde ich ohne weiteres feststellen können, ob Mutter oder Magd bei ihr ist; und ist sie nicht allein, ziehe ich schleunigst die Schnur hoch.

Begreiflicherweise kostete das tausend Bemühungen; als aber die Münzen gegen die Scheiben klopften, bewegte sich auf der Mauer nur dieser eine Schatten, diese eine graziöse Juana. Die Kleine öffnet sehr vorsichtig das Fenster, sieht das Billett, greift danach und liest es sogleich. Montefiore hatte seinen Namen genannt und bat um ein Rendezvous. Wie in einem alten Schmöker bot er Juana de Mancini Herz und Hand. Infame, niederträchtige List — immer freilich des Erfolges sicher! Macht in Juanas Alter Seelengröße nicht die Gefahren noch erhabener? Ein Dichter von heute sagt sehr reizvoll: „Frauen unterliegen nur aus Stärke. Der Liebhaber tut, als zweifle er am Eindruck seiner Liebe gerade dann, wenn er sich am meisten geliebt weiß — während ein junges Mädchen in seinem Vertrauen und seinem Stolz geradezu Opfer erfinden möchte; denn es kennt ja weder die Welt noch die Männer hinreichend, um mitten in aufgewühlten Leidenschaften ruhig zu bleiben und durch seine Verachtung den Mann niederzuschmettern, der es wagt, einen trügerischen Vorwurf durch ein Lebensopfer zu sühnen."

Die großartige Einrichtung der Geſellſchaft ſtellt das junge Mädchen in furchtbare Herzensnöte, entweder rechnet es klug mit ſeiner Tugend, oder ein Fehltritt ſtürzt es ins Unglück. Oft verliert es eine Liebe, die köſtlichſte, wie es meint, die erſte, wenn es Widerſtand leiſtet; iſt es aber unklug, verſcherzt es ſich die Ehre. Ein Blick auf die ſozialen Verhältniſſe von Paris beſeitigt jeden Zweifel an der Notwendigkeit der Religion, falls nicht gerade jeden Abend eine Unzahl junger Mädchen verführt werden ſoll. Aber Paris liegt unter dem achtundvierzigſten Breitegrad, Tarragona unter dem einundvierzigſten. Die alte Frage des Klimas iſt für den Erzähler noch immer wichtig, wenn er plötzliche Entwicklungsmomente, Unvorſichtigkeiten, Widerſtände in der Liebe erklären will.

Montefiore hatte ſeine Augen auf das feine Profil gerichtet, das ſich mitten in der Helligkeit ſchwarz abzeichnete. Weder konnte er Juana ſehen noch ſie ihn; ein dummer, recht ärgerlich angebrachter Fries verwehrte ihnen das Glück der ſtummen Zwieſprache, die ſich zwiſchen Liebenden entfalten kann, wenn ſie ſich nur ein wenig aus dem Fenſter beugen. Deshalb richtete ſich die intenſivſte Aufmerkſamkeit des Hauptmanns auf den Lichtkreis, wo vielleicht ganz ahnungslos und unſchuldig das junge Mädchen ſeine Gedanken durch harmloſe Geſten verriet. Aber nein. Juanas ſonderbares Gebaren ließ Montefiore nicht die leiſeſte Hoffnung. Juana amüſierte ſich damit, das Billett zu zerſchneiden. Oft folgen Tugend und Moral mißtrauiſch den gleichen Eingebungen, wie in der Komödie der eiferſüchtige Bartolo. Juana — ohne Tinte, Feder, Papier — antwortete mit Scherenſchnitten. Bald

ſteckte ſie das Billett an die Schnur, der Offizier zog es hinauf, öffnete es, hielt es gegen das Lampenlicht und las dort in durchſcheinenden Buchſtaben: „Kommen Sie!“
Was, kommen!? dachte er. Und Gift, Büchſe und Dolch des Perez? Und der Lehrling, der auf dem Ladentiſch kaum eingeſchlafen iſt? Und die Magd in ihrer Hängematte! Und das Haus, das hallt wie der Leib einer Baßgeige, daß man das Schnarchen des alten Lagunia bis hierher hört! Kommen! Hat ſie denn nichts mehr zu verlieren?
Der Gedanke durchzuckte ihn! Nur Wüſtlinge begreifen dieſe Logik und wiſſen auch eine Frau für ihre Hingabe zu ſtrafen. Der Mann hat Satan und Lovelace erfunden; die Jungfrau aber iſt ein Engel, dem er ſeine Laſter nur leihen darf. Sie iſt ſo groß, ſo ſchön, daß er ſie nicht größer, nicht ſchöner machen kann: nur die trübe Macht wurde ihm gegeben, ſie zu zerſtören, wenn er ſie einmal in ſein ſchmutziges Leben zog. Montefiore erwartete die Stunde des tiefſten Nachtſchlafs; dann ging er, allen Bedenken zum Trotz, ohne Schuhe, aber mit ſeinen Piſtolen bewaffnet, Schritt für Schritt hinunter, wartete, lauſchte in die Stille, ſtreckte die Hände aus, fühlte an den Stufen hin, durchſpähte die Finſternis, immer bereit, wieder umzukehren, wenn da die leiſeſte Schwierigkeit ſein ſollte. Der Italiener trug ſeine ſchönſte Uniform, er hatte ſein ſchwarzes Haar parfümiert und mit der allerſorgfältigſten Pflege noch ſo einen ganz gewiſſen Glanz aus ſeiner natürlichen Schönheit herausgeholt; in ſolchen Fällen benehmen ſich die Männer genau ſo weibiſch wie die Weiber. Ohne ein Hindernis konnte Montefiore bis zu der geheimen Tür des Kabinetts vordringen,

wo man das junge Ding untergebracht hatte; das Versteck war aus einem Winkel des Hauses herausgearbeitet und dort noch erweitert durch einen von den zufälligen Vorsprüngen, die gelegentlich entstehen, wo die Menschen des teueren Terrains wegen die Häuser dicht aneinanderbauen müssen. Diese kleine Zelle war nur für Juana bestimmt, und hier hielt sie sich tagsüber auf, fern von allen Menschen. Bisher hatte sie bei ihrer Adoptivmutter geschlafen; aber die armselig-engen Mansarden, in die sich die beiden alten Leute zurückgezogen hatten, gewährten nicht auch noch Raum für das Mündel. Donna Laguina hatte also das junge Mädchen unter dem Schutz der Geheimtür und des Schlüssels gelassen, unter der Obhut religiöser Anschauungen, deren Strenge fast schon Aberglauben züchtete, und eines angeborenen Stolzes, eines äußerst entwickelten Schamgefühls, das die junge Mancini zur Ausnahme ihres Geschlechtes machte: sie war so unendlich keusch, wie sie rasend leidenschaftlich war. Die tiefe Einfachheit und Frömmigkeit dieses monotonen Lebens war nötig gewesen, um das hitzige Blut der Marana abzukühlen, das in ihrem Herzen rauschte, und das ihre Adoptivmutter die Versuchungen des Teufels nannte. Ein schmaler Lichtstreif fiel von der Türspalte her auf die Diele und ließ Montefiore den richtigen Ort erkennen; er klopfte leise, Juana öffnete. Bebend trat er ein und las im Antlitz der Klausnerin unschuldigste Neugier, völlige Ahnungslosigkeit über die Gefahr und ehrliche Bewunderung. Einen Augenblick stand er betroffen vor der Heiligkeit des Bildes, das sich ihm darbot.

An den Wänden war eine Tapete mit violetten Blüten auf grauem Grund; eine kleine Truhe aus

Ebenholz, ein antiker Spiegel, ein riesengroßer alter Lehnstuhl, auch aus Ebenholz und mit Stickereibezug, auf dem Boden ein kurzer Teppich, dann ein Tisch mit gedrechselten Füßen und vor dem Tisch ein Stuhl; das war die ganze Einrichtung! Freilich standen Blumen auf dem Tisch, und daneben lag eine Stickerei; und ganz hinten war ein schmales, dürftiges Bett, auf dem Juana träumte; darüber drei Bilder; am Kopfende ein Kruzifix, ein Weihwasserkessel und ein mit Goldbuchstaben gemaltes Gebet im Rahmen. Die Blumen hauchten zarte Düfte aus, die Kerzen gaben mildes Licht, alles war still, rein, heilig. Juanas Träumereien, und dann Juana selbst, hatten ihre Anmut allen Dingen geschenkt, und alle atmeten Juanas Seele; sie war die Perle in ihrer Muschel. Juana, ganz in Weiß und eigenartig schön, ließ den Rosenkranz hängen, wo es um Liebe ging; ihr Ich allein hätte einem Montefiore Respekt eingeflößt, wären nicht schon Stille, Nacht, Mädchen so drängend bereit gewesen. Und hinter offenen Vorhängen schimmerte das kleine weiße Bett mit dem Kopfkissen, dem so mancher wirre Wunsch vertraut war. Montefiore rührte sich lange nicht, er war trunken von einem ganz ungekannten Glück, wie Satan es empfinden mag, wenn er durch einen flüchtigen Wolkenspalt hinein in den Himmel späht.

„Seit ich Sie nur sah, habe ich Sie schon geliebt", sagte er im reinsten Toskanisch und mit italienischweicher Stimme. „Mein Leben und Sterben ruht in Ihnen, und wenn Sie wollen, wird es immer so sein!" Juana lauschte dem Klang dieser Worte, die nur die Sprache der Liebe so zart durch die Luft hauchen kann.

„Arme Kleine, wie konnten Sie in dieſem Haus ſo lange atmen, ohne zu erſticken. Sie ſind geſchaffen, in der Welt zu herrſchen, einen fürſtlichen Palaſt zu bewohnen, durch lauter Feſte zu taumeln, überall das Glück zu ſpüren, das Sie erwecken, alles ſich zu Füßen zu ſehen, den herrlichſten Reichtum mit Ihrer Schönheit zu überſtrahlen, die ihresgleichen nicht hat . . . und haben hier, einſam, bei dieſen beiden Krämersleuten gelebt?“
Die Frage hatte ihren Hintergrund. Er wollte herausbekommen, ob Juana vielleicht doch ſchon einen Geliebten gehabt hätte.
„O ja,“ antwortete ſie, „aber wer hat Ihnen von meinen tiefſten Gedanken geſprochen? Seit einigen Monaten bin ich ſterbenstraurig. Ich möchte wirklich lieber tot ſein, als noch länger hier zu Hauſe bleiben. Schauen Sie ſich dieſe Stickerei an: tauſend wortloſe Gedanken habe ich Stich für Stich hineingeſtickt. Wie oft wollte ich ſchon ausreißen und mich ins Meer ſtürzen! Warum? Ach, ich weiß ja ſelbſt nicht mehr . . . kleiner kindiſcher Kummer, aber ſo weh, mag er noch ſo albern ſein . . . Oft habe ich abends meine Mutter zum allerletztenmal umarmt, weil ich mir innerlich feſt vornahm: morgen töte ich mich! Aber natürlich tat ich es nicht. Selbſtmörder kommen in die Hölle, und ich habe doch ſo große Angſt vor der Hölle, da bleibe ich lieber am Leben, ſtehe täglich zur ſelben Stunde auf, gehe täglich zur ſelben Stunde zu Bett, arbeite zur ſelben Stunde, immer alles im gleichen Trott. Ich langweilte mich nicht, nein, nein, aber ich litt darunter . . . Und dabei vergöttern mich meine Eltern. Ach, ich bin ſchlecht und ſage das auch immer meinem Beichtvater.“

„Und immer haben Sie hier ohne Zerſtreuung, ohne Vergnügen gelebt?“

„O nein, ich war nicht immer ſo. Bis zum fünfzehnten Jahr machten mir Geſang, Muſik, Kirchenfeſte ſehr viel Freude. Ich war glücklich, weil ich mich ohne Sünde wie die Engel fühlte und aller acht Tage beichten konnte; und dann liebte ich Gott. Aber ſeit drei Jahren wandelt ſich alles in mir von Tag zu Tag. Zuerſt wollte ich Blumen hierher haben, und immer gab es ſchöne; dann wollte ich ... Aber jetzt will ich nichts mehr“, ſagte ſie, während ſie ſich zuſammenriß, und lächelte Montefiore an. „Haben Sie mir nicht geſchrieben, daß Sie mich allzeit lieben werden?“

„Ja, meine Juana,“ flüſterte Montefiore leidenſchaftlich, während er das anbetungswürdige Mädchen umfing und heftig an ſein Herz drückte, „ja! Aber laß mich mit dir reden, wie du mit Gott redeſt. Biſt du nicht ſchöner als Maria in der Glorie? Höre! Ich ſchwöre dir,“ und dabei küßte er ihr Haar, „ich ſchwöre dir vor dem wundervollen Altar deiner Stirn, daß ich dich zu meinem Abgott machen, alle Güter dieſer Welt an dich verſchwenden will. Für dich ſind meine Karoſſen da und mein Palazzo in Mailand, alle Juwelen, der Diamantſchmuck meiner ſehr alten Familie, tagtäglich neues Geſchmeide, tauſend Wonnen und alles Glück der Welt!“

„Ja,“ ſagte ſie, „ich freue mich an allem; aber tief im Herzen weiß ich, daß ich auf der ganzen Welt nur eines lieben werde: meinen geliebten Gatten! — Mio caro sposo!“ ſagte ſie, und es iſt unmöglich, in drei Worten unſerer Sprache die wundervolle Zärtlichkeit, den ſüßen Zauber jenes Klanges zu legen, den das Italieniſche dieſem köſtlichen Ausdruck verleiht. Denn Italieniſch war ja Juanas Mutterſprache. „Er“, fuhr ſie fort und ſah ihn an mit einem Blick, aus dem die Reinheit des Cherubim ſtrahlte, „wird meine teuere Religion ſein. Er und Gott, Gott und Er. — Sie alſo?“ fragte ſie — und nach kurzer Pauſe: „O ja, Sie! — Da, ſehen Sie ſich das Bild an, das mein Vater mir aus Italien mitgebracht hat.“

Sie nahm eine Kerze, winkte Montefiore und zeigte ihm am Fußende des Bettes einen Heiligen Michael, der den Teufel zertrat.

„Schauen Sie, hat er nicht Ihre Augen? Gleich als ich Sie auf der Straße ſah, war mir das ein Wink vom Himmel. In meinen morgendlichen Träumen, ehe die Mutter mich zum Gebet rief, habe ich oft und oft dieſes Bild betrachtet, dieſen Engel — und ſchließlich habe ich mich ihm verlobt. Mein Gott! Ich rede mit Ihnen wie mit mir ſelbſt. Ich muß Ihnen wahnſinnig vorkommen; doch wenn Sie wüßten, wie eine arme Klausnerin darauf brennt, Gedanken auszuſprechen, an denen ſie beinahe erſtickt! In meiner Einſamkeit ſpreche ich zu den Blumen, zum Tapetenmuſter, und ich glaube, ſie verſtehen mich beſſer als meine immer ernſten Eltern.“

„Juana“, Montefiore nahm ihre Hände und küßte ſie mit der ganzen Inbrunſt, die auch aus ſeinem Auge, ſeiner Geſte und dem Ton ſeiner Stimme ſprach, „rede mit mir als mit deinem Gatten, rede mit mir wie mit dir ſelbſt. Deine Leiden habe ich auch gelitten. Unter uns genügen wenige Worte — und wir wiſſen alles, was hinter uns liegt; für die Glückſeligkeiten aber, die uns erwarten, gibt es keine Worte. Leg’ deine Hand auf mein Herz. Fühlſt du ſeinen Schlag? Geloben wir einander vor Gott, der uns ſieht und hört, Treue fürs ganze Leben. Da, nimm dieſen Ring . . . und gib mir deinen."

Sie erſchrak. „Meinen Ring?" rief ſie.

„Und warum nicht?" fragte Montefiore ungeduldig über ſoviel Naivität.

„Er iſt doch vom Heiligen Vater, dem Papſt; in meiner Kindheit hat ihn mir eine ſchöne Frau an den Finger geſteckt, die mich erzog, hier in dieſes Haus brachte und mich hieß, ihn immer zu hüten."

„Juana, du liebſt mich alſo nicht?"

„Ach," ſagte ſie, „da, da – nehmen Sie! Es iſt wohl beſſer, Sie haben ihn als ich!"

Der Ring zitterte in ihrer Hand, ſie hielt ihn feſt, während ſie Montefiore mit einer leuchtenden, klaren Frage anblickte. Dieſer Ring, das war ſie ſelber: ſie gab ihn hin!

„O meine Juana!" rief Montefiore aus und umarmte ſie haſtig. „Man müßte ein Ungeheuer ſein, um dich zu täuſchen . . . Ich werde dich immer lieben!"

Juana war träumeriſch geworden. Montefiore dachte im Innerſten, es ſei wohl beſſer, bei dieſer erſten Begegnung nichts zu wagen, was ein ſo keuſches, mehr aus Tugend, denn aus Verlangen unvorſichtiges junges Mädchen erſchrecken könnte; er vertraute der Zukunft, ſeiner Schönheit, deren Macht er ſicher war, und der unſchuldigen Vermählung durch Ringe, dieſer herrlichſten Vereinigung, dieſem Hymen des Herzens — von allen Zeremonien die leichteſte und die ſchwerſte. Für den Reſt der Nacht und den nächſten Tag mußte Juanas Phantaſie der ſtärkſte Verbündete ſeiner Paſſion ſein. Er verhielt ſich alſo reſpektvoll und zart. Und dieſe Leidenſchaft, mehr noch die Begierde, die Juana ihm einflößte, machte darum ſeine Worte zärtlich und voller Schmelz. Er weihte das unſchuldige junge Ding in alle Pläne für ihr zukünftiges Leben ein, malte ihm die Welt in den ſchillerndſten Farben, unterhielt es von den Einzelheiten der Ehe, was den Mädchen ja ſoviel Vergnügen bereitet; und ſchon dieſe Geſpräche gaben ihrer Liebe echte und ſachliche Hintergründe. Sie vereinbarten nun noch für künftig die Stunde ihres nächtlichen Zuſammenſeins, und er ließ eine glückliche, neue Juana zurück: die reine, heilige exiſtierte nicht mehr: im letzten Blick, den ſie ihm ſchenkte, in der freudigen Bewegung, mit der ſie dem Geliebten die Stirn zum Kuſſe bot, ſteckte ſchon mehr Leidenſchaft, als ein junges Mädchen zeigen darf. Das kam vom Alleinſein und von den langweiligen Arbeiten, die ihrem Naturell ſo gar nicht entſprachen; um ſie in Klugheit und Unſchuld zu halten, hätte man ſie vielleicht allmählich an die Welt gewöhnen oder dieſe ihr für immer vorenthalten müſſen.

„Der morgige Tag wird mir ſehr lang werden“, ſagte ſie, während ihre Stirne noch einen keuſchen Kuß empfing. „Bleiben Sie aber im Saal, ſprechen Sie ein wenig laut, damit ich Ihre Stimme hören kann, ſie macht mein Herz weit.“

Montefiore erriet die geheimſten Bewegungen Juanas, und war um ſo zufriedener, daß er ſeine Begierde gezähmt hatte, als er ſich ein höchſtes Glück erwarten durfte. Ohne Zwiſchenfall kehrte er in ſein Zimmer zurück. Zehn Tage vergingen, und nichts ſtörte die friedliche Stille des Hauſes. Montefiore hatte alle italieniſchen Schmeichelkünſte vor dem alten Perez, der Donna Lagunia, vor dem Lehrbuben und ſelbſt vor der Magd entfaltet, und alle liebten ihn. Doch bei dem Vertrauen, das er ihnen einzuflößen verſtand, konnte er ſich nicht zu der Bitte entſchließen, daß man die Tür der köſtlichen Zelle öffne, um ihn Juana ſehen zu laſſen. Die junge Italienerin, die vor Sehnſucht nach dem Geliebten faſt verging, hatte ihn oft dazu gedrängt; aber aus Klugheit hatte er es immer wieder abgeſchlagen. Er hatte ſeinen ganzen Kredit und ſein ganzes Geſchick aufbieten müſſen, um den Argwohn der beiden alten Leute zu beſchwichtigen, und ſie allmählich auch daran gewöhnt, daß er, ein Soldat, erſt gegen Mittag aufſtand. Der Hauptmann erklärte, er ſei krank. Die beiden Liebenden lebten alſo nur noch in der Nacht, wenn im Haus alles ſchlief. Wäre Montefiore kein ſolcher Lüſtling geweſen, der aus Gewohnheit am Vergnügen in allen Lebenslagen Kaltblütigkeit bewahrt — ſie wären an dieſen zehn Tagen wohl zehnmal täglich verloren geweſen. Ein junger Liebhaber hätte ſich in der Aufrichtigkeit ſeiner erſten Liebe gewiß zu entzücken. den, unwiderſtehlichen Torheiten hinreißen laſſen Aber der Italiener blieb feſt, ſo ſehr auch Juana ſchmollte, ſo wild ſie war, ſo reizend ſie ihre langen Haare als Kette um ſeinen Hals ſchlang, damit er nur bei ihr bliebe. Hier wäre ſelbſt der ſcharfſinnigſte Menſch in Verlegenheit geraten, der die Geheimniſſe ihrer nächtlichen Zuſammenkünfte erraten ſollte. Wahrſcheinlich machte ſich der Italiener, der ſeines Sieges ſicher war, das außerordentliche Vergnügen einer ſchrittweiſen Verführung; er ſchürte ein Feuer, das allmählich zunahm und ſchließlich alles verſchlingen würde. Am elften Tag, während des Eſſens, hielt er es für gut, dem alten Perez unter dem Siegel der Verſchwiegenheit anzuvertrauen, daß die Urſache ſeines Zwiſtes mit der Familie eine Mesalliance wäre. Dieſes lügneriſche Geſtändnis war eine ſchauderhafte Gemeinheit in dem nächtlichen Drama dieſes Hauſes. Montefiore als geübter Spieler bereitete für den Ausgang, auf den er zielte, einen Coup vor wie ein richtiger Künſtler, der ſeine Kunſt liebt. Bald, ſo rechnete er, würde er dieſes Haus und dieſe Liebe ohne Bedauern verlaſſen. Wenn dann Juana, mit dieſer Frage vielleicht ihr Leben aufs Spiel ſetzend, ſich an Perez wandte, wo denn der Gaſt wäre, auf den ſie ſolange vergeblich wartete, würde Perez, ohne im entfernteſten die Schwere ſeiner Antwort zu ahnen, ihr ſagen: Der Marcheſe Montefiore hat ſich mit ſeiner Familie wieder ausgeſöhnt, ſie iſt bereit, ſeine Gattin zu empfangen, und er bringt ſie ihr nun!

Dann, Juana ... Niemals hatte der Italiener ſich gefragt, was dann aus Juana werden würde; doch hatte er ihre adlige Geſinnung, ihre Aufrichtigkeit, ihre Tugenden beobachtet und war ſicher, daß Juana ſchweigen würde.

Er bekam einen Auftrag von ich weiß nicht welchem General. Drei Tage ſpäter kam Montefiore in der Nacht vor ſeinem Aufbruch ganz wie ein Tiger, der keinen Brocken ſeiner Beute zurücklaſſen wollte, ſtatt in ſein Zimmer hinaufzugehen, nach dem Eſſen zu Juana, um ſich eine möglichſt lange Abſchiedsnacht zu gönnen. Juana, wirkliche Spanierin, aber auch durch und durch Italienerin, war in ihrer alſo geſteigerten Leidenſchaft überglücklich vor ſeiner Kühnheit: ſie bewunderte ſein Feuer! In der reinen Liebe der Ehe die ſchmerzlichen Wonnen einer unerlaubten Verbindung zu haben — ſeinen Gemahl hinter den Bettvorhängen zu verbergen — die Adoptiveltern faſt zu betrügen — im Fall des Entdecktwerdens doch ſagen zu können: — Ich bin die Marcheſa Montefiore! War das für ein romantiſch an-

gehauchtes junges Mädchen, das ſeit drei Tagen nur
von einer Liebe unter lauter Gefahren träumte, nicht
ein Feſt? Die Tapetentür fiel hinter ihnen, ihren Toll-
heiten, ihrem Glück wie ein Vorhang zu, an dem
niemand rühren ſollte. Es war ungefähr neun Uhr,
der Kaufmann und ſeine Frau laſen ihr Abendgebet;
da rollte ſchwer und laut ein Wagen mit etlichen
Pferden in die kleine Gaſſe; haſtige Schläge hallten
durch das Haus; die Magd eilte hinunter, um zu
öffnen. Und ſchon ſtürzte in den alten Saal herein
mit zwei Sätzen eine Frau, die, trotzdem ſie aus einem
Reiſewagen kam, an dem der Schmutz von tauſend
Landſtraßen hing, ſehr prächtig gekleidet war. Ihre
Kutſche hatte Italien, Frankreich, Spanien durch-
quert. Es war die Marana! — Die Marana, die trotz
ihrer sechsunddreißig Jahre und ihres Freuden-
lebens ganz auf dem glänzenden Gipfel einer belta
folgorante ſtand — um dieſes von hingeriſſenen Ver-
ehrern in Mailand eigens auf ſie gemünzte Wort nicht
in Vergeſſenheit geraten zu laſſen; die Marana, er-
klärte Mätreſſe eines Königs, die unverzüglich Nea-
pel verlaſſen hatte, Neapels Feſte und Neapels Him-
mel, ihr glanzvolles Leben in Gold und Liedern,
Wohlgerüchen und Seiden, als ſie von ihrem könig-
lichen Geliebten die Ereigniſſe in Spanien und die
Belagerung Tarragonas erfuhr.

„Nach Tarragona, vor der Einnahme Tarragonas!“
hatte ſie ausgerufen. „In zehn Tagen will ich in
Tarragona ſein! . . .“

Und ohne ſich noch um Hof und Krone zu kümmern,
war ſie mit einem geradezu kaiſerlichen Geleitſchrei-
ben und mit reichlichen Mitteln, die ihr erlaubten,
das franzöſiſche Gebiet blitzſchnell zu queren, nach
Tarragona gekommen. Mütter kennen keine Entfer-

nung, eine wirkliche Mutter überwindet alles und behält ihr Kind von einem Ende der Welt zum anderen im Auge.

„Meine Tochter! Meine Tochter!" ſchrie die Marana. Vor dieſer Stimme, dieſem plötzlichen Einbruch, angeſichts einer ſolchen Königin mit dem kleinen Fuß entfiel das Gebetbuch den Händen des Perez und ſeines Weibes; dieſe Stimme hallte wie der Donner, und die Augen der Marana ſchleuderten Blitze.

„Dort iſt ſie", erwiderte der Kaufmann ganz ruhig, als er ſich von der Aufregung über die unerwartete Ankunft, über das Ausſehen und die Stimme der Marana beruhigt hatte. — „Dort iſt ſie", wiederholte er und wies auf die kleine Zelle.

„Ja, aber war ſie auch nicht krank? Iſt ſie immer ..."

„Vollkommen geſund", ſagte Donna Lagunia.

„Mein Gott, ſtürz' mich jetzt in die Hölle für alle Ewigkeit, wenn du willſt", rief die Marana aus und ließ ſich völlig zu Tode erſchöpft in einen Seſſel fallen. Die falſche Röte von ihren Ängſten her wich plötzlich, ſie erblaßte. Ihre Kraft hatte für das Leid ausgereicht, aber nicht mehr für die Freude. Die Freude war ſtärker als ihr Schmerz, denn ſie ſchloß in ſich das Echo des Schmerzes und die Grüßc der Luſt.

„Wie iſt es euch unterdeſſen gegangen?" fragte ſie. „Tarragona wurde erſtürmt!"

„Ja", meinte Perez. „Doch da Sie mich lebend wiederfinden, bedarf es wohl keiner Frage. Hätte man mich nicht erſt töten müſſen, um zu Juana zu gelangen?" Als er das ſagte, ergriff die Kurtiſane die ſchwielige Hand des Perez und küßte ſie unter Tränen. Das war ihre größte Koſtbarkeit in der Welt — denn ſie weinte nie.

„Mein guter Perez!“ ſagte ſie endlich. „Aber ihr habt doch Einquartierung gehabt?“
„Eine einzige“, antwortete der Spanier. „Glücklicherweiſe haben wir den anſtändigſten Menſchen, einen ehemaligen Spanier, jetzt iſt er Italiener, der Bonaparte haßt, iſt verheiratet und ſehr kühl . . . Er ſteht ſpät auf und geht zu anſtändiger Stunde zu Bett. Augenblicklich iſt er krank.“
„Ein Italiener? Wie heißt er?„
„Hauptmann Montefiore . . .“
„Es iſt doch nicht etwa der Marcheſe Montefiore . . .?“
„Doch, Sennora, der nämliche!“
„Hat er Juana geſehen?“
„Nein“, ſagte Donna Lagunia.
„Du täuſchſt dich, liebe Frau“, fuhr Perez fort. „Der Marcheſe hat Juana für einen ganz kurzen Augenblick ſehen müſſen, tatſächlich, ich denke doch, daß er ſie damals bemerkt hat, als ſie während des Abendeſſens hier hereinkam.“
„Oh, ich will meine Tochter ſehen!“
„Nichts iſt leichter“, ſagte Perez. „Sie ſchläft. Wenn ſie den Schlüſſel hat im Schloß ſtecken laſſen, wird man ſie wecken müſſen.“
Während der Kaufmann aufſtand, um einen zweiten Türſchlüſſel zu holen, fielen ſeine Blicke nebenbei durch das hohe Fenſter. Da ſah er auf der dunklen Mauer des Innenhofes, im Lichtkreis vom ovalen Kammerfenſter her, die Silhouette einer Gruppe, die außer dem anmutigen Canova kein Bildhauer ſonſt würde geſtalten können. Der Spanier wandte ſich um.
„Ich weiß nicht,“ ſagte er zur Marana, „wohin ich den Schlüſſel verlegt habe.“
„Sie ſind ſehr blaß?“ meinte ſie.
„Ich werde Ihnen auch ſagen, warum,“ antwortete

er, ſprang nach ſeinem Dolch, packte ihn, ſchlug damit heftig an Juanas Tür und ſchrie: „Juana! Aufmachen! Aufmachen!“

Sein Ton verriet eine furchtbare Verzweiflung, vor der die beiden Frauen erſtarrten.

Juana aber öffnete nicht, weil ſie Zeit brauchte, Montefiore zu verſtecken. Sie wußte nicht, was im Saal geſchehen war. Die doppelten Tapetenbehänge dämpften jedes Wort.

„Madame, ich log Sie an, als ich ſagte, ich wüßte nicht, wo der Schlüſſel ſei. Da iſt er,“ er nahm ihn vom Speiſeſchrank, „aber er nützt nichts. Juana hat den ihren im Schloß gelaſſen und die Türe abgeriegelt. Wir ſind betrogen, Frau!“ ſchrie er die Gattin an. „Ein Mann iſt bei Juana!“

„Bei meiner Seligkeit, das iſt unmögfich!“ rief ſie aus.

„Schwöre nicht, Donna Lagunia. Unſere Ehre iſt hin und dieſe Frau ...“, er zeigte auf die Marana, die aufgeſtanden war, von ſeinen Worten wie vom Blitz getroffen. „Dieſe Frau täte recht, uns zu verachten. Sie hat uns Leben, Vermögen, Ehre gerettet, wir aber haben ihr nur die Taler gehütet. Juana! Öffne! Oder ich breche die Türe auf!“

Und ſeine Stimme ſchwoll an, dröhnte bis hinauf in die Speicher des Hauſes. Doch war er von eiſiger Ruhe. In ſeinen Händen lag das Leben Montefiores, mit dem Blut des Italieners würde er ſeine Selbſtvorwürfe abwaſchen.

„Raus! Raus! Raus! Raus alle!“ schrie die Marana, ſtürzte ſich bebend wie eine Tigerkatze auf den Dolch, entriß ihn dem verblüfften Perez.

„Fort, Perez,“ ſagte ſie jetzt ganz ruhig, „gehen Sie, Ihre Frau, Ihre Magd, Ihr Diener. Hier wird es einen

Mord geben. Die Franzoſen könnten Sie alle füſilieren. Das da geht Sie nichts an, nur mich. Zwiſchen meiner Tochter und mir ſteht nur Gott. Und der Mann da — der gehört mir. Keine Macht der Erde entreißt ihn meinen Händen. Gehen Sie! Gehen Sie, ich verzeihe Ihnen. Ich ſehe ein, dieſes Kind iſt eine Marana. Sie, ihre Frömmigkeit, ihre Ehrenhaftigkeit waren zu schwach, gegen mein Blut anzugehen."
Sie ſtieß einen furchtbaren Seufzer aus. Ihre Augen waren tränenlos. Sie hatte alles verloren, und zu leiden verſtand ſie: ſie war eine Kurtiſane. Die Türe öffnete ſich. Die Marana ſah nur noch dorthin, und Perez machte ſeiner Frau ein Zeichen, man müſſe auf dem Poſten bleiben. Als alter Spanier unbeirrbar in ſeiner Ehre wollte er die verratene Mutter rächen helfen. Juana in ſanftem Licht, ſchneeweiß gekleidet, ſtand mitten in ihrem Zimmer.
„Was iſt denn los?" meinte ſie.
Die Marana konnte einen leichten Schauer nicht unterdrücken.
„Perez", fragte ſie, „hat das Kabinett noch einen zweiten Ausgang?"
Perez ſchüttelte verneinend den Kopf; die Kurtiſane vertraute darauf und betrat den Raum.
„Juana, ich bin deine Mutter, aber auch dein Richter, und nur du ſelbſt haſt die einzige Lage herbeigeführt, in der ich mich dir entdecken muß. Du, die ich für den Himmel beſtimmt hatte, biſt die meine geworden. Oh, du biſt tief gefallen. Du haſt einen Liebhaber bei dir!"
„Madame, hier kann und darf nur mein Gatte ſein", erwiderte ſie. „Ich bin die Marcheſa Montefiore."
„Dann gibt es alſo zwei!" ſagte mit ernſter Stimme der alte Perez.

„Er hat mir geſagt, er ſei verheiratet.“

„Montefiore, mein Schatz!“ rief das junge Mädchen, riß die Vorhänge auseinander und ließ den Offizier ſehen, „komm, dieſe Menſchen verleumden dich!“

Der Spanier erſchien, totenblaß, er bemerkte einen Dolch in den Händen der Marana — und er kannte die Marana. Mit einem Satz ſtürzte er aus der Kammer und ſchrie mit gellender Stimme: „Hilfe! Hilfe! Man bringt einen Franzoſen um! Soldaten vom ſechſten Regiment! Holt den Hauptmann Diard! Hilfe!“

Perez hielt den Marcheſe feſt und wollte ſeine breite Hand ihm als natürlichen Knebel in den Mund ſtopfen, aber die Kurtiſane hielt ihn auf und ſagte: „Halten Sie ihn feſt, aber laſſen Sie ihn ruhig ſchreien. Machen Sie die Türen auf, ſie ſollen weit offen ſtehen, und gehen Sie, ich bitte Sie nochmals! — Was dich betrifft,“ ſie wandte ſich an Montefiore, „ſo ſchrei du nur laut um Hilfe! Sobald ſich deine Soldaten hören laſſen, haſt du die Klinge hier im Herzen. — Biſt du verheiratet? Antworte!“

Montefiore war auf der Türſchwelle, zwei Schritt vor Juana, zuſammengeſunken, er hörte nichts, er ſah nichts außer der Dolchklinge, die ihn anfunkelte.

„Er hätte mich alſo getäuſcht?“ fragte Juana langſam. „Er ſagte, er ſei frei.“

„Mir hat er geſagt, er ſei verheiratet“, miſchte ſich Perez mit ernſter Stimme ein.

„Heilige Jungfrau!“ ſchrie Donna Lagunia.

„Antworte, du Dreckſeele!“ rief die Marana mit rauher Stimme und beugte ſich zum Ohr des Marcheſe.

„Ihre Tochter ...“, ſagte Montefiore.

„Ich habe eine Tochter gehabt! Sie iſt tot oder wird ſterben,“ fiel die Marana ein. „Nein, ich habe keine

Tochter mehr. Sprich das Wort nicht mehr aus. Antworte: bist du verheiratet?"

„Nein, Madame", sagte endlich Montefiore, der Zeit gewinnen wollte. „Ich will Ihre Tochter heiraten."

„Mein edler Montefiore!" Juana atmete auf.

„Warum dann Flucht und Hilferuf?" fragte der Spanier.

Entsetzliche Ahnung!

Juana sagte nichts, aber sie wand die Hände und mußte sich in ihren Sessel setzen. In diesem Augenblick entstand draußen Lärm, den man in der tiefen Stille hier drinnen leicht verstehen konnte. Ein Soldat vom sechsten Linienregiment, der zufällig durch die Gasse ging, als Montefiore um Hilfe schrie, war schleunigst zu Diard gelaufen. Der Quartiermeister, zum Glück daheim, kam sofort mit einigen Kameraden.

„Warum dann Flucht?" nahm Montefiore den Satz des Perez auf, schon aber hörte er die Stimme seines Freundes. „Weil ich Ihnen die Wahrheit gesagt habe. — Diard! Diard!" schrie er mit durchdringender Stimme.

Jedoch, auf ein Wort seines Herrn, der wollte, daß alle im Haus Zeugen des Mordes wären, schloß der Lehrling die Türe, und die Soldaten mußten sie erst aufbrechen. Ehe sie eintraten, holte die Marana zum Stoß gegen den Schuldigen aus; aber ihr übermäßiger Zorn ließ sie nicht gut treffen, die Klinge glitt an Montefiores Achselschnüren ab. Gleichwohl war er noch mit so viel Kraft geführt, daß der Italiener davon zu Juanas Füßen hinsank. Die aber kümmerte sich nicht darum. Die Marana sprang auf ihn zu, diesmal wollte sie ihn nicht fehlen, packte ihn an der Kehle, hielt ihn mit eisernem Griff und zielte auf sein Herz.

„Ich bin frei – ich heirate! Ich ſchwöre es bei Gott, bei meiner Mutter, bei allen Heiligen auf der Welt; ich bin Junggeſelle, — heirate — Ehrenwort!“

Er biß die Kurtiſane in den Arm.

„Los, Mutter, töten Sie ihn!“ ſagte Juana. „Er iſt ja ſo feig! Ich will ihn gar nicht zum Gatten, und wäre er zehnmal ſo ſchön!“

„Ah, ich finde meine Tochter wieder!“ rief die Mutter.

„Was geſchieht denn hier?“ fragte der Quartiermeiſter und trat zwiſchen ſie.

„Was hier geſchieht?“ ſchrie Montefiore. „Daß man mich umbringen will wegen dieſes Mädchens, das behauptet, ich ſei ſein Geliebter; es hat mich in eine Falle gelockt, und nun ſoll ich ſie gegen meinen Willen heiraten . . .“

„Du willſt ſie nicht?“ ſtieß Diard hervor, betroffen von der Schönheit Juanas, die durch Empörung, Verachtung, Haß über alle Maßen erhaben war. „Du biſt etwas ſchwierig! Wenn ſie einen Gatten haben will — ich wäre es gern! Tun Sie nur ruhig Ihren Dolch wieder weg.“

Die Marana zog den Italiener hoch, zerrte ihn an das Bett ihrer Tochter und flüſterte ihm ins Ohr: — „Wenn ich dich ſchone, dank es deinem letzten Wort. Aber vergiß nicht: beſchmutzeſt du mir ein einziges Mal mit übler Nachrede mein Kind, ſo ſehen wir uns wieder. — Auf wieviel beläuft ſich ihre Mitgift?“ fragte ſie Perez.

„Sie beträgt zweihunderttauſend gute Peſos!“

„Das iſt nicht alles, mein Herr“, ſagte die Kurtiſane zu Diard.

„Wer ſind Sie? — Sie können gehen!“ wandte ſie ſich mit leichter Wendung gegen Montefiore.

Als der Marchese das von den zweihunderttausend guten Pesos hörte, trat er näher und meinte: „Ich bin aber wirklich frei . . ."
Ein Blick Juanas schnitt ihm das Wort ab. — „Ja, Sie sind wirklich frei zu gehen", sagte sie.
Und der Italiener ging.
„Ach, mein Herr," wandte sich das junge Mädchen an Diard, „ich danke Ihnen, und ich bewundere Sie. Mein Gatte ist im Himmel — Jesus Christus. Morgen trete ich in das Kloster der . . ."
„Juana, liebe Juana, sei doch still!" rief die Mutter und umarmte sie heftig. Dann flüsterte sie ihr ins Ohr: — „Du brauchst einen anderen Gatten."
Juana erblaßte.
„Wer sind Sie?" fragte sie noch einmal und sah den Provenzalen an.
„Vorläufig," sagte er, „bin ich nur der Quartiermeister des sechsten Linienregiments. Doch für eine solche Frau fühlt man sich stark genug, Marschall von Frankreich zu werden. Ich heiß Pierre François Diard. Mein Vater war Vorsteher der Kaufmannschaft; ich bin kein . . ."
„Gut! Sie sind ein anständiger Mensch, nicht wahr?" unterbrach ihn die Marana. „Sofern Sie der Signora Juana de Mancini gefallen, könnt Ihr beide glücklich werden."
„Juana," fuhr sie ernst fort, „denke daran, daß du nicht nur die Gattin eines tüchtigen und würdigen Mannes, sondern auch einmal Mutter wirst. Ich habe gelobt . . . (hier zitterte ihre Stimme ein wenig); ich habe gelobt, daß du eine tugendhafte Frau werden sollst; vergiß nicht, daß noch viel Schweres dich in diesem Leben erwartet; was aber auch kommt, bleibe rein und in allen Stücken deinem Gatten treu; opfere

ihm alles, denn er wird der Vater deiner Kinder ſein... Ein Vater deiner Kinder! ... Du wirſt zwiſchen einem Geliebten und dir immer deine Mutter finden; allein in Momenten der Gefahr werde ich da ſein... Siehſt du den Dolch des Perez? ... Er gehört zu deiner Mitgift," bei dieſen Worten warf ſie die Waffe auf Juanas Bett, „ich laſſe ihn da als Pfand deiner Ehre, ſolange meine Augen offen, meine Arme frei ſind. — Leb' wohl!" kaum hielt ſie die Tränen zurück, „gebe der Himmel, daß wir uns nie wiederſehen!"

Und ein Strom von Tränen ſtürzte nun aus ihren Augen.

„Armes Kind, du warſt ſehr glücklich in deiner Zelle, glücklicher als du ahnſt! — Sorgen Sie dafür, daß ſie dieſen Schritt nie bereut", und dabei ſah ſie ihren künftigen Schwiegerſohn an.

Dieſe Erzählung iſt lediglich ein Vorbericht und keineswegs ſchon die Hauptſache der Studie, zu deren Verſtändnis es aber notwendig war, vor allem einmal auseinanderzuſetzen, wieſo der Hauptmann Diard Juana de Mancini heiratete, wie Montefiore und Diard miteinander ſtanden, und ſchließlich, was für Blut und welche Leidenſchaften in Madame Diard pulſten.

Bis der Quartiermeiſter die weitſchweifigen und umſtändlichen Formalitäten, ohne die ein franzöſiſcher Soldat nicht heiraten darf, erledigt hatte, war er von der leidenſchaftlichſten Liebe zu Juana de Mancini ergriffen worden. Dieſe hatte unterdeſſen Zeit gehabt, über ihr Schickſal nachzudenken. Furchtbares Schickſal! Juana hatte weder Achtung noch Liebe für Diard, nichtsdeſtotrotz war ſie durch ein wohl unkluges, aber notwendiges Wort an ihn gebunden. Der Pro-

venzale war weder ſchön noch von guter Geſtalt. Seine unvornehmen Manieren erinnerten lebhaft an den üblen Kommisston, an provinzielle Angewohnheiten und eine dürftige Erziehung. Konnte alſo dieſes ſo überaus anmutige junge Mädchen, das ſich mit unbezwinglichem Inſtinkt für Luxus und guten Geſchmack entſchied und überdies aus innerſtem Trieb in die höchſten ſozialen Schichten verlangte, einen Diard lieben? Nicht einmal achten konnte ſie ihn, eben weil Diard ſie geheiratet hatte. Eine ſolche Rückwirkung war durchaus natürlich. Die Frau iſt ein heiliges und ſchönes Weſen, aber faſt immer unverſtanden und deswegen meiſt falſch beurteilt. Hätte Juana Diard geliebt, ſo hätte ſie ihn geachtet. Die Liebe ſchafft in der Frau eine zweite Frau: die von geſtern iſt nicht die von morgen. Zieht ſie das hochzeitliche Kleid einer alles umfaſſenden Leidenſchaft an, ſo iſt es weiß und ohne Makel. In Unſchuld und Scham iſt ſie immer neu, ſie kennt keine Vergangenheit; ſie iſt ganz Zukunft und muß, um etwas wieder zu lernen, alles tief vergeſſen. In dieſem Sinne wird der berühmte Vers wahr, dieſer höchſt kornelianiſche Satz, den ein moderner Dichter Marion Delorme in den Mund gelegt hat:
„Und Liebe gab mir wieder die Jungfräulichkeit."
Könnte das nicht ein Zitat aus Corneilles Tragödien ſein? So ſehr lebt darin die Kraft, die das Weſen des Vaters unſerer Bühne atmet. Und doch mußte der Dichter dem Vaudevillegeſchmack des Parketts dieſen Vers opfern.
Juana nun, die nicht mehr liebte, blieb die betrogene, zertretene, entwürdigte Juana. Juana konnte den Mann nicht achten, der ſie ſo nahm. Mit dem empfindlichen Gewiſſen ihrer Jugend fühlte ſie dieſen

außerordentlich feinen Unterſchied, der von beſonderer Wahrheit iſt und ſein Geſetz aus dem Herzen bekommt; die Frauen handeln ſelbſt in ihren unkontrollierten Empfindungen inſtinktiv danach. Als Juana erkannte, wie wüſt das Leben ſei, wurde ſie von tiefer Traurigkeit befallen. Oft ſah ſie mit Augen, in denen ſtolz bezwungene Tränen ſtanden, zu Perez und Donna Lagunia hinüber, und beide begriffen ſehr wohl die Bitterkeit dieſes Weinens; doch ſchwiegen ſie. Wozu Vorwürfe? Wozu Troſt? Je lebendiger ſie ſind, deſto fühlbarer machen ſie das Unglück.

Eines Abends hörte Juana, die ſtumpf in ihrem Schmerz daſaß, durch die Kammertür, die die beiden Alten geſchloſſen wähnten, ihre Pflegemutter den Stoßſeufzer tun:

„Das arme Kind wird uns noch Kummers ſterben.“

„Ja“, erwiderte Perez gerührt; „doch was können wir tun? Soll ich jetzt dem Grafen Arcos, dem ich ſie zu vermählen hoffte, die keuſche Schönheit meines Mündels rühmen?“

„Ein Fehltritt iſt kein Laſter“, meinte mit engelhafter Nachſicht die alte Frau.

„Ihre Mutter hat ſie verſprochen“, antwortete Perez.

„So mir nichts, dir nichts und ohne ſie zu fragen!“ proteſtierte Donna Lagunia.

„Sie hat wohl gewußt, was ſie tat.“

„In was für Hände gerät unſer Schatz!“

„Schweig jetzt — oder ich fange Streit an mit dieſem ... Diard.“

„Das wäre nur ein Unglück mehr!“

Als Juana dieſe ſchlimmen Worte hörte, verſtand ſie erſt vollends, welches Glück ſie durch ihren Fehltritt ſich ſelbſt zerſtört hatte. Die reinen, ungetrübten Stunden ihrer milden Einſamkeit wären voll aufgewogen worden durch ein überaus ſtrahlendes Daſein, von deſſen Zauber ſie oft geträumt in Träumen, die ihr Elend verurſacht hatten. Aus ſolcher Höhe mußte ſie fallen bis zu . . . Monſieur Diard! Juana weinte, faſt kam ſie von Verſtand. Eine kleine Weile ſchwankte ſie zwiſchen dem Laſter und der Religion. Das Laſter war eine klare Löſung, die Religion ein Leben der Leiden. Ihre Erwägungen waren von ungeſtümer Feierlichkeit. Der folgende Tag ſollte unheilvoll ſein: Tag der Hochzeit. Noch konnte Juana bleiben, die ſie war. Frei — wußte ſie, wohin ihr Unglück ſie wies; verheiratet — wußte ſie nicht, wohin der Weg ging. Die Religion ſiegte, Donna Lagunia kam zu ihrer Tochter, wachte, betete, als handle es ſich darum, für eine Sterbende zu beten und zu wachen. „Gott will es", ſagte ſie zu Juana.

Die Natur ſchenkt den Frauen entweder eine beſondere Kraft, das Leid zu tragen, oder eine Schwäche, die ihnen zur Reſignation rät. Juana reſignierte ohne Hintergedanken. Sie wollte das Gelübde der Mutter erfüllen und die Würde des Lebens durchmeſſen, um in den Himmel zu kommen, und ſie wußte durchaus, daß ſie auf dieſer beſchwerlichen Reiſe keineswegs Blumen pflücken werde. Sie heiratete Diard. Was aber den Quartiermeiſter betrifft: Wenn er auch vor Juana keine Gnade fand — wer hätte ihn nicht freigeſprochen? Er liebte in einem Rauſch. Die Marana, die aus natürlichem Empfinden Liebe herausſpürte, hatte in ihm den Ton der Leidenſchaft erkannt und das jähe, großherzige Weſen, das dem Südländer eignet, erraten. Im Paroxysmus ihres raſenden Zorns hatte ſie nur die Vorzüge Diards bemerkt und hielt ſie für gut genug, das Glück ihrer Tochter für immer darauf zu gründen.

Die erſten Tage dieſer Ehe ſchienen ſich glücklich anzulaſſen; oder um eine jener verborgenen Handlungen anzudeuten, mit denen Frauen all ihr Unglück in die Tiefe des Herzens vergraben: Juana wollte die Freude ihres Mannes nicht entgöttern. Eine Doppelrolle — ſchwer zu ſpielen; aber früher oder ſpäter müſſen faſt alle ſchlecht verheirateten Frauen ſie ſpielen. Der Mann vermag nur die äußeren Dinge ſolchen Lebens zu ſchildern, um das Herz der Frau, die Gefühle zu erraten. Iſt es nicht nahezu unmöglich, dieſe Geſchichte wahrheitsgetreu nachzuzeichnen? Juana, die zu jeder Stunde ſich gegen ihr ſpaniſch-italieniſches Blut wehrte und die Quelle ihrer geheimen Tränen verſtopft hatte, war eine jener typiſchen Erſcheinungen, die das Unglück der Frau in ſeiner weiteſten Ausdehnung darzuſtellen beſtimmt ſind: unaufhörlich aktiver Schmerz, deſſen Darſtellung ſo minutiös durchgeführt werden müßte, daß die Leute in ihrer Gier nach dramatiſcher Handlung davon gelangweilt würden. Solche Analyſe aller Frauen, in der jede verheiratete manches von ihren eigenen Leiden entdecken würde, könnte ſchon ein ganzes Buch füllen. Ein nach ſeiner Natur undankbares Unternehmen, weil es ſich durch ſehr feine Tönung auszeichnen müßte und durch zarte Nüancen, die die Kritiker weichlich und weitſchweifig finden würden. Überdies: wo, der in ſeinem Herzen nicht noch ein anderes trägt, könnte über dieſe ergreifend tiefen Klagen ſprechen, die manche Frauen mit ins Grab nehmen: Melancholie, die ſelbſt der nicht verſteht, der ſie weckte; Seufzer, die verhallen, Hingabe ohne Lohn, wenigſtens hier auf Erden, wunderſames Schweigen, das mißkannt bleibt; verſchmähte Rache; unabläſſig verſchwendete Großmut; erhoffte und verratene Luſt; Barmherzigkeit, die geheimnisvoll und engelhaft geübt wurde — förmlich alle Glaubenslehren und eine unaustilgbare Liebe? Juana lernte das Leben kennen, und das Schickſal erließ ihr nichts. Sie war ganz und gar Weib, unglückliches, leidendes Weib, immer beleidigt, immer ergeben und immer rein wie ein ungetrübter Diamant; ſie hatte Schönheit und Glanz eines ſolchen Diamanten, und in dieſer Schönheit, dieſem Glanz eine ſtets bereite Rache! Und ſie war nicht das Mädchen, das den Dolch fürchtete, der bei ſeiner Mitgift lag.

Diard indeſſen, beſeelt von wahrer Liebe, einer Leidenſchaft, die ganz plötzlich die abſcheulichſten Charaktere wandeln und alles Schöne aus einer Seele ins vollſte Licht rücken kann — betrug ſich wie ein Mann von Ehre. Er zwang Montefiore, das Regiment, ja ſelbſt das Armeekorps zu verlaſſen, damit ſeine Frau während der kurzen Spanne, die er noch in Spanien bleiben mußte, ihm nicht zu begegnen brauche. Dann beantragte der Quartiermeiſter ſeine Verſetzung, und es glückte ihm, zur kaiſerlichen Garde zu kommen. Auf alle Fälle wollte er Titel, Ehre, Achtung gewinnen, die ſeinem großen Vermögen entſprächen. In dieſer Abſicht bewährte er ſich bei einem unſerer blutigen Treffen in Deutſchland ſehr tapfer; aber er wurde allzu gefährlich verwundet, um länger im Dienſt bleiben zu können. In der Gefahr, ein Bein zu verlieren, mußte er ſich zurückziehen, ohne daß er Baron geworden wäre oder jene Belohnungen eingeheimſt hätte, die ihm vielleicht zukamen — wenn er nicht Diard geweſen wäre. Dieſes Ereignis, ſeine Verwundung und ſeine getäuſchten Hoffnungen, taten das ihre, Diards Weſen zu wandeln. Seine provenzaliſche Energie, für kurze Zeit aufgeflammt, ſank wieder zuſammen. Anfangs freilich wurde er von ſeiner Frau geſtützt, die aus ſeinen Bemühungen, ſeinem Mut und Ehrgeiz einigen Glauben an den Gatten gewonnen hatte und beweiſen wollte, daß ſie mehr als jede andere Frau mit Troſt und Zärtlichkeit in den Nöten des Lebens da ſein könne. Durch einige Worte Juanas veranlaßt, beſuchte der Bataillonschef auf dem Rückzug Paris und entſchloß ſich, in der Verwaltung einen hohen Poſten zu ſuchen, der den nötigen Reſpekt ſchuf, den einſtigen Quartiermeiſter des ſechſten Linienregiments vergeſſen ließ und Madame Diard einen hübſchen Titel eintrug. Seine Leidenſchaft für das verführeriſche Geſchöpf ließ ihn ihre geheimſten Wünſche erraten. Juana ſchwieg, aber er verſtand; er wurde nicht ſo geliebt, wie ein Liebhaber es ſich träumt; er wußte das und wollte ſich wenigſtens ihre Achtung, Zuneigung, Zärtlichkeit verdienen. Der unglückliche Burſche, der ſeine Frau immer ſanft und geduldig fand, ahnte das Glück, aber Sanftmut und Geduld verrieten die Reſignation, der er den Beſitz Juanas verdankte. Reſignation und Gottergebenheit — war das Liebe? Oft hatte Diard gewünſcht, Widerſtand zu finden, wo er keuſchem Gehorſam begegnete; oft hätte er ſein ewiges Leben draufgegeben, wenn nur Juana einmal an ſeiner Bruſt geweint hätte, ohne ihre Gedanken hinter lächelnder Miene zu verbergen, das doch auf eine noble Art log. Viele junge Leute — denn von einem gewiſſen Alter an laſſen wir den Kampf ruhen — wollen nur über ein widriges Schickſal ſiegen, ſo ſehr auch zeitweilig die Wolken an ihrem Lebenshorizont drohen; und im Moment, wo ſie ins Unglück ſtürzen, ſollte man ihnen dieſe ſtillen Kämpfe wohl anrechnen. Wie ſo viele Menſchen, verſuchte Diard alles — doch

alles war gegen ihn verſchworen. Sein Vermögen erlaubte ihm, ſeine Frau mit allen luxuriöſen Annehmlichkeiten von Paris zu umgeben; ſie verfügte über ein großes Palais, große Salons und führte eines von den großen Häuſern, in denen unkritiſch-ſelbſtbewußte Künſtler und ein Haufen Intriganten herumwimmeln und Leute, die überall auf Amüſement aus ſind, und gewiſſe Modegecken, die ſamt und ſonders in Juana verliebt waren. In Paris müſſen die, die ſich wichtig machen, entweder mit Paris fertig werden oder darunter kaputt gehen. Diards Charakter war nicht ſtark, feſt, widerſtandsfähig genug, um mit der Welt dieſer Zeit fertigzuwerden, weil in eben dieſer Zeit jeder hochkommen wollte. Vielleicht iſt die feſtgefügte ſoziale Ordnung ein großes Glück, ſogar für das Volk. Napoleon hat uns gezeigt, wieviel es ihm koſtete, ſeinen Hof zum Reſpekt zu zwingen, wo die Mehrzahl ſeiner Leute ſeinesgleichen waren. Aber Napoleon war Korſe – Diard Provenzale. Bei gleicher Veranlagung wird der Inſulaner immer den Feſtlandsmenſchen an Feſtigkeit übertreffen; und unter gleichem Breitengrad gelegen iſt der Meeresarm zwiſchen Korſika und der Provenze – allem menſchlichen Wiſſen zum Trotz – geradezu ein Ozean, der zwei Vaterländer entſtehen läßt.
Aus ſeiner trüben Lage, die er ſelbſt noch trüber geſtaltete, kam für Diard großes Unheil. Vielleicht gibt es in der unmerklichen Verknüpfung der Dinge wichtige Hinweiſe, die dieſe Geſchichte entwirren können. Anfangs ſahen die Spötter nicht ohne ein boshaftes Lächeln die Gemälde, mit denen der ehemalige Quartiermeiſter ſein Palais ſchmückte. Die kürzlich erworbenen Meiſterwerke wurden mit demſelben ſtummen Verdacht begrüßt wie die aus Spanien weg-

geſchleppten, und dieſer Verdacht war die Rache der Eigenliebe, die ſich durch Diards Glück beleidigt fühlte. Juana hörte manchmal doppelſinnige Anſpielungen, in denen der Franzoſe bekanntlich Meiſter iſt. Auf ihren Rat hin ſchickte der Gatte die Bilder nach Tarragona zurück. Aber die öffentliche Meinung, die in allem das Üble ausſtreut, ſagte: „Dieſer Diard iſt durchtrieben, er hat ſeine Bilder verkauft!" Wohlmeinende Leute fingen an zu glauben, auch die in den Salons verbliebenen Gemälde ſeien nicht auf rechtmäßige Weiſe erworben. Eiferſüchtige Frauen fragten, wieſo ein Diard zu einem ſo reichen und ſchönen Mädchen kommen konnte. Und natürlich gab es andere Kommentare und Spöttereien, wie man das in Paris ſo treibt. Freilich begegnete Juana allenthalben einem Reſpekt für ihren ſittenreinen und frommen Lebenswandel, der ſelbſt die Pariſer Verleumdungen ſchweigen ließ; doch galt dieſer Reſpekt nur ihr, nicht ihrem Gatten. Ihr weiblicher Scharfblick und ihr durchdringendes Auge entdeckten in den Salons recht trübe Dinge.

Dieſe Mißachtung war vielleicht noch begreiflich. Die Offiziere mochten, bei all den famoſen Eigenſchaften, die die Einbildungskraft ihnen leiht, dem einſtigen Quartiermeiſter vom ſechſten Linienregiment keineswegs verzeihen, daß er nun reich war und in Paris eine Rolle ſpielen wollte. Alles, was in Paris vom letzten Haus des Faubourg Saint-Germain bis zum letzten Hotel der Rue Saint-Lazare, zwiſchen der Butte du Luxembourg und der Butte de Montmartre ſich putzt und ſchwatzt, das putzt ſich, um auszugehen, und geht aus, um zu ſchwatzen; alle dieſe großen und kleinen Leute mit ihrer Unverſchämtheit, zwiefach durch niedrige Wünſche in Luſt und Lüſternheit, dieſe friſch vergoldete oder ſchon entgoldete Welt, Jugend und Alter, Adel von geſtern und Adel aus dem vierten Jahrhundert, alles, was den Emporkömmling verſpottet und fürchtet, ſich ſelbſt zu kompromittieren, was eine Machtſtellung untergraben möchte und vor ihr auf den Knien liegt, wenn ſie ſich behauptet — alle dieſe Ohren hören, dieſe Zungen reden, dieſe Intelligenzen wiſſen ſchon bei der erſten Soirée, wo der Neuling, der die Ehren dieſer Welt herausfordert, geboren wurde, wo er ſich mauſerte, was er ausrichtete und worin er verſagte. Wenn es für die obere Geſellſchaftsſchicht keinen Schwurgerichtshof gibt, ſo ſteht ſie doch vor dem grauſamſten Generalankläger, einer unangreifbaren Moral, die zugleich Richter und Vollſtrecker iſt, anklagt und brandmarkt. Hofft nicht, dieſem Weſen etwas zu verbergen, ſagt ihm lieber alles ſelbſt, es will alles wiſſen und weiß alles. Fragt nicht danach, was für ein geheimer Telegraph ihm ſofort, im Augenblick, überall eine Geſchichte, einen Skandal, eine Neuigkeit übermittelt; fragt auch nicht, wer für ihn arbeitet. Dieſer Telegraph iſt ein geſellſchaftliches Myſterium, ein Beobachter kann nur über ſeine Wirkungen ausſagen. Es gibt dafür ſchier unglaubliche Beiſpiele, eines mag genügen. Der Mord am Herzog von Berry in der Oper wurde zehn Minuten ſpäter ſchon auf der Inſel Saint-Louis beſprochen. Die Meinung, die man beim ſechſten Linienregiment über Diard hatte, ſickerte ſchon am Abend ſeines erſten Balles in die Geſellſchaft.

Diard vermochte alſo nichts über dieſe Welt. Von nun an hatte es nur ſeine Frau in der Hand, aus ihm etwas zu machen. O Wunder dieſer merkwürdigen Ziviliſation! Wenn ſich in Paris ein Mann nicht durchzuſetzen weiß, ſo vermag ſeine Frau, iſt ſie nur ſchön und geiſtreich, ihm die Möglichkeit des Aufſtiegs immer noch zu ſchaffen. Manche Frauen haben, krank, ſchwächlich, vom Diwan aus oder an ihr Zimmer gefeſſelt, doch die Geſellſchaft beherrſcht, tauſend Triebkräfte in Bewegung geſetzt und ſchließlich ihre Männer an den Platz gebracht, wohin ſie ſie aus Eitelkeit haben wollten. Aber Juanas Jugend war, weltfremd genug, im Kämmerchen zu Tarragona vergangen; ſie kannte weder das Laſter noch die Hinterhältigkeit, noch auch die Mittel der Pariſer Geſellſchaft; ſie ſah zu als ein neugieriges junges Mädchen und begriff lediglich, was Kummer und verletzter Stolz ihr enthüllten. Daneben aber beſaß Juana das Feingefühl eines jungfräulichen Herzens, das die Eindrücke ganz ſenſitiv vorausempfindet. Die junge Einſiedlerin, ſo unvermutet Frau geworden, verſtand: wollte ſie verſuchen, die Welt zur Anerkennung ihres Gatten zu zwingen, ſo mußte ſie auf ſpaniſche Art betteln — mit dem Dolch in der Hand. Zeugten dieſe übertrieben vielen Vorſichtsmaßregeln, die ſie ergreifen mußte, nicht von einer gewiſſen Dürftigkeit? Für Diard lag zwiſchen Nicht-reſpektiert-werden und Allzuſehr-reſpektiert-werden einfach alles. Plötzlich erriet ſie die Welt, wie ſie unlängſt das Leben erraten hatte — und überall um ſie herum ſah ſie die unermeßliche Wüſte ihres nie wieder gutzumachenden Unglücks. Dazu kam noch der Kummer, daß ſie die beſondere Unfähigkeit ihres Mannes, ſeinen Plänen mit Ausdauer nachzugehen, erſt ſpät erkannte. Er faßte die Rolle überhaupt nicht, die er in der Welt ſpielen wollte, weder im ganzen noch in der Nüance, wo es doch gerade auf die Nüance ankam. Befand er ſich nicht in einer

Lage, wo List bequem die Kraft ersetzen kann? Vielleicht aber siegt die List immer, weil sie die stärkste Kraft überhaupt ist. Anstatt nun den Makel seiner Vergangenheit zu vertuschen, trat ihn Diard erst recht möglichst breit. Da er die Phase des Kaiserreichs, in der er emporgekommen war, falsch einschätzte, wollte er, obgleich nur Eskadronchef, absolut Präfekt werden. Jeder glaubte damals noch an Napoleons Stern; sein Glanz hatte alle groß gemacht. Die Präfekturen — Miniaturkaiserreiche — konnten nur durch Träger großer Namen besetzt werden, durch Kammerherren Seiner Majestät des Kaisers und Königs. Schon die Präfekten waren Großveziere. Also machten sich die Helfer des großen Mannes lustig über den Ehrgeiz eines Eskadronchefs, und Diard bemühte sich nur noch um eine Unterpräfektur. Zwischen seinem bescheidenen Anspruch und seinem großen Vermögen bestand ein lächerliches Mißverhältnis. Sich königliche Salons zu öffnen, aufdringlichen Luxus zu treiben, dann aber ein Millionärsleben aufzugeben, um nach Issoudun oder Savenay zu gehen — hieß das nicht, sich selber verraten? Juana, die viel zu spät mit unseren Gesetzen, unseren Sitten und mit den Bräuchen der Verwaltungslaufbahn vertraut geworden war, konnte ihren Mann nicht mehr zur rechten Zeit beraten. Diard bewarb sich nun in seiner Verzweiflung nach und nach um alle Ministerialämter; überall zurückgewiesen, kam er nicht voran und urteilte nun über die Welt, wie man in der Regierung über ihn, wie er selbst über sich urteilte. Diard war in einer Schlacht schwer verwundet worden, aber eine Auszeichnung hatte er nicht bekommen. Der Quartiermeister besaß Reichtümer, aber keine Geltung, und so fand er keine Stellung im Staat; und logiſcherweiſe verweigerte ihm die Geſellſchaſt nun den Platz, den er in ihr beanſpruchte. In ſeinem eigenen Haus aber ſpürte der unglückſelige Menſch auf Schritt und Tritt die Überlegenheit ſeiner Frau. Obgleich ſie überaus taktvoll — wäre es nicht an den Haaren herbeigezogen, würde man ſagen ſamtweich — war und vor dem Gatten dieſe ihr ſelbſt erſtaunliche, aber auch ſie beſchämende Überlegenheit vertuſchte, fühlte ſich Diard ſchließlich doch beleidigt. Bei ſolchem Spiel verzagen die einen, andere wachſen, die dritten werden ſchlecht. Mut und Leidenſchaft dieſes Mannes ließen nach unter den unaufhörlichen Schlägen, die ſeine Fehler ſeiner Eigenliebe beibrachten; und er machte Dummheit über Dummheit. Anfangs mußte er ſich mit allem herumſchlagen, auch mit ſeinen eigenen Gewohnheiten und mit ſeinem Charakter. Leidenſchaftlicher Provenzale, in Laſter und Tugend gleich offen, bewahrte dieſer Menſch, der Nerven wie Harfenſaiten hatte, ſeinen alten Freunden ſein ganzes Herz. Er half dieſen Dreckkerlen genau ſo wie hochgeſtellten Leuten, die in Not geraten waren; kurz, er ſtand aller Welt bei und gab in ſeinem goldenen Salon jedem armen Teufel die Hand. Wenn ein General des Kaiſerreichs, eine menſchliche Abart, die nun auch bald ausgeſtorben ſein wird, das ſah, umarmte er Diard nicht mehr, ſagte nur frech „Mein Lieber!" und ging weiter. Verbargen die Generäle ihre Unverſchämtheit unter ſoldatiſchem Geradezu, ſo nahmen die wenigen Angehörigen der guten Geſellſchaft, die Diard bei ſich ſah, ihn mit nachläſſiger Geringſchätzung; das iſt wie ein Lack, gegen den ein Neuling faſt immer wehrlos iſt. Diards Haltung, ſeine halbitalieniſche Geſtikulation, ſeine Art zu reden und ſein Anzug —

alles brachte ihn um den Reſpekt, der den geſellſchaftlichen Formen beim Volk gezollt wird, und deſſen Joch keine noch ſo große Macht abzuſchütteln vermag. So geht es in der Welt.
Diard gab ſeine Pläne auf, ſchloß ſein Haus ab, lebte völlig in ſich, wenn dieſer vertrauliche Ausdruck erlaubt iſt. Aber gerade hier war der Haken. Der arme Soldat konnte nicht anders als immer in Bewegung ſein. Diard gehörte zu jenen Leuten, die es ſofort weiter treibt, wenn ſie irgendwo angekommen ſind. Ihr Lebensſpiel ſcheint ein unaufhörliches Kommen und Gehen zu ſein, wie bei den Rädern, von denen die Heilige Schrift ſpricht. Vielleicht auch wollte er ſich ſelbſt entfliehen. Er war Juanas gewiß nicht müde, er hatte auch keine Vorwürfe gegen ſie, ſeine Leidenſchaft hatte ſich an ihrem Beſitz beruhigt, nun trat ſein Charakter wieder zutage. Augenblicke der Mutloſigkeit wurden häufiger, oft überließ er ſich ſeiner ſüdlichen Heftigkeit. Je größer Tugendhaftigkeit und Unbeſcholtenheit einer Frau ſind, deſto mehr bohrt der Mann, einen Fehler an ihr zu entdecken, um ſeine rechtliche Überlegenheit betonen zu können; iſt ſie ihm zufällig einmal völlig überlegen, ſo wird er alles daran ſetzen, ein Unrecht zu erfinden. Dann wurden zwiſchen den Gatten die Nichtigkeiten bergehoch. Juana aber war geduldig ohne Hochmut, ſanft ohne die Bitterkeit, die eine Frau in ihre Unterwürfigkeit zu legen verſteht, und eine abſichtliche, alſo allerübelſte Bosheit fand bei ihr keine Angriffsmöglichkeit. Auch war ſie viel zu vornehm, um Unrecht zu tun; ihr Blick, in dem ſich ihr Leben lauter und rein ausſprach, ein richtiger Märtyrerblick, bezauberte reſtlos. Diard fühlte ſich zuerſt etwas geniert, dann bedrückt, ſchließlich emp-

fand er dieſe vollkommene Tugend als ein Joch. Seine Frau war vorſichtig genug, ihm keinen Anlaß zu heftigen Erregungen zu geben — und gerade die brauchte er. Tauſend Szenen ſpielen ſich im Grund der Seele gerade bei ſcheinbar einfachen und gewöhnlichen Leuten ab. Es iſt ſchwer, unter all den kleinen, flüchtigen Dramen, die ſchon früh im Leben paſſieren und faſt immer Anzeichen großen Unglücks in den meiſten Ehen ſind, ein Beiſpiel auszuwählen. Eine Szene aber ſoll vor allem den Augenblick deutlich machen, wo im Zuſammenleben dieſer beiden die Mißhelligkeiten anfingen. Vielleicht auch wird dadurch die Löſung dieſer Geſchichte etwas verſtändlicher.

Dieſe Einzelheiten deuten nur ſchwach die tauſend Qualen an, deren Opfer Juana war; eins kam nach dem anderen. Jeder in der Geſellſchaft verſetzte ihr ſeinen Nadelſtich; und welche Leiden konnten für eine Seele, die lieber Dolchſtöße hinnimmt, bei einem ſolchen Kampf grauſamer ſein als die, daß Diard Beſchimpfungen empfing, die er nicht merkte, und daß Juana ſie merkte, ohne daß ſie ihr beſtimmt waren? Dann kam ein Augenblick, der furchtbare Augenblick, wo ſie in jäher Erleuchtung die Welt durchſchaute und mit einemmal alle Leiden vorausſah, die ihr bevorſtanden. Sie ſtellte feſt, daß ihr Mann unfähig war, die höheren Sproſſen der ſozialen Stufenleiter zu erklimmen, und erriet, wieweit hinunter er eines Tages noch ſteigen würde, wohin er gewiß nicht begehrte. Da wuchs in Juana das Mitleid für Diard. Die Zukunft der jungen Frau ſah düſter aus. Sie lebte immer in Ahnung kommenden Unglücks. Dieſes Vorgefühl ſteckte in ihrem Herzen wie die Seuche irgendwo in der Luft; doch wußte ſie ſo viel Kraft aufzubringen, daß

ihre Ängſte ſich unter einem Lächeln verbargen. Sie dachte nicht mehr an ſich. Juana bot ihren ganzen Einfluß auf, um Diard von ſeinen Plänen abzubringen und ihm den Reiz eines Heims, eines ſanften, angenehmen häuslichen Lebens verlockend zu machen. Alles Übel kam von den Leuten her — ſollte man ſie deshalb nicht lieber vor die Türe ſetzen? Daheim würde Diard Ruhe und Reſpekt finden, er würde der Herr ſein. Sie fühlte ſich ſtark genug, die ſchwere Aufgabe auf ſich zu nehmen, ihn, der mit ſich ſelber zerfallen war, glücklich zu machen. Ihre Energie wuchs mit den täglichen Schwierigkeiten, ſie beſaß den ſchweigenden Heroismus, deſſen ſie für ihre Lage bedurfte; jene frommen Wünſche trugen ſie, mit denen der Schutzengel die chriſtliche Seele umgibt: ſchöpferiſcher Glaube, allegoriſche Bilder für unſer zwiefaches Weſen.
Juana hatte zwei Kinder, zum Glück für ſie zwei Knaben. Der erſte war ſieben Monate nach ihrer Vermählung geboren. Er hieß Juan und ähnelte ſeiner Mutter. Zwei Jahre nach ihrer Ankunft in Paris bekam ſie den zweiten, der ebenſo Diard wie Juana ähnelte, etwas mehr freilich Diard, deſſen Namen er trug. Fünf Jahre lang war Francesco für Juana Gegenſtand rührendſter Sorgfalt. Unabläſſig beſchäftigte ſie ſich mit dieſem Kinde, die zärtlichſten Liebkoſungen und alles Spielzeug waren für ihn da; vor allem aber hingen an ihm die forſchenden Blicke der Mutter. Juana hatte ihn ſchon in der Wiege belauſcht, Schrei und erſte Regung beobachtet; ſie wollte ſeinen Charakter ergründen, um ſeine Erziehung richtig zu leiten. Juana ſchien nur dieſes Kind zu haben. Als der Provenzale ſah, daß Juan faſt überſehen wurde, nahm er ihn unter ſeinen be-

ſonderen Schutz; und ohne weiter nachzudenken, ob etwa der Kleine die Frucht jener flüchtigen Liebe ſei, der er Juana letzten Endes verdankte, machte der Gatte in einer Art wunderlicher Schmeichelei ihn zu ſeinem Benjamin. Unter allen Gefühlen, die ihr aus dem Blut der Ahnen kamen und ſie verzehren wollten, ließ Madame Diard nur die Mutterliebe gelten. Sie liebte ihre Kinder ſowohl mit der tiefen Leidenſchaft (für die die Marana in der Einleitung dieſer Geſchichte ein Beiſpiel gegeben hat), als auch mit der rührenden Schamhaftigkeit, die ſich ihren geſellſchaftlichen Tugenden ſo wundervoll einte, womit ihr Leben ſich krönte und ihr Herz ſeinen Lohn fand. Geheime mütterliche Hingabe, die der Marana einen Schimmer herber Poeſie geliehen hatte, war für Juana Lebensbejahung und Troſt zu jeder Zeit. Ihre Mutter war tugendhaft geweſen, dort, wo andere Frauen laſterhaft ſind, im Geheimen: ſie hatte ſich ihr ſtummes Glück geſtohlen und daran nicht erfreuen dürfen. Juana war in ihrer Tugend genau ſo unglücklich wie ihre Mutter im Laſter, dafür aber genoß ſie immer die unausſprechlichen Wonnen, nach denen ihre Mutter ohne Erfüllung ſo herzlich verlangt hatte. Für ſie wie für die Marana umfaßte Mutterſchaft alles irdiſche Glück. Die eine wie die andere hatte, bei entgegengeſetzten Urſachen, nur dieſen Troſt im Elend. Juana liebte vielleicht tiefer, weil ſie, aller Liebe beraubt, ihren Lebensinhalt in den Kindern ſah, und mit den Paſſionen der Tugend iſt es dasſelbe wie mit denen des Laſters: je mehr man ihnen gehört, deſto hartnäckiger werden ſie. Mütter und Spieler ſind gleich unerſättlich. Als Juana die großmütige Verzeihung ſah, die Diard in väterlicher

Zuneigung täglich an Juan bewies, wurde ſie gerührt; und von dem Tag an, da beide Gatten die Rollen tauſchten, faßte die Spanierin ein wahrhaft tiefes Intereſſe für Diard, wie ſie es bisher nur aus Pflichtbewußtſein ihm entgegengebracht hatte. Wäre dieſer Menſch konſequenter geweſen, hätte ſeine Zerfahrenheit, Unbeſtändigkeit und Beweglichkeit nicht jedes leiſe Anzeichen einer zwar nervöſen, aber wahrhaften Empfindung zerſtört, ſo würde Juana ihn ganz gewiß geliebt haben. Unglücklicherweiſe war er der Typus des witzigen aber unberechenbaren Südländers; am Abend fähig etwas Großes zu unternehmen, am Morgen leergebrannt; oft das Opfer der eigenen Tugend, ebenſo oft glücklich in den eigenen üblen Leidenſchaften: das kann ganz wundervolle Leute abgeben, ſofern ihre guten Eigenſchaften dauernd durch ein einheitliches Band zuſammengehalten werden. Zwei Jahre lang war Diard alſo durch die ſanfteſte aller Ketten ans Haus gefeſſelt. Er lebte, faſt gegen ſeinen Willen, unter dem Einfluß einer Frau, die ſeinetwegen die Heitere, Amüſante ſpielte, die alle weiblichen Liſten aufbot, ihn auf tugendhafte Art zu verführen, ohne daß ſie ihm mit ihrer Gewandtheit Liebe vorgetäuſcht hätte.

Zu dieſer Zeit erörterte man in ganz Paris den Fall eines Hauptmanns der alten Armee, der im Paroxysmus der Ausſchweifung ſeine Frau getötet hatte. Diard erzählte Juana daheim beim Eſſen das Ende des Offiziers: er hatte ſich ſelber umgebracht, um der Entehrung durch einen Prozeß und dem gemeinen Tod auf dem Schafott zu entgehen. Anfangs begriff Juana nicht recht die Logik dieſes Verhaltens, und ihr Mann mußte ihr erſt das ſchöne Recht

der französischen Gerichtsbarkeit auseinandersetzen, das nicht erlaubt, Tote zu verfolgen.
„Aber, Papa, hast du uns nicht ein andermal erklärt, daß der König begnadigen kann?“ fragte Francesco.
„Der König kann ihm bestenfalls das Leben schenken“, fiel Juan aufgebracht ein.
Diard und Juana wurden von dieser Szene ganz verschieden berührt. Der Blick voll schimmernder Freude, mit dem seine Frau den älteren ansah, verriet dem Gatten unseligerweise das Geheimnis ihres bis heute ganz verschlossenen Herzens. Der ältere — das war Juan; den verstand sie; seines Herzens, seiner Zukunft war sie sicher; sie betete ihn an; die brennende Liebe zu ihm blieb Geheimnis zwischen ihr, dem Kind und Gott. Juan freute sich instinktiv über die Heftigkeit seiner Mutter, die ihn fast in ihren Armen erdrückte, wenn sie allein waren, und die mit ihm zu schmollen schien, sobald Bruder und Vater auftauchten. Francesco war Diard, und Juanas Sorgfalt verriet den Wunsch, bei diesem Kind die Fehler des Vaters dadurch zu bekämpfen, daß sie es in seinen guten Eigenschaften ermunterte. Juana, die ahnungslos war, wieviel ihr Blick verraten hatte, nahm Francesco an ihre Seite und gab, noch bewegt von dem Vergnügen, das ihr Juans Antwort bereitet hatte, ihm mit sanfter Stimme eine seinem Verständnis entsprechende Belehrung.
„Sein Charakter erfordert bedeutende Sorgfalt“, sagte der Vater zu Juana.
„Ja“, erwiderte sie einfach.
„Aber Juan?“
Madame Diard sah, erschreckt vom Klang dieser beiden Worte, ihren Gatten an.
„Juan war schon vollkommen, als er geboren wur-

de", ſagte er und verfinſterte ſich; als ſeine Frau ſchwieg, fuhr er fort: „Sie lieben eines Ihrer Kinder mehr als das andere!"

„Sie wiſſen es ja", antwortete ſie.

„Nein!" gab Diard zurück, „bis heute wußte ich nicht, welches Sie vorziehen!"

„Weil keins von beiden mir je einen Kummer bereitet hat."

„Gewiß, doch welches ſchuf Ihnen mehr Freuden?" fragte er heftiger.

„Ich habe ſie nicht gezählt."

„Die Weiber ſind alle falſch!" ſchrie Diard. „Leugnen Sie nur, daß Juan Ihr Herzenskind iſt."

„Wäre es ſo," antwortete ſie mit Zurückhaltung, „hielten Sie das für ein Unglück?"

„Sie haben mich nie geliebt. Hätten Sie gewollt, ich hätte Ihnen Königreiche erobert. Sie wiſſen, ich habe alles nur für Sie verſucht, nur um Ihrem Vergnügen zu dienen. Oh, hätten Sie mich geliebt . . ."

„Eine Frau, die liebt," meinte Juana, „lebt einſam, fern von aller Welt. Haben wir das nicht getan?"

„Ich weiß, Juana, Sie haben niemals Unrecht!"

Ans dieſem Satz ſprach tiefſte Bitterkeit. Und damit kam für den Reſt ihres Lebens eine große Kühle zwiſchen ihnen auf.

Am Tag nach dieſem verhängnisvollen Vorfall ging Diard zu einem ſeiner alten Kameraden und fand dort Zerſtreuung im Spiel. Unglücklicherweiſe gewann er viel und ſpielte nun immer wieder. Er merkte nicht, wie ihn das auf die ſchiefe Ebene brachte, er verfiel ganz dem Leben von einſt. Bald auch ſpeiſte er nicht mehr zu Hauſe. Als er einige Monate lang das neue Glück der Unabhängigkeit genoſſen hatte, wollte er ſeine Freiheit vollends wiederhaben und trennte ſich von ſeiner Frau; er überließ ihr die Haupträume und zog in den Zwiſchenſtock. Nach Verlauf eines Jahres ſahen ſich Diard und Juana überhaupt nur noch zum erſten Frühſtück. Wie alle Spieler war er natürlich manchmal im Gewinn, manchmal im Verluſt. Da er ſein Spielkapital nicht angreifen wollte, wünſchte er ſeiner Gattin die Kontrolle ihrer Einkünfte zu entziehen; er übernahm alſo eines Tages ſeinen Anteil an der Führung des Haushalts. Grenzenloſem Vertrauen folgte jetzt mißtrauiſche Vorſicht. Hatte bisher in Geldangelegenheiten zwiſchen ihnen Gütergemeinſchaft geherrſcht, ſo führte er jetzt für die Bedürfniſſe ſeiner Frau ein Monatsgeld ein, deſſen Höhe ſie gemeinſam beſtimmten; die Unterhaltung hierüber war das letzte jener eingehenden Geſpräche, die einen ganz beſonderen Reiz der Ehe ausmachen. Das Schweigen zwiſchen zwei Menſchen bedeutet die tatſächlich vollzogene Scheidung — den Tag, von dem an es kein „Wir“ mehr gibt. Juana begriff, daß ſie von dieſem Tag an nur noch Mutter war, das beglückte ſie, und ſie forſchte den Urſachen ihres Elends nicht weiter nach. Darin tat ſie unrecht. Kinder ſchaffen zwiſchen zwei Gatten eine gewiſſe Solidarität fürs Leben: und die Privatverhältniſſe ihres Gatten hätten für Juana nicht nur Inhalt einer ſchwermütigen Angſt ſein dürfen. Diard, der nun ganz frei war, gewöhnte ſich daran, rieſige Summen zu verlieren oder zu gewinnen. Seine Art als die eines famoſen, großmütigen Spielers wurde bald berühmt. Jene Beachtung, die ihm unter dem Kaiſerreich verſagt blieb, errang er unter der Reſtauration durch das Vermögen, das er auf den Spieltiſch warf, und durch ſein berühmtes, in allen Sätteln gerechtes Spieltalent. Gesandte, große Bankleute, Geldmagnaten und alle, die vom Leben stark gebeutelt waren und nun vom Spiel außerordentliche Anreizungen erwarteten, sahen Diard voller Bewunderung in ihren Klubs, weniger zu Hause, und alle spielten sie mit ihm. Diard kam in Mode. Nur sich zu revanchieren, gab er voller Stolz ein- oder zweimal im Winter ein Fest. So sah Juana im Vorüberfliehen dieser Mähr und Bälle, von Licht und Luxus die Welt wieder; aber es erschien ihr wie eine Art Steuer für das Glück. das ihr die Einsamkeit gewährte. Sie, die Königin dieser Feste, schneite wie ein Geschöpf aus fremder Welt herein. Ihre Unbefangenheit, die von nichts verdorben war, die Keuschheit ihrer Seele, die sie unter den neuen Gewohnheiten ihres veränderten Lebens wiedergefunden hatte, ihre Schönheit und ehrliche Bescheidenheit trugen ihr eine Fülle von Huldigungen ein. Frauen sah sie nur selten in ihren Salons. Aber sie spürte, daß ihr Gatte, so sehr er auch hinter einem neuen Lebensplan her war, den er ihr nicht mitteilte, noch keineswegs bei diesen Leuten in Achtung stand.

Diard war durchaus nicht immer im Gewinn, in drei Jahren verschwendete er drei Viertel seines Vermögens; doch konnte er seine Leidenschaft noch immer wieder befriedigen. Er hatte Verbindungen mit aller Welt, insbesondere mit den Börsenspekulanten, die seit der Revolution dem Prinzip huldigten: ein Diebstahl im großen sei weiter nichts als ein Streich; auf diese Weise übertrug man im Kassenschrank die frechen Maximen, denen die Liebe im achtzehnten Jahrhundert gehuldigt hatte. Diard wurde Geschäftsmann, er verwickelte sich in Geschichten, die der

Argot als wurmſtichig bezeichnet. Armen Teufeln, die mit dem Geſchäftsgang nicht Beſcheid wußten, kaufte er langfriſtige Forderungen ab, kündigte ſie über Nacht und teilte dann den Ertrag mit den Liquidatoren. Gab es keine fälligen Schulden, ſo ſuchte er ſchwebende, grub in allen möglichen europäiſchen, amerikaniſchen, exotiſchen Ländern verfallene Anſprüche aus und präſentierte ſie. Als die Reſtauration die Schulden der Fürſten, der Republik, des Kaiſerreichs für ungültig erklärt hatte, verſchaffte er ſich die Beteiligung an Anleihekommiſſionen, Kanälen und jeglicher Art Unternehmungen. Schließlich verlegte er ſich auf einen anſtändig ſcheinenden Diebſtahl, dem viele Leute nachgehen, die ſich geſchickt zu maskieren wiſſen oder von der Kuliſſe der politiſchen Schaubühne verborgen bleiben; auf der Straße, im Laternenſchein begangen, würde ein ſolcher Diebſtahl den Unglücksraben ins Bagno bringen — den hier das Gold von Stuck und Leuchter förmlich ſanktioniert. Diard ſchob Zucker und Ämter; ihm gebührte der Ruhm, für einträgliche Poſten den Strohmann erfunden zu haben, der ſie ſo lange hielt, bis man ſie gut an andere losſchlug. Er forſchte nach, wo es Prämien gäbe, ſtudierte das Geſetz auf ſeine Lücken hin, trieb Schmuggel, den man juriſtiſch nicht faſſen konnte. Um den tollen Betrieb mit einem Wort wiederzugeben: er verlangte Prozente für den Kauf von fünfzehn Stimmen der Geſetzgebenden Körperſchaft, die im Verlauf einer Nacht von der Linken zur Rechten wechſeln ſollten. So etwas iſt weder Verbrechen noch Diebſtahl, man nennt es ganz einfach: regieren, bei einer Induſtrie ſtiller Teilhaber, eine Finanzgröße ſein. Diard wurde von der öffentlichen Meinung auf die Bank der Schmach geſetzt, wo ſchon manch ein flinker Burſche ſaß; dort verſammelte ſich die Lumpenariſtokratie, dort war die Hohe Gauner-Kammer der guten Geſellſchaft. Diard war alſo keineswegs der gewöhnliche Spieler aus den Theaterſtücken, der einen üblen Anfang hat und als Bettler endigt. Dieſen Spieler gibt es in der Welt einer gewiſſen topographiſchen Höhe überhaupt nicht. Heute ſterben ſolche verwegenen Schelme in der Glorie ihrer Verbrechen und im Harniſch des Glücks. Im Wagen jagen ſie ſich eine Kugel in den Schädel und nehmen auch noch alles mit, was man ihnen anvertraut hat. Diard hatte wenigſtens das Talent, ſeine Gewiſſensbiſſe nicht mit Rabatt zu kaufen, und das machte ihn zu einer beſonderen Größe. Er kannte alle Reſſorts der Regierung, alle Geheimniſſe und Paſſionen der Leute dort, er wußte ſeinen Rang in den glühendem Schmelztiegel, in den er ſich geſtürzt hatte, auch zu behaupten. Madame Diard ahnte nichts von dem hölliſchen Treiben ihres Mannes. Sie war zufrieden mit der Einſamkeit, in der er ſie ließ, machte ſich auch keine Gedanken, denn all ihre Stunden waren wohlausgefüllt. Sie verwandte jeden Pfennig für die Erziehung ihrer Kinder, hielt ihnen einen ſehr gewandten Hofmeiſter und alle möglichen Lehrer zu ihrer vollſtändigen Ausbildung. Sie wollte Männer aus ihnen machen, ihren Verſtand ſchärfen, ohne ihre Phantaſie zu ſchwächen; ſie lebte nur durch dieſe Kinder und litt auch nicht mehr an ihrem eintönigen Daſein; ſie waren ihr, was Kinder eine Zeitlang für viele Mütter ſind: eine Art Lebensverlängerung. Diard war nur eine Nebenſache, und ſeitdem er aufgehört hatte, Vater und Familienoberhaupt zu ſein, hielt Juana nichts mehr an ſeiner Seite als die Bande der ſozia-

len Ordnung, die alle Ehegatten aneinanderſeſſeln. Nichtsdeſtotrotz erzog ſie ihre Söhne im äußerſten Reſpekt vor der väterlichen Gewalt, ſo phantaſtiſch ihnen das auch vorkommen mochte; doch wurde ſie durch die dauernde Abweſenheit ihres Mannes darin aufs glücklichſte unterſtützt. Wäre Diard ſtets zu Hauſe geweſen, ſo hätte er Juanas Bemühungen geſtört. Seine Kinder hatten bereits ein ſo ausgeprägtes Feingefühl, daß ſie ihren Vater ſchon verurteilten. Über den Vater richten iſt aber ſchon ein moraliſcher Vatermord. Auf die Dauer wich die Gleichgültigkeit Juanas gegen ihren Gatten, dieſes primitive Gefühl wandelte ſich in Entſetzen. Eines Tages begriff ſie, wie ſchwer die Lebensführung eines Vaters die Zukunft ſeiner Kinder auf weit hinaus ſchädigen könne; und ihre mütterliche Zärtlichkeit ließ ſie die Wahrheit in manchen Punkten erkennen. Von Tag zu Tag ſpürte ſie deutlicher, heftiger, wie ein noch ungekanntes, aber unabwendbares Unheil auf ſie zukam, in dem ſie zweifellos ſchon immer gelebt hatte. Während der ſeltenen Augenblicke, in denen Juana Diard ſah, durchforſchte ſie ſein gefurchtes, übernächtigtes, von Aufregungen geradezu zerknittertes Antlitz; und unter ihrer Klarheit erbebte Diard. Dann markierte er vor ſeiner Frau eine erzwungene Heiterkeit, über die ſie noch heftiger erſchrak als über den düſteren Ausdruck ſeiner Unruhe, wenn er zufällig einmal vergaß, ſeine Frohſinns-Rolle zu ſpielen. Er fürchtete ſeine Frau wie der Verbrecher den Henker. Juana ſah in ihm die Schande ihrer Kinder, Diard aber in ihr die ſtumme Rache, dieſe Gerechtigkeit mit der klaren Stirne und dem ſtets bereiten und bewehrten Arm.
Fünfzehn Jahre nach ihrer Heirat ſah ſich Diard

eines Tages mittellos. Er hatte hunderttauſend Taler Schulden und beſaß kaum hunderttauſend Franks. Sein Palais, der einzige faktiſche Beſitz, war mit einem Hypothekenbetrag belaſtet, der ſeinen Wert überſtieg. Noch einige Tage — und der Nymbus ſeines Reichtums war beim Teufel. Nach dieſer Gnadenfriſt ſtreckte ſich ihm keine Hand mehr entgegen, ſtand ihm keine Börſe mehr zur Verfügung. Half ihm kein unerwarteter Zufall, ſo würde er unweigerlich tief in den Kot der Verachtung ſtürzen, tiefer vielleicht, als es hätte ſein müſſen, eben, weil er ſich ſolange auf unverdienter Höhe gehalten hatte. Zu ſeinem Glück erfuhr er, daß ſich während der Saiſon in den Pyrenäenbädern etliche Perſonen von Rang, Diplomaten, aufhielten, die hölliſch haſardierten und zweifellos über große Summen verfügten. Er entſchloß ſich ſofort, dahin zu reiſen. Doch mochte er ſeine Frau nicht in Paris laſſen, immerhin konnten etliche Gläubiger ſie über das ſchrekliche Geheimnis ſeiner Lage aufklären, und er nahm ſie und beide Kinder mit, den Hofmeiſter geſtattete er ihnen aber nicht. Für ſich wählte er lediglich einen Kammerdiener, und Juana durfte nur eben eine Zofe behalten. Sein Ton war wieder kurz, herriſch; ſeine alte Energie ſchien zurückgekehrt. Dieſe plötzliche Reiſe, deren Urſache Juana nicht ergründen konnte, ließ ſie vor geheimem Schrecken erſtarren. Ihr Mann wurde unterwegs vergnügt; die Berline zwang ſie zu engem Beieinander, und da intereſſierte ſich der Vater für ſeine Söhne, auch ſeine Liebenswürdigkeit für deren Mutter nahm zu. Trotzdem vermehrte jeder neue Tag die dunklen Vorahnungen in Juana, jene Ahnungen einer Mutter, die ohne ſichtbaren Grund erzittert und ſich damit auch ſelten täuſcht.

Der Schleier vor der Zukunſt ſcheint für ſie minder dicht gewebt zu ſein

In Bordeaux mietete Diard in ſtiller Straße ein kleines ſtilles Haus, das ſehr ordentlich möbliert war, und brachte dort ſeine Frau unter. Dieſes Haus ſtand zufällig an einer Straßenecke und hatte einen großen Garten. Es ſtieß alſo nur auf der einen Seite an ein Nachbarhaus, auf den drei anderen war es leicht zu überſchauen und zugänglich. Diard bezahlte die Miete und ließ Juana nur gerade ſo viel Geld, daß ſie für drei Monate damit ausreichte, das heißt, er gab ihr kaum fünfzig Louisdors. Madame Diard wagte keinen Einwand gegen dieſe ungewohnte Knickerigkeit. Als dann ihr Mann erklärte, er werde ins Bad reiſen und ſie in Bordeaux zurücklaſſen, faßte Juana den Plan, ihren Söhnen gründlich Spaniſch und Italieniſch beizubringen und mit ihnen die bedeutendſten Meiſterwerke in beiden Sprachen zu leſen. Sie wollte alſo ein zurückgezogenes und äußerſt ſparſames Leben führen. Um ſich die Sorge für den täglichen Haushalt zu erſparen, traf ſie am Tag nach Diards Abreiſe mit einem Gaſtwirt ein Abkommen wegen ihrer Beköſtigung. Die Zofe genügte zur perſönlichen Bedienung; ſie hatte nun zwar kein Geld mehr, war aber bis zur Rückkehr ihres Mannes mit dem Notwendigſten verſehen. Ihr ganzes Vergnügen beſtand in einigen Spaziergängen mit den Kindern. Sie war jetzt dreiunddreißig Jahre alt. Ihre voll erblühte Schönheit ſtrahlte im höchſten Glanz. Und ſobald ſie ſich zeigte, ſprach ganz Bordeaux nur noch von der ſchönen Spanierin. Auf den erſten Liebesbrief hin, den Juana empfing, verlegte ſie ihre Spaziergänge in ihren Garten. Diard hatte im Bad anfangs Glück; er gewann in zwei Monaten dreihun derttausend Franks, doch dachte er keineswegs daran, seiner Frau Geld zu schicken; er wollte soviel als möglich in der Hand haben, um das Spiel noch höher treiben zu können. Gegen Ende des letzten Monats traf im Bad der Marchese Montefiore ein, dem der Ruf eines bedeutenden Vermögens, seiner Schönheit und seiner Ehe mit einer vornehmen Engländerin, am meisten aber der eines fanatisch passionierten Spielers vorausging. Sein alter Kamerad Diard wollte ihn dort erwarten, um ihm das abzujagen, was jener anderen abgeknöpft hatte. Ein Spieler mit gut und gern hunderttausend Franks hat die Welt in der Tasche; aber Diard verlor alles, was er besaß.

Der ehemalige Quatiermeister ging im Zimmer auf und ab; er war völlig ruiniert. „Mein lieber Montefiore, ich schulde dir hunderttausend Franks, aber mein Geld befindet sich in Bordeaux, ich habe dort meine Frau zurückgelassen."

Diard hatte zwar noch die hundert Banknoten in der Tasche, doch mit der unbedingten Zuversicht eines Mannes, der überall Quellen weiß, spekulierte er abermals auf die jähen Launen des Glücksspiels. Montefiore hatte die Absicht ausgesprochen, sich Bordeaux anzusehen. Zahlte Diard seine Schuld, dann war er ohne Geld und konnte auch keine Revanche mehr nehmen. Mitunter gleicht so eine Revanche alle voraufgegangenen Verluste wieder aus. Doch hingen diese brennenden Hoffnungen ganz und gar von der Antwort des Marchese ab.

„Warte, mein Lieber," sagte Montefiore, „fahren wir doch zusammen nach Bordeaux. Unter uns, ich bin heute reich genug und brauche das Geld eines alten Kameraden nicht."

Drei Tage ſpäter waren Diard und der Italiener in Bordeaux. Jener bot dieſem Revanche. Eines Abends aber, als Diard die hunderttauſend Francs gerade zurückgezahlt hatte, verlor er gegen Ehrenwort weitere zweihunderttauſend. Der Provenzale blieb vergnügt wie jemand, der immer in Gold watet. Es ſchlug elf Uhr, der Himmel war klar. Montefiore und Diard verſpürten beide das Bedürfnis, friſche Luft zu atmen und nach ſolchen Aufregungen ein wenig ſpazierenzugehen; dieſer ſchlug alſo vor, Montefiore ſolle ſich bei ihm das Geld holen und eine Taſſe Tee da trinken.

„Aber Madame Diard?“ fragte Montefiore.

„Ah bah!“ machte der Provenzale.

Sie ſtiegen die Treppe hinunter; ehe aber Diard ſeinen Hut nahm, trat er noch in das Speiſezimmer dieſes Hauſes, und bat um ein Glas Waſſer; während man es holte, ging er auf und ab und konnte unbeobachtet eines von den kleinen ſpitzen Stahlmeſſern mit Perlmuttergriff einſtecken, die man beim Deſſert zum Obſtſchälen nimmt, und die noch nicht abgeräumt waren.

„Wo wohnſt du?“ fragte Montefiore unten im Hof. „Ich möchte meinen Wagen vor dein Haus ſchicken.“

Diard gab ihm das ganz genau an.

Montefiore ſchob ſeinen Arm in den Diards und ſagte mit gedämpfter Stimme: „Du verſtehſt, ſolange ich mit dir zuſammen bin, habe ich nichts zu befürchten; wenn ich dann aber allein zurück muß, könnte irgend ſo ein Tagedieb mir nachſchleichen, und er würde mich ſicher umbringen.“

„Wieviel haſt du denn bei dir?“

„Ach, faſt nichts“, antwortete der mißtrauiſche Italiener. „Lediglich meinen Gewinn. Aber für irgendeinen Lumpen wäre es noch ein ganz nettes Vermögen, von dem er für ſeinen Lebensabend ſich gewiß das Patent eines ehrlichen Menſchen kaufen könnte.“

Diard führte den Italiener durch eine öde Gaſſe, wo ihm ein Haus aufgefallen war, deſſen Eingang ſich am Ende einer Art baumumſtandener und mit hohen, düſteren Mauern flankierter Avenue befand. Dort hatte Diard die Frechheit, Montefiore in militäriſcher Form zu erſuchen: er möge vorangehen. Montefiore verſtand Diard und wollte ihm Geſellſchaft leiſten. Sobald aber beide in die Avenue eingeſchwenkt waren, brachte Diard mit der Behendigkeit eines Tigers den Marcheſe durch einen heftigen Stoß in die Kniekehlen zu Fall, ſetzte ihm dreiſt den Fuß auf die Kehle und ſtieß ihm mehrmals das Meſſer ins Herz, wo dann die Klinge abbrach. Nun durchſuchte er Montefiore, nahm ihm Portefeuille, Geld, alles. Obgleich Diard mit toller Kaltblütigkeit und fix wie der geborene Spitzbub vorging; obgleich er den Italiener äußerſt geſchickt überrumpelte, hatte Montefiore doch noch Zeit gehabt zu ſchreien: „Mörder! Mörder!“, mit ſo heller und ſchneidender Stimme, daß es ſelbſt den Schläfern in die Eingeweide fahren mußte. Sein letztes Stöhnen klang ſchauerlich. Diard hatte nicht bemerkt, daß in dem Augenblick, da ſie in die Avenue einbogen, auf der Höhe der Straße ſich eine Gruppe Leute befand, die nach Theaterſchluß heimkehrten; die hörten das Röcheln des Sterbenden, obgleich der Provenzale, um die Stimme zu erſticken, ſeinen Fuß immer feſter gegen die Kehle Montefiores drückte. Allmählich ließen die Schreie davon nach. Da ſahen ſich die Leute an, eilten auf die Avenue zu, an deren hohen Mauern das Geſtöhn ſich brach und ihnen ſagte, wo das Verbrechen geſchah. Ihre Schritte hallten wider in Diards Gehirn; doch verlor er den Kopf nicht; der Mörder verließ die Avenue und bog ſchlendernd auf die Straße hinaus, wie jemand, der ſich inzwiſchen überzeugt hat, daß alle Hilfe umſonſt iſt. Er drehte ſich ſogar um und ſchätzte die Entfernung ab, die ihn von den Herankommenden trennte, er ſah ſie in die Allee ſtürzen außer einem, der aus natürlichem Verdacht Diard beobachtete.

„Da — da!“ ſchrien etliche in der Allee, als ſie Montefiore ſahen, der vor der verſperrten Haustür ausgeſtreckt am Boden lag; ſie hatten ſchon alles vergebens nach dem Mörder abgeſucht.

Beim Widerhall dieſes Schreies fand Diard, der ſich im Vorteil ſah, die Kraft eines Löwen und die Schnelligkeit des Hirſches. Er lief, nein er flog. Am andern Ende der Straße ſah er oder glaubte er zu ſehen eine Menge Menſchen,; ſo warf er ſich in die Querſtraße; aber ſchon taten ſich alle Fenſter auf, und aus jedem Fenſter reckten ſich Geſichter, aus jeder Tür drang Lärm und Licht. Und Diard, der um alles in der Welt ſein Leben retten mußte, jagte quer durch erleuchtete Strecken und den Auflauf; ſeine Beine waren ſo unglaublich behend, daß er den Verfolgern immer voraus war, dennoch konnte er den Blicken nicht entrinnen, die wieder noch viel ſchneller waren als ſeine Flucht. Einwohner, Soldaten, Gendarmen, das ganze Viertel war im Nu auf den Beinen. Leute vom Amt weckten die Kommiſſare, andere bewachten die Leiche. Das dumpfe Getöſe flog weiter, war wie eine Fackel immer bei dem Fliehenden, eilte zu den Behörden ins Innere der Stadt. Wie im Traum hörte Diard eine ganze Stadt aufheulen, rennen und erſchauern. Und doch hatte er noch ſeine volle Überlegung und die Geiſtesgegenwart, ſich an den Wänden hin die Hände abzuwiſchen. Endlich kam er an die Gartenmauer ſeines Hauſes. Er glaubte wohl der Verfolgung entronnen zu ſein, der Ort war ganz ſtill, und doch drang von weit her noch das Murmeln der Stadt wie Meeresbranden. Er ſchöpfte Waſſer aus einem Bach und trank. Da bemerkte er einen Haufen Pflaſterſteine, und dort verſteckte er ſeinen Schatz unter dem Eindruck eines jener vagen Vorſtellungen, die dem Verbrecher kommen, wenn er die Zuſammenhänge ſeiner Tat ſchon nicht mehr recht überſchauen kann und ſeine Unſchuld auf mangelnde Beweiſe gründet. Danach ſuchte er eine ruhige Haltung einzunehmen, zu lächeln, klopfte ſacht an die Haustür und hoffte, daß ihn niemand geſehen hätte. Er ſchaute empor und bemerkte, daß im Zimmer ſeiner Frau Kerzen brannten. In ſeiner Aufregung traf ihn der Gedanke an die ſanfte Juana und ihre beiden Knaben wie ein Hammerſchlag auf den Kopf. Die Zofe öffnete die Türe, Diard ſtieß ſie mit dem Fuß wieder zu. Da ſeufzte er auf; doch bemerkte er jetzt, daß er ſtark in Schweiß war; ſo blieb er im Dunkeln und ſchickte die Zofe zu Juana zurück. Er wiſchte ſich das Geſicht mit dem Taſchentuch ab, brachte ſeinen Anzug in Ordnung, geradeſo wie ein Geck, der bei einer ſchönen Frau eintreten will und noch einmal ſeinen Rock glattſtreicht. Er trat dann ins Mondlicht, um ſeine Hände zu prüfen und ſein Geſicht zu betaſten; Freude durchrann ihn, als er merkte, daß er nirgends eine Blutſpur aufwies, der Erguß mußte zweiffellos in den Körper des Opfers hinein erfolgt ſein. Dieſe Verbrechertoilette aber brauchte Zeit. Er ſtieg nun mit erheuchelter Ruhe zu Juana hinauf, wie jemand, der aus dem Theater heimgekehrt ist und sich zur Ruhe begeben will. Während er Stufe um Stufe nahm, konnte er seine Situation überdenken, und er faßte sie in vier Worten zusammen: fort und zum Hafen! Das dachte er nicht eigentlich — er fand es mit feurigen Buchstaben in den Schatten geschrieben. Einmal im Hafen, konnte er sich für einen Tag verstecken, nachts heimlich wiederkommen und seinen Schatz heben, dann wie eine Ratte in den Kielraum eines Schiffes kriechen und abfahren, ohne daß jemand eine Ahnung von seiner Mitreise hätte. Dafür aber brauchte er vor allem Geld! Und er hatte nichts. Die Zofe kam, um ihm zu leuchten

„Félicie," sagte er, „hören Sie nicht Lärm und Geschrei auf der Gasse? Schauen Sie doch einmal nach und sagen Sie mir, was es da gibt!"

In ihrem weißen Nachtgewand saß seine Frau am Tisch und ließ Francesco und Juan in einem spanischen Cervantes lesen; beide folgten dem Text, den sie ihnen laut vorsprach. Alle drei hielten inne und sahen Diard an, der, die Hände in den Taschen, stehen blieb, vielleicht ein wenig erstaunt, sich in dieser ruhigen, sanft beleuchteten Szene wiederzufinden, die vom Antlitz seines Weibes und seiner beiden Kinder geradezu schön wirkte. Es war wie ein lebendes Bild der Jungfrau mit dem Christuskind und dem Heiligen Johannes.

„Juana, ich muß mit dir sprechen!"

„Was ist los?" fragte sie und erriet sofort unter dem gelblich blassen Antlitz ihres Mannes das Unglück, das sie tagtäglich erwartet hatte.

„Ach, nichts weiter, nur, ich muß dich sprechen — dich — allein!"

Und er ſtarrte auf die beiden Knaben.
„Liebe Kinder," ſagte Juana, „geht auf euer Zimmer und legt euch nieder. Betet heute allein."
Die Knaben gingen ſchweigend hinaus in jenem gleichgültigen Gehorſam wohlerzogener Kinder.
„Liebſte Juana," begann Diard mit zärtlicher Stimme, „ich habe dir ſo wenig Geld dagelaſſen, das tut mir jetzt ſehr leid. Höre: haſt du nicht, wie das doch alle Frauen tun, einige kleine Erſparniſſe gemacht, ſeitdem ich dir die Sorge um den Haushalt abnahm und dir eine Monatsrente gab?"
„Nein," antwortete Juana, „ich habe gar nichts. Sie haben nicht an die Erziehungsgelder für Ihre Kinder gedacht. Ich werfe Ihnen das keineswegs vor, lieber Freund, ich erinnere Sie nur an dieſe Unterlaſſung, um meinen Geldmangel zu erklären. Mit dem, was Sie mir gegeben haben, bezahlte ich die Lehrer, und ..."
„Genug", ſchrie Diard roh. „Donnerwetter! Die Zeit iſt koſtbar. Haſt du keinen Schmuck?"
„Sie wiſſen ſehr wohl, daß ich niemals Schmuck getragen habe!"
„Es iſt alſo kein Sous da!" tobte Diard.
„Warum ſchreien Sie?" fragte ſie.
„Juana," flüſterte er, „ich habe einen Menſchen umgebracht!"
Juana machte einen Satz auf das Kinderzimmer zu, ſchloß die Türe und kam zurück.
„Daß Ihre Söhne nichts hören! Aber mit wem konnten Sie ſich ſchlagen?" fragte ſie.
„Mit Montefiore", antwortete er.
„Ah," ſie ſeufzte auf, „das iſt der einzige, den Sie töten dürfen."
„Aus manchen Gründen mußte er von meiner Hand

ſterben. Doch, verlieren wir keine Zeit! Geld, Geld, Geld, um Gottes willen! Man wird mich verfolgen. Wir haben uns gar nicht geſchlagen, ich habe ihn ... ermordet!“

„Ermordet?“ ſchrie ſie. „Und wie?“

„Gott, wie man jemanden ermordet; er hatte mir beim Spiel mein ganzes Geld geſtohlen, ich habe es mir wiedergeholt. Juana, du mußt — wenn alles ruhig iſt — wir haben doch nun kein Geld — du mußt meins vom Steinhaufen heraufholen — weißt du — am Ende der Gaſſe.“

„Ah,“ ſagte Juana, „alſo Raub.“

„Was macht das dir? Muß ich nicht fort? Haſt du Geld? Sind ſie mir auf den Ferſen?“

„Wer?“

„Die Kommiſſare.“

Juana ging, kam aber gleich wieder.

„Da,“ von weitem ſtreckte ſie ihm ein Schmuckſtück hin, „das Kreuz der Donna Lagunia. Es hat vier Rubinen, die ſehr wertvoll ſein ſollen. Gehen Sie, ſchnell — aber ſo gehen Sie doch!“

„Félicie kommt gar nicht wieder“, er ſtutzte. „Sie wird doch nicht verhaftet ſein?“

Juana legte das Kreuz auf den Tiſchrand, eilte zu den Fenſtern, die nach der Straße zu lagen. Da ſah ſie im Mondſchein, wie Soldaten ſich längs der Mauer in aller Stille aufſtellten. Sie wandte ſich um, und mit erzwungener Ruhe ſagte ſie zu ihrem Gatten: „Sie haben keine Minute zu verlieren, Sie müſſen durch den Garten flüchten. Hier, der Schlüſſel zum Pförtchen.“

Aber klugerweiſe warf ſie noch einen Blick in den Garten und ſah im Schatten der Bäume hin und wieder etwas aufblitzen, das waren die Silberborden an den Hüten der Gendarmen. Dann hörte ſie ſogar das undeutliche Raunen der Menge, die neugierig herandrängte, aber die Wachen hielten ſie an den Straßenmündungen in Schach. Diard war in der Tat von Leuten aus den Fenſtern beobachtet worden. Auf ihre Angaben hin und auf die der Dienerin, die man überraſcht und verhaftet hatte, verſperrten Soldaten und Volk bald die beiden Straßen, in deren Biegung das Haus lag. Ein Dutzend Gendarmen, die gerade vom Theater her kamen, umzingelte es, andere kletterten über die Gartenmauer und pirſchten herum, die friſche Tat zu ſühnen.

„Herr," ſagte Juana, „Sie können nicht mehr fort. Die ganze Stadt iſt da."

Diard flatterte von Fenſter zu Fenſter, wild wie ein gefangener Vogel, der ſich überall ins Licht ſtürzt. Eilte an alle Ausgänge, kam wieder. Juana ſtand da und dachte nach.

„Wo kann ich mich verſtecken?" fragte er.

Er betrachtete den Kamin, Juana die zwei leeren Stühle. Für ſie ſaßen da ihre beiden Kinder. In dieſem Augenblick wurde die Türe von der Straße her geöffnet, und der Lärm vieler Menſchen drang in den Hof.

„Juana, liebſte Juana, Gnade! Rat mir doch!"

„Ich werde Ihnen einen Rat geben, werde Sie retten!"

„Oh, du mein guter Engel!"

Juana kam und reichte ihm eine ihrer Piſtolen, dann wandte ſie ſich weg. Diard nahm die Piſtole nicht. Juana hörte den Lärm vom Hof her, wo die Leiche des Marcheſe niedergelegt wurde, man wollte ſie mit dem Mörder konfrontieren. Sie kehrte ſich wieder zu Diard, ſah ihn totenblaß. Er fühlte eine Ohnmacht kommen und wollte ſich ſetzen.

„Ihre Kinder flehen Sie an“, ſagte ſie und drückte ihm die Waffe in die Hand.

„Aber gute Juana, kleine Juana, glaubſt du denn, daß . . . Juana, muß es gleich ſein? . . . Ich möchte dich noch umarmen.“

Schon ſtiegen die Gendarmen die Treppe herauf. Da nahm Juana die Piſtole, packte Diard an der Kehle, obwohl er ſchrie, zielte, jagte ihm eine Kugel in den Schädel, warf die Waffe hin.

Im ſelben Augenblick wurde die Türe aufgeriſſen. Herein trat der Staatsanwalt, ein Richter, Arzt, Schreiber, Gendarmen und der ganze Gerichtshof.

„Was wollen Sie?“ fragte Juana.

„Iſt das Herr Diard?“ gab der Staatsanwalt zurück und zeigte auf den verkrümmten Körper.

„Ja, mein Herr.“

„Ihr Kleid iſt voller Blut, Madame.“

„Sehen Sie denn nicht, woher?“ fragte Juana.

Sie mußte ſich an dem kleinen Tiſch niederſetzen, ihre Hand griff nach dem Band Cervantes, ſie war ganz blaß und in tiefinnerer, nervöſer Erregung, die ſie zu bezwingen ſuchte.

„Geht!“ befahl der Beamte den Gendarmen.

Richter und Arzt machte er ein Zeichen, daß ſie bleiben ſollten.

„Madame, in dieſem Fall können wir Ihnen zum Tod Ihres Mannes wohl nur Glück wünſchen. Hat ihn auch ſeine Leidenſchaft verführt, ſo iſt er doch wenigſtens wie ein Soldat geſtorben, und die Juſtiz braucht nicht mehr einzugreifen. Aber ſo wenig wir Sie in einem ſolchen Moment beläſtigen möchten, ſo entſchieden gebietet uns doch das Geſetz, jeden gewaltſamen Tod zu unterſuchen. Sie erlauben alſo, das wir unſere Pflicht tun.“

„Darf ich dann mein Kleid wechſeln?“ fragte ſie und legte das Buch aus der Hand.

„Gewiß, Madame, doch bringen Sie es wieder mit. Vielleicht benötigt es der Arzt.“

„Der gnädigen Frau würde es wohl höchſt peinlich ſein, mich hier an der Arbeit zu ſehen“, bemerkte der Arzt, der den Verdacht des Beamten wohl begriff. „Meine Herren, geſtatten Sie ihr, daß ſie ſich in das anſtoßende Zimmer zurückzieht?“

Die Beamten pflichteten dem humanen Arzt bei, und Félicie eilte ihrer Herrin zu Hilfe. Richter und Anwalt redeten leiſe miteinander. Beamte befinden ſich in der fatalen Lage, alles verdächtigen, alles durchſtöbern zu müſſen. Wenn man hinter jedem üble Abſichten wittern und ſie begreifen muß, um durch tauſend Widerſprüche an verborgene Wahrheiten vorzudringen, ſo kann es wohl paſſieren, daß unter dieſem ſchrecklichen Prieſteramt auf die Dauer die Quelle aller edlen Empfindungen verſiegt, die man beſtändig in Zweifel ziehen muß. Stumpfen ſich ſchließlich die Sinne des Chirurgen ab, der unabläſſig die Rätſel des Menſchenkörpers durchwühlen muß, was wird dann aus dem Gewiſſen des Richters, der ebenſo unabläſſig die Rätſel der Seele zu durchforſchen hat? Die Beamten ſind die erſten Märtyrer ihres Berufs, immer trauern ſie um ihre verlorenen Illuſionen, und ein Verbrechen bedrückt nicht minder ſie als den Täter ſelbſt. Ein Greis auf dem Richterſitz iſt erhaben. Wen aber erſchüttert nicht der Anblick eines jugendlichen Richters? Nun, dieſer Unterſuchungsrichter war jung, und er mußte mit dem Staatsanwalt ſo reden: „Glauben Sie, daß dieſe Frau die Mitſchuldige ihres Mannes iſt? Müſſen wir gegen ſie einſchreiten? Soll man ſie verhören?“

Der Staatsanwalt antwortete mit einem gleichgültigen Achſelzucken.

„Montefiore und Diard“, fügte er hinzu, „waren übel beleumundete Subjekte. Die Zofe wußte nichts von dem Verbrechen. Laſſen wir es alſo.“

Der Arzt unterſuchte Diard eingehend und diktierte dem Schreiber das Protokoll. Plötzlich ging er nach Juanas Zimmer.

„Madame ...“

Juana hatte ihr blutbeſpritztes Kleid ſchon ausgezogen; ſie kam dem Arzt entgegen.

„Sie,“ und er beugte ſich an das Ohr der Spanierin, „Sie ſelbſt haben Ihren Mann getötet.“

„Ja, mein Herr.“

„— und aus dieſen Zuſammenhängen“, fuhr der Arzt in ſeinem Diktat fort, „geht für uns hervor, daß der p. p. Diard ſich freiwillig und mit eigener Hand den Tod gegeben hat.“

„Fertig?“ fragte er den Schreiber nach einer Pauſe.

„Ja“, antwortete der.

Der Arzt unterſchrieb. Juana warf ihm einen Blick zu, kaum vermochte ſie die Tränen zurückzuhalten, die feucht in ihre Augen ſtiegen.

„Mein Herr,“ ſagte ſie zum Staatsanwalt, „ich bin fremd, eine Spanierin. Ich kenne die Geſetze nicht, ich kenne auch niemanden in Bordeaux, ich bitte Sie um eine Gefälligkeit: Laſſen Sie mir einen Paß nach Spanien ausſtellen.“

„Einen Augenblick“, rief der Unterſuchungsrichter. „Madame, was iſt aus der Summe geworden, die dem Marcheſe Montefiore geſtohlen wurde?“

„Herr Diard“, antwortete ſie, „hat nur flüchtig vor mir erwähnt, daß er ſie in einem Steinhaufen verſteckt hätte.“

„Wo?"
„An der Straße."
Die beiden Beamten kreuzten Blicke. Juana entfuhr eine erhabene Bewegung, ſie appellierte an den Arzt. „Mein Herr," flüſterte ſie ihm ins Ohr, „verdächtigt man mich einer ſolchen Gemeinheit? Mich? Der Steinhaufen muß am Ende meines Gartens ſein. Gehen Sie ſelbſt, ich bitte Sie. Suchen Sie genau und Sie werden das Geld finden."
Der Arzt ging mit dem Unterſuchungsrichter, und ſie fanden Montefiores Brieftaſche.
Am übernächſten Tag verkaufte Juana ihr goldenes Kreuz, um die Koſten ihrer Reiſe zu bezahlen. Als ſie mit ihren beiden Kindern die Diligence beſtieg, die ſie zur ſpaniſchen Grenze führen ſollte, vernahm ſie von der Straße her ihren Namen. Ihre Mutter wurde ſterbend ins Spital gebracht, und von der Tragbahre her, durch einen Spalt im Vorhang, hatte ſie ihre Tochter geſehen. Juana ließ die Bahre in einen Torweg tragen. Dort geſchah die letzte Begegnung zwiſchen Mutter und Tochter. Obgleich beide leiſe ſprachen, konnte Juan doch die Abſchiedsworte hören:
„Sterben Sie in Frieden, liebe Mutter, ich habe für euch alle gelitten!"

☆

☆

AN EINEM NOVEMBERABEND, 1793, FANDEN ſich die Spitzen von Carentan im Salon der Madame de Dey ein, wie das dort alle Tage geſchah. Etliche Umſtände, auf die man in einer großen Stadt gar nicht, in einer kleinen um ſo mehr achtet, liehen dieſer Zuſammenkunft ein ungewöhnliches Intereſſe. Vorgeſtern hatte Madame de Dey der Geſellſchaft ihre Türe verſchloſſen, und auch geſtern hatte ſie noch nicht wieder empfangen, angeblich weil ſie unpäßlich ſei. Zu normalen Zeiten ſchon hätten dieſe beiden Vorfälle in Carentan denſelben Eindruck hervorgerufen wie in Paris die Schließung ſämtlicher Theater; an ſolchen Tagen iſt das Leben nur unvollkommen. Aber 1793 konnte das Verhalten der Madame de Dey einen recht üblen Ausgang nehmen. Das geringſte Abweichen bedeutete damals für die vornehme Welt faſt immer einen Wechſel auf Leben oder Tod. Zum beſſeren Verſtändnis für die ſtarke Neugierde und die ganz geringfügigen Urſachen, die an jenem Abend all dieſe normanniſchen Phyſiognomien belebten, namentlich aber zur Erklärung für die geheime Verlegenheit der Madame de Dey dürfte es notwendig ſein, ein paar Worte über die Rolle zu ſagen, die ſie in Carentan ſpielte. Ihre im Augenblick recht kritiſche Lage ähnelte zweifellos der der meiſten Leute während der Revolution, und mancher Leſer wird imſtande ſein, ſich das Weitere mit ſeiner eigenen Phantaſie auszumalen.

Madame de Dey, Witwe eines Generalleutnants und Ordensritters, hatte den Hof zu jenem Zeitpunkt

verlaſſen, da die Emigration einſetzte. Sie hatte ſich auf ihre anſehnlichen Güter in der Gegend von Carentan zurückgezogen und hoffte dort, von der Schreckensherrſchaft einigermaßen verſchont zu bleiben. Dieſe Berechnung ſtützte ſich auf eine gute Kenntnis des Landes und traf zu. In der niederen Normandie richtete die Revolution nur wenige Verwüſtungen an. Obgleich Madame de Dey hier gelegentlich ihrer früheren Aufenthalte nur den Landadel empfing, hatte ſie jetzt, aus Politik, ihr Haus den angeſehenſten Bürgern der Stadt und den neugebackenen Behörden geöffnet, deren Stolz über eine ſolche Eroberung ſie weckte, ohne andererſeits Haß und Eiferſucht zu entfachen. Ihrer Anmut und Güte, ihrer unausſprechlichen Milde, die zu gefallen wußte, ohne zu betteln oder ſich zu demütigen, war es gelungen, die allgemeine Achtung zu erringen; immer hielt erleſener Takt ſie klug auf jener feinen Linie, wo ſie den Anſprüchen dieſer gemiſchten Geſellſchaft genügen konnte; weder drückte ſie auf den halsſtarrigen Egoismus der Emporkömmlinge, noch beleidigte ſie den ihrer alten Freunde.
Mit etwa achtunddreißig Jahren hatte ſie zwar nicht mehr die friſche und üppige Schönheit, die die Töchter der niederen Normandie auszeichnet, immerhin aber eine ſchlanke, ſozuſagen ariſtokratiſche Schönheit. Ihre Züge waren überaus fein, ihre Taille biegſam und zart. Sprach ſie, ſo bekam ihr blaſſes Geſicht Glanz und Leben. Zwar ſchienen ihre großen ſchwarzen Augen voller Beredheit, doch deutete ein ruhiger, frommer Ausdruck an, daß ihr Lebensprinzip wohl kaum darin geſchrieben ſtand. In blühendem Alter an einen nicht mehr jungen, eiferſüchtigen Offizier verheiratet, war ſie an

einem galanten Hof völlig falſch am Platz geweſen, und zweifellos hatte das viel dazu beigetragen, einen Schleier tiefer Melancholie über ihr Antlitz zu breiten, das ehedem vom Zauber leidenſchaftlicher Liebe geſtrahlt haben mochte. Da ſie ihre natürlichſten Regungen, ihr weibliches Temperament unaufhörlich bändigen mußte zu einer Zeit, wo ſie noch mehr fühlte als dachte, war ſie im tiefſten Herzen ganz jungfräulich geblieben. Dieſe verborgene Jugend lieh ihr vielleicht den Hauptreiz, für Augenblicke verriet ſie ſich in ihrem Antlitz, in das die Gedanken dann einen Ausdruck ſehnſüchtiger Unſchuld legten. Ihre Stellung forderte Zurückhaltung, immer aber gab es in ihrer Geſte, in ihrer Stimme jähe Anläufe ins Ungekannte wie bei einem jungen Mädchen; bald ſah ſich ſelbſt der unempfindlichſte Menſch in ſie verliebt, blieb aber dank ihrer vollendeten Höflichkeit in einer Art furchtſamen Reſpekts. Ihre Seele war ſchon von Natur groß, bittere Kämpfe hatten ſie ſtark gemacht, ſo ſchien ſie fern von allem Gemeinen zu ſein, und darüber waren ſich die Männer klar. Zweifellos lebte in ihr eine große Leidenſchaft. Vielleicht hatten ſich die Neigungen der Madame de Dey in einem einzigen Gefühl zuſammengeſchloſſen: in dem der Mutterſchaft. War ſie als Frau ohne Glück und Vergnügen, ſo fand ſie alles wieder in ihrer reichen Liebe für den Sohn . . . Sie liebte ihn nicht nur mit der reinen, unergründlichen Hingabe einer Mutter, ſondern auch mit der Koketterie einer Geliebten, mit der Eiferſucht einer Gattin. Sie war unglücklich, wenn er nicht bei ihr weilte, ſeine Abweſenheit beunruhigte ſie, nie ſah ſie ſich ſatt an ihm, ſie lebte nur durch ihn und für ihn. Wollte man jemandem die Stärke dieſer Empfindungen deutlich machen, ſo braucht man nur hinzuzufügen, daß dieſer Sohn nicht nur das einzige Kind der Madame de Dey war, ſondern auch ihr letzter Angehöriger, auf den ſie ihre Hoffnungen, Befürchtungen und ihr Lebensglück vererben konnte. Der unlängſt verſtorbene Graf Dey war der letzte Sproß ſeiner Familie geweſen, wie ſie die letzte Erbin der ihren. Berechnung und menſchliche Intereſſen vereinigten ſich alſo mit den vornehmſten Seelenbedürfniſſen, um im Herzen der Gräfin ein bei Frauen an ſich ſchon ſo ſtarkes Gefühl noch zu vertiefen. Sie hatte ihren Sohn nur unter unglaublichen Mühen aufgezogen, und das machte ihn ihr um ſo teurer; zwanzigmal erwarteten die Ärzte ſeinen Tod; aber ſie baute auf die Stärke ihrer Empfindungen und Hoffnungen und erlebte das unausſprechliche Glück, ihn ſchließlich mit allen Gefahren der Kindheit fertig werden zu ſehen; ſie durfte ſich an der Feſtigung ſeiner Geſundheit erfreuen, die das Urteil der Fakultät Lügen ſtrafte.

Dank dieſer unaufhörlichen Sorge wuchs der Junge heran und entwickelte ſich ſo vorteilhaft, daß er mit zwanzig Jahren für einen der vortrefflichſten Edelleute von Verſailles galt. Und obendrein genoß ſie ein Glück, wie es durchaus nicht alle mütterlichen Mühen krönt: ihr Sohn betete ſie an! Beider Herzen verſtanden ſich in geſchwiſterlicher Gemeinſchaft. Wären ſie nicht ſchon durch natürliche Bande verknüpft geweſen, ſie würden ganz inſtinktmäßig einer am anderen dieſe Freundſchaft von Menſch zu Menſch gefunden haben, der man im Leben ſo ſelten begegnet. Als achtzehnjähriger Unterleutnant bei den Dragonern hatte der junge Graf dem Appell der

Zeit an ſeine Ehre gehorcht und war mit ſeinen Fürſten emigriert.

Madame de Dey, die alſo vornehm, reich und Mutter eines Emigranten war, verhehlte ſich keineswegs die Gefahren ihrer ſchlimmen Lage. Beſeelt vom Wunſch, ihrem Sohn ein großes Vermögen zu retten, hatte ſie auf das Glück verzichtet, ihn zu begleiten; als ſie dann die ſcharfen Beſtimmungen las, auf Grund deren die Republik täglich Güter von Emigranten aus Carentan einzog, beglückwünſchte ſie ſich zu ihrem eigenen Mut. Schützte ſie nicht die Schätze ihres Sohnes mit ihrem eigenen Leibe? Als ſie dann die Schreckensurteile des Konvents erfuhr, beruhigte ſie ſich bei dem innigen Gedanken, ihren einzigſten Schatz fern allen Gefahren, allen Schafotts in Sicherheit zu wiſſen. Sie gefiel ſich in der Vorſtellung, das beſſere Teil erwählt zu haben, wenn ſie gleichzeitig ihm das ganze Vermögen rettete. Sie machte ſolchen unausgeſprochenen Gedanken ruhig die Zugeſtändniſſe, die dieſe üble Zeit nun einmal erforderte, ohne ihre weibliche Würde und ihre ariſtokratiſchen Grundſätze je zu verleugnen, aber ihr Schmerz blieb ein tiefes Geheimnis. Natürlich wußte ſie, welche Schwierigkeiten ihrer in Carentan warteten. Dort den erſten Platz einnehmen — hieß das nicht geradezu die Guillotine herausfordern? Ihr mütterlicher Mut half ihr, die Liebe der Armen dadurch zu gewinnen, daß ſie unterſchiedslos jede Not zu erleichtern ſuchte; aber auch den Reichen wurde ſie wichtig, denn ſie zügelte deren Vergnügungen. Bei ihr verkehrten der Gemeindebeauftragte, der Maire, der Diſtriktsvorſitzende, der Öffentliche Ankläger, ja ſogar die Richter des Revolutionstribunals. Die vier erſtgenannten waren unverheiratet und machten ihr den Hof, wobei ſie auf eine Ehe rechneten; deswegen drohten ihr die einen mit allem möglichen Üblen, das ſie ihr antun könnten, während die anderen ſie eifrigſt beſchützen wollten. Der Öffentliche Ankläger, der früher Anwalt in Caën geweſen war und die Intereſſen der Gräfin vertreten hatte, trachtete ihr durch eine große und herzliche Ergebenheit Liebe einzuflößen. Gefährliche Geſchichte! Denn ſchließlich war er der furchtbarſte Freier. Er allein wußte bis ins Letzte Beſcheid über das anſehnliche Vermögen ſeiner einſtigen Klientin. Seine Leidenſchaft wurde mächtig geſteigert durch habſüchtige Wünſche, die ſich auf außerordentliche, Leben und Tod des ganzen Bezirks beherrſchende Machtmittel ſtützten. Der noch junge Menſch warf ſich mit ſolcher Vornehmheit ins Zeug, daß Madame de Dey nicht recht zum Schluß über ihn kam. Aber ſie kümmerte ſich nicht um die Gefahr, die einen Kampf gegen dieſe Leute aus der Normandie in ſich barg, und ſetzte all die Erfindungsgabe und Schlauheit ein, mit der die Frauen von Natur aus derartige Rivalen gegeneinander ausſpielen. Gewann ſie Zeit, ſo durfte ſie hoffen, mit heiler Haut aus den Unruhen herauszukommen. Damals wähnten die im Lande gebliebenen Royaliſten noch immer, die Revolution werde von einem zum anderen Tag erloſchen ſein; und dieſe Überzeugung koſtete manchem von ihnen das Leben.

Bei all dieſen Schwierigkeiten hatte die Gräfin ſich ihre volle Unabhängigkeit bis zu dem Tage bewahrt, wo ſie, in unverzeihlicher Ungeſchicklichkeit, wiſſen ließ, ſie werde ihr Haus verſchließen. Sie flößte ein ſo tiefes und ehrliches Intereſſe ein, daß die Leute, die an dieſem Abend bei ihr vorſprachen, lebhaft beunruhigt waren, als ſie hörten, ſie könnten unmöglich empfangen werden. Dann erkundigten ſie ſich mit der offenen Neugier der Provinzialen nach dem Unglück, dem Kummer, der Krankheit, von denen Madame de Dey befallen wäre. Eine alte Angeſtellte namens Brigitte erklärte, ihre Herrin hätte ſich eingeſchloſſen und wünſche niemanden zu ſehen, nicht einmal die Leute aus dem Haus. Das ziemlich weltferne Leben impft den Kleinſtädtern die unwiderſtehliche Gewohnheit ein, die Handlungsweiſe ihrer Mitmenſchen peinlichſt genau zu durchſtöbern, ſo daß nun, nachdem ſie einmal an Madame de Dey Intereſſe genommen hatten, jeder, ohne zu wiſſen, ob ſie ausgeſprochen glücklich oder bekümmert wäre, den Anlaß ihres plötzlichen Rückzugs ergründen wollte.

„Wäre ſie krank," ſagte der erſte Neugierige, „ſo hätte ſie wohl nach dem Arzt geſchickt; aber der Doktor hat den ganzen Tag über bei mir Schach geſpielt. Er meinte lachend, daß es zur Zeit nur eine Krankheit gäbe . . . die aber ſei unheilbar."

Dieſer Scherz war ziemlich gewagt. Frauen, Männer, Greiſe, junge Mädchen ſchauten ſich verwundert an und gaben ſich den phantaſtiſchſten Mutmaßungen hin. Jeder glaubte ein Geheimnis zu ahnen, und dieſes Geheimnis beſchäftigte die allgemeine Einbildungskraft. Der nächſte Tag verſchlimmerte nur noch den Verdacht. Wie das ſchon ſo in einer kleinen Stadt iſt: die Frauen erfuhren es zuerſt, daß Brigitte heute auf dem Markt anſehnlichere Einkäufe als ſonſt gemacht hatte. Dieſe Tatſache konnte nicht beſtritten werden. Man hatte Brigitte am Vormittag auf dem Platz geſehen und, höchſte Wichtigkeit!, ſie hatte den einzigen Haſen gekauft, den es dort gab. Die ganze

Stadt wußte, daß Madame de Dey sich nichts aus Wild machte. An den Hasen knüpften sich nun endlose Vermutungen. Die alten Herren stellten bei ihrer täglichen Promenade fest, daß im Haus der Gräfin jene gespannte Tätigkeit herrsche, die gerade aus der Vorsicht spricht, mit der man sie verbergen möchte. Der Kammerdiener klopfte einen Teppich im Garten; tags zuvor hätte kein Mensch Notiz davon genommen; aber dieser Teppich wurde ein Teilstück des Romans, an dem nun alle Leute arbeiteten. Und jeder fand etwas. Als Madame de Dey am zweiten Tag sagen ließ, daß sie wieder nicht empfangen könne, trafen sich die Hauptpersonen von Carentan beim Bruder des Maire, einem alten verheirateten Kaufmann und redlichen, überall geschätzten Menschen, dem auch die Gräfin immer große Achtung bezeigte. All die Freier um die Hand der reichen Witwe hatten da eine mehr oder minder wahrscheinliche Geschichte zu erzählen; jeder von ihnen meinte die geheimnisvollen Umstände, die die Gräfin so ins Gerede kommen ließen, zu seinen Gunsten drehen zu können. Der Öffentliche Ankläger erfand ein ganzes Drama, um den Sohn der Madame de Dey nächtlicherweile in ihr Haus einzuschmuggeln. Der Maire glaubte an einen unvereidigten Priester, der aus der Vendée gekommen sei und ein Asyl bei ihr suche; doch strafte ihn der Kauf eines Hasen am Freitag schon Lügen. Der Distriktsvorsitzende riet mit Bestimmtheit auf ein Haupt der Königstreuen oder der Vendéer, hinter dem man gerade her war. Andere auf einen vornehmen Flüchtling aus den Pariser Gefängnissen. Jedenfalls verdächtigten alle die Gräfin einer jener Großherzigkeiten, die die Gesetze damals Verbrechen nannten und derentwegen man aufs Schafott kommen konnte. Und mit gedämpfter Stimme fügte der Öffentliche Ankläger hinzu: er müsse schweigen, aber er werde alles daran setzen, die Unglückliche vom Abgrund zurückzureißen, auf den sie mit großen Schritten zueile.

„Sollten Sie hierüber etwas verlauten lassen," schloß er, „so müßte ich einschreiten und eine Untersuchung gegen Sie einleiten, und dann! ..." Er endete den Satz nicht, aber jeder wußte, was das heißen sollte. Die treuesten Freunde der Gräfin ängstigten sich ihretwegen so, daß der Syndikus der Anwälte ihr durch seine Frau ein paar Zeilen schreiben ließ, sie möge doch die abendlichen Empfänge wieder aufnehmen. Der alte Kaufmann war beherzter und machte Madame de Dey am Vormittag einen Besuch. Im Eifer für sie beharrte er darauf, bei ihr eintreten zu dürfen, und stand überrascht still, als er sie im Garten die letzten Rabattenblumen schneiden und auf die Vasen verteilen sah.

„Zweifellos hat sie ihrem Liebhaber Obdach gewährt", sagte sich der Greis und empfand Mitleid mit der charmanten Frau. Der seltsame Ausdruck ihres Gesichtes bestärkte seinen Verdacht. Der alte Kaufmann war tief gerührt über eine Hingabe, die den Frauen ganz selbstverständlich ist, die uns aber immer wieder beschäftigt; denn jeder fühlt sich mit geschmeichelt durch die Hingabe einer Frau an einen Mann; und er unterrichtete die Gräfin eingehend über die Gerüchte, die ihretwegen in der Stadt im Umlauf waren, und über die Gefahr, in der sie schwebte. „Denn wenn unter unseren Beamten", schloß er, „einer geneigt wäre, Ihren Heroismus für einen Priester zu entschuldigen, und er käme und entdeckte, es handele

ſich um eine Sache des Herzens — nun, ſo würde niemand Sie anklagen."
Auf dieſe Worte hin ſah Madame de Dey den alten Herrn ſo völlig verwirrt, ja wie wahnſinnig an, daß es ihm durch und durch ging.
„Kommen Sie!" ſagte ſie und führte ihn an der Hand in ihr Zimmer; dort verſicherte ſie ſich erst, ob ſie auch allein wären und zog dann einen ſchmutzigen, zerknitterten Brief aus ihrem Buſen. „Leſen Sie!" rief ſie und unterſtrich ihren Ausruf noch durch eine heftige Bewegung.
Wie vernichtet fiel ſie in einen Seſſel. Während der alte Kaufmann ſeine Brille ſuchte und putzte, hob ſie die Augen und ſah ihn zum erſtenmal intereſſiert an; und mit veränderter Stimme ſagte ſie nun ſanft: „Ich vertraue Ihnen!"
„Bedeutet mein Kommen nicht ſchon, daß ich Ihre Schuld mittrage?" antwortete ſchlicht der gutmütige Greis.
Sie zitterte. Zum erſtenmal empfand ſie in dieſer kleinen Stadt Zuneigung zu einer anderen Seele. Der alte Kaufmann begriff plötzlich Mutloſigkeit wie Freude der Gräfin: ihr Sohn hatte an der Expedition Granville teilgenommen, nun ſchrieb er der Mutter aus dem Gefängnis mit halb zärtlicher, halb trübſeliger Hoffnung. Da er der Mittel zur Flucht ſicher zu ſein glaubte, gab er ihr drei Tage an, während deren er ſich verkleidet bei ihr einſtellen werde. Der unheilvolle Brief enthielt auch herzzerreißende Abſchiedsworte für den Fall, daß er nicht bis zum Abend des dritten Tages in Carentan eingetroffen ſein ſollte, und er bat ſeine Mutter noch, dem Überbringer dieſer Nachricht, der ſo viele Gefahren auf ſich genommen hätte, durch eine beträchtliche Summe zu

danken. Das Papier zitterte in der Hand des alten Mannes.
„Und heute alſo iſt der dritte Tag", brach Madame de Dey aus, ſtand heftig auf, nahm den Brief wieder an ſich und ging hin und her.
„Sie ſind unklug geweſen", begann der Kaufmann. „Warum haben Sie Vorbereitungen getroffen?"
„Aber er konnte doch kommen, halbtot vor Hunger, kaputt von Mattigkeit, und ..." Sie brach ab.
„Da ich meines Bruders ſicher bin", bemerkte der Alte, „will ich zu ihm gehen und ihn für Sie intereſſieren."
Der Kaufmann bewies bei dieſer Gelegenheit wieder die Geſchicklichkeit, die er früher in ſeinen Geſchäften gezeigt hatte, und machte ihr etliche äußerſt kluge Vorſchläge. Nachdem ſie ſich verſtändigt hatten, was in jedem Falle zu tun und zu ſagen war, ging der alte Mann unter geeignetem Vorwand in die wichtigſten Häuſer von Carentan und ließ dort einfließen, daß Madame de Dey trotz ihrer Indispoſition an dieſem Abend wieder empfangen werde. Es glückte ihm, mit allerlei Spitzfindigkeiten die normanniſche Intelligenz unterzukriegen, während jede Familie ihn über die Krankheit der Gräfin aushorchen wollte, und immer brachte er etwas anderes über den geheimnisvollen Vorfall heraus. Sein erſter Beſuch gelang fabelhaft. Einer alten gichtkranken Dame erzählte er, Madame de Dey wäre beinahe bei einem Anfall von Magenkrämpfen draufgegangen; da ihr der tüchtige Tronchin früher einmal, bei ähnlicher Gelegenheit, empfohlen hätte, ſich das Fell eines lebendig gehäuteten Haſen auf die Bruſt zu legen und ohne die geringſte Bewegung im Bett zu bleiben, habe die Gräfin in ihrer Todesgefahr zwei Tage lang aufs

peinlichste die sonderbare Verordnung Tronchins befolgt und sei nun wieder so weit hergestellt, daß sie ihre Gäste bei sich sehen könne. Diese Erzählung hatte einen Bombenerfolg, und der Arzt von Carentan, der im Grunde seines Herzens Royalist war, steigerte ihre Wirkung durch die Wichtigkeit, mit der er dieses Spezifikum erörterte. Indessen, der Verdacht hatte sich schon in manchem Dickkopf und manchem Philosophenschädel so fest eingenistet, daß er nicht mehr ganz auszuroden war; so also trafen an diesem Abend die regelmäßigen Gäste besonders eifrig und pünklich bei Madame de Dey ein, teils weil sie neugierig waren, wie sie sich wohl benähme, teils wirklich aus Freundschaft, in der Hauptsache aber ergriffen von ihrer wunderbaren Heilung. Sie fanden die Gräfin vor dem großen Kamin ihres Salons, der fast genau so bescheiden war wie alle anderen in Carentan; denn um die gewisse Beschränktheit ihrer Gäste nicht zu verletzen, versagte sie sich die Annehmlichkeiten des früher gewohnten Luxus; hier hatte sie jedenfalls nichts verändert. Nicht einmal die Fliesen im Empfangszimmer waren gebohnert. An den Wänden beließ sie die alten gedunkelten Teppiche, die ländlichen Möbel blieben da, es gab Kerzenlicht, und sie folgte durchaus dem Geschmack des Städtchens, paßte sich dem Provinzleben an und nahm seine peinlichen Nichtigkeiten wie seine fühlbarsten Entbehrungen ruhig auf sich. Da sie aber wußte, daß ihre Gäste mit der Pracht, die sie ja selber gern gehabt hätten, im Grunde einverstanden waren, ließ sie keine Gelegenheit vorübergehen, ihnen persönliche Annehmlichkeiten zu verschaffen. So gab sie ihnen ausgezeichnete Diners. Oder sie erweckte den Anschein des Geizes, um ihren rechnenden Hirnen zu imponieren; nachdem ſie ſich einmal entſchloſſen hatte, gewiſſe luxuriöſe Gewohnheiten aufzugeben, hielt ſie das auch mit Grazie durch. Abends um ſieben Uhr alſo verſammelte ſich die beſſere ſchlechte Geſellſchaft von Carentan rings um ihren Kamin. Die teilnehmenden Blicke des alten Kaufmanns hielten die Hausherrin in ihrem Unglück aufrecht, und ſo unterzog ſie ſich mit unerhörter Tapferkeit den kleinlichen Fragen und dem dummen, albernen Geſchwätz ihrer Gäſte. Aber bei jedem Schlag des Türklopfers, bei jedem Schritt, der durch die Gaſſe hallte, verbarg ſie ihre Erregung unter allerlei intereſſierten Fragen nach dem Schickſal des Landes. Sie ſtellte laute Erörterungen an über die Qualität des Apfelweins und wurde dabei von ihrem Mitverſchworenen ſo trefflich unterſtützt, daß die Geſellſchaft faſt vergaß, ſie auszuſpionieren, als ſie wieder ſo ſicher wie früher und ſo unerſchütterlich daſaß. Der Öffentliche Ankläger und einer der Richter vom Revolutionstribunal ſchwiegen aber, beobachteten aufmerkſam das leiſeſte Spiel ihrer Mienen, lauſchten durch den Lärm noch ins Haus hinauf und kamen in verfänglichen Fragen immer wieder auf dies und jenes zurück, worauf indeſſen die Gräfin mit bewundernswerter Geiſtesgegenwart antwortete. Mütter haben ja ſo viel Mut! Und als dann Madame de Dey die Partien arrangiert, die Geſellſchaft an den Tiſchen zu Boſton, Reverſi oder Whiſt plaziert hatte, plauderte ſie noch eine Weile mit etlichen jungen Leuten ganz harmlos wie eine vollendete Schauſpielerin. Sie veranlaßte, daß man ſie um ein Lottoſpiel bat, gab vor, nur ſie wiſſe, wo es wäre — und verſchwand.

„Ich erſticke, meine arme Brigitte“, rief ſie aus, ſie trocknete die Tränen, die aus ihren fieber-, ſchmerz-

und ungeduldſchimmernden Augen rannen. „Er kommt nicht“, ſagte ſie und ſpähte durch das Zimmer, in das ſie heraufgekommen war. „Hier atme ich wieder, hier ſehe ich wieder. Noch ein paar Augenblicke, und er wird da ſein, trotz allem! Denn ich ſehe ihn kommen, ich bin meiner Sache gewiß. Mein Herz ſagt es mir. Hörſt du nichts, Brigitte? Ich gäbe den Reſt meines Lebens hin, wenn ich wüßte, ob er im Gefängnis iſt oder auf dem Weg hierher. Ich möchte gar nicht denken!“
Sie prüfte noch einmal, ob auch das Zimmer in Ordnung wäre. Im Kamin flackerte ein hübſches Feuer; die Fenſterläden waren vorſorglich geſchloſſen, die Möbel blitzten vor Sauberkeit; die Art, in der das Bett gerichtet war, bewies, daß die Gräfin und Brigitte ſich bis ins kleinſte damit beſchäftigt hatten; ihre Hoffnungen drückten ſich in der liebevollen Sorgfalt aus, mit der das ganze Zimmer zurechtgemacht ſchien, wo ſüße Anmut der Liebe und keuſcheſte Zartheit aus dem Blumenduft wob. Nur eine Mutter konnte die Wünſche eines Soldaten ahnen und ihnen eine ſo reſtloſe Erfüllung ſchaffen. Eine köſtliche Mahlzeit, gewählte Weine, Schuhe, Wäſche und ſchließlich alles, was einem ermüdeten Reiſenden nützlich oder angenehm iſt, war da, damit er nichts vermiſſe und im Glück der Heimat die mütterliche Liebe ſpüre.
„Brigitte!“ Die Stimme der Gräfin klang herzzerreißend, ſie rückte einen Seſſel vor den Tiſch, wie um ihre Wünſche wirklich zu machen und die Kraft ihrer Illuſionen zu erhöhen.
„Ah! Madame, er wird kommen. Er iſt nicht mehr weit. — Ich zweifle nicht, daß er lebt und unterwegs iſt“, fuhr Brigitte fort. „Ich habe einen Schlüſſel in

die Bibel geſchoben, dann habe ich ihn über meine Finger gehalten, während Cottin das Johannesevangelium las . . . und, Madame, der Schlüſſel hat ſich nicht gedreht!“

„Iſt das ſicher?“ fragte die Gräfin.

„Oh! Madame, das kennt man. Ich wette mein Seelenheil, daß er noch lebt. Gott kann ſich nicht täuſchen.“

„Bei aller Gefahr, die ihn hier erwartet, möchte ich ihn wohl da ſehen.“

„Armer Herr Auguſte“, brach Brigitte los, „ſicher muß er den Weg zu Fuß machen.“

„Und da ſchlägt die Glocke ſchon acht Uhr!“ rief erſchrocken Madame de Dey.

Die Gräfin fürchtete, länger als ſie durfte, in dieſem Zimmer geblieben zu ſein, wo ſie an das Leben ihres Sohnes glaubte und all' das ſah, was ihr dieſes Leben nahebrachte, und ſtieg wieder hinunter, ehe ſie aber in den Salon trat, blieb ſie einen Augenblick unter den Treppenſäulen ſtehen und horchte, ob nicht irgendein Geräuſch von der Stadt her ſein Echo durch die Stille ſchicke. Sie lächelte Brigittens Gatten zu, der auf Poſten ſtand; ſein Blick ſchien ſchon ganz ſtumpf zu ſein von dem vielen Aufpaſſen auf das Murmeln des nächtlichen Platzes. Bald kehrte ſie heiter zurück und machte ſich daran, mit den jungen Mädchen Lotto zu ſpielen, von Zeit zu Zeit zwang ſie ſich zu einem Lächeln, und dann ſetzte ſie ſich wieder in ihren Seſſel am Kamin.

So lagen die Dinge und Stimmungen im Hauſe der Madame de Dey, während auf der Straße von Paris nach Cherbourg ein junger Menſch in brauner Carmagnole, dem kargen Anzug dieſer Zeit, ſich gegen Carentan zu bewegte. Zu Beginn der Requiſitionen gab es noch wenig oder keine Diſziplin. Die Erforderniſſe des Augenblicks erlaubten der Republik kaum, ihre Soldaten feldmarſchmäßig auszurüſten, und nicht ſelten konnte man auf der Straße viele Requiſitionäre in ihrer alten bürgerlichen Kleidung ſehen. Dieſe jungen Leute überholten ihre Bataillone in den Etappenorten, oder ſie blieben zurück, je nachdem, wie ſie die Anſtrengungen eines langen Weges ertrugen. Der Wanderer, von dem hier die Rede iſt, war der Requiſitionskolonne für Cherbourg ziemlich weit voraus, auf die der Maire von Carentan wegen der Verteilung der Logierzettel ſtündlich wartete. Dieſer junge Mann marſchierte in ſtumpfem, aber immer noch feſtem Schritt, und ſeine ganze Haltung ſchien zu ſagen, daß er ſeit langem mit den Strapazen des Soldatenlebens wohl vertraut wäre. Obgleich der Mond auf die Wieſen vor Carentan ſchien, hatte der Mann doch die großen weißen Wolken bemerkt, die auf das Land herunterſchneien wollten, und die Furcht, von einem Sturm überraſcht zu werden, beſchleunigte zweifellos ſeinen Marſch mehr, als es ſeine Müdigkeit eigentlich zuließ. Auf dem Rücken trug er einen faſt leeren Sack und in der Hand einen Stock aus Buchsbaum, den er ſich von einer jener hohen und breiten Hecken geſchnitten hatte, die die meiſten Güter der niederen Normandie umziehen. Dieſer einſame Wanderer kam hinein nach Carentan, deſſen Türme er gerade eben vom Mondlicht phantaſtiſch gekantet ſah. Sein Schritt weckte das Echo in den ſchweigenden Gaſſen, er begegnete keinem Menſchen; einen Weber, der noch arbeitete, mußte er nach dem Haus des Maire fragen, dort wartete er auf einer ſteinernen Bank, bis man ihm den verlangten Logierzettel gäbe. Der Beamte aber rief nach ihm, er trat ein und wurde einem ausführlichen Verhör unterworfen. Der In-

fanterist war ein junger Bursch von gutem Aussehen; er schien einer besseren Familie anzugehören. Seine ganze Haltung verriet Vornehmheit. In seinem Gesicht stand Intelligenz, die von guter Erziehung sprach.
„Wie heißt du?“ fragte ihn der Maire mit einem listigen Blick.
„Julien Jussieu“, antwortete der Requisitionnaire.
„Und du kommst —?“ Der Beamte ließ ein ungläubiges Lächeln sehen.
„Aus Paris.“
„Deine Kameraden dürften recht weit weg sein“, fuhr der Normanne mit spöttischem Ton fort.
„Ich bin dem Bataillon um drei Meilen voraus.“
„Irgendein Gefühl zieht dich zweifellos nach Carentan, Bürger Requisitionär?“ meinte der Maire mit schlauer Miene. „Es ist gut,“ und eine Handbewegung gebot dem jungen Mann, der reden wollte, Schweigen, „wir wissen, wohin wir dich schicken. Da,“ er händigte ihm seinen Logierzettel aus, „geh, Bürger Jussieu!“
Der Ton, in dem der Beamte die letzten beiden Worte aussprach, als er den Zettel mit der Wohnungsangabe der Madame de Dey ihm hinreichte, war von einer gewissen Ironie gefärbt. Der junge Mensch machte beim Lesen ein neugieriges Gesicht.
‚Er weiß natürlich ganz genau, daß er nicht weit zu gehen hat; wenn er erst draußen ist, wird er alsbald den Platz überqueren!‘ meinte der Maire bei sich selber, als der junge Mensch ihn verließ. ‚Der ist schon gehörig kühn! Möge Gott ihn geleiten. Auf alles hat er geantwortet, ja, aber wenn irgend jemand anderes als ich ihn nach seinen Papieren gefragt hätte, wäre er verloren gewesen!‘
In diesem Augenblick hatten die Turmuhren von

Carentan halb zehn Uhr geſchlagen; die Ampeln im Vorzimmer der Madame de Dey wurden angezündet; die Diener halfen ihren Damen und Herren in die Holzſchuhe, Überröcke oder Kragen, die Spieler hatten miteinander verrechnet und rückten gemeinſam ab, wie das immer ſo in Kleinſtädten iſt.

„Es ſcheint, als ob der Öffentliche Ankläger bleiben will", bemerkte eine Dame; denn es war ihr aufgefallen, daß dieſe wichtige Perſönlichkeit gerade in dem Augenblick fehlte, wo man ſich auf dem Platz trennte, um nach Hauſe zu gehen, und alle ſich ſchon gründlich verabſchiedet hatten.

Dieſer Mann des Grauens war in der Tat allein bei der Gräfin verblieben, die zitternd darauf wartete, daß es ihm nun endlich einfallen möge, zu gehen.

„Bürgerin," begann er endlich nach einem langen Schweigen, das etwas Schreckliches hatte, „ich bin hier, um den Geſetzen der Republik gerecht zu werden."

Madame de Dey überlief es eiskalt.

„Haſt du mir nichts zu offenbaren?" forſchte er

„Nichts!" antwortete ſie erſtaunt.

„Ah, Madame!" rief der Ankläger aus, während er ſich dicht bei ihr niederließ und einen anderen Ton anſchlug, „in dieſem Augenblick könnte einer von uns, Sie oder ich, ſeinen Kopf ohne weiteres ans Schafott verlieren. Ich habe Ihr Weſen, Ihre Seele, Ihre ganze Art viel zu gut beobachtet, um auch das Erſtaunen zu teilen, in das Sie heute abend Ihre Geſellſchaft zu ſetzen wußten. Ich hege keinen Zweifel mehr daran, daß Sie Ihren Sohn erwarten."

Die Gräfin machte eine verneinende Bewegung; aber ſie war blaß geworden; da ſie Feſtigkeit vortäuſchen mußte, hatten ſich ihre Geſichtsmuskeln zu-

ſammengezogen, und das unbeſtechliche Auge des Öffentlichen Ankägers verlor keine ihrer Bewegungen.
„Nun ſchön, empfangen Sie ihn!“ hub der Revolutionsbeamte wieder an. „Aber daß er nicht länger als ſieben Morgenſtunden unter Ihrem Dach weilt! Morgen bei Tage komme ich wieder zu Ihnen mit einer Denunziation, die ich mir beſchaffen werde ...“
Sie ſah ihn ſo perplex an, daß es einen Tiger gerührt hätte.
„Meine genauen Nachprüfungen“, fuhr er mit einer ſüßen Stimme fort, „werden die Unrichtigkeit der Denunziation dartun, Sie aber werden meinem Bericht zufolge vor allen anderweitigen Verdächten geſchützt ſein. Ich werde von Ihren patriotiſchen Talenten ſprechen, von Ihrem Bürgerſinn, und wir werden gerettet ſein.“
Madame de Dey fürchtete eine Falle, ſie blieb unbeweglich ſtehen, aber ihr Geſicht glühte, und die Stimme verſagte ihr. Ein Schlag des Türklopfers hallte durchs Haus.
„Ah!“ ſchrie die entſetzte Mutter und fiel auf die Knie, „ihn retten, ihn retten!“
„Ja, retten wir ihn!“ ſagte der Öffentliche Ankläger und warf einen leidenſchaftlichen Blick auf ſie, „und wenn es unſer Leben koſten ſollte!“
„Ich bin verloren!“ ſchrie ſie, während der Ankläger ſie mit vollendeter Höflichkeit aufrichtete.
„Oh, Madame,“ und er machte die Geſte eines Redners, „ich möchte Sie niemandem und nichts verdanken — nur Ihnen ſelbſt!“
„Madame, ich ſe ...“, platzte Brigitte herein, die ihre Herrin allein wähnte.
Als die alte Dienerin den Öffentlichen Ankläger ſah, verblaßte ihre Röte, und ihre Freude erſtarrte.

„Was gibt's, Brigitte?" fragte der Beamte und machte ein mildes und gescheites Gesicht.
„Die Mairie schickt uns einen Requisitionär ins Quartier", antwortete die Dienerin und wies den Zettel vor.
„Stimmt", sagte der Ankläger, nachdem er das Papier gelesen hatte. „Heute abend kommt ein Bataillon zu uns."
Und er ging.
In diesem Augenblick bedurfte die Gräfin viel zu sehr des Glaubens an die Aufrichtigkeit ihres früheren Anwalts, als daß sie nur den mindesten Zweifel hätte aufkommen lassen; sie stürzt die Treppe hinauf, nur mit Mühe hält sie sich aufrecht, reißt dann die Türe seines Zimmers auf, sieht ihren Sohn, stürzt in seine Arme, vergehend: — „Oh, mein Kind, mein Kind!" schluchzte sie und bedeckte ihn wie wahnsinnig mit Küssen.
„Madame", sagte der Unbekannte.
„Ah, er ist es nicht", fuhr sie hoch und warf sich erschreckt zurück, sie blieb vor dem Requisitionär stehen und sah ihn mit verstörten Blicken an.
„Großer Gott, welche Ähnlichkeit", meinte Brigitte.
Ein Augenblick tiefsten Schweigens entstand, und selbst der Fremde zitterte beim Anblick Madame de Deys.
„Ah! mein Herr", sagte sie und stützte sich auf Brigittens Mann, überall verspürte sie einen Schmerz, dessen erster Anfall indessen nicht stark genug war, sie zu töten; „Mein Herr, ich vermag Sie nicht länger zu sehen, gestatten Sie, daß meine Leute an meiner Stelle sich um Sie bemühen."
Sie begab sich wieder hinunter in ihre Räume, halb getragen von Brigitte und dem alten Diener.

„Wie, Madame," fuhr die alte Magd los, als ſie ihre Herrin niedergleiten ließ, „ſoll dieſer Menſch ſich ins Bett von Herrn Auguſte legen, die Pantoffeln von Herrn Auguſte tragen, von der Paſtete eſſen, die ich für Herrn Auguſte gebacken habe? Und wenn man mich auf die Guillotine ſchleift, ich . . ."

„Brigitte!" rief Madame de Dey.

„Schweig doch, du Schwätzerin," ziſchte ihr Mann, „willſt du Madame töten?"

In dieſem Augenblick machte der Requiſitionär in ſeinem Zimmer ein Geräuſch dadurch, daß er ſich an den Tiſch ſetzte.

„Ich bleibe keinen Augenblick länger hier", ſchrie Madame de Dey. „Ich gehe ins Gewächshaus, wo ich beſſer hören kann, was über Nacht draußen paſſiert."

Sie ſchwankte noch zwiſchen der Furcht, daß ihr Sohn verloren ſei, und der Hoffnung, daß er doch noch kommen werde. Die Stunden vergingen ſchrecklich ſtill. Es gab für die Gräfin einen grauenhaften Augenblick, als das Bataillon der Requiſitionäre in die Stadt einrückte und jedermann ſein Quartier aufſuchte. Jeder Schritt, jedes Geräuſch war getäuſchte Hoffnung. Dann aber fiel die Nacht in eine tödliche Ruhe. Gegen Morgen mußte die Gräfin wieder in ihre Wohnung zurück. Brigitte, die aufpaßte auf alles, was Madame tat, ſah ſie nicht wieder herauskommen; ſie trat ins Zimmer ein und fand die Gräfin tot.

„Wahrſcheinlich hat ſie gehört, wie dieſer Requiſitionär ſich fertig anzog, im Zimmer des Herrn Auguſte hin und her ging und dieſe verdammte Marſeillaiſe ſang, als ob er im Pferdeſtall wäre", heulte Brigitte auf. „Das hat ſie getötet!"

Der Tod der Gräfin hatte ſeine Urſache in einem

tieferen Gefühl und zweifellos in einer ſchrecklichen Viſion. Zu genau derſelben Stunde, wo Madame de Dey in Carentan ſtarb, wurde ihr Sohn in le-Morbihan füſiliert. Wir können dieſen tragiſchen Fall unter die Beobachtungen von Seelenverwandtſchaft ſtellen, die den Raumgeſetzen nicht untertan iſt: Urkunden, die ein paar Eigenbrödler mit weiſer Neugier ſammeln, um ſie eines Tages zur Grundlage einer neuen Wiſſenſchaft zu machen, deren genialer Entdecker bis zur Stunde noch nicht erſtanden iſt.

☆

ICH WOHNTE DAMALS IN EINER GASSE, DIE wohl kaum jemand kennen dürfte: in der Rue de Lestiguières, ſie führt von der Rue Saint-Antoine, gegenüber einem Brunnen nächſt dem Baſtilleplatz, bis zur Rue de la Cerisaie. Meine Liebe zur Wiſſenſchaft zwang mich, in einer Manſarde zu wohnen, wo ich nachts arbeitete, die Tage aber verbrachte ich in einer nahen Bibliothek. Ich lebte äußerſt einfach, ja faſt mönchiſch, wie ein geiſtiger Arbeiter eben leben muß. Selten einmal leiſtete ich mir bei ſchönem Wetter einen Spaziergang auf dem Boulevard Bourdon. Nur eine Leidenſchaft drohte mich dieſem Leben als Forſcher abſpenſtig zu machen — indeſſen, gehört ſie nicht auch dazu? Ich ſtudierte nämlich das Leben des Faubourg, ſeine Leute und ihren Charakter. Ich war genau ſo ſchlecht angezogen wie die Arbeiter und kümmerte mich nicht darum, wie ich ausſah; deshalb genierten ſie ſich auch nicht vor mir; alſo konnte ich mich ruhig unter ſie miſchen und zuſchauen, wie ſie ihre kleinen Geſchäfte betrieben und abends nach Arbeitsſchluß ihre kleinen Streitigkeiten ausfochten. Beobachten war bei mir ſchon ganz intuitiv geworden; ich konnte Seele erkennen, ohne den Leib zu vernachläſſigen; oder richtiger geſagt, alle äußerlichen Einzelheiten waren mir von vornherein ſo deutlich, daß ich ſogleich durch ſie hindurch forſchte, meine Beobachtungsgabe ließ mich das Leben jenes Menſchen, für den ich mich gerade intereſſierte, unbedingt mitleben; ich konnte mich ganz genau ſo in

ihn hineinverſetzen, wie der Derwiſch aus Tauſendundeinernacht ſich in Leib und Seele derer wandelte, über die er beſtimmte Formeln ſprach.
Sah ich nachts zwiſchen elf und zwölf Uhr einen Arbeiter mit ſeiner Frau vom Ambigu-Comique heimkehren, ſo machte es mir Spaß, vom Boulevard du Pont-aux-Choux bis zum Boulevard Beaumarchais hinter ihnen herzugehen. Natürlich redeten dieſe Biederleute zuerſt von dem Stück, das ſie ſich angeſehen hatten; nach und nach aber landeten ſie totſicher bei ihren privaten Sorgen; die Mutter ſchleifte ihr Kind hinter ſich her, ohne im geringſten auf deſſen Klagen und Fragen zu hören; man rechnete aus, wieviel Geld es am nächſten Tag ſetzen würde und gab es ſchon auf zwanzig Arten aus. Dann vertieften ſie ſich in den Haushalt: die Kartoffeln waren zu teuer und der Winter zu lang und der Preis für den Torf zu hoch; wieviel der Bäcker zu bekommen hatte, war nicht ganz klar, ſie gerieten deswegen aneinander, wurden immer heftiger, und bei ſolchen draſtiſchen Reden zeigte jeder, wie er war. Hörte ich dieſen Leuten zu, ſo drang ich auch ſchon in ihr Leben hinein: mein Leib fühlte ihre Lumpen, ich ging in ihren verſchlampten Schuhen; meine Seele nahm ihre Hoffnungen und Schmerzen auf, und ich dachte, ſie empfänden es ebenſo. Es war ein Wachtraum. Ich erboſte mich mit ihnen über die Meiſter, die ſie unterdrückten, und über die üble Behandlung, daß man ſie oft vergeblich nach ihrem Geld laufen ließ. Meine ganze Zerſtreuung beſtand darin, meine Gewohnheiten aufzugeben, mich moraliſch durch und durch in einen anderen zu verwandeln und ein Spiel der Willkür zu ſpielen. Wem verdanke ich dieſe Anlage? Iſt das ein zweites Ge-

ſicht? Iſt das eine jener Fähigkeiten, durch deren Überſteigerung man wahnſinnig werden könnte? Ich habe niemals den Quellen dieſer Macht nachgeſpürt, ſie ſind in mir, ich nutze ſie — gut! Ich kann nur ſagen, daß ich damals ſchon die Elemente der zuſammengewürfelten Maſſe, die ſich Volk heißt, durchgrübelt und genug analyſiert hatte, um ihr Gut oder Schlecht wohl einſchätzen zu können. Ich wußte ſchon, was in dieſem Faubourg, in dieſer Brutſtätte der Revolutionen, alles drinſteckte — Helden, Erfinder, Techniker, Schufte, Verworfene, Tugenden und Laſter, vom Elend hinuntergeſtopft, von der Not entkräftet, von Wein und Schnaps verſeucht und zerſtört. Niemand vermag ſich vorzuſtellen, wie viele namenloſe Schickſale, wie viele verſchüttete Tragödien ſich in dieſer Stadt des Leidens abſpielen! Wieviel furchtbar Schönes! Keine Phantaſie kann die Wirklichkeit ausmalen, die ſich hier verbirgt, keiner kann ſie finden, kaum einer ihr nahekommen; die Tiefe iſt zu ſchauerlich, in der Tragik und Komik ſich ſo wunderbar zu Meiſterwerken des Zufalls entfalten. Ich weiß nicht, warum ich die Geſchichte, die ich erzählen möchte, ſolange bei mir behalten habe, ſie iſt eine jener ſeltſamen Dinge, die wie Lotterienummern im Sack bleiben, bis eine Laune des Gedächtniſſes ſie herauszieht. Ich habe noch einen größeren Vorrat davon, alle ſind gleich ſonderbar; und ſie kommen noch alle dran, verlaßt euch drauf!

Eines Tages bat mich meine Aufwartung, eine Arbeiterfrau, ich möge doch die Hochzeit einer ihrer Schweſtern mit meiner Anweſenheit beehren. Damit man ſich vorſtellen mag, was für eine Hochzeit das ſein würde, muß ich noch ſagen, daß ich dieſer armen Perſon, die mir jeden Morgen das Bett machte, die Schuhe reinigte, das Zimmer wiſchte und das Frühſtück richtete, im Monat ganze vierzig Sous gab; für den Reſt des Tages ſtand ſie an der Kurbel einer Maſchine, und damit drehte ſie ſich täglich noch ſaure zehn Sous zuſammen. Ihr Mann, ein Tiſchler, verdiente vier Franken. Aber ſie hatten drei Kinder, und da war das doch ein recht kümmerliches Leben. Ich habe gleichwohl niemals eine ſo reſtloſe Ehrlichkeit gefunden wie bei dieſen Leuten. Als ich ſchon aus dem Faubourg verzogen war, kam Mutter Vaillant noch fünf Jahre lang jedesmal zu meinem Namenstag und gratulierte mir mit Blumenſtrauß und Orangen, obwohl ſie täglich kaum zehn Sous zu verzehren hatte. Das Elend hatte uns zueinander geführt. Nie konnte ich ihr mehr als zehn Franken geben, und auch dieſe mußte ich mir oft erſt leihen. Meine Zuſage zur Hochzeit war alſo erklärlich, auch hoffte ich, daß ich mich in die Freude der armen Menſchen hineinleben könnte. Schmaus und Tanz dieſer Hochzeit fanden bei einem Weinhändler, in einem erſten Stockwerk in der Rue de Charenton ſtatt. Man ſaß in einem größeren Zimmer, das von Reflektoren aus Weißblech erhellt wurde; die Wände waren etwa bis Tiſchhöhe mit einer ſchmierigen Tapete bekleiſtert. Man hatte Holzbänke aufgeſtellt. In dieſem Zimmer nun ſaßen achtzig Menſchen im Sonntagsſtaat, mit Sträußen und Bändern geſchmückt, und alle waren ſie verſeſſen auf ihr Vergnügen und tanzten ſich heiß, als ſei das Ende der Welt da. Zur allgemeinen Freude umarmten ſich die Jungvermählten, man ſchrie Ah! und Eh! und machte tauſend Späße, die im Grunde viel weniger unpaſſend waren als der züchtige Au-

genniederſchlag des wohlerzogenen jungen Mädchens. Das brutale Wohlgefühl dieſer Leute hatte geradezu etwas Anſteckendes.
Aber weder die Geſichter dieſer Geſellſchaft noch die Hochzeit ſelbſt noch irgend etwas aus dieſem Kreis ſteht in näherem Zuſammenhang mit meiner Geſchichte. Ich bitte nur den Leſer, ſich dieſen ſonderbaren Rahmen vor Augen zu halten. Man vergegenwärtige ſich dieſe ordinäre, rotbepinſelte Kneipe, atme ihren Weindunſt, entferne ſich nicht aus unſerem Faubourg, von ſeinen Arbeitern, alten Leuten und armen Weibern, die ſich in herzlichſter Ausgelaſſenheit für eine Nacht dem Vergnügen hingaben.
Muſik wurde von drei Blinden aus der Blindenanſtalt gemacht: der erſte ſpielte die Geige, der zweite die Klarinette, der dritte das Flageolett. Alle drei zuſammen bekamen für dieſe eine Nacht ſieben Franken. Natürlich verlangte niemand von ihnen um dieſen Preis Roſſini oder Beethoven; ſie mochten ſpielen, was ſie wollten und konnten, kein Menſch machte ihnen einen Vorwurf, alles war eitel Zufriedenheit. Aber ihre Muſik bearbeitete das Trommelfell ſo hahnebüchen, daß ich gleich zu Anfang über die ganze Geſellſchaft weg mir erſt einmal dieſes Blindentrio anſchaute. Ich wurde nachſichtiger, als ich aus ihren Uniformen ihr Gebrechen erkannte. Die Künſtler ſaßen in einer Fenſterniſche; wollte man ihre Geſichter betrachten, ſo mußte man dicht herantreten. Ich tat das nicht gleich; als ich aber nahe bei ihnen ſtand, war alles entſchieden; Hochzeit und Muſik verſchwanden, meine Neugier war aufs tiefſte erregt, denn meine Seele ging ein in den Leib des Klarinettenſpielers. Geige und Flageolett

hatten die typischen Physiognomien von Blinden: angespannt und ernst; die Klarinette aber mußte den Künstler und Philosophen sofort in ihren Bann ziehen. Man stelle sich vor, über die Gipsmaske Dantes fließe rotes Lampenlicht, und ein Wald schneeweißer Haare stünde darüber. Die Blindheit vertiefte den bitteren und wehen Ausdruck dieses prächtigen Kopfes; denn ein tätiger Geist belebte freudig die blinden Augen. Aus diesem Gesicht mit seiner gewölbten Stirn, die von Runzeln wie morsches Mauerwerk durchfaltet waren, sprach ein einziger, leidenschaftlicher, zäher Wille. Der Alte spielte drauflos, wie es ihm gerade paßte, weder kümmerte er sich um Takt noch um Melodie, seine Finger drückten rein mechanisch auf den alten Klappen hin und her; die gräßlichen Quiektöne, die er da herausbrachte, gingen ihn überhaupt nichts an; die Tänzer merkten das ebensowenig wie die beiden Kameraden meines Italieners; denn ich wollte, daß er ein Italiener wäre — und er war es! Über diesem greisen Homer, der wohl eine ungekannte Odyssee in sich trug, lag etwas Mächtiges und Tyrannisches. Noch aus dem Elend strahlte eine wirkliche Größe, und das Tyrannische aus ihm war viel stärker als seine Armut. In diesem wundervoll geschnittenen Gesicht waren alle die heftigen Leidenschaften da, die den Menschen gut und böse, zum Zuchthäusler oder zum Helden machen können; er hatte, wie man das an Italienern oft findet, eine fahle Gesichtsfarbe; über den tiefen dunklen Augenhöhlen standen Büsche graugewordener Brauen, und nur mit Schaudern dachte man an die Gedanken, die dahinter flackerten, man mußte sie fürchten wie Räuber, die mit Fackeln und Dolchen aus der Mündung einer Höhle herausſtürzen. Und in dieſem Fleiſchkäfig ſteckte ein Löwe, der mit vergeblicher Wut an dem eiſernen Gitter gerüttelt hatte. Das Feuer ſeiner Verzweiflung war zu Aſche zerfallen, die Lava ausgeglüht; aber dieſe Runzeln, dieſe Ruine und einiger Rauch deuteten an, wie heftig der Ausbruch und wie verheerend das Feuer wütete. Beim Anblick dieſes Menſchen drang meine Seele ſo warm in meine Gedanken hinauf, wie die Mienen dieſes Mannes eiſig waren.

Nach jedem Konter hängten Geige und Flageolett, die ſich für Glas und Flaſche lebhaft intereſſierten, ihr Inſtrument an einen Knopf des ſchäbigen Rockes, griffen zurück nach einem kleinen Tiſch in der Fenſterniſche, wo ſie ihre Vorräte hatten, und gaben dem Italiener, der nicht dahinlangen konnte, weil der Tiſch hinter ihm ſtand, ein volles Glas. Die Klarinette nickte einen freundlichen Dank. Sie hatte die exakten Bewegungen, die man immer an den Blinden der großen Pariſer Blindenanſtalten mit Reſpekt beobachtet; man meint durchaus, ſie könnten ſehen. Ich trat, um ihr Geſpräch zu hören, näher an die Drei heran; als ich aber dicht bei ihnen war, lauſchten ſie plötzlich vor ſich hin, ganz ſicher merkten ſie, daß jemand in ihrer Nähe war, der nicht zu den Arbeitern hier gehörte; und ſie ſchwiegen ſtill.

„Sie, Klarinettenſpieler“, fragte ich, „aus welchem Land ſind Sie eigentlich?“

„Aus Venedig“, antwortete der Blinde in leichtem italieniſchen Akzent. — „Sind Sie blind geboren oder war es ein . . .?“ — „Ja, ein Unglück,“ fiel er ein, „ein ganz gemeiner ſchwarzer Star!“ — „Venedig iſt eine ſehr ſchöne Stadt, ich hatte immer große Sehnſucht danach.“

Da wurden die Züge des Alten lebendig, ſeine Runzeln zuckten, er war offenſichtlich tief bewegt. „Wenn ich mit Ihnen ginge," ſagte er, „ſo würden Sie nicht um Ihre Zeit betrogen ſein."
„Reden Sie um Gottes Willen mit ihm nicht von Venedig," ſagte die Geige, „ſonſt hört unſer Doge überhaupt nicht wieder auf, zumal Durchlaucht ſchon zwei Pullen im Bauch hat!" — „Vorwärts, geſpielt! Alter Quietſcher!" rief das Flageolett. Und alle drei begannen wieder zu ſpielen; während ſie aber die vier Sätze des Konters herunterhaſpelten, ſchnupperte der Venezianer nach mir, weil er wohl das beſondere Intereſſe roch, das ich ihm zuwandte. Die lebloſe Trauer ſeines Geſichtes verſchwand; unbeſtimmte Hoffnung hellte ſeine Mienen auf, flakkerte durch ſeine Runzeln; er lächelte, wiſchte ſich über die Stirne, über dieſe verwegene, furchtbare Stirn, und wurde vergnügt wie jemand, der bei ſeinem Lieblingsthema angelangt iſt.
„Wie alt ſind Sie?" fragte ich. — „Zweiundachtzig Jahre." — „Und ſeit wann blind?" — „Das ſind nun an die fünfzig Jahre her", antwortete er wie einer, der nicht nur das Augenlicht verlor, ſondern obendrein noch eine große, große Macht. — „Und warum nennen Ihre Freunde Sie den Dogen?" fragte ich weiter. — „Ach Unſinn!" erwiderte er, „ich bin nämlich venezianiſcher Patrizier, ich hätte alſo ebenſogut wie jeder andere Doge werden können." — „Und wie heißen Sie?" — „Hier — bin ich lediglich der alte Canet. Mein Name konnte nur ſo regiſtriert werden; aber auf Italieniſch heißt er Marco Facino Cane, Fürſt von Vareſe!" — „Wie, Sie ſind ein Nachkomme des berühmten Condottiere Facino Cane, den die Herzöge von Mailand beerb-

ten?“ — „È vero! Seinerzeit floh der Sohn des Cane, weil er fürchten mußte, von den Visconti umgebracht zu werden, nach Venedig und ließ ſich dort in das Goldene Buch eintragen. Heute freilich gibt es weder einen Cane noch ein Goldenes Buch mehr!“ Und er zog eine Grimaſſe, die ſeinen erſtarrten Patriotismus und den Ekel vor allem, was Menſch heißt, wieder hochtrieb.

„Nun, wenn Sie venezianiſcher Senator waren, ſo mußten Sie reich ſein. Wodurch verloren Sie Ihr Vermögen?“

Da wandte er mir mit einer Bewegung voll tiefſter Tragik den Kopf zu, als wolle er mich anſehen, und ſagte nur: „Durch Unglück!“

Er vergaß das Trinken, ja, das Glas Wein, das ihm jetzt das alte Flageolett reichen wollte, wies er mit einer Gebärde ab. Sein Kopf ſank. Das vermochte meine Neugier, weiß Gott, nicht niederzuſchlagen. Während darauf die drei mechaniſch einen neuen Konter dudelten, ſah ich mir den alten venezianiſchen Nobile mit den leidenſchaftlichen Empfindungen eines Zwanzigjährigen an. Vor mir tauchte Venedig und die Adria auf: auf ſeinem verwüſteten Antlitz ſah ich ihre Verwüſtung. Ich durchſchlenderte dieſe Stadt, die ihre Bewohner ſo ſehr lieben, ich kam vom Rialto zum Canale Grande, vom Molo dei Schiavoni zum Lido, ich kehrte zurück zum Markusdom, der ſo ſeltſam prächtig iſt, ich ſah mir die Fenſter der Caſa d'oro an, die alle verſchieden geſchmückt ſind, und dann die üppigen Marmorpaläſte — alſo all den Zauber, den der, der darum weiß, ſo ſehr liebt, weil er ihn jederzeit heranbefehlen kann, ohne ſich durch die Realität in ſeinen dichteriſchen Träumen ſtören zu laſſen. Ich malte mir das Leben aus, das dieſer Enkel aus der Familie der größten Condottieri geführt hatte; ich forſchte nach den Zeichen ſeines Unglücks, und wieſo er körperlich und moraliſch ſo heruntergekommen ſein konnte, was übrigens jetzt ſeine Größe und ſeinen Adel dennoch ſchön ſein ließ, wo ein neues Leben über ihn gekommen ſchien. Zweifellos trafen ſich unſere Gedanken; ich glaube immerhin, daß Blindheit den Austauſch der Geiſter leichter macht, weil die Aufmerkſamkeit nicht von äußeren Dingen abgelenkt wird. Und die Probe dieſer Sympathie zwiſchen uns ließ nicht lange auf ſich warten. Facino Cane hörte auf zu ſpielen, er erhob ſich, trat auf mich zu und ſagte in einem Ton, der mich wie ein elektriſcher Schlag traf: „Gehen wir!"

Draußen auf der Straße fragte er: „Wollen Sie mich nach Venedig führen? Wollen Sie mitkommen? Wollen Sie mir glauben? Sie werden reicher ſein als die zehn reichſten Häuſer von Amſterdam oder London, reicher als die Rothſchilds, reich wie die Märchenmenſchen aus Tauſendundeinenacht!"

Ich hielt ihn für wahnſinnig. Aber aus ſeiner Stimme gebot eine Macht, der ich gehorchen mußte. Ich ließ mich von ihm führen. Er ging ſo ſchnell, als könne er ſehen, zu den Baſtillegräben. An ganz abgelegener Stelle, wo man ſeither eine Brücke über den Saint-Martin-Kanal, der zur Seine fließt, geſchlagen hat, ſetzte er ſich auf einen Prellſtein, und ich ſetzte mich ihm gegenüber auf einen anderen. Im hellen Mondlicht glitzerte ſein weißes Haar wie Silber. Der dumpfe Lärm von den Boulevards herüber ſtörte die Stille faſt gar nicht. Nächtliche Stimmung kam hinzu, und ſo war es wirklich eine romantiſche Szene.

„Sie reden zu einem jungen Menſchen von Millionen. Können Sie zweifeln, daß er auch nur einen einzigen Augenblick zögert, tauſend Leiden auf ſich zu nehmen, um ſie ſich zu verſchaffen? Wollen Sie mich verſpotten?" — „Mag ich ohne Abſolution ſterben", ſtieß er heftig hervor, „wenn das, was ich Ihnen zu ſagen habe, nicht ſtimmt. Ich war zwanzig Jahre alt wie Sie heute; reich ſchön, adelig; und ich ſteckte in der erſten großen Torheit: in der Liebe. Ich habe geliebt, wie heutzutage kein Menſch mehr liebt, ſo inbrünſtig, daß ich mich in eine Kiſte ſtecken ließ auf die Gefahr hin, erſtochen zu werden, und das alles nur, um das Verſprechen eines Kuſſes zu erhalten. Leben hieß mir: für ſie ſterben; 1760 verliebte ich mich in eine Vendramini; ſie war eine Frau von achtzehn Jahren, an einen Sagredo verheiratet, einen unermeßlich reichen Senator von damals dreißig Jahren, der in ſeine Frau leidenſchaftlich verliebt war. Wir, meine Angebetete und ich, waren ſo unſchuldig beieinander wie zwei Engel, als uns der ‚Spoſo' überraſchte; wir ſprachen gerade über die Liebe. Ich war waffenlos, er bewaffnet. Aber er fehlte. Ich ſprang zu, droſſelte ihn mit beiden Händen, drehte ihm wie einem Hahn den Hals um. Ich wollte mit Bianca fliehen, aber ſie mochte nicht! Da haben Sie die Weiber! Ich floh allein. Wurde verurteilt. Man zog meine Güter zugunſten meiner Erben ein; doch hatte ich Diamanten, fünf zuſammengerollte Tizians und mein ganzes Gold bei mir. Ich ging nach Mailand, dort kümmerte man ſich nicht um mich, mein Fall intereſſierte den Staat nicht. — Nebenbei, ehe ich weitererzähle," ſagte er nach einer kurzen Pauſe, „ich weiß nicht, ob die Einbildungen einer Frau in den Zeiten ihrer

Schwangerſchaft oder während der Empfängnis einen Einfluß auf das Kind haben — oder ob nicht; Tatſache bleibt, daß meine Mutter, während ſie mich trug, eine beſondere Leidenſchaft für Gold hatte. Ich habe eine Sucht auf Gold, die meinem Leben ſo wahrhaft Bedürfnis ist, daß ich noch zu keiner Stunde ohne Gold war. Stets habe ich mit Gold zu tun. In meiner Jugend trug ich immer Schmuck und hatte immer zwei-, dreihundert Dukaten bei mir."

Und während er das ſagte, langte er zwei Dukaten aus der Taſche und wies ſie mir.

„Ich rieche das Gold. In meiner Blindheit bleibe ich unweigerlich vor jedem Juwelierladen ſtehen. Dieſe Leidenſchaft hat mich ruiniert: um mit Gold ſpielen zu können, bin ich Spieler geworden. Gauner war ich nicht, aber man begaunerte mich, machte mich kaputt. Als das Geld alle war, packte mich das raſende Verlangen, Bianca wiederzuſehen. Heimlich kehrte ich nach Venedig zurück, ich fand ſie, ein halbes Jahr lang war ich glücklich, ſie verbarg mich und brachte mir zu eſſen. Ich träumte von einem Glück bis ans Ende meines Lebens. Der Proveditore warb um ſie. Er ahnte einen Nebenbuhler, in Italien riecht man ſo etwas; er ſpionierte uns aus, er überraſchte uns im Bett, dieſer Schuft! Sie ſtellen ſich vor, wie wir miteinander kämpften; zwar brachte ich ihn nicht um, aber ich verwundete ihn ſchwer. Das war das Ende meines Glückes. Von dieſer Stunde an habe ich Bianca nie wiedergeſehen. Ich habe ſchöne Dinge erlebt, am Hof Ludwigs XV. hatte ich die berühmteſten Weiber. Aber an keiner fand ich die Wunder, die Reize, die Anmut meiner teuren Venezianerin ... Der Proveditore hatte damals ſeine

Leute mitgebracht. Er rief ſie, man umzingelte den Palazzo, drang ein. Ich wehrte mich, dann wollte ich unter Biancas Augen ſterben, ſie wollte mir nur helfen, den Proveditore zu töten. Sie hatte einmal mit mir nicht fliehen wollen — nach dieſem halben Jahr des Glückes aber wollte ſie an meiner Seite ſterben, ſie bekam mehrere Stiche. Durch einen großen Mantel, den man über mich ſtülpte, wurde ich gegriffen, hinuntergerollt, in eine Gondel geworfen und ſchließlich in einen unterirdiſchen Kerker. Ich war damals zweiundzwanzig Jahre alt! Ich hielt den Säbelknauf ſo feſt, daß man mir hätte die Fauſt abſchlagen müſſen, um ihn zu kriegen. Ein ſonderbarer Zufall, vielleicht auch eine Ahnung der Vorſicht ließ mich das Stück Eiſen in einer Ecke verſtecken, als könne es mir doch noch einmal von Nutzen ſein. Man pflegte mich. Meine Wunden waren keineswegs tödlich. Mit zweiundzwanzig Jahren wird man mit allem fertig. Es hieß, ich würde enthauptet. Um Zeit zu gewinnen, ſtellte ich mich krank. Da ich annahm, mein Kerker grenze an einen Kanal, ſann ich auf Flucht, und zwar wollte ich durch die Mauer hindurchbrechen und über den Kanal ſchwimmen, auch wenn ich ertrinken müßte. Nun hören Sie, worauf ſich meine Hoffnungen ſtützten!

Immer, wenn mir der Kerkermeiſter das Eſſen hereinbrachte, konnte ich an den Wänden die Angaben leſen: Palaſtſeite, Kanalſeite, Kellerſeite; und ſchließlich bohrte ich mich in einen Plan hinein, den ich vielleicht ſelber nicht ganz faßte, der aber aus dem augenblicklichen Zuſtand des unfertigen Dogenpalaſtes erklärlich iſt. Mit dem Scharfſinn, den die Sehnſucht nach Freiheit einem ſchenkt, enträtſelten meine Fingerſpitzen auf einem Stein eine arabiſche Inſchrift. Da teilte der, der dieſe Arbeit begonnen hatte, ſeinen Nachfolgern mit: er habe in der unterſten Mauerſchicht zwei Steine gelockert und in einer Tiefe von elf Fuß weitergegraben. Um voranzukommen, hatte er die Abfälle von Stein und Mörtel über den ganzen Kerkerboden hin verteilen müſſen. Hätte die Anlage des Gebäudes, für die eine ganz oberflächliche Bewachung ausreichend ſchien, die Wächter oder die Inquiſitoren nicht ſicher gemacht, ſo hätte gleichwohl die Lage der unterirdiſchen Kerker, zu denen man auf etlichen Stufen hinunterſteigt, es noch erlaubt, den Boden allmählich aufzuhöhen, ohne daß der Argwohn der Wächter geweckt worden wäre. Dieſe tolle Arbeit hatte anſcheinend nichts genützt, denn da ſie nicht fertig geworden war, mußte der Unbekannte wohl geſtorben ſein. Seine hingebende Mühe konnte aber nur dann nicht für ewige Zeiten umſonſt verſchwendet ſein, wenn einmal ein Gefangener kam, der Arabiſch verſtand; ich nun hatte im armeniſchen Kloſter orientaliſche Sprachen ſtudiert. Ein Satz auf der Rückſeite des Steins teilte das Schickſal dieſes Unglücklichen mit: er war geſtorben als das Opfer ſeiner gewaltigen Schätze, die Venedig in gieriger Weiſe an ſich geriſſen hatte. Erſt nach einem Monat fand ich das heraus. Unter meiner Arbeit und in den Augenblicken einer faſt tödlichen Erſchöpfung hörte ich Gold klingen, ſah ich Gold glitzern, war ich geblendet vom Schein der Diamanten! . . . Ah, warten Sie nur!

Einmal nachts rammte mein ſtumpfes Eiſen Holz. Ich ſchliff das Säbelende und bohrte damit ein Loch in das Holz. Wollte ich arbeiten, ſo mußte ich wie

eine Schlange auf dem Bauch kriechen, mußte mich nackt ausziehen, mußte wie ein Maulwurf butteln, die Hände nach vorn und den Stein zur Stütze. Zwei Tage, ehe ich vor meine Richter treten ſollte, wollte ich, nachts, den allerletzten Verſuch unternehmen; ich bohrte tiefer in das Holz, bis mein Eiſen nirgends mehr Widerſtand fand.
Und nun ſtellen Sie ſich meine Überraſchung vor, als ich mein Auge dem Loch näherte: das war die Wandverſchalung eines unterirdiſchen Raumes, der nur ganz matt, aber doch ſo weit erhellt war, daß ich einen Berg Gold ſehen konnte. In dieſer Höhle ſaßen der Doge und einer von den Zehn. Ich vermochte ihre Stimme deutlich zu hören; aus ihren Worten erfuhr ich, daß hier der Geheime Schatz der Republik, die Stiftungen der Dogen, die Rücklagen aus der Beute verwahrt wurden, die man den Venezianiſchen Pfennig hieß; dahinein floß von allem Kriegsertrag ein gewiſſer Prozentſatz.
Hier mußte meine Rettung liegen!
Als dann der Kerkermeiſter kam, ſchlug ich ihm vor, er ſolle mir zur Flucht behilflich ſein und ſelber mit mir fliehen; wir wollten zuſammenraffen, was wir nur ſchleppen konnten. Er bedachte ſich keine Minute, ſondern ſchlug ein. Eben ſollte ein Schiff die Anker nach der Levante lichten. Wir hatten für alles vorgeſorgt. Bianca ſtand dem Kerkermeiſter bei, ſo daß er ausführen konnte, was ich ihm auftrug. Damit nicht der leiſeſte Verdacht entſtünde, ſollte Bianca uns erſt in Smyrna treffen. Endlich, eines Nachts, war ein ſo großes Loch herausgebrochen, daß wir in den Geheimen Schatz von Venedig eindringen konnten. Welch eine Nacht! Vor mir vier Fäſſer voller Gold! Im Raum daneben hatte man das Silber in zwei rich-

tigen Bergen aufgeschichtet, ein schmaler Weg nur war dazwischen freigeblieben, damit man das Zimmer passieren konnte. Münzen waren an den Wänden bis zu fünf Fuß Höhe wie Böschungen hochgetürmt. Ich glaubte, der Kerkermeister würde wahnsinnig, er sang, tanzte, lachte, schlug Purzelbäume in das Gold hinein. Ich drohte ihn zu erwürgen, wenn er Zeit verlöre oder uns durch Lärm verriete. Er war so berauscht, daß er einen Tisch mit lauter Diamanten zuerst gar nicht sah, und ich war geschickt genug, mich davorzustellen. Ich stopfte, soviel ich nur konnte, in meine Matrosenjacke und in die Hosentaschen. Du lieber Gott, ich habe noch nicht einmal ein Drittel davon an mich genommen. Unter diesem Tisch lagen goldene Barren. Ich bestimmte meinen Kameraden, so viele Säcke mit Gold zu füllen, wie wir eben schleppen konnten; nur so, sagte ich, blieben wir im Ausland unentdeckt. ‚Perlen, Edelsteine, Diamanten würden uns nur verraten!‘

Aber, so versessen wir auch waren, wir konnten allerhöchstens zweitausend Pfund fortschleifen, und schon dazu mußten wir sechsmal vom Gefängnis bis zur Gondel hin und her gehen. Der Wachtposten am Wassertor war mit einem Säckchen von zehn Pfund Gold bestochen. Die beiden Gondoliere wähnten sich im Dienst der Republik. Als der Tag graute, brachen wir auf. Und wie ich dann auf hoher See diese Nacht überdachte, mir alle die Aufregungen der letzten Zeit wieder vergegenwärtigte und diesen unermeßlichen Schatz, und wie ich mir berechnete, daß ich gut dreißig Millionen Gold, zwanzig Millionen Silber und mehrere in Diamanten dort gelassen hatte — da überschauerte es mich wie ein Wahnsinn. Ich hatte das Goldfieber!

In Smyrna gingen wir an Land, aber nur, um uns gleich wieder nach Frankreich einzuſchiffen. Wir hatten das franzöſiſche Schiff eben beſtiegen, da ſchenkte Gott mir die Gnade, daß er mich von meinem Kameraden befreite. Damals ermaß ich kaum die Tragweite dieſes teufliſchen Zufalls, ich lächelte darüber. Beide waren wir ſo ganz und gar erſchöpft geweſen, daß wir wie tot nebeneinander gehockt hatten, ohne miteinander zu reden, immer nur von dem einzigen Gedanken beherrſcht, erſt einmal in Sicherheit zu ſein und dann unſer Glück zu ſchlürfen. Was Wunder, daß jetzt den armen Burſchen ein Schwindel der Freude überfiel. Aber Gott hat mich geſtraft. Sie werden es ſehen!
Erſt als ich zwei Drittel meiner Diamanten in London und Amſterdam verkauft, meinen Goldſtaub in Papieren angelegt hatte, wähnte ich mich wirklich ſicher. Fünf Jahre hindurch verhielt ich mich ſtill in Madrid. 1770 tauchte ich unter angenommenem ſpaniſchen Namen in Paris auf und führte dort ein glänzendes Leben. Bianca war tot. Mitten in dieſem üppigen Leben — ich hatte damals den Ertrag eines Vermögens von ſechs Millionen — erblindete ich. Zweifellos war das die Folge meiner Kerkerhaft und meiner Arbeit an dem Gemäuer — wenn nicht die Gabe, überall Gold zu ſehen, meine Sehkraft beeinträchtigte und mich eines Tages das Augenlicht verlieren ließ.
Zu jener Zeit liebte ich eine Frau, mit der ich mich zu vereinigen hoffte. Ich hatte ſie in das Geheimnis meines Namens eingeweiht, ſie entſtammte einer der mächtigſten Familien. Und ich hoffte auf die Gnade Ludwigs XV. Dieſer Frau, einer Freundin der Madame Dubarry, hatte ich mein vollſtes Vertrauen ge-

ſchenkt; ſie veranlaßte mich, in London einen berühmten Augenarzt zu konſultieren. Aber einige Monate ſpäter ließ ſie mich hilflos dort im Hydepark ſtehen; ſie hatte mir all meinen Beſitz geſtohlen, ich war völlig mittellos, und auch über meinen Namen mußte ich ja ſchweigen, damit ich nicht der Rache Venedigs verfiel; ich konnte mich alſo niemandem offenbaren, mußte vielmehr Venedig fürchten. Spione, die mir das Weib auf die Ferſen ſetzte, nutzten meine Blindheit aus. Ach, ich könnte Ihnen Geſchichten wie aus dem ‚Gil Blas' erzählen. Dann kam Ihre Revolution. Man ſteckte mich ganz einfach in die Blindenanſtalt; nachdem das Weib mich zwei Jahre hindurch in Bicêtre als einen Wahnſinnigen hatte feſthalten laſſen, brachte ſie mich dort unter. Ich habe ſie nicht töten können. Ich ſah ja nichts, ich hatte nicht einmal Geld, um einen Mörder zu dingen. Wenn ich Benedetto Carpi, meinen Kerkermeiſter, vor ſeinem Ende noch hätte fragen können, wo eigentlich mein Kerker gelegen habe, ſo hätte ich in der Stunde, da Napoleon die Republik zertrat, den Ort des Schatzes bezeichnen und nach Venedig heimkehren können . . .
Nun, ich mag blind ſein — wir wollen trotzdem miteinander nach Venedig gehen! Ich finde das Gefängnistor wieder, ich ſehe hinter den dicken Mauern das Gold, unter dem Kanal, der darüber hintreibt, werde ich es riechen; denn die Geſchehniſſe, die zum Sturz Venedigs führten, haben das Geheimnis dieſes Schatzes mit dem Dogen Vendramino, einem Bruder Biancas, von dem ich meine Ausſöhnung mit den Zehn erhofft hatte, verloren gehen laſſen. Ich habe einen Brief an den Erſten Konſul geſchrieben, ich habe dem Kaiſer von Öſterreich einen Vertrag vor-

geſchlagen, jeder hat mich, zwar ſchonend, aber wie einen armen Irren abgewieſen! Alſo gehen wir nach Venedig! Wir betteln uns durch — und kommen als Millionäre wieder, und Sie werden mein Erbe ſein — Fürſt von Vareſe!“

Schweigend hörte ich dieſer Erzählung zu, die in meiner Seele ſchon zu einer ſtarken Dichtung wurde, und ich ſchwieg auch, als der Greis nun fertig war, Vor mir glänzte ſein weißer Schädel, ich ſtarrte auf das ſchwarze Waſſer der Baſtillegräben und erwiderte nichts. Wahrſcheinlich glaubte Facino Cane, ich ginge mit demſelben gütigen Mitleid über ihn hinweg wie die anderen; denn ſeine Gebärde drückte eine gelaſſene Verzweiflung aus.

Vielleicht hatte die eigene Erzählung ihn in die glücklichen Tage nach Venedig geführt; er griff nach ſeiner Klarinette und ſpielte ein melancholiſches Venezianerlied, eine Barcarole, in der er plötzlich als liebender Patrizier wiederkehrte; ſie klang wie das klagende ‚An den Waſſerflüſſen Babylons . . .‘ Mir traten die Tränen in die Augen. Späte Fußgänger auf dem Boulevard Bourdon ſind damals wohl ſtehen geblieben, um nach dieſem letzten Gebet eines Flüchtlings und nach der letzten Klage über einen verſchollenen Namen zu horchen, um den ſich die Erinnerung an Bianca flocht. Das Gold aber war ſtärker, die verderbliche Leidenſchaft verwiſchte den Schein von Jugend.

Er begann wieder: „Immerzu ſehe ich den Schatz vor mir, wenn ich wache und wenn ich träume; in den goldenen Bergen blitzen die Diamanten. Oh, ſo blind, wie Sie meinen, bin ich nicht; Gold und Steine durchglitzern die Nacht des letzten Facino Cane, ja, des letzten; denn mein Rang geht auf die Memmi weiter. Guter Gott, wie raſch haſt du den Mörder geſtraft! Ave Maria . . .!“

Er ſprach einige Gebete, aber ich verſtand ſie nicht.

„Wir gehen nach Venedig!“ ſagte ich, als er ſich erhoben hatte.

„Alſo habe ich einen Mann gefunden!“ rief er aus, und eine jähe Röte überflammte ſein Geſicht.

Ich reichte ihm den Arm und führte ihn nach Hauſe. Vor der Blindenanſtalt drückte er meine Hand. Eben taumelten Leute von der Hochzeit vorüber und johlten ihre Trunkenheit in die Nacht.

„Und — morgen brechen wir auf!?“ fragte der Alte. — „Sobald wir das nötige Geld zuſammen haben.“ — „Aber wir können doch zu Fuß gehen! Ich bettele . . . Ich bin ja rüſtig, und wenn man Geld weiß, iſt man jung.“

Facino Cane ſtarb noch im Laufe dieſes Winters. Er hatte ſich erkältet und zwei Monate gelegen.

☆

☆

„VORWÄRTS, DU DEPUTIERTER DER MITTE, immer vorwärts! Wir müſſen eilig weiter, wenn wir zuſammen mit den andern bei Tiſch ſein wollen. Heb die Beine! Spring, Marquis! Hierher! So iſt's gut! Sie ſpringen über die Gräben wie ein richtiger Hirſch!"
Dieſe Worte wurden von einem friedlich am Waldesrande von Ile-Adam ſitzenden Jäger geſprochen, der eine Havannazigarre zu Ende rauchte und auf ſeinen Genoſſen wartete, der jedenfalls ſchon ſeit langem in dem Buſchwerk des Waldes herumgeirrt war. An ſeiner Seite ſahen vier jappende Hunde ebenſo wie er die Perſon, an die er ſich wandte, an. Um zu verſtehen, wie ſpöttiſch dieſe Anreden, die mit Pauſen wiederholt wurden, gemeint waren, muß erwähnt werden, daß der Jäger ein dicker kurzer Mann war, deſſen hervorſtehender Bauch eine wahrhaft miniſterielle Fettleibigkeit verriet. Mühſelig überſprang er die Furchen eines großen, friſch abgeernteten Feldes, deſſen Stoppeln ſichtlich ſein Vorwärtskommen hinderten; um ſein Unbehagen noch zu ſteigern, trieben die Sonnenſtrahlen, die ſein Geſicht ſchräg trafen, dicke Schweißtropfen darauf hervor. Bemüht, ſein Gleichgewicht zu bewahren, wankte er bald nach vorn, bald nach rückwärts und ahmte ſo die Sprünge eines ſtark geſchüttelten Wagens nach. Es war einer der Septembertage, wo die Weintrauben bei ſüdlicher Glut reifen. Die Luft kündigte ein Gewitter an. Obgleich ſich mehrfach große Strecken blauen Himmels noch am

Horizont von dicken ſchwarzen Wolken abhoben, ſah man doch einen blaſſen Dunſt mit erſchreckender Schnelligkeit vordringen, der ſich von Weſten nach Oſten ausbreitete wie ein leichter grauer Vorhang. Der Wind bewegte ſich nur in den oberen Regionen der Luft, die Atmoſphäre drückte nach unten hin die glühenden Ausdünſtungen der Erde zuſammen. Heiß und ſchweigend ſchien der Wald zu dürſten. Die Vögel und Inſekten waren verſtummt, die Wipfel der Bäume rührten ſich kaum. Diejenigen, die noch eine Erinnerung an den Sommer 1819 haben, müſſen alſo Mitleid empfinden mit den Leiden des armen Deputierten, der Blut und Waſſer ſchwitzte, um ſeinen boshaften Gefährten wieder zu erreichen. Während er ſeine Zigarre rauchte, hatte dieſer aus der Stellung der Sonne berechnet, daß es etwa fünf Uhr nachmittags ſein müſſe.

„Wo zum Teufel ſind wir denn?" ſagte der dicke Jäger, während er ſich die Stirn abtrocknete und ſich an einen Baumſtamm, faſt gegenüber ſeinem Gefährten, ſtützte, denn er verſpürte nicht mehr die Kraft in ſich, den breiten Graben, der ihn von ihm trennte, zu überſpringen.

„Und das fragſt du mich?" antwortete lachend der Jäger, der ſich in dem hohen gelben Graſe gelagert hatte, das den Abhang bekrönte. Er warf den Reſt ſeiner Zigarre in den Graben und rief: „Ich ſchwöre bei Sankt Hubertus, daß man mich nicht wieder dabei erwiſchen wird, wie ich mich in unbekannter Gegend mit einer Amtsperſon herumtreibe, und wärſt du es ſelbſt, mein lieber d'Albon, ein alter Schulkamerad!"

„Aber Philipp, verſtehſt du denn nicht mehr Fran-

zösisch? Du hast jedenfalls deinen Geist in Sibirien gelassen", entgegnete der dicke Mann und warf einen komischen Schmerzensblick auf einen Pfosten, der hundert Schritte davon sich erhob.
„Ich verstehe", erwiderte Philipp, nahm seine Flinte, erhob sich plötzlich, sprang mit einem einzigen Satz in das Feld hinüber und eilte zu dem Pfosten hin. „Hierher, d'Albon, hierher! Halblinks!" rief er seinem Gefährten zu und zeigte ihm mit einer Handbewegung einen breiten gepflasterten Weg. „Von Baillet nach Ile-Adam" fuhr er fort; „dann werden wir also in dieser Richtung den Weg nach Cassan finden, der sich von dem nach Ile-Adam abzweigen muß."
„Das stimmt, mein lieber Oberst", sagte Herr d'Albon und setzte seine Mütze, mit der er sich Luft zugefächelt hatte, wieder auf den Kopf.
„Also vorwärts, mein verehrungswürdiger Rat", erwiderte der Oberst Philipp und pfiff den Hunden, die ihm schon besser zu gehorchen schienen als dem Beamten, dem sie gehörten.
„Wissen Sie, mein Herr Marquis," begann der Offizier spottend, „daß wir noch mehr als zwei Meilen vor uns haben? Das Dorf, das wir dort unten sehen, muß Baillet sein."
„Großer Gott!" rief der Marquis d'Albon aus, „gehen Sie nach Cassan, wenn Ihnen das Vergnügen macht, aber Sie werden dann ganz allein gehen. Ich ziehe vor, hier trotz des Gewitters ein Pferd abzuwarten, das Sie mir aus dem Schloß schicken werden. Sie haben sich über mich mokiert, Sucy. Wir hätten einen netten kleinen Jagdausflug machen, uns nicht von Cassan entfernen, die Terrains, die ich kenne, absuchen sollen. Na, anstatt daß wir

unſern Spaß dabei haben, laſſen Sie mich wie einen Jagdhund ſeit vier Uhr morgens laufen, und wir haben als ganzes Frühſtück nur zwei Taſſen Milch gehabt! Ach, wenn Sie jemals einen Prozeß bei Gericht haben ſollten, dann werde ich Sie ihn verlieren laſſen, wenn Sie auch hundertmal Recht hätten!"

Und mutlos ſetzte ſich der Jäger auf einen der Steine am Fuße des Pfoſtens, legte ſeine Flinte und ſeine leere Jagdtaſche ab und ſtieß einen langen Seufzer aus.

„So ſind deine Deputierten, Frankreich!" rief der Oberſt von Sucy lachend. „Ach, mein armer Albon, wenn Sie, wie ich, ſechs Jahre tief in Sibirien geweſen wären! . . ."

Er vollendete den Satz nicht und blickte zum Himmel auf, als ob ſeine Leiden ein Geheimnis zwiſchen Gott und ihm wären.

„Vorwärts! Weiter!" fügte er hinzu. „Wenn Sie hier ſitzen bleiben, ſind Sie verloren."

„Was wollen Sie, Philipp? Das iſt ſo eine alte Gewohnheit bei einem Beamten! Auf Ehre, ich bin vollkommen erſchöpft! Wenn ich wenigſtens noch einen Haſen geſchoſſen hätte!"

Die beiden Jäger boten einen ſeltenen Gegenſatz dar. Der Deputierte war ein Mann von zweiundvierzig Jahren und ſchien nicht älter als dreißig zu ſein, während der dreißigjährige Offizier wenigſtens vierzig alt zu ſein ſchien. Beide trugen die rote Roſette, das Abzeichen der Offiziere der Ehrenlegion. Etliche Locken, ſchwarz und weiß wie der Flügel einer Elſter, ſtahlen ſich unter der Jagdmütze des Oberſten hervor; ſchöne blonde Haarwellen ſchmückten die Schläfen des Richters. Der eine war von hohem Wuchs, mager, ſchlank, nervös, und die Runzeln ſeines weißen Geſichts deuteten auf furchtbare Leidenſchaften oder ſchreckliche Leiden; der andere beſaß ein von Geſundheit ſtrahlendes Geſicht mit dem jovialen, eines Epikuräers würdigen Ausdruck. Beide waren ſtark von der Sonne verbrannt, und ihre hohen Wildledergamaſchen trugen die Merkmale aller Gräben und Sümpfe, die ſie paſſiert hatten, an ſich.

„Los!“ rief Herr de Sucy, „vorwärts! In einer kleinen Stunde werden wir an einem gut beſetzten Tiſch ſitzen.“

„Sie können niemals geliebt haben,“ erwiderte der Rat mit einem komiſchen Ausdruck von Mitleid, „denn Sie ſind ſo unerbittlich wie der Artikel 304 des Strafgeſetzbuchs!“

Ein heftiges Zittern überfiel Philipp; ſeine breite Stirn runzelte ſich; ſein Geſicht wurde ebenſo düſter, wie es der Himmel jetzt geworden war. Obgleich die Erinnerung an ein furchtbar bitteres Erlebnis alle ſeine Züge verzerrte, vergoß er keine Träne. Wie alle ſtarken Männer vermochte er ſeine Aufregungen tief im Herzen zu begraben und empfand vielleicht, wie viele reine Seelen, eine Art Schamloſigkeit dabei, ſeine Schmerzen bloszulegen, wenn kein menſchliches Wort ihre Tiefe ausdrücken kann und man den Spott der Leute fürchtet, die ſie nicht verſtehen wollen. Herr d'Albon war eine von den zartfühlenden Seelen, die Schmerzen zu ahnen wiſſen und ein lebhaftes Mitgefühl empfinden, wenn ſie unbeabſichtigt durch irgendeine Ungeſchicklichkeit Anſtoß erregt haben. Er achtete das Schweigen ſeines Freundes, erhob ſich, vergaß ſeine Müdigkeit und folgte ihm ſchweigend, ganz betrübt darüber,

eine Wunde berührt zu haben, die wahrſcheinlich nicht vernarbt war.
„Eines Tages, lieber Freund," ſagte Philipp zu ihm und drückte ihm die Hand, wobei er ihm mit einem herzzerreißenden Blick für ſein ſtummes Mitgefühl dankte, „eines Tages werde ich dir mein Leben erzählen. Heute vermöchte ich es nicht."
Schweigend ſetzten ſie ihren Weg fort. Als der Schmerz des Oberſten ſich beſänftigt hatte, empfand der Rat ſeine Müdigkeit wieder; und mit dem Inſtinkt oder vielmehr mit dem Willen eines erſchöpften Mannes durchforſchte ſein Auge alle Tiefen des Waldes; er prüfte die Wipfel der Bäume, ſtudierte die Wege, in der Hoffnung, irgendeine Herberge zu finden, wo er um Gaſtfreundſchaft bitten konnte. An einem Kreuzweg angelangt, glaubte er einen leichten Rauch zu entdecken, der zwiſchen den Bäumen aufſtieg. Er blieb ſtehen, ſah aufmerkſam hin und erkannte inmitten einer rieſigen Baumgruppe die grünen dunklen Zweige etlicher Fichten.
„Ein Haus! Ein Haus!" rief er mit demſelben Vergnügen, mit dem ein Schiffer gerufen hätte: „Land, Land!"
Dann eilte er ſchnell durch eine dichte Baumgruppe, und der Oberſt, der in eine tiefe Träumerei verſunken war, folgte ihm mechaniſch.
„Ich will mich lieber hier mit einer Omelette, Hausbrot und einem Stuhl begnügen, als nach Caſſan weitergehen, um dort Diwans, Trüffeln und Bordeauxwein zu finden."
Das war der begeiſterte Ausruf des Rates beim Anblick einer Mauer, deren weißliche Farbe ſich weithin von der braunen Maſſe der knorrigen Stämme des Waldes abhob.

„Ei, ei! Das ſieht mir aus wie irgendeine alte Priorei“, rief der Marquis d’Albon von neuem, als er vor einem alten ſchwarzen Gitter anlangte, wo er inmitten eines ziemlich weiten Parks ein Bauwerk erblickte, das in dem einſtmals den Kloſterbauten eigentümlichen Stil errichtet war. „Wie dieſe Kerls von Mönchen es verſtanden haben, eine Bauſtelle auszuwählen!“ Dieſer neue Ausruf war der Ausdruck des Erſtaunens, das dem Beamten die ſchöne Einſiedelei verurſachte, die ſich ſeinen Blicken darbot. Das Haus lag halbſeits auf dem Abhang des Berges, deſſen Gipfel von dem Dorfe Nerville eingenommen wird. Die großen hundertjährigen Eichen des Waldes, der einen rieſigen Kreis um dieſe Behauſung zog, machten daraus eine richtige Einſiedelei. Der einſt für die Mönche beſtimmte Hauptflügel lag gegen Süden. Der Park ſchien vierzig Morgen zu umfaſſen. Nahe bei dem Hauſe breitete ſich eine grüne Wieſe aus, die in glücklicher Weiſe von mehreren klaren Bächen und von geſchickt angebrachten Waſſerfällen durchfloſſen war, all das anſcheinend ohne Anwendung von Kunſt. Hier und da erhoben ſich grüne Bäume von eleganten Formen mit verſchiedenartigem Laub. Dann gaben da geſchickt ausgeſparte Grotten, mächtige Terraſſen mit beſchädigten Treppen und roſtigen Geländern dieſer wilden Thebais einen beſonderen Ausdruck. Die Kunſt hatte gefällig ihre Bauten mit den maleriſchen Wirkungen der Natur vereinigt. Die menſchlichen Leidenſchaften ſchienen am Fuß der großen Bäume ſterben zu müſſen, die dieſes Aſyl vor dem Heranſtrömen des Lärms der Welt verteidigten, wie ſie die Glut der Sonne mäßigten.

„Was für ein Verfall!“ ſagte ſich Herr d’Albon,

nachdem er den düſteren Ausdruck empfunden hatte, den die Ruinen der Landſchaft verliehen, die wie mit einem Fluch geſchlagen erſchien. Es war wie ein von den Menſchen verlaſſener verwünſchter Ort. Der Efeu hatte überall ſeine gewundenen Ranken und ſeinen reichen Blättermantel ausgebreitet. Braunes, grünes, gelbes oder rotes Moos überzog mit ſeiner romantiſchen Färbung Bäume, Bänke, Dächer und Steine. Die wurmſtichigen Fenſter waren vom Regen verwaſchen und vom Wetter durchlöchert, die Balkone zerbrochen, die Terraſſen zerſtört. Manche Jalouſien hielten nur noch an einem Haken. Die nicht ſchließenden Türen ſchienen keinem Angreifer ſtandhalten zu können. Behangen mit leuchtenden Tuffs von Miſteln, breiteten ſich die ungepflegten Äſte der Fruchtbäume weithin aus, ohne eine Ernte zu geben. Hochgewachſenes Kraut überwucherte die Alleen. Dieſe Reſte gaben dem Bilde den Ausdruck reizvoller Poeſie und erregten in der Seele des Beſchauers träumeriſche Gedanken. Ein Dichter wäre hier in lange währende Melancholie verſunken, voller Bewunderung für dieſe harmoniſche Unordnung, für dieſes reizvolle Bild der Zerſtörung. In dieſem Moment erglänzten einige Sonnenſtrahlen mitten durch die Lücken der Wolken und beleuchteten mit tauſend Farben dieſe halb wilde Szene. Die braunen Dachziegel erſtrahlten, das Moos leuchtete, phantaſtiſche Schatten huſchten über die Wieſen unter den Bäumen hin; die erſtorbenen Farben lebten wieder auf, eigenartige Gegenſätze machten ſich geltend, das Blattwerk hob ſich ſcharf in der Helligkeit ab. Plötzlich verſchwand das Licht. Die Landſchaft, die geſprochen zu haben ſchien, wurde ſtumm und wieder düſter, oder viel-

mehr matt wie der matteſte Schimmer eines Herbſtnebels.
„Das iſt Dornröschens Schloß," ſagte ſich der Rat, der das Haus nur noch mit den Augen des Eigentümers anſah. „Wem mag es nur gehören? Man muß ſehr töricht ſein, wenn man einen ſo hübſchen Beſitz nicht bewohnt!"
Plötzlich ſprang eine Frau unter einem rechts vom Gitter ſtehenden Nußbaum hervor und huſchte, ohne Geräuſch zu machen, ſo ſchnell wie der Schatten einer Wolke bei dem Rat vorbei; dieſe Erſcheinung machte ihn ſtumm vor Staunen.
„Nun, d'Albon, was haben Sie?" fragte ihn der Oberſt.
„Ich reibe mir die Augen, um zu wiſſen, ob ich ſchlafe oder wache", antwortete der Beamte und drückte ſich an das Gitter, um zu verſuchen, das Phantom nochmals zu erblicken.
„Sie iſt jetzt wahrſcheinlich unter dem Feigenbaum", ſagte er und zeigte Philipp die Blattkrone eines Baumes, der links vom Gitter über der Mauer emporragte.
„Wer denn, ſie?"
„Ja, kann ich das wiſſen?" entgegnete Herr d'Albon. „Eben hat ſich hier vor mir eine fremdartige Frauengeſtalt erhoben", ſagte er leiſe; „ſie ſchien mir mehr dem Reich der Schatten als der Welt der Lebenden anzugehören. Sie erſcheint ſo ſchlank, ſo leicht, ſo luftartig, daß ſie durchſichtig ſein muß. Ihr Geſicht iſt weiß wie Milch. Ihre Kleidung, ihre Augen, ihre Haare ſind ſchwarz. Sie hat mich im Vorbeikommen angeblickt, und obgleich ich nicht furchtſam bin, hat ihr unbeweglicher kalter Blick mir das Blut in den Adern erſtarren laſſen."
„Iſt ſie hübſch?" fragte Philipp.

„Ich weiß es nicht. Ich habe nur die Augen in ihrem Geſicht geſehen."

„Alſo zum Teufel mit unſerm Diner in Caſſan!" rief der Oberſt, „bleiben wir hier. Ich habe eine kindiſche Luſt, in dieſe eigenartige Beſitzung hineinzugehen. Siehſt du dieſe rotgemalten Fenſtereinfaſſungen und dieſe roten, auf das Geſims der Türen und Fenſterläden gemalten Streifen? Scheint das dir nicht das Haus des Teufels zu ſein? Er wird es vielleicht von den Mönchen geerbt haben. Vorwärts! Eilen wir hinter der ſchwarzweißen Dame her! Vorwärts!" rief Philipp mit gemachter Luſtigkeit.

In dieſem Augenblick hörten die beiden Jäger einen Schrei, der dem einer in der Falle gefangenen Maus ziemlich ähnlich war. Sie horchten. Das Geräuſch der geſtreiften Blätter einiger Büſche machte ſich in dem Schweigen bemerkbar, wie das Gemurmel einer erregten Welle; aber obgleich ſie angeſtrengt lauſchten, um weitere Töne zu hören, blieb die Erde ſtill und bewahrte das Geheimnis der Schritte der Unbekannten, wenn ſie überhaupt welche gemacht hatte.

„Das iſt ſeltſam", rief Philipp und verfolgte die Linie, die die Mauer des Parks beſchrieb.

Die beiden Freunde gelangten bald zu einer Allee des Waldes, die nach dem Dorfe Chauvry führte. Nachdem ſie den Weg auf der Straße nach Paris zurückgegangen waren, befanden ſie ſich vor einem großen Gitter und erblickten nun die Hauptfaſſade der geheimnisvollen Behauſung. Von dieſer Seite erſchien die Zerſtörung auf ihrem Gipfel: ungeheure Riſſe durchfurchten die drei Flügel dieſes rechtwinklig errichteten Bauwerks. Trümmer von

Ziegeln und Schieferplatten waren auf der Erde angehäuft, und zerstörte Dächer zeigten eine vollkommene Unbekümmertheit an. Etliche Früchte waren unter den Bäumen abgefallen und verfaulten, ohne daß jemand sie aufsammelte. Eine Kuh ging quer über den Grasplatz und schnupperte in den Beeten herum, während eine Ziege die grünen Beeren und Ranken eines Weinstocks kaute.

„Hier ist alles in Übereinstimmung, und die Unordnung ist gewissermaßen organisiert", sagte der Oberst und zog an der Schnur einer Glocke; aber die Glocke hatte keinen Klöpfel.

Die beiden Jäger hörten nur den eigenartigen scharfen Ton eines verrosteten Glockenzuges. Obgleich sehr verfallen, widerstand die kleine Tür in der Mauer doch jedem Druck.

„Ei, ei! Alles macht einen hier neugierig", sagte er zu seinem Gefährten.

„Wenn ich kein Beamter wäre," antwortete d'Albon, „würde ich das schwarze Weib für eine Hexe halten."

Kaum hatte er diesen Satz beendet, als die Kuh an das Gitter kam und ihnen ihre warme Schnauze hinhielt, als ob sie das Bedürfnis fühlte, menschliche Wesen zu sehen. Jetzt wurde ein Weib sichtbar, falls man das unbeschreibbare Wesen, das sich unter einer Gruppe von Sträuchern erhob, mit diesem Namen bezeichnen kann, und zog die Kuh am Stricke. Die Frau hatte auf dem Kopfe ein rotes Tuch, aus dem blonde Flechten hervorsahen, die dem Hanf an der Spindel ziemlich ähnlich waren. Sie war ohne Halstuch. Ein Unterrock aus grober Wolle, abwechselnd schwarz und grau gestreift, der um einige Handbreit zu kurz war, ließ ihre Beine ſehen. Man hätte glauben können, daß ſie zu einem Stamme von Coopers berühmten Rothäuten gehörte, denn ihre Beine, ihr Hals und ihre nackten Arme ſchienen mit Ziegelfarbe angemalt zu ſein. Kein Strahl von Intelligenz belebte ihr glattes Geſicht. Ihre bläulichen Augen waren ohne Wärme und ohne Glanz. Einige weiße dünne Haare deuteten Augenbrauen an. Ihr Mund endlich war ſo geſchnitten, daß er ſchlecht gewachſene Zähne ſehen ließ, die aber ſo weiß wie die eines Hundes waren.

„Halt da, Frau!“ rief Herr de Sucy.

Sie kam langſam bis ans Gitter heran und betrachtete mit ſtumpfſinnigem Geſicht die beiden Jäger, bei deren Anblick ihr ein ſchmerzliches, gezwungenes Lächeln entſchlüpfte.

„Wo ſind wir denn? Was iſt das für ein Haus? Wem gehört es? Wer ſind Sie? Sind Sie von hier?“

Auf dieſe Fragen und eine Menge anderer, die die beiden Freunde nacheinander an ſie richteten, antwortete ſie nur mit einem aus der Kehle kommenden Knurren, das eher einem Tier als einem menſchlichen Weſen zu gehören ſchien.

„Sehen Sie nicht, daß ſie taub und ſtumm iſt?“ ſagte der Richter.

„Bons-Hommes!“ rief die Bäuerin.

„Ah, ſie hat recht! Dies könnte wohl das alte Kloſter Bons-Hommes ſein“, ſagte Herr d'Albon.

Die Fragen begannen von neuem. Aber wie ein eigenwilliges Kind wurde die Bäuerin rot, ſpielte mit ihrem Pantoffel, drehte an dem Strick der Kuh, die wieder abzuweiden begonnen hatte, ſah ſich die beiden Jäger an und prüfte alle Teile ihres Anzugs; ſie kreiſchte, ſie knurrte, ſie gluckſte, aber ſie brachte kein Wort heraus.

„Wie heißt du?“ ſagte Philipp und ſah ſie feſt an, als wollte er ſie hypnotiſieren.
„Genovefa“, ſagte ſie mit einem dummen Lachen.
„Bis jetzt iſt die Kuh die intelligenteſte Kreatur, die wir hier geſehen haben“, rief der Rat. „Ich werde einen Schuß abfeuern, damit Leute kommen.“
Gerade als d'Albon ſeine Waffe ergriff, hielt ihn der Oberſt mit einer Geſte zurück und zeigte mit dem Finger auf die Unbekannte, die ihre Neugierde ſo lebhaft erregt hatte. Die Frau ſchien in tiefes Nachdenken verſunken und kam mit langſamen Schritten aus einer ziemlich entfernten Allee, ſo daß die beiden Freunde Zeit hatten, ſie genau zu betrachten. Sie war mit einem ganz abgetragenen ſchwarzen Seidenrock bekleidet. Ihre langen Haare fielen in zahlreichen Wellen über ihre Stirn, um ihre Schultern und reichten bis unter ihre Taille hinab, indem ſie ihr als Schal dienten. An dieſe Unordnung offenbar gewöhnt, ſchob ſie nur ſelten ihr Haar von beiden Schläfen hinweg; dann aber ſchüttelte ſie das Haupt mit jäher Bewegung und brauchte ſich nicht zweimal zu bemühen, um ihre Stirn oder ihre Augen von dem dicken Schleier zu befreien. Ihre Geſte zeigte übrigens wie bei einem Tier die bewunderungswürdige mechaniſche Sicherheit, deren Schnelligkeit bei einer Frau wie ein Wunder erſcheinen mußte. Die beiden Jäger ſahen ſie erſtaunt auf einen Aſt des Apfelbaums ſpringen und ſich hier mit der Leichtigkeit eines Vogels feſthalten. Sie griff nach den Früchten, verſpeiſte ſie, dann ließ ſie ſich mit zierlicher Läſſigkeit, wie man ſie an den Eichhörnchen bewundert, zur Erde fallen. Ihre Glieder beſaßen eine Elaſtizität, die ihren ge-

ringsten Bewegungen jeden Anschein von Mühe oder Anstrengung nahm. Sie spielte auf dem Rasen, kugelte sich dort wie ein Kind herum; dann streckte sie plötzlich ihre Füße und Hände aus und blieb ausgebreitet auf der Wiese mit der Unbekümmertheit, der Grazie und der Natürlichkeit einer jungen Katze liegen, die in der Sonne eingeschlafen ist. Als der Donner in der Ferne grollte, wandte sie sich plötzlich und stellte sich mit bewundernswerter Geschicklichkeit auf alle viere wie ein Hund, der einen Fremden kommen hört. Durch diese merkwürdige Haltung schied sich ihr schwarzes Haar sogleich in zwei breite Flechten zu jeder Seite ihres Kopfes und erlaubte den beiden Zuschauern bei dieser seltsamen Szene ihre Schultern zu bewundern, deren weiße Haut wie die Gänseblümchen auf der Wiese leuchteten, und einen Hals, dessen Vollkommenheit auf all das übrige Ebenmaß ihres Körpers schließen ließ.

Sie ließ einen Schmerzensschrei hören und stellte sich ganz auf ihre Füße. Ihre Bewegungen folgten einander so graziös und wurden so leicht ausgeführt, daß sie kein menschliches Wesen, sondern eine der durch die Dichtungen Ossians berühmt gewordenen Töchter der Luft zu sein schien. Sie ging an eine der Wasserflächen heran, schüttelte leicht ein Bein, um ihren Schuh loszumachen, und schien ein Vergnügen daran zu finden, ihren alabasterweißen Fuß in die Quelle zu tauchen, während sie sich jedenfalls an den Wellenbewegungen ergötzte, die sie dabei erzeugte und die Edelsteinen glichen. Dann kniete sie an dem Rande des Bassins nieder und amüsierte sich wie ein Kind damit, ihre langen Flechten ins Wasser zu tauchen und sie dann ſchnell wieder herauszuziehen, um Tropfen für Tropfen das Waſſer, von denen es voll war, hinablaufen zu laſſen, das, von den Sonnenſtrahlen durchleuchtet, einen förmlichen Roſenkranz von Perlen bildete.

„Das Weib iſt irrſinnig!" rief der Rat aus.

Ein rauher Schrei, den Genovefa ausſtieß, wurde laut und ſchien ſich an die Unbekannte zu richten, die ſich ſchnell umwandte und ihr Haar von beiden Seiten ihres Geſichtes wegſtrich. In dieſem Moment konnten der Oberſt und d'Albon deutlich die Züge der Frau erkennen, die, als ſie die beiden Freunde bemerkte, in mehreren Sprüngen mit der Leichtigkeit einer Hirſchkuh auf das Gitter zueilte. „Adieu!" ſagte ſie mit ſanfter, wohlklingender Stimme, aber ohne daß dieſer, ungeduldig von den Jägern erwartete melodiöſe Ton das geringſte Empfinden oder das geringſte Denken verriet.

Herr d'Albon bewunderte die langen Wimpern ihrer Augen, ihre ſchwarzen dichten Augenbrauen und ihre blendend weiße Haut ohne den geringſten Schimmer von Röte. Feine blaue Adern durchzogen allein ihren weißen Teint. Als der Rat ſich umwandte, um ſeinem Freunde mitzuteilen, welches Erſtaunen ihm der Anblick dieſes ſeltſamen Weibes eingeflößt hatte, ſah er dieſen wie tot auf dem Graſe liegen. Herr d'Albon ſchoß ſein Gewehr in die Luft ab, um Leute herbeizurufen und ſchrie: „Zu Hilfe!" während er verſuchte, den Oberſten aufzurichten. Bei dem Knall des Schuſſes floh die Unbekannte, die bis dahin unbeweglich verharrt hatte, pfeilſchnell davon, ſtieß Schreckensſchreie wie ein verwundetes Tier aus und rannte über die Wieſe mit allen Zeichen tiefſten Schrekkens. Herr d'Albon vernahm das Heranrollen einer Kalesche auf der Landstraße von Ile-Adam und rief den Beistand der Spazierenfahrenden durch Winken mit seinem Taschentuch herbei. Sogleich lenkte der Wagen nach Bons-Hommes ein, und d'Albon erkannte Herrn und Frau von Grandville, seine Nachbarn, die sich beeilten, aus ihrem Wagen zu steigen und ihn dem Rat anzubieten. Frau von Grandville hatte zufälligerweise ein Flakon mit ätherischem Salz bei sich, das man Herrn de Sucy einatmen ließ. Als der Oberst die Augen wieder öffnete, wandte er sie der Wiese zu, auf der die Unbekannte nicht aufhörte, zu rennen und zu schreien, und stieß einen undeutlichen Ruf aus, der aber doch eine Empfindung von Schrecken verriet; dann schloß er von neuem die Augen und machte eine Bewegung, als wolle er seinen Freund bitten, ihn diesem Schauspiel zu entreißen. Herr und Frau von Grandville überließen dem Rat die freie Verfügung über ihren Wagen, indem sie ihm entgegenkommenderweise erklärten, daß sie ihre Promenade zu Fuß fortsetzen wollten.

„Wer ist denn diese Dame!" fragte der Rat und zeigte auf die Unbekannte.

„Man vermutet, daß sie aus Moulins kommt", antwortete Herr von Grandville. „Sie nennt sich Gräfin von Vandières. Man sagt, sie sei irrsinnig; aber da sie sich erst seit zwei Monaten hier aufhält, kann ich Ihnen nicht dafür einstehen, inwieweit alle diese Gerüchte auf Wahrheit beruhen."

Herr d'Albon dankte Herrn und Frau de Grandville und fuhr nach Cassan.

„Sie ist es!" rief Philipp, als er wieder zum Bewußtsein gekommen war.

„Wer, ſie?“ fragte d’Albon.
„Stephanie. Ach, tot oder lebend, lebendig oder irrſinnig! Ich glaubte, ich müſſe ſterben.“
Der vorſichtige Rat, der die ſchwere Kriſis begriff, in die ſein Freund ganz verfallen war, hütete ſich wohl, ihn auszufragen oder aufzuregen; es verlangte ihn ungeduldig danach, ins Schloß zu gelangen, denn die Veränderung, die in den Zügen und in der ganzen Perſönlichkeit des Oberſten ſich geltend machte, ließ ihn befürchten, daß die Gräfin Philipp mit ihrer ſchrecklichen Krankheit angeſteckt habe. Sobald der Wagen die Einfahrt nach Ile-Adam erreicht hatte, ſchickte d’Albon den Diener zum Arzte des Fleckens; das geſchah ſo, daß der Doktor ſich ſchon an ſeinem Lager befand, als der Oberſt zu Bett gebracht wurde.
„Wäre der Herr Oberſt nicht faſt nüchtern geweſen,“ ſagte der Chirurg, „ſo wäre er geſtorben. Seine Mattigkeit hat ihn gerettet.“
Nachdem er die erſten Vorſichtsmaßregeln angeordnet hatte, entfernte ſich der Doktor, um ſelbſt einen beruhigenden Trank zu bereiten. Am andern Morgen befand ſich Herr de Sucy beſſer, aber der Arzt wünſchte ſelber, bei ihm zu bleiben.
„Ich muß Ihnen geſtehen, Herr Marquis,“ ſagte der Doktor zu Herrn d’Albon, „daß ich an eine Verletzung des Gehirns geglaubt habe. Herr de Sucy iſt das Opfer einer ſehr heftigen Erregung geworden: ſeine Leidenſchaftlichkeit iſt ſchnell entflammt; aber bei ihm entſcheidet ſich alles auf den erſten Schlag. Morgen wird er vielleicht ſchon außer Gefahr ſein.“
Der Arzt hatte ſich nicht getäuſcht; am andern Morgen erlaubte er dem Rat, ſeinen Freund wiederzuſehen.

„Mein lieber d'Albon," ſagte Philipp und drückte ihm die Hand, „ich erwarte einen Dienſt von dir! Eile ſchnell nach Bons-Hommes! Erkundige dich nach allem, was die Dame betrifft, die wir geſehen haben, und komm ſchnell zurück, denn ich zähle die Minuten."

Herr d'Albon ſprang auf ein Pferd und galoppierte nach der alten Abtei. Als er ankam, bemerkte er vor dem Gitter einen großen hageren Mann mit einnehmendem Geſicht, der bejahend antwortete, als der Rat ihn fragte, ob er dieſes zerſtörte Haus bewohne. Herr d'Albon teilte ihm den Grund ſeines Beſuches mit.

„Wie, mein Herr," rief der Unbekannte, „ſollten Sie es geweſen ſein, der den verhängnisvollen Flintenſchuß hat losgehen laſſen? Sie hätten beinahe meine arme Kranke getötet."

„Oh, mein Herr, ich habe in die Luft geſchoſſen."

„Sie hätten der Frau Gräfin weniger Leid angetan, wenn Sie ſie getroffen hätten."

„Nun, wir haben uns nichts vorzuwerfen; denn der Anblick Ihrer Gräfin hat meinen Freund, Herrn de Sucy, beinahe getötet."

„Sollte das der Baron Philipp de Sucy ſein?" rief der Unbekannte und preßte die Hände zuſammen. „War er in Rußland bei dem Übergang über die Bereſina?"

„Jawohl," erwiderte d'Albon; „er wurde von den Koſaken gefangen und nach Sibirien gebracht, von wo er erſt vor etwa elf Monaten zurückgekehrt iſt."

„Kommen Sie herein, mein Herr", ſagte der Unbekannte und führte den Rat in einen im Erdgeſchoß der Wohnung belegenen Salon, wo alles die Zeichen einer launenhaften Zerſtörung zeigte.

Koſtbare Porzellanvaſen ſtanden zerbrochen neben

einer Kaminuhr, deren Gehäuſe unberührt war. Die ſeidenen, an den Fenſtern angebrachten Vorhänge waren zerriſſen, während der doppelte Muſſelinvorhang unberührt war.

„Sie ſehen“, ſagte er beim Eintreten zu Herrn d'Albon, „die Zerſtörungen, die das entzückende Weſen, dem ich mich gewidmet habe, verübt hat. Sie iſt meine Nichte; trotz der Ohnmacht meiner Kunſt hoffe ich, ihr eines Tages den Verſtand wiedergeben zu können, indem ich eine Kur anwende, die unglücklicherweiſe nur den Reichen geſtattet iſt.“ Dann erzählte er, wie alle Perſonen, die einſam leben und immer wieder an ihrem Schmerze zehren, dem Rat eingehend das nachfolgende Abenteuer, deſſen Darſtellung hier zuſammengefaßt und von zahlreichen Abſchweifungen, die der Erzähler und der Rat machten, befreit iſt.

„Als er gegen neun Uhr abends die Höhen von Studzianka verließ, die er am 28. November 1812 während des ganzen Tages verteidigt hatte, ließ der Marſchall Victor hier etwa tauſend Mann zurück mit dem Befehl, bis zum letzten Augenblick diejenige der beiden Brücken über die Bereſina zu decken, die noch ſtandhielt. Dieſe Nachhut hatte ſich aufgeopfert, um zu verſuchen, eine furchtbare Menge von vor Froſt erſtarrten Nachzüglern zu retten, die ſich hartnäckig weigerten, den Train der Armee im Stich zu laſſen. Der Heroismus dieſer edelmütigen Truppe ſollte vergeblich ſein. Die Soldaten, die in Maſſen den Ufern der Bereſina zuſtrömten, fanden hier unglücklicherweiſe eine Rieſenmenge von Wagen, Kaſten und Möbelſtücken jeder Art vor, die die Armee genötigt war, im Stiche zu laſſen, als ſie während des 27. und 28. November ihren Marſch ausführte. Als Erben unerwarteter Reichtümer brachten ſich dieſe von der Kälte erſtarrten Unglücklichen in den leeren Zelten unter, zerbrachen das dem Heer gehörige Material, um ſich Hütten daraus zu bauen, machten Feuer an mit allem, was ihnen in die Hände fiel, zerlegten die Pferdekörper, um ſich zu ernähren, zerriſſen das Tuch und den Stoff der Wagen, um ſich zu bedecken, und ſchliefen dann, anſtatt ihren Marſch fortzuſetzen und in Ruhe während der Nacht die Bereſina zu überſchreiten, die ein unglaubliches Verhängnis der Armee ſchon ſo verderblich gemacht hatte. Die Willenloſigkeit dieſer armen Soldaten kann nur von denen begriffen werden, die ſich erinnern werden, wie ſie dieſe rieſigen Schneewüſten durchwandert haben, ohne anderes Getränk als Schnee, ohne ein anderes Bett als Schnee, ohne einen andern Ausblick als auf einen Horizont von Schnee, ohne eine andere Nahrung als Schnee oder einige erfrorene Rüben und etliche Handvoll Mehl oder Pferdefleiſch. Halbtot vor Hunger, Durſt, Müdigkeit und Schlafſucht, langten die Unglücklichen an einem Ufer an, wo ſie Holz, Feuer, Lebensmittel, unzählige verlaſſene Fuhrwerke und Zelte vorfanden, kurz eine ganze improviſierte Stadt. Das Dorf Studzianka war völlig zerlegt, verteilt und von den Höhen in die Ebene hinabgebracht worden. Wie kläglich und gefährlich dieſe Stadt war, ihr Elend und ihr Jammer lachten die Leute an, die nur die ſchrecklichen Wüſten Rußlands vor ſich ſahen. Es war nur ein ungeheures Krankenhaus, dem keine zwanzig Stunden Exiſtenz beſchieden waren. Die Mattigkeit ihrer Lebenskräfte oder das Gefühl eines unerwarteten Wohlbehagens ließ in dieſer Menschenmasse keinen anderen Gedanken aufkommen als den der Ruhe. Obgleich die Artillerie des linken russischen Flügels ohne Unterlaß auf diese Menge schoß, die sich als ein großer, bald dunkler, bald flammender Fleck mitten auf dem Schnee abzeichnete, war der unermüdliche Kugelregen für die erstarrte Masse nur eine Unannehmlichkeit mehr. Es war wie ein Unwetter, dessen Blitze von aller Welt gering geschätzt wurden, weil sie hier oder dort nur auf Sterbende, Kranke oder vielleicht schon Tote trafen. Jeden Augenblick trafen Nachzügler in Gruppen ein. Diese Arten wandelnder Kadaver verteilten sich sogleich und bettelten von Herd zu Herd um einen Platz; dann, meistens zurückgetrieben, vereinigten sie sich von neuem, um mit Gewalt die verweigerte Gastfreundschaft zu erzwingen. Taub gegen die Stimmen etlicher Offiziere, die ihnen den Tod für den nächsten Tag voraussagten, verbrauchten sie das für das Überschreiten des Flusses erforderliche Quantum von Mut, um sich ein Asyl für die Nacht herzustellen und eine häufig verhängnisvolle Mahlzeit zu sich zu nehmen; der Tod, der sie erwartete, schien ihnen kein Unglück mehr zu sein, da er ihnen eine Stunde Schlaf vergönnte. Mit ‚Unglück' bezeichneten sie nur den Hunger, den Durst, die Kälte. Wenn sie kein Holz, kein Feuer, keine Kleidung, kein Obdach fanden, entspannen sich fürchterliche Kämpfe zwischen denen, die von allem entblößt hinzukamen, und den Reichen, die eine Wohnung besaßen. Die Schwächeren unterlagen dabei. Schließlich trat der Moment ein, wo etliche von den Russen Verjagte nur noch Schnee als Lager hatten und sich darauf niederlegten, um sich nicht wieder zu erheben. Unmerklich schloß ſich dieſe Menge faſt lebloſer Weſen ſo feſt zuſammen, wurde ſo taub, ſo ſtumpf oder vielleicht auch ſo glückſelig, daß der Marſchall Victor, ihr heldenmütiger Verteidiger, der zwanzigtauſend von Wittgenſtein befehligter Ruſſen Widerſtand geleiſtet hatte, genötigt war, ſich mit ſchneller Gewalt einen Weg durch dieſen Wald von Menſchen zu bahnen, um mit fünftauſend Tapferen, die er dem Kaiſer zuführte, über die Bereſina zu ſetzen. Dieſe Unglücklichen ließen ſich lieber tottreten als ſich zu rühren, und gingen ſtillſchweigend zugrunde, indem ſie ihren erloſchenen Feuern zulächelten, ohne Frankreichs zu gedenken.

Erſt um zehn Uhr abends befand ſich der Herzog von Bellune am andern Ufer des Fluſſes. Bevor er ſich auf die Brücken begab, die nach Zembin führten, vertraute er das Schickſal der Nachhut von Studzianka Eblé an, dem Retter aller derer, die das Unglück der Bereſina überlebten. Es war ungefähr gegen Mitternacht, als dieſer große General in Begleitung eines tapferen Offiziers die kleine Hütte verließ, die er nahe bei der Brücke bewohnte, und ſich anſchickte, das Schauſpiel zu betrachten, welches das Lager zwiſchen dem Ufer der Bereſina und dem Wege von Borizof nach Studzianka bot. Die ruſſiſche Artillerie hatte aufgehört zu feuern; die unzähligen Feuer inmitten dieſer Schneemaſſen, die herabgebrannt waren und kein Licht mehr zu verbreiten ſchienen, beleuchteten hier und da Geſichter, die nichts Menſchliches mehr an ſich hatten. Ungefähr dreißigtauſend Unglückliche, zu allen Nationen gehörig, die Napoleon nach Rußland geworfen hatte, waren hier zuſammen und kämpften mit brutaler Unbekümmerheit um ihr Leben.

‚Retten wir diese alle', sagte der General zu dem Offizier. ‚Morgen früh werden die Russen Herren von Studzianka sein. Man muß also die Brücke niederbrennen im Augenblick, wo die Russen erscheinen werden; also Mut, mein Freund! Schlage dich durch bis zur Höhe. Sag dem General Fournier, daß er kaum Zeit haben wird, seine Stellung aufzugeben, diese ganze Gesellschaft zu durchbrechen und die Brücke zu passieren. Sobald du siehst, daß er sich in Marsch setzt, wirst du ihm folgen. Mit Hilfe einiger kräftiger Leute wirst du mitleidlos die Lager, die Equipagen, die Kasten, die Wagen, alles niederbrennen! Treibe die ganze Gesellschaft über die Brücke; zwinge alles, was zwei Beine hat, auf das andere Ufer zu flüchten. Das Niederbrennen ist jetzt unsere letzte Rettung. Hätte Berthier mich diese verdammten Equipagen vernichten lassen, würde der Fluß niemanden fortgeschwemmt haben als meine armen Pioniere, die fünfzig Helden, die die armen gerettet haben und die man vergessen wird!'
Der General führte die Hand an seine Stirn und verweilte schweigend. Er hatte die Empfindung, daß Polen sein Grab sein würde, und daß keine Stimme sich zugunsten dieser edelmütigen Männer erheben würde, die sich im Wasser hielten, im Wasser der Beresina!, um die Brückenpfähle festzumachen. Ein einziger von ihnen lebt, oder korrekter gesagt, leidet heute noch in einem Dorfe, ein Unbekannter! Der Adjutant entfernte sich. Kaum hatte dieser edelmütige Offizier hundert Schritte nach Studzianka hin gemacht, als der General Eblé mehrere seiner leidenden Pioniere aufweckte und sein Rettungswerk begann, indem

er die Zelte, die um die Brücke herum errichtet waren, anzündete und ſo die Schläfer, die ihn umgaben, die Bereſina zu überſchreiten zwang. Inzwiſchen war der junge Adjutant nicht ohne Mühe bei dem einzigen Holzhauſe angelangt, das noch in Studzianka aufrecht ſtand.

‚Iſt denn dieſe Baracke ſehr voll, Kamerad?' ſagte er zu einem Manne, den er draußen bemerkte.

‚Wenn Sie hereinkommen, werden Sie ein geſchickter alter Soldat ſein,' erwiderte der Offizier, ohne ſich umzuwenden und ohne aufzuhören, mit ſeinem Säbel das Holz des Hauſes zu zerſtören.

‚Sind Sie es, Philipp?' ſagte der Adjutant, der am Klange der Stimme einen ſeiner Freunde erkannte.

‚Jawohl. Ach, du biſt es, mein Alter!' entgegnete Herr de Sucy und betrachtete den Adjutanten, der, wie er, erſt dreiundzwanzig Jahre alt war. ‚Ich glaubte dich auf der anderen Seite dieſes verdammten Fluſſes. Bringſt du uns Kuchen und Konfekt zu unſerem Deſſert? Du wirſt ſchön empfangen werden', fügte er hinzu, indem er mit dem Losſchälen der Holzrinde beſchäftigt war, die er nach ländlicher Weiſe ſeinem Pferde als Futter reichte.

‚Ich ſuche Ihren Kommandanten, um ihn im Namen des Generals Eblé aufzufordern, nach Zembin zu eilen. Sie werden kaum Zeit haben, durch dieſe Maſſe von Kadavern hindurchzukommen, die ich gleich in Brand ſetzen werde, um ihnen Beine zu machen.'

‚Du machſt mir ja förmlich warm! Deine Neuigkeit bringt mich in Schweiß. Ich habe zwei Freunde zu retten! Ach, ohne dieſe beiden Schützlinge wäre ich ſchon tot! Ihretwegen ſorge ich für mein Pferd und eſſe ſelbſt nicht mehr. Um Himmelswillen haſt du nicht irgendein Stückchen Brot? Es ſind jetzt dreißig Stunden her, daß ich nichts in den Magen bekommen habe, und ich habe wie ein Wahnſinniger gekämpft, um mir das bißchen Wärme und Mut zu erhalten, das ich noch beſitze.'

,Armer Philipp! Nichts, nichts. Verſuche nicht, hier hineinzukommen! In dieſer Scheune liegen unſere Verwundeten. Steige noch höher! Du wirſt dann zu deiner Rechten eine Art von Schweinekoben finden: da iſt der General! Leb wohl, mein Tapferer. Wenn wir jemals wieder auf einem Pariſer Parkett Quadrille tanzen . . .'

Er vollendete den Satz nicht: der Sturm wehte in dieſem Moment ſo tückiſch, daß der Adjutant losmarſchierte, um nicht zu erfrieren, und die Lippen des Majors Philipp erſtarrten. Bald herrſchte völliges Schweigen. Es wurde nur von Seufzern unterbrochen, die aus dem Hauſe drangen, und durch das dumpfe Geräuſch, das das Pferd des Herrn de Sucy machte, das vor Hunger und Wut die erfrorene Rinde kaute, aus der das Haus erbaut war. Der Major ſteckte ſeinen Säbel in die Scheide, nahm das koſtbare Tier, das er zu bewahren verſtanden hatte, jäh beim Zügel und riß es, trotz ſeines Widerſtandes, von der unheilvollen Nahrung zurück, nach der es ſo gierig war.

,Vorwärts, Bichette, vorwärts! Du allein kannſt Stephanie retten. Warte nur, ſpäter, da werden wir uns ausruhen und ſicher ſterben können.'

Philipp, in einen Pelz gehüllt, dem er ſeine Erhaltung und ſeine Energie verdankte, fing an zu laufen, indem er mit den Füßen ſcharf auf den gefrorenen Schnee trat, um ſich warm zu erhalten. Kaum hatte der Major fünfhundert Schritt gemacht,

als er ein tüchtiges Feuer an dem Platze wahrnahm, wo er ſeit heute morgen ſeinen Wagen unter der Obhut eines alten Soldaten gelaſſen hatte. Eine furchtbare Unruhe bemächtigte ſich ſeiner. Wie alle die, welche während dieſer Flucht von einer mächtigen Empfindung beherrſcht wurden, verſpürte er, um ſeinen Freunden zu helfen, Kräfte in ſich, die er zu ſeiner eigenen Rettung nicht aufgebracht hätte. Bald befand er ſich wenige Schritt von einer Terrainfalte entfernt, in der er, vor den Kugeln geborgen, eine junge Frau untergebracht hatte, ſeine Jugendgefährtin und ſeinen teuerſten Schatz!
Etliche Schritte vom Wagen hatten ſich etwa dreißig Nachzügler vor einem rieſigen Feuer zuſammengefunden, das ſie mit hineingeworfenen Brettern, mit den Oberteilen von Kaſten, mit Rädern und Wagenwänden unterhielten. Dieſe Soldaten waren jedenfalls die letzten aller Herbeigekommenen, die von dem Einſchnitt zwiſchen dem Terrain von Studzianka bis zu dem verhängnisvollen Fluſſe einen Ozean von Köpfen, Feuern und Baracken bildeten, ein lebendes, von faſt unmerklichen Wogen bewegtes Meer, aus dem ein dumpfes, manchmal von ſchrecklichem Lärm unterbrochenes Geräuſch empordrang. Von Hunger und Verzweiflung getrieben, hatten dieſe Unglückſeligen ſich wahrſcheinlich zu dem Wagen hingedrängt. Der alte General und die junge Frau, die hier auf Fetzen, in Mäntel und Pelze gewickelt lagen, waren in dieſem Moment vor dem Feuer niedergekniet. Der eine Wagenvorhang war zerriſſen. Sobald die um das Feuer gelagerten Männer die Tritte des Pferdes und des Majors hörten, erhoben ſie einen Schrei wütenden Hungers.
‚Ein Pferd, ein Pferd!‘

Alles vereinigte ſich zu einem einzigen Ruf.
‚Zurück! Nehmen Sie ſich in acht!‘ riefen zwei bis drei Soldaten und machten ſich an das Pferd. Philipp ſtellte ſich vor ſein Tier und ſagte: ‚Schufte! Ich ſtoße euch alle in euer Feuer. Da oben gibt's genug tote Pferde! Holt ſie euch.‘
‚Iſt das ein Spaßvogel, dieſer Offizier! Eins, zwei, willſt du dich wehren?‘ entgegnete ein rieſiger Grenadier. ‚Na, gut, wie du willſt!‘
Der Schrei einer Frau lenkte den Schuß ab. Philipp wurde glücklicherweiſe nicht getroffen; aber Bichette, die zuſammengebrochen war, kämpfte mit dem Tode; drei Männer ſtürzten ſich auf ſie und gaben ihr mit Bajonettſtößen den Reſt.
‚Kannibalen! Laßt mich wenigſtens die Decke und meine Piſtolen nehmen,‘ ſagte Philipp verzweifelt.
‚Die Piſtolen, ja‘, erwiderte der Grenadier. ‚Aber was die Decke anlangt, da iſt ein Infanteriſt, der ſeit zwei Tagen ‚nichts auf ſeiner Laterne‘ hat, und der in ſeinem elenden Jammerrock zittert. Das iſt unſer General . . .‘
Philipp ſchwieg, als er einen Mann ſah, deſſen Schuhzeug verbraucht, deſſen Hoſe an zehn Stellen durchlöchert war, und der auf dem Kopfe eine ſchlechte, mit Eis bedeckte Polizeimütze trug. Er beeilte ſich, ſeine Piſtolen an ſich zu nehmen. Fünf Männer zogen das Tier vor das Feuer und begannen, es mit ſolcher Geſchicklichkeit zu zerlegen, wie es Fleiſchergeſellen in Paris hätten machen können. Mit bewunderungswürdiger Kunſt wurden die Stücke abgelöſt und auf Kohlen gelegt. Der Major ſtellte ſich neben die Frau, die einen Schrei des Entſetzens ausgeſtoßen hatte, als ſie ihn wiedererkannte; er ſah ſie unbeweglich auf einem Wagenkiſſen

ſitzend und ſich wärmend; ſie betrachtete ihn ſtillſchweigend, ohne ihm zuzulächeln. Philipp ſah jetzt neben ihr den Soldaten, dem er die Verteidigung des Wagens anvertraut hatte; der arme Menſch war verwundet worden. Überwältigt von der Menge, war er eben den Nachzüglern gewichen, die ihn angegriffen hatten; aber wie ein Hund, der bis zum letzten Augenblick das Eſſen ſeines Herrn verteidigt hat, hatte er ſich ſeinen Teil an der Beute genommen und ſich aus einem weißen Tuch eine Art Mantel gemacht. Jetzt war er damit beſchäftigt, ein Stück Pferdefleiſch umzudrehen, und der Major nahm auf ſeinem Geſichte die Freude wahr, die ihm die Zurüſtungen zu dem Feſteſſen verurſachten. Der Graf von Vandières, ſeit drei Tagen in eine Art kindiſchen Zuſtandes verfallen, blieb auf ſeinem Kiſſen neben ſeiner Frau ſitzen und betrachtete mit unbeweglichen Augen die Flammen, deren Wärme anfing, ſeine Erſtarrung zu mildern. Er war von der Gefahr und der Ankunft Philipps nicht mehr erregt worden, als von dem Kampf, bei dem ſein Wagen geplündert worden war. Sucy ergriff zuerſt die Hand der jungen Gräfin, um ihr ein Zeichen ſeiner Hingabe auszudrücken und ihr den Schmerz darüber kundzugeben, daß ſie ſo ins letzte Elend geraden war; aber er blieb ſtumm neben ihr auf einem Schneehaufen, der ſich in Waſſer auflöſte, ſitzen und gab ſelbſt dem Wohlgefühl, ſich zu erwärmen, nach, die Gefahr und alles andere vergeſſend. Sein Geſicht nahm gegen ſeine Abſicht einen beinahe ſtumpfſinnigen Ausdruck von Freude an, und er wartete ungeduldig auf den Augenblick, wo das ſeinen Soldaten gegebene Stück Pferdefleiſch gebraten war. Der Geruch dieſes verkohlten Fleiſches reizte ſeinen Hunger, und ſein Hunger ließ ſein Herzensempfinden, ſeinen Mut und ſeine Liebe ſchweigen. Ohne Zorn betrachtete er die Ergebniſſe der Plünderung ſeines Wagens. Alle Leute, die das Feuer umgaben, hatten ſich in die Decken, die Kiſſen, die Pelze, die männlichen und weiblichen Kleidungsſtücke des Grafen und der Gräfin geteilt. Philipp wandte ſich um, weil er ſehen wollte, ob man noch Nutzen aus ſeiner Kaſſe ziehen konnte. Beim Lichte der Flammen bemerkte er Gold, Diamanten und Silberzeug zerſtreut, ohne daß jemand daran dachte, ſich auch nur das geringſte Stück davon anzueignen. Jedes der Individuen, die der Zufall um das Feuer zuſammengebracht hatte, bewahrte ein Stillſchweigen, das etwas Fürchterliches an ſich hatte, und tat nichts weiter, als was er für ſein Wohlbefinden für notwendig erachtete. Dieſes Elend hatte etwas Groteskes. Die von der Kälte veränderten Geſichter waren mit einem Überzug von Schmutz bedeckt, auf dem ſich die Tränenſpuren von den Augen bis zum unteren Teil der Wangen mit einer Furche abzeichneten, die die Dicke dieſer Kruſte anzeigte. Die Unſauberkeit ihrer langen Bärte machte die Soldaten noch abſcheulicher. Die einen waren in Weiberſchals gewickelt; die anderen trugen Pferdeſchabracken, ſchmutzige Decken und Lumpen, bedeckt mit Reif, der anfing zu zerſchmelzen; einige hatten einen Fuß in einem Schuh, den andern in einem Stiefel; ſchließlich gab es niemanden, deſſen Kleidung nicht irgendeine lächerliche Beſonderheit aufwies. Inmitten dieſer komiſchen Umhüllung verharrten die Männer ernſt und düſter. Das Schweigen wurde nur von dem Krachen des Holzes unterbrochen, von dem Flackern der Flamme, von dem fernen Geräusch des Feldes und von den Säbelhieben, die die Verhungertsten Bichette versetzten, um die besten Stücke davon abzureißen. Einige Unglückliche, matter als die andern, schliefen bereits, und wenn einer von ihnen ins Feuer rollte, zog ihn niemand zurück. Diese strengen Logiker dachten, daß, wenn er nicht tot war, das Verbrennen ihn schon veranlassen würde, sich an einen geeigneteren Ort hinzulegen. Wenn aber der Unglückliche im Feuer erwachte und umkam, so beklagte ihn niemand. Etliche Soldaten sahen einander an, wie um ihre eigene Unbekümmertheit durch die Gleichgültigkeit der anderen gerechtfertigt zu sehen. Die junge Gräfin hatte zweimal einen solchen Anblick und blieb stumm. Als die verschiedenen Stücke, die man auf die Kohlen gelegt hatte, gebraten waren, stillte jeder seinen Hunger mit der Freßgier, die uns bei den Tieren so widerwärtig erscheint.

‚Das ist das erstemal, daß man dreißig Infanteristen auf einem Pferde gesehen hat', rief der Grenadier, der das Tier abgestochen hatte.

Das war der einzige Scherz, der nationalen Witz bezeugte.

Bald rollte sich die Mehrzahl der armen Soldaten in ihre Kleider, legte sich auf Bretter, auf alles, was sie vor der Berührung mit dem Schnee schützen konnte, und schlief unbekümmert bis zum nächsten Morgen. Als der Major sich erwärmt und seinen Hunger gestillt hatte, drückte ihm ein unbezwingliches Schlafbedürfnis auf die Wimpern. Während seines ziemlich kurzen Kampfes mit dem Schlafe betrachtete er die junge Frau, die, mit dem Gesicht zum Feuer gewendet, um zu schlafen, ihre geſchloſſenen Augen und einen Teil ihrer Stirn ſehen ließ; ſie war in einen dichten Pelz und einen dicken Dragonermantel gewickelt; ihr Kopf lag auf einem blutbefleckten Kopfkiſſen; ihre, von einem um den Hals geſchlungenen Taſchentuch feſtgehaltene Aſtrachanmütze ſchützte ihr Geſicht ſo viel als möglich vor der Kälte; die Füße hatte ſie in den Mantel verſteckt. So in ſich ſelbſt zuſammengerollt, glich ſie in der Tat nichts Menſchlichem. War ſie die letzte Marketenderin? War ſie die entzückende Frau, der Stolz eines Liebhabers, die Königin der Pariſer Bälle? Ach! Selbſt das Auge ihres hingebendſten Freundes konnte nichts Weibliches mehr in dieſem Haufen von Wäſche und Lumpen erkennen. Der Kälte war die Liebe im Herzen einer Frau gewichen. Durch die dichten Schleier, die der unwiderſtehlichſte Schlaf über die Augen des Majors breitete, ſah er den Mann und die Frau nur noch wie zwei Punkte. Die Flammen des Feuers, die Geſichter überall, die ſchreckliche Kälte, die, drei Schritte von der flüchtigen Wärme entfernt, ſich durchbohrend geltend machte, alles floß in einen Traum zuſammen. Ein peinlicher Gedanke erſchreckte Philipp. ‚Wir werden alle ſterben, wenn ich einſchlafe; ich will nicht ſchlafen,' ſagte er ſich. Aber er ſchlief. Ein ſchrecklicher Lärm und eine Exploſion erweckten Herrn de Sucy nach einer Stunde Schlaf. Das Gefühl, ſeine Pflicht tun zu müſſen, die Gefahr ſeiner Freunde fielen ihm plötzlich ſchwer aufs Herz. Er ſtieß einen Schrei ähnlich einem Geheul aus. Er und ſein Soldat ſtanden allein aufrecht. Sie erblickten ein Feuermeer vor ſich, das im Schatten der Nacht vor ihnen eine Maſſe Menſchen abſchnitt, indem es die Hütten und Zelte verzehrte; ſie hörten Verzweiflungsſchreie und Geheul; ſie ſahen Tauſende von entſetzten Geſichtern und wütenden Köpfen. Inmitten dieſer Hölle bahnte ſich eine Kolonne von Soldaten einen Weg nach der Brücke zu zwiſchen zwei Reihen von Kadavern hindurch.

‚Das iſt der Rückzug unſres Nachtrabs!‘ rief der Major. ‚Keine Hoffnung mehr!‘

‚Ich habe Ihren Wagen geſchont, Philipp‘, ſagte eine Freundesſtimme.

Als er ſich umwandte, erkannte Sucy beim Licht der Flammen den jungen Adjutanten.

‚Ach, es iſt alles verloren!‘ erwiderte der Major. ‚Sie haben mein Pferd verzehrt. Und wie ſoll ich auch den ſtumpfſinnigen General und ſeine Frau auf den Weg bringen?‘

‚Nehmen Sie einen Feuerbrand und drohen Sie ihnen.‘

‚Soll ich die Gräfin bedrohen?‘

‚Adieu!‘ rief der Adjutant. ‚Ich habe gerade nur noch Zeit, dieſen fatalen Fluß zu überſchreiten, und das muß geſchehen. Ich habe eine Mutter in Frankreich. Was für eine Nacht! Dieſe Maſſe hier will lieber auf dem Schnee bleiben, und die Mehrzahl dieſer Unglücklichen will ſich lieber verbrennen laſſen als ſich erheben. Es iſt vier Uhr, Philipp! In zwei Stunden werden die Ruſſen anfangen ſich zu rühren. Ich verſichere Ihnen, daß Sie die Bereſina bald voller Leichname ſehen werden. Denken Sie an ſich, Philipp! Sie haben keine Pferde, Sie können die Gräfin nicht tragen; alſo vorwärts, kommen Sie mit mir‘, ſagte er und faßte ihn am Arme.

‚Aber, lieber Freund, wie ſoll ich Stephanie verlaſſen!‘

Der Major ergriff die Gräfin, ſtellte ſie auf die Beine,

ſchüttelte ſie mit der Rauheit eines Verzweifelten und zwang ſie, aufzuwachen; ſie ſah ihn mit totem, ſtarrem Blicke an.

,Wir müſſen vorwärts, Stephanie, oder wir ſterben hier.'

Als alle Antwort verſuchte die Gräfin, ſich zur Erde gleiten zu laſſen, um zu ſchlafen. Der Adjutant ergriff einen Feuerbrand und bewegte ihn vor dem Geſicht Stephanies hin und her.

,Retten wir ſie gegen ihren Willen!' rief Philipp, hob die Gräfin auf und trug ſie in den Wagen. Er kehrte zurück und bat den Adjutanten um Hilfe. Beide nahmen den alten General, ohne zu wiſſen, ob er tot oder lebendig war, und legten ihn neben ſeine Frau. Der Major ſtieß mit dem Fuße jeden einzelnen der auf der Erde liegenden Leute weg, nahm ihnen ab, was ſie geraubt hatten, häufte alle Kleider auf die beiden Gatten und warf in eine Ecke des Wagens etliche gebratene Stücke ihres Pferdes.

,Was wollen Sie denn machen?' fragte ihn der Adjutant.

,Sie ſchleppen', ſagte der Major.

,Sie ſind wohl toll!'

,Das iſt wahr!' rief Philipp und kreuzte die Arme über der Bruſt.

Plötzlich ſchien er von einem verzweifelten Gedanken gepackt zu ſein.

,Du!', ſagte er und ergriff den geſunden Arm ſeines Soldaten, ,ich vertraue ſie dir für eine Stunde an! Denke daran, daß du eher ſterben mußt, als, wer es auch ſei, an den Wagen herankommen laſſen darfſt.'

Der Major bemächtigte ſich der Diamanten der Gräfin, nahm ſie in die eine Hand, zog mit der andern den Säbel und begann wütend auf die Schläfer loszuſchlagen, die er für die unerſchrockenſten hielt, und es gelang ihm auch, den koloſſalen Grenadier und noch zwei andere Männer, deren militäriſcher Rang unmöglich zu erkennen war, aufzuwecken.

‚Wir ſind verloren', ſagte er zu ihnen.

‚Das weiß ich wohl,' antwortete der Grenadier, ‚aber das iſt mir egal.'

‚Nun alſo, ſo oder ſo tot, iſt es nicht beſſer, ſein Leben für eine hübſche Frau zu verkaufen, auf die Gefahr hin, Frankreich noch einmal wiederzuſehen?'

‚Ich will lieber ſchlafen,' ſagte einer von den Leuten und rollte auf den Schnee, ‚und wenn du mich weiter beläſtigſt, Major, werde ich dir mein Bajonett in die Wampe pflanzen.'

‚Worum handelt es ſich, Herr Major?', fragte der Grenadier. ‚Der Kerl iſt betrunken! Das iſt ein Pariſer; die wollen es bequem haben.'

‚Das hier iſt für dich, mein braver Kerl,' rief der Major und bot ihm einen Diamantenſchmuck an, ‚wenn du mir folgen und wie ein Wilder kämpfen willſt. Die Ruſſen werden in zehn Minuten auf dem Marſche ſein, ſie ſind beritten; wir werden auf ihre erſte Batterie losmarſchieren und zwei Pferde mit uns nehmen.'

‚Aber die Schildwachen, Herr Major?'

‚Einer von uns dreien', ſagte er zu dem Soldaten. Er unterbrach ſich und ſah den Adjutanten an; ‚Sie kommen mit uns, Hippolyt, nicht wahr?'

Hippolyt ſtimmte mit einem Kopfnicken zu.

‚Einer von uns', fuhr der Major fort, ‚wird die Schildwache auf ſich nehmen. Übrigens werden ſie auch vielleicht ſchlafen, dieſe verdammten Ruſſen.'

‚Biſt du wirklich ſo tapfer, mein Major? Aber du

wirst mich auch in deinem Wagen mitnehmen?' sagte der Grenadier.

,Jawohl, wenn du dort oben nicht dein Fell opfern mußt. Wenn ich falle, versprecht mir, Hippolyt und du, Grenadier,' sagte der Major und wandte sich an seine beiden Gefährten, ,daß ihr euch für die Rettung der Gräfin aufopfern wollt.'

,Abgemacht', rief der Grenadier.

Sie wandten sich der Linie der Russen zu, nach den Batterien hin, die so furchtbar die Masse der Unglücklichen zerschmettert hatten, die am Ufer des Flusses lagen. Einige Augenblicke nach ihrem Verschwinden ertönte der Galopp zweier Pferde auf dem Schnee, und die wachgewordene Batterie sandte einige Salven hinterher, die über die Häupter der Schläfer hinweggingen; der Galopp der Pferde war so überstürzt, daß man von Schmiedhämmern hätte reden mögen. Der edelmütige Adjutant war gefallen. Der athletische Grenadier war heil und gesund geblieben. Philipp hatte bei der Verteidigung seines Freundes einen Bajonettstich in die Schulter erhalten; trotzdem klammerte er sich an die Nackenhaare des Pferdes und preßte es so fest mit seinen Beinen, daß das Tier sich wie in einem Schraubstock befand.

,Gott sei gelobt!' rief der Major, als er seinen Soldaten unbeweglich im Wagen an seinem Platze vorfand.

,Wenn Sie gerecht sein wollen, Herr Major, werden Sie mir das Kreuz verschaffen. Wir haben hübsch mit dem Schießprügel und dem Stichgewehr gespielt, was?'

,Wir haben noch nichts geleistet. Jetzt müssen wir die Pferde anspannen. Nehmen Sie die Seile.'

‚Es ſind nicht genug davon vorhanden.'
‚Dann, Grenadier, müſſen Sie Hand an die Schläfer legen und ihre Umhänge und ihre Wäſche dazu nehmen ...'
‚Sieh mal an, er iſt tot, dieſer Hanswurſt!' rief der Grenadier, als er den erſten, an den er ſich wandte, umdrehte. ‚Ach, wie komiſch, ſie ſind ja tot!'
‚Alle?'
‚Jawohl, alle! Es ſcheint, das Pferd iſt ein unverdauliches Eſſen, wenn man es mit Schnee genießt.'
Dieſe Worte ließen Philipp erzittern. Der Froſt war noch ſtärker geworden.
‚Mein Gott! Eine Frau verlieren, die ich ſchon zwanzigmal gerettet habe.'
Der Major ſchüttelte die Gräfin und rief: ‚Stephanie! Stephanie!'
Die junge Frau öffnete ihre Augen.
‚Wir ſind gerettet, Madame.'
‚Gerettet!' wiederholte ſie und fiel zurück.
Die Pferde wurden, ſo gut es ging, angeſpannt. Mit ſeinem Säbel in der geſunden Hand, die Zügel in der andern, beſtieg er, mit ſeinen Piſtolen bewaffnet, das eine Pferd, während der Grenadier ſich auf das andere ſetzte. Der alte Soldat, deſſen Füße erfroren waren, wurde quer in den Wagen über den General und die Gräfin geworfen. Durch Säbelhiebe angeſtachelt, trugen die Pferde die Equipage mit wütender Eile in die Ebene hinaus, wo unzählige Schwierigkeiten den Major erwarteten. Bald war es unmöglich, vorwärts zu kommen, ohne zu riskieren, Männer, Frauen und eingeſchlafene Kinder totzufahren, die alle ſich zu rühren verweigerten, als der Grenadier ſie aufweckte. Vergeblich ſuchte Herr de Sucy den Weg, den der

Nachtrab inzwiſchen ſich mitten in dieſer Menſchenmaſſe gebahnt hatte; er war verſchwunden wie das Kielwaſſer des Schiffes auf dem Meere; es ging nur im Schritt weiter, meiſt von den Soldaten angehalten, die damit drohten, die Pferde zu töten.
‚Wollen Sie weiter kommen?' fragte der Grenadier.
‚Um den Preis meines Blutes, um den Preis der ganzen Welt', erwiderte der Major.
‚Vorwärts! Man macht keine Omeletten, ohne Eier zu zerſchlagen.'
Und der Grenadier jagte die Pferde auf die Menſchen los, ließ blutige Geleiſe hinter ſich, ſtürzte die Zelte um und bahnte ſich eine doppelte Furche quer durch dieſes Feld von Köpfen. Aber wir müſſen ihm die Gerechtigkeit widerfahren laſſen, daß er niemals unterließ, mit donnernder Stimme zu rufen: ‚Achtung, ihr Bieſter!'
‚Die Unglücklichen!' rief der Major.
‚Bah! Entweder der Froſt oder die Kanonen!' ſagte der Grenadier, trieb die Pferde an und ſtach mit der Spitze ſeines Säbels auf ſie los.
Eine Kataſtrophe, die ihnen ſehr viel früher hätte begegnen und vor der bis dahin ein fabelhafter Zufall ſie bewahrt hatte, hielt plötzlich ihren Weg an. Der Wagen ſtürzte um.
‚Das dachte ich mir!' rief der unerſchütterliche Grenadier aus. ‚Oh, oh! Der Kamerad iſt tot!'
‚Armer Laurent!' ſagte der Major.
‚Laurent? Iſt er nicht von den fünften Jägern?'
‚Jawohl.'
‚Das iſt mein Vetter. Bah! Das Hundeleben iſt nicht ſchön genug, daß man es in der jetzigen Zeit zu bedauern hätte.'
Der Wagen wurde nicht wieder aufgerichtet, die

Pferde nicht wieder freigemacht ohne einen unendlichen, nicht wieder gut zu machenden Zeitverlust. Der Stoß war so heftig gewesen, daß die junge Gräfin, die erwacht und durch die Bewegung aus ihrer Betäubung aufgerüttelt worden war, die Kleidungsstücke abwarf und sich erhob.

‚Wo sind wir denn, Philipp?' rief sie mit sanfter Stimme und sah um sich.

‚Fünfhundert Schritt von der Brücke entfernt. Wir wollen über die Beresina. Jenseits des Flusses, Stephanie, werde ich Sie nicht mehr quälen, werde Sie schlafen lassen, wir werden in Sicherheit sein und in Ruhe Wilna erreichen. Gebe Gott, daß Sie niemals erfahren, was Ihr Leben gekostet hat!'

‚Du bist verwundet?'

‚Es bedeutet nichts.'

Die Stunde der Katastrophe war herangekommen. Die Kanonen der Russen kündigten den Tag an. Herren von Studzianka, feuerten sie über die Ebene; und bei dem ersten Morgenlicht bemerkte der Major ihre Kolonnen sich auf den Höhen formieren. Ein Alarmgeschrei erhob sich mitten aus der Menge, die in einem Moment auf den Beinen war. Instinktmäßig begriff jeder die ihm drohende Gefahr, und alle drängten sich in Wellenbewegungen der Brücke zu. Die Russen eilten mit der Schnelligkeit eines Feuerbrandes hinab. Männer, Weiber, Kinder, Pferde, alles marschierte auf die Brücke los. Glücklicherweise befanden sich der Major und die Gräfin noch ziemlich entfernt vom Ufer. Der General Eblé hatte Feuer an die Zelte am andern Ufer gelegt. Trotz der Warnungen, die vor dem Betreten der Rettungsplanke gegeben wurden, wollte niemand zurückweichen. Nicht nur senkte sich die mit Menschen überladene Brücke, ſondern der heftige Strom von Menſchenzufluß ſtürzte wie eine verhängnisvolle Lawine ſo hinab, daß eine Menſchenmenge wie ein Schneeſturz ins Waſſer mitgeriſſen wurde. Man hörte keinen Schrei, ſondern nur das dumpfe Geräuſch eines ins Waſſer gefallenen Steins; dann war die Bereſina mit Leichnamen bedeckt. Der Rückſtoß derjenigen, die in die Ebene zurückwichen, um dieſem Tode zu entgehen, war ſo furchtbar, daß eine große Menge von Leuten durch Erſtickung ſtarben. Der Graf und die Gräfin verdankten ihr Leben nur ihrem Wagen. Nachdem die Pferde eine Maſſe Sterbender zerſchmettert und vernichtet hatten, gingen ſie ſelbſt zugrunde unter den Füßen einer Art menſchlicher Waſſerhoſe, die auf das Ufer ſtürzte. Der Major und der Grenadier retteten ſich durch ihre Kraft. Sie töteten, um nicht ſelbſt getötet zu werden. Dieſer Orkan von menſchlichen Geſichtern, dieſes Hin- und Herfließen von durch die gleiche Bewegung getragenen menſchlichen Körpern, ließ während einiger Augenblicke das Ufer der Bereſina verlaſſen erſcheinen. Die Maſſe hatte ſich zurück in die Ebene geworfen. Wenn etliche Menſchen ſich von oben den ſteilen Abhang hinabließen, ſo geſchah das weniger in der Hoffnung, das andere Ufer zu erreichen, was für ſie Frankreich bedeutete, als um den Wüſten Sibiriens zu entrinnen. Die Verzweiflung wurde eine Rettung für etliche mutige Leute. Ein Offizier ſprang von Scholle zu Scholle bis an das andere Ufer; ein Soldat kletterte mit wunderbarer Geſchicklichkeit über einen Haufen von Leichnamen und Eisſchollen. Dieſe rieſenhafte Volksmaſſe begriff ſchließlich, daß die Ruſſen nicht zwanzigtauſend waffenloſe, erfrorene, ſtumpfgewordene

Menſchen, die ſich nicht verteidigen würden, töten wollten, und jeder erwartete ſein Los mit furchtbarer Reſignation. So blieben alſo der Major, ſein Grenadier, der alte Soldat und ſeine Frau allein einige Schritte von dem Orte, wo ſich die Brücke befand. Alle vier ſtanden hier aufrecht, mit trockenen Augen, ſtillſchweigend und von einer Menge Toter umgeben. Etliche kräftige Soldaten, etliche Offiziere, denen die Verhältniſſe alle ihre Energie wiedergaben, fanden ſich neben ihnen ein. Dieſe ziemlich zahlreiche Gruppe umfaßte ungefähr fünfzig Menſchen. Der Major bemerkte in einer Entfernung von zweihundert Schritt die Ruinen der Brücke, die für die Wagen hergeſtellt, aber vorher zuſammengebrochen war.

‚Zimmern wir uns ein Floß zuſammen!' rief er.

Kaum hatte er dieſes Wort fallen laſſen, als die ganze Gruppe auf die Trümmer zulief. Eine Menge Menſchen ſchickte ſich an, Eiſenſtäbe aufzusammeln, Holzſtücke, Seile aufzuſuchen, kurz alles für den Bau eines Floſſes notwendige Material. Eine Truppe von zwanzig Soldaten und Offizieren bildeten eine von dem Major befehligte Garde, um die Arbeiter gegen die verzweifelten Angriffe zu ſchützen, die die Maſſe vollführen könnte, wenn ſie ihren Plan erriet. Das Gefühl der Freiheit, das die Gefangenen beſeelt und ihnen Wunder einflößt, kann mit dem nicht verglichen werden, das in dieſem Augenblick die unglücklichen Franzoſen handeln ließ.

‚Da ſind die Ruſſen! Da ſind die Ruſſen!' ſchrieen den Arbeitern ihre Verteidiger zu.

Das Holz kreiſchte, die Bohlen wuchſen in die Breite, Höhe und Tiefe. Generale, Soldaten, Oberſten, alles bog ſich unter dem Gewicht der Räder, der Eiſen,

der Bretter: es war ein wahrhaftes Bild des Baues der Arche Noah. Die junge Gräfin ſaß neben ihrem Manne und ſah mit Bedauern zu, weil ſie an der Arbeit nichts mittun konnte; trotzdem half ſie, Knoten zu knüpfen, um die Seile feſter zu machen. Endlich war das Floß fertig. Vierzig Menſchen ſtürzten ſich ins Waſſer des Fluſſes, während ein Dutzend Soldaten die Seile hielten, die dazu dienen ſollten, an dem Abhang feſtzuhalten. Kaum aber ſahen die Erbauer ihre Einſchiffung auf der Bereſina ſich vollziehen, ſo ſtürzten ſie ſich von dem Ufer oben hinab mit äußerſter Selbſtſucht. Der Major, der die Wut des erſten Anſturms befürchtete, hielt Stephanie und den General an der Hand feſt; aber er erbebte, als er die dunkle Maſſe ſich einſchiffen ſah und die darauf zuſammengepreßten Menſchen erblickte, wie Zuſchauer im Parterre eines Theaters.
‚Ihr Wilden!‘ rief er, ‚ich habe euch doch den Gedanken eingegeben, ein Floß zu erbauen; ich bin euer Retter, und ihr verweigert mir meinen Platz!‘ Ein verworrener Lärm war die Antwort. Die am Rande des Floſſes untergebrachten und mit Stäben zum Abſtoßen vom Abhang verſehenen Männer ſtießen mit Gewalt den Holzzug vorwärts, um ihn an das andere Ufer zu drängen und ihn die Eisſchollen und Leichname durchschneiden zu laſſen.
‚Zum Donnerwetter nochmal! Ich renne euch ins Waſſer, wenn ihr den Major und ſeine beiden Gefährten nicht richtig aufnehmt!‘ ſchrie der Grenadier, erhob ſeinen Säbel, verhinderte ihren Aufbruch und ließ ſie zuſammenrücken trotz der ſchrecklichen Schreie.
‚Ich werde fallen! Ich falle!‘ ſchrieen ſeine Gefährten. ‚Immer weiter vorwärts.‘

Der Major betrachtete trockenen Auges ſeine Geliebte, die ihre Augen zum Himmel mit erhabener Ergebung aufhob.
,Mit dir zuſammen ſterben!' ſagte ſie.
Es lag etwas Komiſches in der Haltung der Leute auf dem Floß. Obgleich ſie ein ſchauderhaftes Gebrüll ausſtießen, wagte doch keiner dem Grenadier Widerſtand zu leiſten; denn ſie waren ſo zuſammengedrängt, daß eine einzige Perſon nur zu ſtoßen brauchte, um alles umzuſtürzen. In dieſer Gefahr verſuchte ein Hauptmann ſich von einem Soldaten zu befreien, der die feindliche Bewegung des Offiziers wahrnahm, ihn anpackte und ihn ins Waſſer ſtürzte mit den Worten: ,Ach, du Ente, du willſt trinken! Na dann los!'
,Hier ſind zwei Plätze frei!' rief er dann. ,Vorwärts, Major, werfen Sie uns Ihre kleine Frau herüber und kommen Sie ſelbſt mit! Laſſen Sie doch den alten Mops zurück, der wird ja morgen doch ſterben!'
,Beeilt euch!' ſchrie eine Stimme, die ſich aus hundert zuſammenſetzte.
,Vorwärts, Major . . . Die andern ſchimpfen, und ſie haben recht.'
Der Graf von Vandières entledigte ſich ſeiner Umkleidung und ſtand aufrecht in ſeiner Generalsuniform.
,Retten wir den Grafen', ſagte Philipp.
Stephanie drückte ihrem Freunde die Hand, warf ſich über ihn und umarmte ihn mit wildem Druck.
,Adieu!' ſagte ſie.
Sie hatten ſich verſtanden. Der Graf von Vandières fand ſeine Kräfte und ſeine Geiſtesgegenwart wieder, um zur Einſchiffung hinunterzuſpringen, wohin Stephanie ihm folgte, nachdem ſie einen letzten Blick auf Philipp geworfen hatte.

‚Major, wollen Sie meinen Platz haben? Ich pfeife aufs Leben', rief der Grenadier. ‚Ich habe weder Frau, noch Kind, noch Mutter.'
‚Ich vertraue ſie dir an', rief der Major und zeigte auf den Grafen und ſeine Frau.
‚Seien Sie beruhigt, ich werde ſie wie meinen Augapfel hüten.'
Das Floß wurde mit ſolcher Gewalt an das Ufer geſtoßen, das der Stelle, wo Philipp unbeweglich ſtand, gegenüber war, daß ſein Stoß an die Erde alles erſchütterte. Der an Bord befindliche Graf rollte in den Fluß. Als er hineinfiel, ſchlug ihm eine Eisſcholle auf den Kopf und trieb ihn wie eine Kugel weit weg.
‚He! Major!' ſchrie der Grenadier.
‚Adieu!' rief eine Frauenſtimme.
Und Philipp de Sucy fiel vor Schreck erſtarrt nieder, überwältigt von der Kälte, dem Schmerz und der Müdigkeit."

„Meine arme Nichte war irrſinnig geworden", fügte der Arzt nach einer kurzen Pauſe hinzu. „Ach, mein Herr", fuhr er fort und ergriff Herrn d'Albons Hand, „wie entſetzlich wurde das Leben für dieſe kleine, ſo junge, ſo zarte Frau! Nachdem ſie infolge eines unglaublichen Mißgeſchicks von dem Gardegrenadier, einem gewiſſen Fleuriot, getrennt worden war, wurde ſie zwei Jahre hindurch hinter der Armee hergeſchleppt, als Spielzeug eines Haufens von Elenden. Man hat mir erzählt, daß ſie mit bloßen Füßen, ſchlecht bekleidet, ganze Monate hindurch ohne Pflege, ohne Nahrung blieb; bald in Krankenhäuſern gehalten, bald wie ein Tier weggejagt; Gott allein weiß, wieviel Unglück dieſe

Unſelige dennoch überlebt hat! Sie befand ſich in einer kleinen deutſchen Stadt, mit Irrſinnigen zuſammengeſperrt, während ihre Verwandten, die ſie für tot hielten, ihre Erbſchaft teilten. Im Jahre 1816 erkannte ſie der Grenadier Fleuriot in einer Straßburger Herberge, wo ſie angelangt war, nachdem ſie eben aus ihrem Gefängnis entwichen war. Einige Bauern erzählten dem Grenadier, daß die Gräfin einen ganzen Monat in einem Walde gelebt hätte und daß ſie nach ihr gejagt hätten, um ſich ihrer habhaft zu machen und zu ihr gelangen zu können. Ich befand mich damals wenige Meilen von Straßburg entfernt. Als ich von einem wilden Mädchen reden hörte, hatte ich den Wunſch, die ungewöhnlichen Tatſachen feſtzuſtellen, die Grund zu ſo lächerlichen Erzählungen gaben. Wie wurde mir, als ich die Gräfin wiedererkannte! Fleuriot berichtete mir alles, was er von dieſer traurigen Geſchichte wußte. Ich nahm dieſen armen Menſchen mit meiner Nichte nach der Auvergne mit, wo ich das Unglück hatte, ihn zu verlieren. Er hatte ein wenig Herrſchaft über Frau von Vandières. Er allein konnte bei ihr erreichen, daß ſie ſich ankleidete. ‚Adieu!‘, dieſes Wort, worin ihr ganzes Sprechen beſtand, ſagte ſie früher nur ſelten. Fleuriot hatte es unternommen, einige Gedanken in ihr wieder zu erwecken; aber er war nicht weitergekommen, er hatte ſie nur dazu gebracht, dieſes traurige Wort etwas häufiger auszuſprechen. Der Grenadier verſtand ſie zu zerſtreuen und zu beſchäftigen, indem er mit ihr ſpielte, und auf ſeine Kunſt hoffte ich, aber . . .“

Der Onkel Stephanies ſchwieg einen Augenblick. „Hier“, fuhr er fort, „hat ſie ein anderes Weſen gefunden, mit dem ſie ſich zu verſtehen ſcheint. Das iſt eine idiotiſche Bäuerin, die trotz ihrer Häßlichkeit und Stumpfſinnigkeit einen Maurer geliebt hat. Dieſer Maurer wollte ſie heiraten, weil ſie einige Morgen Land beſitzt. Die arme Genovefa war während eines Jahres das glücklichſte Geſchöpf der Welt. Sie putzte ſich und ging Sonntags mit Dallot tanzen; ſie verſtand ſich auf die Liebe; es fand ſich in ihrem Herzen und in ihrem Geiſte Platz für ein ſolches Gefühl. Aber Dallot ſtellte ſeine Überlegungen an. Er fand ein junges Mädchen, das ſeinen geſunden Verſtand und zwei Morgen Land mehr beſaß als Genovefa. Da hat Dallot Genovefa ſtehen gelaſſen. Das arme Geſchöpf verlor das bißchen Intelligenz, das die Liebe bei ihr entwickelt hatte, und verſteht ſich nun nur noch auf Kühe hüten und Gras ſchneiden. Meine Nichte und dieſes arme Mädchen ſind gewiſſermaßen durch die unſichtbare Kette eines gemeinſamen Geſchicks aneinander gebunden und durch das Gefühl, das ihren Irrſinn veranlaßt hat. Hier, ſehen Sie“, ſagte Stephanies Onkel und führte den Marquis d'Albon ans Fenſter.

Der Richter bemerkte jetzt in der Tat die hübſche Gräfin auf der Erde zwiſchen den Beinen Genovefas ſitzend; die mit einem rieſigen knöchernen Kamm bewaffnete Bäuerin wendete viel Sorgſamkeit darauf, das lange ſchwarze Haar Stephanies durchzukämmen, die ſich das gefallen ließ, indem ſie erſtickte Schreie von ſich gab, deren Akzent ein instinktiv empfundenes Behagen verriet. Herr d'Albon erſchauerte, als er die Hingebung des Körpers und die tieriſche Haltloſigkeit bemerkte, die bei der Gräfin die vollkommene Abweſenheit des Geiſtes verriet.

„Philipp, Philipp!“ rief er aus, „das vergangene Unglück bedeutet ja noch nichts. Gibt es denn keine Hoffnung mehr?“, fragte er.
Der alte Arzt hob die Augen zum Himmel empor.
„Adieu, mein Herr“, ſagte Herr d'Albon und drückte dem Alten die Hand. „Mein Freund erwartet mich, Sie werden ihn bald ſehen.“
„Alſo ſie iſt es doch!“ rief Sucy aus, nachdem er die erſten Worte des Marquis d'Albon gehört hatte. „Ach, ich zweifelte noch daran“, fügte er hinzu und ließ einige Tränen aus ſeinen dunklen Augen herabfallen, deren Ausdruck ungewöhnlich ernſt war.
„Ja, es iſt die Gräfin von Vandières“, antwortete der Richter.
Der Oberſt erhob ſich jäh und kleidete ſich eilig an.
„Aber Philipp!“ ſagte der Richter verblüfft, „wirſt du verrückt?“
„Aber ich bin ja nicht mehr krank“, antwortete der Oberſt einfach. „Dieſe Nachricht hat alle meine Schmerzen beruhigt. Und was für ein Unglück könnte ich empfinden, wenn ich an Stephanie denke! Ich gehe nach Bons-Hommes, ſie ſehen, mit ihr ſprechen, ſie heilen. Sie iſt frei. Schön! Das Glück wird uns lächeln, oder es gäbe keine Vorſehung mehr. Glaubſt du denn, daß dieſe arme Frau mich anhören könnte, ohne ihren Verſtand wieder zu gewinnen?“
„Sie hat dich ſchon geſehen, ohne dich wiederzuerkennen“, entgegnete ſanft der Richter, der, als er die übertriebene Hoffnung ſeines Freundes wahrnahm, verſuchte, ihm heilſamen Zweifel einzuflößen.
Der Oberſt erzitterte. Aber er begann zu lächeln und ließ ſich eine leichte Bewegung der Ungläubigkeit entſchlüpfen. Niemand wagte es, dem

Plan des Oberſten ſich zu widerſetzen. Nach wenigen Stunden befand er ſich in der alten Priorei bei dem Arzte und der Gräfin von Vandières.

„Wo iſt ſie?“ rief er aus, als er ankam.

„Still!“ antwortete ihm Stephanies Onkel. „Sie ſchläft. Dort iſt ſie.“

Philipp ſah die arme Irre in der Sonne auf einer Bank niedergehockt. Ihr Kopf war gegen die Hitze der Luft durch einen Wald verwirrter Haare aut ihrem Geſicht geſchützt; ihre Arme hingen graziös bis auf die Erde hinab; ihr Körper lag in reizvoller Stellung wie der einer Hirſchkuh; ihre Füße waren ohne Mühe unter ihr zuſammengebogen; ihr Buſen hob ſich in regelmäßigen Intervallen; ihre Haut, ihr Teint wies die Porzellanbläſſe, die wir ſo ſehr auf den Geſichtern von Kindern bewundern. Unbeweglich neben ihr ſtehend, in der Hand einen Zweig, den Stephanie zweifellos von dem höchſten Wipfel eines Pappelbaums abgepflückt hatte, bewegte die Idiotin ſanft die Blätter über ihrer eingeſchlafenen Gefährtin, um die Fliegen zu verjagen und die Luft zu erfriſchen. Die Bäuerin betrachtete Herrn Fanjat und den Oberſten; dann, wie ein Tier, das ſeinen Herrn erkannt hat, wandte ſie langſam den Kopf der Gräfin zu und fuhr fort, über ihr zu wachen, ohne das geringſte Zeichen von Erſtaunen oder Verſtändnis zu geben. Die Luft war glühend. Die Steinbank ſchien zu funkeln, und die Wieſe ſtrahlte dem Himmel dieſe ruheloſen Düfte entgegen, die über den Kräutern flimmern und glühen wie ein goldener Staub; aber Genovefa ſchien die verzehrende Hitze nicht zu ſpüren. Der Oberſt drückte heftig die Hände des Arztes in den ſeinigen. Aus den Augen des Soldaten rollten Tränen die männlichen Wangen entlang und fielen auf den Rasen zu Stephanies Füßen.

„Mein Herr," sagte der Onkel, „jetzt sind es zwei Jahre her, daß mir täglich das Herz brechen will. Bald werden Sie so weit sein wie ich. Wenn Sie nicht mehr weinen, so werden Sie Ihren Schmerz nicht um so weniger empfinden."

„Sie haben für sie gesorgt?" sagte der Oberst, dessen Blicke ebensoviel Dankbarkeit wie Eifersucht ausdrückten.

Die beiden Männer verstanden sich; und indem sie sich von neuem die Hand drückten, blieben sie unbeweglich in der Betrachtung der herrlichen Ruhe, die der Schlaf über dieses entzückende Wesen ausbreitete. Von Zeit zu Zeit stieß Stephanie einen Seufzer aus, und dieser Seufzer, der alle Anzeichen des Gefühls zeigte, ließ den unglücklichen Obersten vor Freude erzittern.

„Ach," sagte Herr Fanchat leise zu ihm, „täuschen Sie sich nicht, mein Herr, Sie sehen sie jetzt bei voller Vernunft."

Wer je voller Entzücken damit beschäftigt war, ganze Stunden lang eine zärtlich geliebte Person schlafen zu sehen, deren Augen im Schlafe lächeln müßten, wird zweifellos das süße und furchtbare Gefühl begreifen, das den Obersten bewegte. Für ihn war der Schlaf eine Vorspiegelung; das Erwachen mußte für ihn den Tod bedeuten, und zwar den schrecklichsten aller Tode. Plötzlich lief eine junge Ziege in drei Sprüngen auf die Bank zu und witterte Stephanie, welche das Geräusch erweckte; sie richtete sich leicht auf den Füßen auf, ohne daß diese Bewegung das launische Tier erschreckte; aber als sie Philipp bemerkte, floh sie, von ihrem vierfüßigen

Gefährten gefolgt, bis zu einer Hollunderhecke; dann ließ ſie einen kleinen wilden Vogelſchrei hören, den der Oberſt nahe beim Gitter ſchon gehört hatte, wo die Gräfin Herrn d'Albon zum erſtenmal erſchienen war. Schießlich kletterte ſie auf einen wilden Ebenholzbaum, hockte ſich in dem grünen Gipfel dieſes Baumes feſt und fing an, den „Unbekannten" mit der der Neugier der Nachtigallen des Waldes zu betrachten.

„Adieu, adieu, adieu!" ſagte ſie, ohne daß ihre Seele dieſem Worte eine Betonung verlieh.

Es war die Gleichgültigkeit eines in der Luft ſingenden Vogels.

„Sie erkennt mich nicht mehr!" rief der verzweifelte Oberſt. „Stephanie! Das iſt ja Philipp, dein Philipp, Philipp!"

Und der arme Soldat ſprang auf den Baum zu; aber als er drei Schritt von ihm entfernt war, ſah ihn die Gräfin an, wie um ihm zu trotzen, obwohl ein furchtſamer Ausdruck in ihrem Auge erſchien; dann rettete ſie ſich von dem Ebenholzbaum auf eine Akazie, und von da auf eine nordiſche Tanne, wo ſie ſich von Zweig zu Zweig mit unerhörter Leichtigkeit wiegte.

„Verfolgen Sie ſie nicht", ſagte Herr Fanchat zu dem Oberſten. „Sie könnten zwiſchen ihr und ſich einen unüberwindlichen Zwieſpalt aufrichten; ich werde Ihnen helfen, ſie kennenzulernen und ſie zu zähmen. Kommen Sie auf dieſe Bank her. Wenn Sie Ihre Aufmerkſamkeit nicht auf dieſe arme Irre richten, dann werden Sie ſie bald unmerklich näher kommen ſehen, um Sie zu prüfen."

„Sie! Mich nicht wiedererkennen und mich fliehen!" wiederholte der Oberſt und lehnte den Rücken

gegen einen Baum, dessen Blätter eine ländliche Bank beschatteten. Der Doktor verharrte stillschweigend. Bald kam die Gräfin von dem Gipfel der Tanne sachte von oben herab, indem sie wie ein Irrlicht herabschwankte und sich zuweilen mit den Regungen des Windes mitgehen ließ, die er den Bäumen mitteilte. Bei jedem Aste hielt sie still, um nach dem Fremden auszuspähen; aber da sie ihn unbeweglich sah, sprang sie schließlich auf das Gras, stellte sich aufrecht und kam mit langsamem Schritt quer über die Wiese auf ihn zu. Als sie an einem Baum, ungefähr zehn Fuß von der Bank entfernt, stand, sagte Herr Fanchat leise zu dem Obersten:
„Nehmen Sie vorsichtig in meiner rechten Tasche etliche Stücke Zucker und zeigen Sie sie ihr, sie wird dann näher kommen; ich werde zu Ihren Gunsten auf das Vergnügen verzichten, ihr einige Leckereien zu verschaffen. Mit Unterstützung des Zuckers wird sie Sie leidenschaftlich lieben, Sie werden sie gewöhnen, Ihnen näher zu kommen und Sie wieder zu erkennen."
„Als sie ein echtes Weib war," antwortete Philipp traurig, „hatte sie gar keinen Geschmack für Süßigkeiten."
Als der Oberst Stephanie mit dem Stückchen Zucker winkte, das er ihr mit dem Daumen und Zeigefinger der rechten Hand hinhielt, stieß sie einen neuen wilden Schrei aus und eilte eilig auf Philipp zu; dann blieb sie stehen, von der instinktiven Furcht bewegt, die sich ihr aufdrängte; abwechselnd betrachtete sie den Zucker und wandte den Kopf ab, wie die armseligen Hunde, denen die Herren verbieten, an ein Gericht zu rühren, bevor man ihnen einen der letzten Buchstaben des Alpha-

bets nennt, das man langſam rezitiert hat. Endlich ſiegte die tieriſche Leidenſchaft über die Furcht: Stephanie ſtürzte ſich auf Philipp, ſtreckte ſchüchtern ihre hübſche braune Hand aus, um die Beute zu ergreifen, berührte die Finger ihres Geliebten, packte den Zucker und verſchwand in einem Gebüſch des Waldes. Dieſe ſchauderhafte Szene ſchlug den Oberſten vollends danieder, der in Tränen ausbrach und ſich in ſeinen Salon flüchtete.

„Verleiht die Liebe denn weniger Mut als die Freundſchaft?“ ſagte Herr Fanjat zu ihm: „Ich habe noch Hoffnung, Herr Baron. Meine arme Nichte war in einem viel bedauernswerteren Zuſtande, als dem, in dem Sie ſie ſehen.“

„Iſt das noch möglich?“ rief Philipp aus.

„Sie war nackt geblieben“, erwiderte der Mediziner. Der Oberſt machte eine Schreckensgebärde und erbleichte; der Doktor glaubte in dieſer Bläſſe einige böſen Symptome zu erkennen: er faßte ihm den Puls und fand ihn einem heftigen Fieber ausgeliefert; auf ernſtliches Drängen gelang es ihm, ihn ins Bett zu bringen, und er bereitete ihm eine leichte Doſis Opium, um ihm einen ruhigen Schlaf zu verſchaffen. So verliefen ungefähr acht Tage, während deren der Baron von Sucy oft mit tödlicher Angſt kämpfte; bald fanden ſeine Augen keine Tränen mehr. Seine oft erſchütterte Seele vermochte ſich nicht an das Schauſpiel zu gewöhnen, das ihm der Irrſinn der Gräfin darbot; aber er fand ſich in gewiſſem Sinne mit der grauſamen Lage ab und erblickte in ſeinem Schmerze einen Troſt. Sein Heroismus kannte keine Grenzen. Er fand den Mut, Stephanie zu zähmen, indem er ihr Süßigkeiten ausſuchte; er gab ſich ſolche Mühe, ihr dieſe Nahrung herbeizubringen, er verſtand es, die beſcheidenen Eroberungen, die er dem Inſtinkt ſeiner Geliebten dieſen letzten Reſt ihrer Intelligenz aufdrängen wollte, ſo vorſichtig abzumeſſen, daß es ihm gelang, ſie vertraulicher zu machen, als ſie es jemals geweſen war.

Der Oberſt ſtieg jeden Morgen in den Park hinunter; und wenn er, nachdem er lange Zeit nach der Gräfin geſucht hatte, nicht ahnen konnte, auf welchem Baum ſie ſich leicht wiegte, noch in welchem Winkel ſie geklettert war, um hier mit einem Tier zu ſpielen, noch auf welches Dach ſie geklettert war, ſo pfiff er den berühmten Marſch: Partant pour la Syrie, woran ſich die Erinnerung an eine Szene ihrer Liebe kettete. Sogleich lief Stephanie mit der Leichtigkeit eines jungen Rehs herbei. Es war ihr ſo natürlich geworden, den Oberſten zu ſehen, daß er ſie nicht mehr erſchreckte; bald gewöhnte ſie ſich daran, ſich neben ihn zu ſetzen, ihn mit ihrem mageren beweglichen Arm zu umfaſſen. In dieſer, den Liebenden ſo teuren Haltung, gab ihr Philipp langſam einiges Zuckerzeug, für das die Gräfin eine Vorliebe hatte. Wenn ſie alles aufgenaſcht hatte, geſchah es zuweilen, daß Stephanie die Taſchen ihres Freundes mit Geſten durchforſchte, die die mechaniſche Schnelligkeit eines Affen zeigten. Wenn ſie ganz ſicher war, daß er nichts mehr darin hatte, betrachtete ſie Philipp mit klarem Auge, ohne Gedanken, ohne ein Wiedererkennen; ſie ſpielte dann mit ihm; ſie verſuchte dann, ihm die Stiefel wegzunehmen, um ſeinen Fuß anzuſehen, ſie zerriß ſeine Handſchuhe, ſetzte ſeinen Hut auf; ſie ließ ihn ſeine Hände in ihr Haar ſtecken, erlaubte ihm, ſie in ſeine Arme zu nehmen, und empfing ohne Vergnügen glühende Küſſe. Endlich ſah ſie ihn ſchweigend an, wenn er Tränen vergoß; ſie begriff wohl den Pfiff von Partant pour la Syrie, aber es wollte ihm nicht gelingen, ſie ihren eigenen Namen „Stephanie" ausſprechen zu laſſen. Philipp wurde bei ſeinem ſchrecklichen Unternehmen in einer Hoffnung feſtgehalten, die ihn niemals verließ. Wenn er an einem ſchönen Herbſtvormittag die Gräfin ruhig auf einer Bank ſitzend ſah, unter einem gelb gewordenen Pappelbaum, lagerte ſich der arme Liebende zu ihren Füßen und ſah ihr ſo lange in die Augen, als ſie ihn hineinſehen ließ, in der Hoffnung, daß das Licht, das ihr daraus entſchlüpfte, wieder zur Vernunft werden würde. Manchmal bildete er ſich etwas ein: er glaubte die harten und unbeweglichen Züge von neuem zitternd, weich und lebendig werden zu ſehen und rief aus: „Stephanie! Stephanie! Du verſtehſt mich, du ſiehſt mich!" Aber ſie hörte den Ton ſeiner Stimme wie ein Geräuſch, wie die Wirkung des Windes, der die Bäume bewegte, wie das Brüllen der Kuh, auf die ſie kletterte; und der Oberſt rang verzweifelt ſeine Hände, immer von neuen verzweifelt. Die Zeit und ſeine vergeblichen Verſuche vermehrten nur ſeinen Schmerz. Eines Abends, bei ruhigem Himmel und inmitten des Schweigens und Friedens des ländlichen Aſyls, bemerkte der Doktor von fern, wie der Oberſt eine Piſtole lud. Der alte Arzt begriff, daß Philipp keine Hoffnung mehr hatte; er fühlte, wie alles Blut ihm zu Herzen floß, und wenn er den Schwindel, der ſich ſeiner bemächtigte, widerſtand, ſo geſchah es, weil er lieber ſeine Nichte lebend und irre ſehen wollte als tot. Er lief herzu.

„Was machen Sie da?" ſagte er.

„Das iſt für mich," antwortete der Oberſt und zeigte

auf eine geladene Piſtole auf der Bank, „und die dort iſt für ſie!“ fügte er hinzu und ſchob die Kugel in die Waffe, die er hielt.

Die Gräfin lag auf der Erde ausgeſtreckt und ſpielte mit den Kugeln.

„Sie wiſſen alſo nicht,“ ſagte kalt der Arzt, der ſeinen Schrecken verbarg, „daß ſie heute Nacht im Schlafe geſagt hat: Philipp?“

„Sie hat meinen Namen genannt!“ rief der Baron und ließ ſeine Piſtole zur Erde fallen, die Stephanie wieder aufhob; aber er entriß ſie ihren Händen, bemächtigte ſich derjenigen, die ſich auf der Bank befand, und rettete ſich.

„Arme Kleine!“ rief der Arzt aus, glücklich über den Erfolg, den ſeine Liſt gehabt hatte. Er drückte die Irre an ſeinen Buſen und fuhr fort: „Er hätte ſie getötet, der Egoiſt! Er will dir den Tod geben, weil er ſelber leidet. Er verſteht es nicht, dich um deinetwillen zu lieben, mein Kind! Wir werden ihm vergeben, nicht wahr? Er iſt unſinnig, und du, du biſt nur irre. Gott, mein Liebling, ſoll dich allein an ihn erinnern. Wir halten dich für unglücklich, weil du an unſerem Elend nicht teilnimmſt, töricht wie wir ſind! Du aber,“ ſagte er und ſetzte ſie auf ſeine Knie, „du biſt glücklich, nichts ſtört dich; du lebſt wie eine Hirſchkuh.“

Sie ſprang auf eine junge Amſel los, die hüpfte, packte ſie mit einem kleinen Schrei der Genugtuung, erſtickte ſie, ſah die Tote an und ließ ſie am Fuße eines Baumes liegen, ohne weiter an ſie zu denken.

Als der nächſte Morgen tagte, ſtieg der Oberſt in die Gärten hinab. Er ſuchte Stephanie, er glaubte an ſein Glück; und als er ſie nicht fand, pfiff er nach ihr. Als die Geliebte herangekommen war, nahm er ſie beim Arm und ging mit ihr zum erſtenmal in gleichem Schritt, ſie begaben ſich in ein Geſträuch verblühender Bäume, von denen im Morgenwinde Blätter herabfielen. Der Oberſt ſetzte ſich, und Stephanie lehnte ſich von ſelbſt an ihn. Philipp zitterte vor Freude.

„Meine Geliebte," ſagte er und küßte mit glühender Liebe die Hände der Gräfin, „ich bin Philipp."

Sie ſah ihn voll Neugierde an.

„Komm", fügte er hinzu und preßte ſie an ſich. „Fühlſt du, wie mein Herz ſchlägt? Es hat nur für dich geſchlagen. Ich liebe dich noch immer ... Philipp iſt nicht tot: er iſt hier ... Du biſt bei ihm ... Du biſt meine Stephanie, und ich bin dein Philipp."

„Adieu!" ſagte ſie, „adieu!"

Der Oberſt erzitterte, denn er glaubte zu bemerken, daß ſeine Erregung ſich ſeiner Geliebten mitteilte. Sein zerreißender Schrei, von der Hoffnung angeſtachelt, dieſe letzte Anſtrengung einer ewigen Liebe, einer verzehrenden Leidenſchaft, würde die Vernunft ſeiner Geliebten erwecken.

„Ach, Stephanie! Wir werden glücklich ſein!"

Sie ließ ſich einen Schrei der Genugtuung entſchlüpfen, und ihre Augen zeigten einen warmen Schimmer von Intelligenz.

„Sie erkennt mich wieder! Stephanie!"

Der Oberſt fühlte ſein Herz ſchwellen und ſeine Augen feucht werden. Aber er ſah plötzlich die Gräfin ihm ein Stückchen Zucker zeigen, das ſie gefunden hatte, als ſie ihn durchſuchte, während er ſprach. Er hatte alſo für einen menſchlichen Gedanken dieſen Grad von Verſtand gehalten, den die Liſt des Affen vorausſetzt. Philipp verlor die Beſinnung. Herr Fanjat fand die Gräfin auf dem Körper des Oberſten ſitzend. Sie biß zum Zeichen ihres Vergnügens in ihren Zucker mit einer Schöntuerei, die man bewundert hätte, wenn ſie, im Beſitz ihrer Vernunft, zum Spaß ihren Papagei oder ihre Katze hätte nachahmen wollen.

„Ach, mein Freund!“ rief Philipp aus, als er wieder zur Beſinnung kam, „ich ſterbe alle Tage, alle Augenblicke! Ich liebe ſie zu ſehr! Alles würde ich ertragen haben, wenn ſie in ihrem Irrſinn ein klein wenig von weiblichem Charakter beibehalten hätte. Aber ſie immer wie eine Wilde ſehen und ſelbſt ſchamlos, ſie ſehen ...“

„Sie wollen alſo einen Opernirrſinn haben,“ ſagte bitter der Doktor, „und die Hingebung Ihrer Liebe iſt Vorurteilen unterworfen? Wie, mein Herr, ich habe mich des trüben Glücks beraubt, meine Nichte zu ernähren, ich habe Ihnen das Vergnügen überlaſſen, mit ihr zu ſpielen und mir nur die drückendſten Laſten vorbehalten ... Während Sie ſchlafen, wache ich über ſie, ich ... Nein, mein Herr, überlaſſen Sie ſie mir wieder. Verlaſſen Sie dieſe traurige Einſiedelei. Ich kann mit dieſem teuren kleinen Weſen leben; ich verſtehe ihren Irrſinn, ich ſpähe ihre Geſten aus, ich kenne ihre Geheimniſſe. Eines Tages werden Sie mir dafür danken.“

Der Oberſt verließ Bons-Hommes, um nur noch einmal dorthin zurückzukehren. Der Doktor war betroffen von der Wirkung, die er bei ſeinem Gaſt hervorgerufen hatte; er begann ihn gleichermaßen zu lieben wie ſeine Nichte. Wenn von den beiden Liebenden der eine des Mitleids wert war, ſo war es ſicher Philipp: trug er nicht für ſich ſelbſt allein die Laſt eines ſchrecklichen Schmerzes? Der Arzt zog Erkundigungen über den Oberſt ein und erfuhr, daß der Unglückliche ſich auf ein Gut geflüchtet hatte, das er in der Nähe von Saint-Germain beſaß. Der Baron hatte, unter der Eingebnng eines Traums, einen Plan gefaßt, um der Gräfin den Verſtand wiederzugeben. Ohne Wiſſen des Doktors verwandte er den Reſt des Herbſtes auf die Vorbereitungen zu dieſem gewaltigen Unternehmen. Ein Flüßchen lief durch ſeinen Park, wo es im Winter einen großen Sumpf überſchwemmte, der faſt demjenigen glich, der ſich längs des rechten Ufers der Bereſina ausbreitete. Das Dorf Satout, das auf einem kleinen Hügel lag, rahmte dieſe Szene des Schreckens ein, wie Studzianka die Niederung der Bereſina umſchloß. Der Oberſt nahm eine Anzahl Arbeiter an und ließ einen Kanal ziehen, der den reißenden Fluß darſtellte, wo die Schätze Frankreichs untergegangen waren, Napoleon und ſeine Armee. Mit Hilfe ſeiner Erinnerung gelang es Philipp, in ſeinem Park das Ufer nachzubilden, wo der General Eblé ſeine Brücken errichtet hatte. Er pflanzte Breche und ließ ſie anzünden, um dadurch die geſchwärzten und halb verbrauchten Bretter darzuſtellen, die auf beiden Seiten des Ufers den Nachzüglern bezeugt hatten, daß der Weg nach Frankreich ihnen verſperrt war. Der Oberſt ließ Holztrümmer herbeiſchleppen, ähnlich denen, deren ſich ſeine Unglücksgefährten bedient hatten, um ihr Fahrzeug zu konſtruieren. Er verwüſtete ſeinen Park, um die Illuſion vollkommen zu machen, auf die er ſeine letzte Hoffnung baute. Er beſchaffte zerlumpte Uniformen und Kleider, um mehrere hundert Bauern darein zu kleiden. Er errichtete Hütten, Biwaks, Batterieſtände, die er in Brand ſetzte. Kurz er vergaß nichts von alledem, was geeignet war, die ſchrecklichſte aller Szenen nachzubilden, und er erreichte ſein Ziel. Um die erſten Tage des Monats Dezember, als der Schnee die Erde mit einem dicken weißen Mantel bedeckt hatte, erkannte er die Bereſina wieder. Dieſes falſche Rußland war von einer ſo erſchreckenden Wirklichkeit, daß auch mehrere ſeiner Waffengefährten die Szene ihrer ehemaligen Leiden wiedererkannten. Herr von Sucy hütete das Geheimnis dieſer tragiſchen Darſtellung, über die zu jener Zeit ſich mehrere Pariſer Geſellſchaftskreiſe wie über eine Narrheit unterhielten.

Zu Beginn des Monats Januar 1820 beſtieg der Oberſt einen Wagen, ähnlich dem, der Herr und Frau von Vandières von Moskau nach Studzianka geführt hatte, und wandte ſich nach dem Walde von Ile-Adam. Der Wagen wurde von Pferden gezogen, die faſt denen glichen, die er bei Gefahr ſeines Lebens aus den Reihen der Ruſſen geholt hatte. Er trug die beſchmutzten und bizarren Kleider, die Waffen, die Kopfbedeckung, die er am 29. November 1812 anhatte. Er hatte ſogar Bart und Haare lang wachſen laſſen und ſein Geſicht vernachläſſigt, damit nichts an dieſer ſcheußlichen Wirklichkeit fehlte.

„Ich habe Ihr Kommen geahnt," rief Herr Fanjat, als er den Oberſt aus dem Wagen ſteigen ſah. „Wenn Sie wünſchen, daß Ihr Projekt glückt, dann zeigen Sie ſich nicht in dieſem Aufzug. Heute Abend werde ich meine Nichte etwas Opium nehmen laſſen. Während ſie ſchläft, werden wir ſie wie bei Studzianka anziehen und werden ſie in dieſen Wagen ſetzen. Ich folge Ihnen in einem Reiſewagen."

Etwa um zwei Uhr morgens wurde die junge Gräfin in den Wagen getragen, auf Kiſſen gebettet und in eine grobe Decke eingehüllt. Einige Bauern hielten

Licht bei dieſer einzigartigen Entführung. Plötzlich erſcholl ein durchdringender Schrei in der Stille der Nacht. Philipp und der Arzt wandten ſich um und erblickten Genovefa, die halbnackt aus der Kammer kam, in der ſie ſchlief.

„Adieu, adieu! Es iſt zu Ende, adieu!" rief ſie, heiße Tränen weinend.

„Nun, was haſt du denn, Genovefa?" ſagte Herr Fanjat zu ihr.

Genovefa ſchüttelte den Kopf mit einer Bewegung der Verzweiflung, hob die Arme gen Himmel, blickte den Wagen an, ſtieß einen langen Klageton aus, gab ſichtliche Zeichen eines tiefen Schreckens und kehrte ſchweigend ins Haus zurück.

„Das iſt ein gutes Vorzeichen", rief der Oberſt. „Dieſes Mädchen bedauert, keine Gefährtin mehr zu haben. Sie ſieht vielleicht, daß Stephanie den Verſtand wiederfinden wird."

„Gott wolle es!" ſagte Herr Fanjat, der von dieſem Zwiſchenfall tiefbewegt zu ſein ſchien. Seitdem er ſich mit dem Irrſinn beſchäftigte, hatte er mehrfache Beiſpiele prophetiſchen Geiſtes und der Gabe des zweiten Geſichts angetroffen, von denen einige Proben von Geiſteskranken gegeben worden ſind, und die, nach den Erzählungen mehrerer Reiſender, auch bei den wilden Völkern zu finden ſind.

So wie es der Oberſt berechnet hatte, durchquerte Stephanie die vermeintliche Niederung der Bereſina etwa um 9 Uhr morgens; ſie wurde durch einen Böllerſchuß geweckt, der hundert Schritt von dem Ort entfernt abgefeuert wurde, wo die Szene ſtattfand. Das war das Signal. Tauſend Bauern ſtießen ein ſchreckliches Geſchrei aus, ähnlich dem Verzweiflungsruf, der die Ruſſen erſchreckte, als zwanzigtausend Nachzügler sich durch ihre Schuld dem Tode oder der Sklaverei ausgeliefert sahen. Bei diesem Schrei, bei diesem Kanonenschuß sprang die Gräfin aus dem Wagen, rannte mit rasender Angst auf den schneebedeckten Platz, sah die verbrannten Biwaks und das unglückselige Floß, das man in die vereiste Beresina hinabließ. Dort stand der Major Philipp und ließ seinen Säbel über der Menge wirbeln. Frau von Vandières ließ einen Schrei ertönen, der alle Herzen erstarren machte, und stellte sich vor den Oberst hin, der krampfhaft zusammenzuckte. Sie sammelte sich und blickte zunächst unbestimmt dieses fremde Bild an. Während eines Moments, so kurz wie der Blitz, gewannen ihre Augen die entblößte Klarheit der Intelligenz, die wir in dem erstaunten Auge der Vögel bewundern; dann legte sie die Hand an die Stirn mit dem lebhaften Ausdruck eines Menschen, der nachdenkt, sie erfaßte diese starke Erinnerung, dieses verflossene Erlebnis, das ausgebreitet vor ihr lag, wandte lebhaft den Kopf zu Philipp hin und erkannte ihn. Ein schreckliches Schweigen lastete auf der Menge. Der Oberst seufzte und wagte nicht zu sprechen; der Doktor weinte. Stephanies schönes Gesicht färbte sich schwach; dann, in allmählicher Steigerung, gewann sie den Glanz eines vor Frische strahlenden jungen Mädchens. Ihr Gesicht bekam eine schöne Purpurfarbe. Leben und Glück, angefacht durch eine blitzende Einsicht, nahmen immer mehr zu gleich einer Feuersbrunst. Ein konvulsives Zittern breitete sich von den Füßen bis zum Herzen aus. Dann vereinigten sich diese Erscheinungen, die einen Moment aufleuchteten, gleichsam zu einem gemeinsamen Band, als die Augen Stephanies einen himmlischen Funken, eine bewegte Flamme ausstrahlten. Sie lebte, sie dachte! Sie schauderte, vor Schrecken vielleicht! Gott selbst löste zum zweitenmal die erstorbene Zunge und warf von neuem sein Feuer in diese erloschene Seele. Der menschliche Wille erwuchs mit seinen elektrischen Strömen und belebte diesen Körper, von dem er so lange abwesend gewesen war.

„Stephanie!" schrie der Oberst.

„Oh! das ist Philipp," sagte die arme Gräfin.

Sie stürzte sich in die zitternden Arme, die der Oberst ihr entgegenstreckte, und die Umarmung der beiden Liebenden erschütterte die Zuschauer. Stephanie floß in Tränen. Plötzlich legte sich ihr Weinen, sie wurde leblos, als wenn der Blitz sie gerührt hätte, und hauchte mit schwacher Stimme: „Adieu, Philipp! Ich liebe dich, adieu!"

„Oh, sie ist tot!" rief der Oberst, indem er die Arme öffnete.

Der alte Arzt fing den leblosen Körper seiner Nichte auf, umarmte sie, wie es ein junger Mann getan hätte, trug sie fort und setzte sich mit ihr auf einen Holzhaufen. Er blickte die Gräfin an und legte ihr seine kraftlose und krampfhaft zuckende Hand aufs Herz. Das Herz schlug nicht mehr.

„So ist es also wahr?" sagte er, indem er abwechselnd den unbeweglichen Oberst und das Gesicht Stephanies betrachtete, über das der Tod eine strahlende Schönheit, eine flüchtige Glorie ausbreitete, das Pfand vielleicht einer glänzenden Zukunft.

„Ja, sie ist tot."

„Ach, dieses Lächeln!" rief Philipp, „sehen Sie nur dieses Lächeln! Ist es möglich?"

„Sie ist schon kalt", erwiderte Herr Fanjat.

Herr von Sucy machte einige Schritte, um ſich von dieſem Schauſpiel loßzureißen; aber er hielt an, pfiff das Lied, das die Irre kannte, und als er ſeine Geliebte nicht kommen ſah, entfernte er ſich mit ſchwankendem Schritt, wie ein Trunkener, immer pfeifend, aber ohne ſich noch einmal umzuſehen.

Der General Philipp von Sucy galt in der Geſellſchaft als ein ſehr liebenswürdiger und namentlich als ein ſehr heiterer Mann. Vor einigen Tagen beglückwünſchte ihn eine Dame wegen ſeiner guten Laune und der Beſtändigkeit ſeines Charakters.

„Ach, meine Gnädige," ſagte er, „ich bezahle meine Späße recht teuer, des Abends, wenn ich alleine bin!"

„Sind Sie denn jemals allein?"

„Nein," antwortete er lächelnd.

Wenn ein kluger Beobachter der menſchlichen Natur in dieſem Augenblick den Ausdruck des Grafen von Sucy hätte beobachten können, würde er vielleicht geſchaudert haben.

„Warum heiraten Sie nicht?" fuhr jene Dame fort, die ſelbſt mehrere Töchter in einem Penſionat hatte. „Sie ſind reich, Standesperſon, von altem Adel; Sie haben Talente, Sie haben noch eine Zukunft, alles lächelt Ihnen zu."

„Jawohl", erwiderte er, „aber es iſt ein Lächeln, das mich tötet."

Am nächſten Tage erfuhr die Dame voll Erſtaunen, daß Herr von Sucy ſich während der Nacht eine Kugel vor den Kopf geſchoſſen hatte. Die gute Geſellſchaft unterhielt ſich verſchiedentlich über dieſes außergewöhnliche Ereignis, und jeder ſuchte nach dem Grunde. Je nach dem Geſchmack des Beurteilers wurden das Spiel, die Liebe, der Ehrgeiz, verborgene Ausſchweifungen als Erklärung gegeben für dieſe Kataſtrophe, die letzte Szene eines Dramas, das im Jahre 1812 begonnen hatte. Zwei Menſchen allein, ein Beamter nnd ein alter Arzt, wußten, daß der Graf von Sucy einer jener ſtarken Menſchen war, denen Gott die unglückſelige Kraft verleiht, alle Tage ſiegreich aus einem furchtbaren Kampf hervorzugehen, den ſie einem unbekannten Schrecken liefern. Und daß ſie, wenn in einem Augenblick Gott ihnen ſeine mächtige Hand entzieht, unterliegen.

☆

☆

„SO ETWAS IST JA BEÄNGSTIGEND!“ RIEF SIE aus, als wir die Menagerie des Monſieur Martin wieder verließen. Sie hatte gerade zugegeſchaut, wie dieſer verwegene Menſch mit ſeiner Hyäne „arbeitete“ — wenn man ſo marktſchreieriſch reden darf. Und ſie fuhr fort: „Womit hat er ſeine Tiere wohl derartig gezähmt, daß er ihrer Zutraulichkeit ſicher genug iſt, um .. ?“ Ich unterbrach ſie: „Was Ihnen da Problem ſcheint, iſt nur etwas ganz Natürliches.“ — „Oh!“ machte ſie, und ein ungläubiges Lächeln zuckte um ihre Lippen. — „Glauben Sie denn wirklich, dieſe Tiere haben gar keine Leidenſchaft?“ fragte ich. „Ich verſichere Sie ſogar, wir vermögen ihnen alle Laſter beizubringen, auf die unſere Ziviliſation ſo ſtolz iſt.“ Sie ſah mich erſtaunt an. „Allerdings muß ich zugeben“, fuhr ich fort, „daß mir, genau wie Ihnen, ein Ausruf der Überraſchung entglitt, als ich Monſieur Martin zum erſtenmal ſah. Ich ſtand nahe bei einem Invaliden, dem man das rechte Bein abgenommen hatte. Wir waren zuſammen eingetreten, und ſein Geſicht war mir gleich aufgefallen. Er hatte eine jener ſcharfen Phyſiognomien, die der Krieg geprägt hat, die Schlachten Napoleons ſtanden darauf geſchrieben. Vor allem hatte der alte Soldat etwas Klares und Vergnügtes an ſich, und das nimmt mich immer für einen Menſchen ein. Er war ohne Zweifel einer dieſer Kriegsknechte, die überhaupt nichts mehr rührt, die noch in der letzten verzerrten Grimaſſe ihres Kameraden etwas zum Lachen finden, die ihn ſeelensvergnügt begraben und ſeinen Torniſter leeren, die taub bleiben für das Heulen der Kugeln — ihre Gedanken ſind kurz, und mit dem Teufel würden ſie ohne weiteres Brüderſchaft trinken. Er hatte eben zugeſehen, wie der Beſitzer der Menagerie aus dem Käfig ſtieg, und darüber den Mund ziemlich geringſchätzig verzogen, wie überlegene Menſchen das ſo tun, um ſich von den Dummen zu unterſcheiden. Und als ich nun Monſieur Martins Mut laut bewunderte, lächelte er nur und ſagte dann, wobei er den Kopf in den Nacken warf, mit betonter Wichtigkeit: ‚Alte Sache!' — ‚Wieſo: alte Sache?' fragte ich. ‚Wenn Sie mir dieſes Phänomen erklären wollten, wäre ich Ihnen ſchon ſehr verbunden!' Wir ſchloſſen Bekanntſchaft miteinander; einige Augenblicke ſpäter verließen wir die Menagerie und traten in das erſte beſte Reſtaurant ein, um zu ſpeiſen. Beim Nachtiſch lockerte eine Flaſche Champagner die Erinnerungen dieſes merkwürdigen Soldaten. Er erzählte mir ſeine Geſchichte, und ich muß zugeben: er hatte ſein ‚Alte Sache!' mit einigem Recht gerufen."

Vor ihrem Hauſe quälte ſie mich noch ſo lange und verſprach mir ſo viel, daß ich endlich nachgab, ihr die Geſchichte des Soldaten aufzuſchreiben. Sie bekam alſo folgenden Tages dieſe Epiſode aus einem Epos, das man überſchreiben könnte: „Die Franzoſen in Ägypten."

„Seinerzeit, als General Deſaix ſeine Streife durch Oberägypten machte, wurde ein Soldat aus der Provençe von Berbern gefangengenommen und in die Wüſte weſtlich der Nil-Katarakte weitergeſchleppt. Um von den Franzoſen möglichſt unbehelligt zu bleiben, rückten die Araber in Eilmärſchen ab; erſt in der Nacht machten ſie Halt. Sie lagerten bei einem

palmenumſtandenen Brunnen, wo ſie ſchon früher allerlei Vorräte vergraben hatten. Da ihnen gar nicht der Gedanke kam, der Gefangene könne auf Flucht ſinnen, feſſelten ſie ihm lediglich die Hände; nachdem ſie dann noch etwas Datteln gegeſſen und ihren Pferden Gerſte geſtreut hatten, legten ſie ſich hin und ſchliefen ein. Als der tolle Provençale merkt, daß er nicht weiter bewacht wird, greift er ſich mit den Zähnen einen Serra heran, klemmt ihn zwiſchen die Knie, ſchneidet die Stricke durch, die ihm die Hände unbeweglich gemacht hatten, — und iſt frei. Darauf langt er ſich einen Karabiner, einen Dolch, ſtopft ſich die Taſchen mit trockenen Datteln voll, nimmt ein Säckchen Gerſte an ſich, Pulver, Kugeln, ſchnallt einen Säbel um, beſteigt ein Pferd und macht ſich aus dem Staub — dorthin, wo das franzöſiſche Heer ſein muß. Vor lauter Ungeduld nach dem Biwak ſpornt er das arme ſchon müde Pferd derart heftig, daß es mit aufgefetzten Weichen auf der Strecke bleibt, verendet und den Franzoſen, mitten in der Wüſte, allein läßt.
Mutig wie ein entſprungener Sträfling war er nun lange durch den Sand weitergewandert; ſchließlich mußte er raſten, denn der Tag ging zur Neige. Obwohl der Himmel in dieſen Nächten des Orients von hinreißendem Zauber iſt, flößte er ihm doch nicht ſo viel Kraft ein, daß er ſeinen Marſch fortſetzen konnte. Wenigſtens aber hatte er eine Düne erreicht, auf der ein paar Palmen ſtanden; ſchon aus der Ferne hatten ihre Blätter ſüßeſte Hoffnungen in ihm geweckt. Er war ſo müde, daß er ſich einfach auf eine Granitſtufe hinwarf, die von der Natur wunderlicherweiſe gekehlt war wie ein Feldbett; dort ſchlief er gleich ein, ohne auch nur im entfernteſten für einen Schutz

während des Schlafs geſorgt zu haben. Er hatte ſchon das Opfer ſeines Lebens gebracht, ſein letzter Gedanke war ſogar ein Anflug der Reue geweſen: er bedauerte ſeine Flucht von den Arabern; ihr vagantiſches Daſein erſchien ihm plötzlich in recht angenehmem Licht, ſeitdem er nicht mehr bei ihnen und ohne alle Hilfe war. Die Sonne weckte ihn, ihre unerbittlichen Strahlen fielen ſteil auf den Granit und löſten eine barbariſche Glut aus. Nun aber war der Provençale ſo ungeſchickt geweſen, ſich auf die Sonnenſeite zu legen, außerhalb das Schattens, den die grünen hohen Palmenkronen warfen... Er ſah die Bäume in ihrer ragenden Einſamkeit an und erbebte. Er mußte jener wundervollen Schäfte mit den ſchlanken Blätterſimſen gedenken, die in Arles die ſarazeniſchen Säulen der Kathedrale ſchmücken. Als er aber die Palmen gezählt hatte und ſich weiter umſchaute, überfiel ihn eine furchtbare Verzweiflung: er ſah nichts als ein Meer ohne Ende, ſchwärzlich und unabſehbar dehnte ſich der Sand nach allen Seiten, er glitzerte wie eine ſtählerne Klinge, auf die ein ſcharfer Lichtſtrahl trifft. Er konnte zweifeln: war das ein Meer aus Eis oder eine Unzahl ſpiegelglatter Seen! Feuriger Dunſt brodelte in Wellen auf über dieſer ſelbſtbewegten Fläche. Der Himmel war hoffnungslos klar, wie er es nur im Orient ſein kann: es bleibt der Phantaſie nichts mehr zu wünſchen übrig. Himmel und Erde ſtanden in vollen Flammen. Dieſe Stille war furchtbar, weil ſie zugleich wild und grauenhaft erhaben war. Eine maßloſe Unendlichkeit bedrängte von allen Seiten her die Seele; keine Wolke am Himmel, kein Flor in der Luft, keine Schwellung im Schoß des Sandes, der doch aus tauſend kleinſten Wellen zittert; und der Horizont

ſchnitt, wie man es bei ſtrahlendem Wetter auf dem Meere erleben kann, das alles mit einer lichten Kante ab, die ſcharf wie eine Säbelſchneide war. Der Provençale umarmte einen Palmenſtamm, als wäre das der Leib eines Freundes, und er weinte unter ſeinem dünnen, harten Schatten; er hockte ſich auf den Granit nieder, blieb dort ſitzen und ließ ſeine trauerſchweren Blicke über dieſe unerbittliche Landſchaft rundum gleiten. Er ſchrie – als könne er ſo die Einſamkeit erforſchen. Seine Stimme verſickerte in die Dünen, ihr matter Klang trug nicht weit, er fand kein Echo: Echo kam aus ſeiner Bruſt: der Provençale war zweiundzwanzig Jahre alt, er lud den Karabiner, aber – „ach dazu iſt es noch immer nicht zu ſpät", ſagte er und legte die Waffe, die ihn befreien konnte, wieder neben ſich.
Während er bald in die ſchwarze, bald in die blaue Ferne ſchweifte, mußte er an Frankreich denken. Mit innigem Entzücken roch er Ruch der Goſſen von Paris; alle die Städte, durch die er gekommen war, fielen ihm wieder ein; er erinnerte ſich an die Geſichter der Kameraden und an die kleinen Dinge ſeines Lebens. Und unter dem Wogen der Hitze von der weiten Wüſte her zauberte eine ſüdliche Phantaſie ihm ſogar die Kieſelſteine ſeiner lieben Provence hin. Da er ſich vor den Gefahren dieſer ſchmerzenden Spiegelung fürchtete, ſtieg er den Hügel wieder hinab, und zwar nicht dort, wo er geſtern heraufgekommen war, ſondern auf der entgegengeſetzten Seite. Wie groß war ſeine Freude, als er in dem gewaltigen Granitgeröll, über dem die Düne ſich erhob, eine natürliche Höhle entdeckte. Aus den Überbleibſeln einer Matte ſchloß er, daß ſie ſchon von Menſchen benutzt worden war. Etliche Schritte

weiter fand er Palmen mit Datteln drauf— und ſo-
gleich war der Inſtinkt wieder wach in ihm, der uns
ans Daſein bindet. Vielleicht würde er ſich ſo lange
halten, bis irgendein Trupp Araber vorüberkäme;
ja, vielleicht würde er ſogar den Donner der Kano-
nen hören — denn jetzt durcheilte Bonaparte Ägyp-
ten. Von ſolchen Vorſtellungen ins Leben zurückge-
riſſen, ſchlug ſich der Franzoſe einige Kolben rei-
fer Datteln herunter; als er dieſes plötzliche Manna
ſchmeckte, wurde ihm gewiß, daß der Bewohner der
Höhle die Palmen angepflanzt hatte, das ſaftige, friſche
Fleiſch der Früchte lobte die Sorgfalt ſeines Vorgän-
gers. In einer Sekunde durchmaß der Provençale jäh
die gewaltige Spanne von dunkelſter Verzweiflung zu
wildeſter Freude. Er ſtieg wieder hinauf auf den Hü-
gel, und er nutzte den Reſt dieſes Tages, eine der furcht-
loſen Palmen zu fällen, unter denen er geſtern abend
geſchlummert hatte. Von ungefähr fielen ihm die
Tiere der Wüſte ein; und weil er wohl annehmen
konnte, ſie würden, um zu trinken, an die Quelle
kommen, die unter den Blöcken entſprang und im
Sand verrieſelte, ſo dachte er ſich vor ihnen zu
ſchützen, indem er eine Barriere um ſich baute. Aber
ſo eifrig er auch war, ſo ſtark ihn die Furcht mach-
te, mitten im Schlaf zerfetzt zu werden, er brachte
es heute nicht mehr fertig, die Palme zu zerteilen;
nur fällen konnte er ſie. Und als dieſer König der
Wüſte im Abend ſtürzte, ging der Hall davon in die
Ferne, er meinte die Einſamkeit aufſtöhnen zu hören;
der Soldat zitterte, es hatte wie eine Prophezeiung
von Unglück geklungen. Doch der Erbe betrauert
nicht lange den Tod des Verwandten —: bald riß
er die breiten langen Blätter vom Stamm, die ihn
ſo reizvoll ſchmückten, und er beſſerte damit die

Matte aus, auf der er ſchlafen wollte. Müde von Hitze und Arbeit entſchlummerte er unter dem rötlichen Dach ſeiner feuchten Höhle. Aber mitten in der Nacht drang ein ſeltſames Geräuſch in ſeinen Schlaf. Er ſetzte ſich hoch. Und in der namenloſen Stille des Ortes konnte er ein regelmäßiges Atmen hören, ſo wild, ſo voller Kraft, wie es keine menſchliche Kreatur hat. Eine Furcht, von Dunkel, Stille und den Viſionen des Erwachens vertieft, durcheiſte ſein Herz. Er merkte gar nicht einmal den ſtarken Schmerz in der Kopfhaut, als er mit immer weiter aufbrechenden Pupillen durch die Finſternis in zwei ſchwache gelbe Lichter ſtarrte. Er meinte anfangs, es müßten irgendwie Reflexe in ſeinen eigenen Augen ſein; bald aber ſchien die Nacht ſelbſt ſo ſtark herein, daß er mehr und mehr die Dinge in der Höhle unterſcheiden konnte. Und da ſah er, wenige Schritte weg, ein ungeheueres Tier liegen. Ein Löwe? Ein Tiger? Ein Krokodil? Der Provençale war zu wenig gebildet, um ſeinen Feind gleich in die richtige Gattung einordnen zu können; die Angſt fiel um ſo ſchwerer auf ihn, als er in ſeinem Nicht-Wiſſen alles mögliche Unglück kommen ſah. Er durchlitt die furchtbarſte Folter, indem er auf dieſen Atem horchte, ſein Stärker und Schwächer auffing. Nicht das leiſeſte entging ihm, aber er wagte nicht, ſich zu rühren. Durch die Höhle zog ein Geruch, ähnlich ſtark wie der von Füchſen, nur noch ſchärfer, intenſiver; als der Provençale dieſen durch die Naſe ſog, war ſeine Angſt über alle Maßen groß, nun ſtand nicht mehr zu zweifeln, daß ein furchtbarer Kamerad da war, und daß er ſelbſt in deſſen königlicher Höhle lag. Und ſchon bald fiel ein Schimmer vom Mond, der draußen unterging, in die Höhle herein, und das ſcheckige Fell eines

Panthers leuchtete allmählich und ſeidig auf. Dieſer ägyptiſche Löwe ſchlummerte, zuſammengeringelt wie ein großer Hund, der friedlich in ſeiner ſchönen Niſche am Eingang eines großen Hauſes liegt. Die Augen waren nur einen Moment lang offen geweſen, ſie hatten ſich wieder geſchloſſen. Die Schnauze lag in Richtung auf den Franzoſen zu. Durch das Hirn des alſo Eingeſchloſſenen zuckten zahlloſe irre Gedanken; ein Schuß aus dem Karabiner tötete das Tier vielleicht; aber zwiſchen ihm und der Beſtie war — er konnte es ſehen — nicht einmal Platz genug zum Zielen, ſchon das Rohr hätte darüber hinausgereicht. Wenn ſie aber erwachte? Der Gedanke allein machte ihn wieder ſtarr. Als er durch die tiefe Stille hindurch das eigene Herz ſchlagen hörte, verfluchte er dieſen heftig pochenden Andrang ſeines Blutes; denn er mußte fürchten, einen Schlaf zu ſtören, der — noch — ihn auf Rettung ſinnen ließ, Zweimal griff er nach dem Säbel, um ſeinem Feind den Kopf abzuhauen; aber es war wohl zu ſchwer, ein Fell, ſo hart und ſo glatt, einfach durchzuſchlagen; da gab er es auf, denn ‚ihn fehlen wäre der ſichere Tod‘ dachte er. Lieber kämpfen, auf welche Art es auch ſei. So wollte er den Tag abwarten, und der Tag kam bald. Jetzt konnte der Franzoſe ſeinen Panther recht ſtudieren. Das Maul war blutbeſchmiert. „Alſo hat er gut gefreſſen!“ meinte jener, ohne ſich einen einzigen Gedanken zu machen, ob es vielleicht Menſchenfleiſch geweſen war, „er wird nicht gerade hungrig ſein, wenn er aufwacht.“

Es war ein Weibchen. An Bauch und Schenkeln ſchimmerte der Pelz ganz weiß. Rund um die Tatzen zeichneten ſich ein paar Flecke hübſch wie ſamtene Spangen ab. Auch der kräftige Schweif war weiß, hatte am Ende aber ſchwarze Ringe. Der obere Pelz ſchien gelb wie von mattem Gold, doch ſeidenweich und beſät mit jenen eigenartigen Tüpfelroſetten, durch die man den Panther von anderem Raubzeug unterſcheidet. Ganz ruhig ſchnarchte dieſe ſchreckliche Wirtin, und ſie lag ſo anmutig da wie eine Katze in den Kiſſen einer Ottomane. Die blutigen, feſten, kralligen Tatzen waren geradeaus geſtreckt, und der Kopf mit ſeinen paar ſilbrigen Bartfäden ruhte darauf. Wäre das in einem Käfig geweſen, der Provençale hätte unbedingt die Grazie dieſes Viehs und die lebhaften Gegenſätze ſeiner Farben beſtaunt, die dieſen Pelz geradezu königlich machten. Jetzt aber fühlte er das Auge vor dieſem gefährlichen Anblick verſchwimmen. Schon das Daſein des ſchlafenden Panthers bezwang ihn ſo, wie die magnetiſchen Schlangenaugen die Nachtigall bezwungen haben ſollen. Einen Moment lang war aller Mut vor dieſer Gefahr wie weggeblaſen, während er zweifellos vor den Kartätſchen gewaltiger Kanonenmäuler ſeine Begeiſterung behalten hätte. Zuletzt wagte ſich ein ſo toller Gedanke aus ſeinem Hirn, daß ihm der kalte Schweiß von der Stirne tropfte und im Sand verrann. Er handelte wie jene Leute, die ein Unglück zum Äußerſten treibt: ſchließlich bieten ſie dem Tod die Stirn und fordern ſeinen Schlag heraus. Ohne ſich weiter darüber klar zu ſein, ſah er dieſes Abenteuer als eine Tragödie an, in der er ſeine Rolle bis zum Schluß ehrenvoll durchführen würde.

Er ſagte ſich: ‚Vorgeſtern hätten mich vielleicht die Araber getötet!‘ Und indem er meinte, er ſei ſchon tot, wartete er gefaßt und höchſtens von Neugierde erregt darauf, daß ſeine Feindin erwachte.

Mit Sonnenaufgang öffnete plötzlich auch der Panther seine Augen; er spreizte die Tatzen gehörig, als wollte er die Schlafstarre aus ihnen hinaustreiben. Dann gähnte er, und dabei kam ein schreckliches Spalier von Zähnen und eine harte, rauhe, gespaltene Zunge zum Vorschein. „Gerade wie eine Kokette!“ dachte der Franzose, als er das Tier sich hin und her wälzen und dabei die anmutigsten, verführerischsten Bewegungen machen sah. Sie schleckte sich das Blut von Tatzen und Lefzen ab, und mehrmals kratzte sie sich zärtlich am Kopf. „Na also! Mach' erst etwas Toilette!“ meinte im stillen der Franzose, mit dem Mut war auch seine Heiterkeit wieder da. „Und nun wollen wir uns guten Morgen sagen!“ Damit griff er nach dem kurzen schmalen Dolch, den er von den Arabern mitgenommen hatte.

Da — drehte die Pantherkatze den Kopf herum und sah den Franzosen fest an, ohne sich einmal zu rühren. Unter der metallenen Starre und der furchtbaren Klarheit dieser Augen erbebte der Provençale, und ganz besonders, als plötzlich das Tier auf ihn zuschritt. Aber nun hatte er einen bezaubernden, zärtlichen Blick, mit dem er es etwas von der Seite her ansah, als wolle er es hypnotisieren. Und so ließ er den Panther dicht an sich herankommen. Mit einer Bewegung, so sanft, so innig, als gälte es die reizendste Frau zu streicheln, glitt seine Hand über den ganzen Körper hin vom Kopf bis zum Schweif; mit den Nägeln umfuhr er die Wirbelbuchten im gelben Pantherrücken. Voller Wollust hob das Tier seinen Schwanz, ein Schleier fiel um die Augen; und als der Franzose es mit guter Berechnung zum drittenmal so liebkoste, da fing es an zu schnurren wie eine Katze, die ſich wohlfühlt. Dieſes Schnurren aber ſtieg aus einer ſo tiefen und vollen Kehle, daß die Höhle förmlich hallte wie eine Kirche vom mächtigſten Orgelgedröhn. Der Provençale merkte, was es mit ſeiner Liebkoſung auf ſich hatte, alſo fuhr er gründlicher damit fort, denn er mußte dieſe herriſche Kurtiſane gründlich betäuben. Und wie er nun wähnte, ſeine launiſche Kameradin, die Gott ſei Dank ihren Hunger geſtern geſtillt hatte, ganz und gar beſänftigt zu haben, erhob er ſich, um die Höhle zu verlaſſen. Die Katze ließ ihn auch ruhig hinaus. Aber kaum war er über den Hügel, da ſprang ſie ihm ſchon nach, leicht wie die Spatzen im Geäſt, rieb ſich an den Beinen des Soldaten, wobei ſie den Rücken krümmte, wie das die Katzen eben tun. Darauf blickte ſie ihren Gaſt mit Augen an, die aus einer Weichheit ſchimmerten, und ſtieß einen jener wilden Schreie aus, den die Naturforſcher „ſägen" heißen. „Nun, ſie iſt anſpruchsvoll!" lachte der Franzoſe.

Er ſpielte jetzt ein wenig an ihren Ohren, kraute ſie am Bauch, kratzte ihr mit den Nägeln auf dem Kopf herum; als er merkte, wie ſehr ihr das behagte, ließ er ſeine Dolchſpitze auf ihrem Schädel hin und herfahren und wartete nur auf den Augenblick, wo er ſie töten könnte. Aber der Knochen war doch recht hart, und der Gedanke, daß es mißlingen würde, durchſchauerte ihn. Die Sultanin der Wüſte hob den Kopf, reckte ihm den Hals hin, und mit ihrer verhaltenen Lage verriet ſie den Rauſch — das war die Anerkennung für ſeine Sklaventalente. Der Franzoſe meinte jetzt, um die wilde Prinzeſſin mit einem Schlag zu töten, müſſe er ihr den Dolch in die Kehle ſtoßen. Schon hob er die Klinge, als ſie plötzlich, wohl ganz und gar befriedigt, ſich mit Grazie vor ſeine Füße warf. Ab und zu ſah ſie zu ihm empor, und durch die natürliche Härte hindurch ſpielte ein fernes Wohlwollen. Der arme Provençale hatte ſich an einen Palmenſtamm gelehnt und aß von ſeinen Datteln. Mitunter aber ſchweiften ſeine Blicke über die Wüſte, ob wohl Retter kämen, mitunter ſchaute er nach ſeiner Gefährtin, ob ihre unſichere Gunſt wohl anhielte. Immer wenn er einen Dattelkern ausſpuckte, ſah ſich der Panther die Stelle an, wo der hinfiel, und ſeine Augen verrieten ein tiefes Mißtrauen. Er überwachte den Franzoſen wie einen unſicheren Kunden; aber die Kontrolle ergab doch ein Reſultat, das für ihn günſtig ſein mochte. Denn als er mit ſeinem famoſen Mahl fertig war, leckte ihm das Tier die Schuhe ab, ſo gründlich und wundervoll, daß die harte, rauhe Zunge den Staub ſogar aus den Knicken und Falten herauswiſchte.

‚Und wenn ſie nun doch hungrig wird?‘ dachte der Provençale. Bei allem Grauen, das dieſer Gedanke in ihm weckte, fing er doch an, aufmerkſam die Proportionen des Tieres zu ſchätzen: zweifellos war es ein Prachtſtück ſeiner Gattung, denn es maß in der Höhe drei, in der Länge ohne Schweif vier Fuß. Auch dieſe mächtige Waffe, die knüppelrund war, hatte faſt ihre drei Fuß. Der Kopf, ſo groß wie der einer Löwin, zeigte einen beſonders feinen Ausdruck: natürlich war da zunächſt die Kälte und Grauſamkeit von Tigern — und dann doch etwas wie aus dem Antlitz einer verſchlagenen Frau; die einſame Königin ſchien jetzt ſogar von einiger Fröhlichkeit, die an den betrunkenen Nero erinnerte: die Beſtie war ſatt von Blut — nun wollte ſie ſpielen.

Der Soldat versuchte auf und ab zu gehen, der Panther rührte sich nicht vom Fleck, verfolgte ihn aber mit den Augen; und da ähnelte er nicht so sehr einem treuen Hund, als einer Angorakatze, die sogar von den Bewegungen ihres Herrn irritiert wird. Als er sich umsah, entdeckte er bei der Quelle die Überreste seines Gauls, bis hierhin hatte der Panther sie geschleift. Ungefähr zwei Drittel waren aufgefressen. Der Anblick stimmte den Franzosen ruhig. Jetzt konnte er sich die Abwesenheit der Bestie und die Schonung des schlafenden Menschen erklären. Er wurde so froh über dieses Glück, daß er es ruhig auf die Zukunft ankommen lassen wollte: er wiegte sich in der wahnwitzigen Hoffnung: wie er den ganzen Tag über friedlich mit der Katze verbringen würde, indem er alles aufböte, sie zu zähmen und zutraulich zu machen. Er trat wieder nahe an sie heran, und es machte ihn unsagbar glücklich, daß sie da ein ganz klein wenig den Schweif hob. Und ohne alle Furcht setzte er sich neben sie nieder und fing an mit ihr zu spielen: er griff nach ihren Tatzen, nach ihrer Schnauze, drehte ihr die Ohrlappen hin und her, rollte sie auf den Rücken, kraulte ihr tief die warmen seidigen Weichen. Sie ließ alles über sich ergehen; und als der Soldat ihr das Fell an den Tatzen glattmachen wollte, zog sie sorgsam die Krallen ein, die gekrümmt waren wie Damaszenerklingen. Noch einmal erwog der Franzose, den Dolch, den er mit einer Hand festhielt, dem allzu zutraulichen Tier in den Bauch zu rennen; jetzt aber befürchtete er, sie würde in einem letzten Schüttelkrampf zugleich ihn erdrücken. Auch hörte er in seinem Herzen die Stimme des Gewissens mahnen, er solle ein harmloses Geschöpf schonen. Er hatte das Gefühl, die grenzenlose Wüste habe ihm eine Freundin geschenkt. Unwillkürlich mußte er an seine erste Geliebte denken: ganz paradox hatte er sie „Liebling“ genannt, denn ihre Eifersucht war so wild gewesen, daß er in den Zeiten dieser Liebe immer das Messer fürchten mußte, mit dem sie ihm beständig drohte. Diese Jugenderinnerung brachte ihn auf den Gedanken, auszuprobieren, ob er das junge Pantherweibchen, dessen Flinkheit, Grazie und Schmiegsamkeit er jetzt weniger ängstlich ansah, nicht an diesen Namen gewöhnen könne.

Gegen Abend hatte er sich mit seiner gefährlichen Lage abgefunden, ja fast liebte er seine Nöte. Schon fing seine Gefährtin an, nach ihm zu schauen, wenn er im Falsett „Liebling“ rief. Als die Sonne unterging, brummte sie mehrmals tief und melancholisch auf. „Sie ist recht fromm erzogen!“ meinte der lustige Soldat, „sie sagt ihr Gebet her!“ Dieser Scherz ohne Worte war ihm aber erst gekommen, als er die andauernd friedliche Haltung seiner Kameradin sah. „Geh schon, kleiner Blondling“, sagte er, „leg' dich nur zuerst schlafen.“ Insgeheim rechnete er, mit seinen flinken Beinen — was hast du, was kannst du — davonzulaufen, wenn sie nur erst eingeschlummert wäre; dann wollte er sich für heute ein anderes Nachtlager suchen.

Voller Ungeduld wartete der Soldat, daß die Stunde zur Flucht käme; als sie da war, lief er spornstreichs in Richtung auf den Nil davon. Doch kaum war er eine Viertelstunde durch den Sand gelaufen, als er auch schon das Pantherweibchen hinter sich herspringen hörte; ab und zu sägte es jene gewissen Schreie, die ihn nochviel mehr ängsteten als der dumpfe Laut der Sprünge. Da sagte er sich: „Sie hat also Freundſchaft mit mir geſchloſſen! ... Am Ende iſt noch keiner dem jungen Weib begegnet; immerhin: ſchmeichelhaft, den Frühling ihrer Liebe zu empfangen!" In dieſem Augenblick verſackte der Franzoſe in einen jener Seeen aus ganz lockerem Sand, die für Menſchen höchſt gefährlich ſind; wieder herauszukommen iſt eigentlich unmöglich; als er ſich ſo vom Sand umrungen fühlte, ſchrie er ſchrecklich auf; da packte ihn das junge Pantherweib mit den Zähnen am Kragen, ſprang ruckweiſe zurück, ſo daß er wie durch ein Wunder wieder aus dem Abgrund herauskam. „Liebling", rief der Soldat aus und ſtreichelte ſie gerührt, „wir gehören alſo auf Leben und Tod zuſammen! — Nur keine Faxen!" Dann kehrte er um. Jetzt war die Wüſte geradezu belebt; ſie hatte ein Weſen, mit dem der Franzoſe reden konnte und das ſeine natürliche Wildheit bei ihm abgelegt hatte; die Urſachen dieſer merkwürdigen Freundſchaft vermochte er ſich nicht zu erklären. Soſehr der Soldat auf ſeiner Hut bleiben wollte —, er ſchlief doch ein. Als er aufwachte, war „Liebling" nicht mehr da; er beſtieg die Düne, und da ſah er das Tier aus der Ferne angeſprungen kommen; alle dieſe Tiere ſpringen, denn die Elaſtizität ihrer Wirbelſäule läßt ein einfaches Laufen nicht zu. „Liebling" kam und hatte blutige Lefzen. Sie empfing vom Gefährten ihre Doſis Liebkoſungen, und mehrfaches tiefes Schnurren zeigte an, wie glücklich ſie war. Noch inniger als geſtern ruhten ihre milden Augen auf dem Provençalen, der mit ihr redete, als ſei ſie ein Haustier: „Nun, mein Fräulein — denn nicht wahr, wir ſind doch ein anſtändiges Mädchen? Sieh mal an! Laſſen uns gerne ſtreicheln! Und ſchämen uns gar nicht? Haben wir am Ende einen Araber gefreſſen? Gut! Doch das ſind auch nur Tiere wie Sie! ... Aber Franzosen werden Sie mir nicht verspeisen —!? Ich hätte Sie sonst gar nicht mehr lieb!“

Sie spielte — ein junger Hund mit seinem Herrn; sie ließ sich bald auf den Rücken rollen, bald schlagen, bald kraulen, und manchmal bettelte sie geradezu, indem sie die Tatze in bittender Art an den Soldaten legte.

So vergingen etliche Tage. Der Kamerad hinderte den Provençalen nicht, die Herrlichkeiten der Wüste zu bestaunen. Nun, da er nach Stunden der Angst Ruhe, Nahrung und ein Wesen gefunden hatte, an das er denken konnte, war er im tiefsten erfüllt von den Gegensätzen ... denn es war ein Dasein der Gegensätze. Die Einsamkeit tat ihre Geheimnisse vor ihm auf, umgab ihn mit ihrem ganzen Zauber. Im Auf- und Untergang der Sonne erlebte er Schauspiele, die die Welt nicht kennt. Er konnte erbeben, wenn über ihm der Fittich eines Vogels leise rauschte — welch seltener Gast! —, oder wenn er zusah, wie die Wolken sich ineinanderschoben, immer neue bunte Wanderer! Er beobachtete Nachts, was für Lichter der Mond aus dem sandenen Meer lockte, in das der Samum in schnellem Wechsel Woge auf Woge trieb. Sein Leben fing an, den Tag des Orients zu begreifen und seine Märchenprächte zu bewundern; oft nach dem schrecklichen Schauspiel des Sturmes über dieser Ebene — wo die steigenden Sandwirbel rote trockene Nebel und tödliche Wolken ballten — sah er entzückt die Nacht aufkommen, denn sie brachte die wohlige Kühle der Sterne herab. Er horchte nach der geisterhaften Musik des Himmels. Und die Einsamkeit lehrte ihn, die Gaben des Traums zu erfassen. Er verbrachte viele Stunden damit, an etwas Unbestimmtes zu denken, sein Leben von einst mit dem von jetzt zu vergleichen. Endlich ergriff ihn Leidenschaft zu diesem jungen Pantherweib, er muß etwas haben, das er lieben konnte. Vielleicht hatte sein Wille, der sich so zäh äußerte, das Wesen der Gefährtin geändert; vielleicht auch warfen ihr die Kämpfe, die es jetzt am Rand der Wüste gab, genügend Nahrung ab — jedenfalls: sie schonte das Leben des Franzosen, der schließlich alles Mißtrauen verlor, als er ihre Zahmheit sah. Die meiste Zeit über schlief er; gleichwohl war er dabei immer wach wie eine Spinne im Netz, um jederzeit, wenn jemand am Horizont auftauchte, bereit zu sein. Sein Hemd hatte er als Fahne oben an einen kahlen Palmenstrunk gebunden. Die Not machte ihn erfinderisch, mittels einiger Stäbe wußte er die Fahne auszuspreiten, denn möglicherweise blies der Wind gerade dann nicht, wenn der ersehnte Wanderer in die Wüste hinausspähte. Mit dem Pantherweibchen unterhielt er sich in den langen Stunden der Hoffnungslosigkeit. Allmählich war er dahinter gekommen, was sie mit dem Auf und Ab ihrer Stimme und mit dem Ausdruck ihrer Augen sagen wollte, und welche Laune gerade aus den goldenen Tüpfeln ihres Pelzes sprach. „Liebling" knurrte auch nicht mehr, wenn er den Busch am Ende des schrecklichen Schweifes zwischen seine Finger nahm, um die schwarzen und weißen Ringe zu zählen, die ihn so schön machten und die schon von weitem wie ein Geschmeide in der Sonne funkelten. Es machte ihm ein großes Vergnügen, ihre anmutigen und dabei sehr kräftigen Linien zu betrachten und ihren weißen Bauch und ihren schlanken Schädel. Ganz besonders gern beobachtete er sie beim Spielen, und ihre Flinkheit, ihre jugendlichen Bewegungen machten ihn immer wieder staunen. Und wie geschmeidig

ſie beim Springen, Klettern, Gleiten, Kriechen, Sich-Anklammern, Herumwälzen, Sich-Dehnen und Niederwerfen war! Sie mochte noch ſo voll im Schwung ſein, der Granit mochte noch ſo blank ſein — beim Anruf „Liebling“ blieb ſie auf der Stelle ſtehen.
Eines Tages aber kreiſte im grellen Sonnenſchein ein mächtiger Vogel durch die Luft. Der Provençale ließ ſeine Pantherin ſtehen, um den neuen Gaſt beſſer betrachten zu können, aber nur einen kleinen Augenblick wartete die verlaſſene Sultanin, dann knurrte ſie dumpf. „Weiß Gott, ich glaube, ſie iſt eiferſüchtig!“ rief er, und ihre Augen waren wieder ganz kalt und hart geworden. „Gewiß iſt die Seele der Virginie in ihren Leib gefahren ...!“
Der Adler entſchwand, während der Soldat die runde Kruppe der Pantherin bewunderte. Wieviel Grazie und Jugend lag doch in dieſer Linie! Sie war gerade ſo hübſch wie eine Frau. Das ſchöne matte Weiß an den Schenkeln verſchmolz ſchillernd mit dem Blond des Fells. Ein verſchwenderiſches Sonnenlicht weckte unſagbare Reize aus dem lebendigen Gold und Braun. Provençale und Pantherin ſahen ſich verſtändnisinnig an. Die Kokette erſchauerte, als der Freund ihr mit dem Fingernagel über den Schädel fuhr; in ihren Pupillen blitzte es, dann klappte ſie entſchloſſen die Lider zu. „Sie hat doch Seele!“ meinte er und betrachtete die Ruhe der Wüſtenkönigin, die in Gold ſchimmerte wie der Sand, weiß wie er, einſam und heiß wie er —“
„Nun,“ ſagte ſie, „ich habe Ihre Apologie der Beſtien geleſen. Doch wie endeten dieſe beiden Weſen, die zu einem gegenſeitigen Verſtändnis wie geſchaffen waren?“ — „Sie — haben geendet wie alle großen Leidenſchaften: durch ein Mißverſtändnis. Man

glaubt auf beiden Seiten an Verrat, der Stolz verbietet jedes Wort, man überwirft sich aus Trotz." — „Manchmal, ja, in den schönsten Minuten", meinte sie, „ein Blick, ein Ton, genug —. Machen Sie Schluß mit Ihrer Geschichte."

„O, das ist schrecklich schwer. Aber Sie werden es herausfühlen. Der alte Bursche hatte es mir schon beim letzten Tropfen Champagner erzählt: ‚Gott weiß, was ich ihr getan hatte — sie wandte sich plötzlich wie wütend um; ihre Schneidezähne bissen mich in den Schenkel, zweifellos noch ganz leicht. Ich aber meinte, sie wollte mich auffressen — ich drückte ihr den Dolch in den Hals. Sie warf sich herum unter einem Schrei, der mir das Herz erstarrte. Ohne Zorn verzuckte sie. Um alles in aller Welt, selbst um das Kreuz, das ich übrigens damals noch nicht hatte, wollte ich sie wieder ins Leben zurückhaben. Mir war tatsächlich, als hätte ich einen Menschen ermordet. Und die Soldaten, die meine Fahne entdeckt hatten und mir zu Hilfe eilten, fanden mich in Tränen ... Inzwischen', fuhr er nachher fort, ‚habe ich in Deutschland, Rußland, Frankreich gekämpft, überall habe ich meinen Kadaver spazieren getragen — aber ich habe nichts gesehen, was der Wüste geglichen hätte ... Wie schön sie ist!' — ‚Und was empfanden Sie dort?' fragte ich. — ‚Junger Mann, das läßt sich nicht aussprechen. Übrigens, ich habe durchaus nicht immer Sehnsucht nach Palmenbusch und Pantherweib; nur wenn ich traurig bin. In der Wüste, wissen Sie, da ist alles und nichts.' — ‚Immerhin, sagen Sie mir ...' — ‚Dort', und es entfuhr ihm eine ungeduldige Bewegung, ‚ist Gott ohne die Menschen.'

☆

DIE JUNGEN LEUTE HABEN FAST ALLE EINEN Zirkel, mit dem ſie ſich darin gefallen, die Zukunft zu meſſen; wenn ihr Wille ſich mit der Kühnheit des Winkels vereint, den ſie öffnen, ſo gehört ihnen die Welt. Aber dieſe Erſcheinung des Seelenlebens gilt nur bis zu einem beſtimmten Alter. Dieſes Alter, das bei jedem Manne die Jahre zwiſchen zweiundzwanzig und achtundzwanzig umfaßt, iſt das Alter der großen Gedanken, der erſten Konzeptionen, weil es das Alter der ungeheuren Wünſche iſt, das Alter, in dem man an nichts zweifelt: wer zweifelt, bekennt ſeine Unfähigkeit. Nach dieſem Alter, das ſo ſchnell wie die Saatzeit verläuft, kommt das der Erfüllung. Es gibt gewiſſermaßen zwei Jugendalter: die Jugend, in der man glaubt, und die Jugend, in der man handelt; bei den von der Natur begünſtigten Menſchen vereinigen ſie ſich oft, und das ſind, wie Cäſar, Newton und Bonaparte, die größten unter den großen Menſchen.

Ich berechnete, wie viel ein Gedanke an Zeit braucht, um ſich zu entwickeln, und, meinen Zirkel in der Hand, auf einem Felſen ſtehend, hundert Klafter über dem Ozean, deſſen Wellen in der Brandung ſpielten, maß ich meine Zukunft, indem ich ſie mit Werken ausfüllte wie ein Ingenieur, der, auf einem leeren Feld, Befeſtigungen und Paläſte abſteckt. Das Meer war ſchön; ich hatte mich eben nach dem Schwimmen angezogen; ich erwartete Pauline, meinen Schutzengel, die in einem Granitbecken badete, der reizendſten Wanne, die die Natur für ihre Seenixen geſchaffen hat. Wir befanden uns am äußerſten Ende von le Croisic, einer lieblichen Halbinſel der Bretagne; wir waren weit vom Hafen, an einer Stelle, die der Fiskus für ſo unzugänglich gehalten hat, daß der Zollbeamte dort faſt niemals vorbeikommt. In den Lüften zu ſchwimmen, nachdem man im Meer geſchwommen hat! Ach, wer hätte nie in der Zukunft geſchwommen? Warum dachte ich? Warum kommt ein Unglück? Wer weiß es? Die Gedanken überfallen dein Herz oder deinen Kopf, ohne dich zu befragen. Keine Kurtiſane war je grillenhafter noch gebieteriſcher, als es die Konzeption für die Künſtler iſt; man muß ſie im rechten Augenblick wie das Glück bei der Stirnlocke faſſen. Hinaufgeklettert auf meinen Gedanken, wie Aſtolph auf ſeinen Hippogryph, ritt ich alſo durch die Luft, um dort ganz nach meinem Willen zu ſchalten. Als ich um mich her nach einem Vorzeichen ſuchen wollte für die kühnen Gebilde, die meine tolle Eingebung mir zu unternehmen riet, übertönte ein holder Schrei, der Schrei einer Frau, die uns in der Stille einer Einöde ruft, der Schrei einer Frau, die, belebt und fröhlich, aus dem Bade ſteigt, das Murmeln des unaufhörlich beweglichen Saumes, den Ebbe und Flut an den Buchten des Ufers abzeichneten. Als ich dieſe Seelenregung vernahm, glaubte ich zwiſchen den Felſen den Fuß eines Engels geſehen zu haben, der, ſeine Flügel ausbreitend, gerufen hatte: „Du wirſt Erfolg haben!" Ich ſtieg hinab, ſtrahlend, leicht; ich kletterte hüpfend wie ein Stein, der einen ſteilen Abhang hinunterrollt. Als ſie mich ſah, ſagte ſie: „Was haſt du?" Ich antwortete nicht; meine Augen wurden feucht. Tags vorher hatte Pauline meine Schmerzen begriffen, so wie sie jetzt meine Freude begriff, mit der magischen Feinfühligkeit einer Harfe, die den Veränderungen der Atmosphäre unterworfen ist. Das menschliche Leben hat schöne Augenblicke! Wir gingen schweigend den Strand entlang. Der Himmel war ohne Wolken, das Meer ohne Furchen; andere hätten darin nichts gesehen als zwei blaue Steppen, eine über der anderen; aber wir, wir, die wir uns verstanden, ohne des Worts zu bedürfen, wir, die wir zwischen Himmel und Meer, diesen beiden Winkeln des Unendlichen, die Illusionen spielen lassen konnten, von denen man sich in der Jugend nährt, wir drückten uns die Hände bei der geringsten Bewegung, die sich zeigte, sei es auf der Wasserfläche, sei es in den Luftwellen. Wir nahmen diese flüchtigen Erscheinungen für den körperlichen Ausdruck unser beider Gedanken. Wer hat nie im Genuß den Augenblick unbegrenzter Freude gekostet, wo die Seele sich von den Fesseln des Fleisches gelöst zu haben scheint und sich gleichsam dem Weltall hingegeben fühlt, von dem sie gekommen ist? Der Genuß ist nicht unser einziger Führer in diesen Regionen. Gibt es nicht Stunden, wo die Gefühle sich ineinanderschlingen und dann losstürmen, wie zwei Kinder sich oft bei der Hand fassen und dann zu laufen anfangen, ohne zu wissen warum? Gingen auch wir so einher?

In dem Augenblick, wo die Dächer der Stadt am Horizont auftauchten, auf dem sie eine graue Linie abzeichneten, begegneten wir einem armen Fischer, der nach le Croisic zurückkehrte; er war barfuß; seine Leinwandhosen waren unten zerrissen, durchlöchert, schlecht geflickt; er trug ein Hemd aus Segelleinwand, zerfranste Hosenträger und einen

Lumpen als Rock. Dieſes Elend tat uns weh, gleich als wenn eine Diſſonanz mitten in unſere Harmonien gedrungen wäre. Wir ſahen uns an, um uns gegenſeitig zu bedauern, daß wir in dieſem Augenblick nicht die Kraft hatten, aus den Schätzen von Abulkaßim zu ſchöpfen. Wir bemerkten eine prächtige Hummer und eine Seeſpinne, die an einer Schnur befeſtigt waren, welche der Fiſcher in ſeiner rechten Hand hin und her bewegte, während er in der andern ſein Segel- und Fanggerät hielt. Wir gingen auf ihn zu, in der Abſicht, ihm ſeinen Fiſch abzukaufen, ein Gedanke, der uns beiden gleichzeitig kam, und der ſich in Paulines Lächeln ausdrückte, auf das ich mit einem leichten Druck ihres Armes antwortete, den ich an meine Bruſt zog. Das ſind Geringfügigkeiten, die hernach die Erinnerung zu einem Gedicht geſtaltet, wenn wir uns, beim Schein des Feuers, der Stunde erinnern, wo dieſes Nichts uns bewegt hat, des Orts, wo es ſich zugetragen hat, und des Wahns, deſſen Wirkungen noch nicht feſtgeſtellt ſind, der ſich aber oft aus den Dingen entwickelt, die uns umgeben, in den Augenblicken, wo das Leben leicht und unſer Herz voll iſt. Die ſchönſten Stätten ſind unſere eigne Schöpfung. Welcher Menſch, der ein wenig Dichter iſt, hat nicht in ſeiner Erinnerung ein Fleckchen Erde, das dort einen größeren Platz einnimmt als all' die berühmten Bilder aus fremden Ländern, die man nur unter hohen Koſten aufgeſucht hat. Das iſt die Stätte ſeiner ſtürmiſchſten Gedanken, ſeiner kühnſten Hoffnungen.

In dieſem Augenblick warf die Sonne, gleichgeſtimmt mit jenen Gedanken der Liebe oder der Sehnſucht, auf die fahlen Hänge des Felſens einen brennenden

Schein; einige Gebirgsblumen zogen die Aufmerksamkeit auf ſich; Ruhe und Schweigen ſteigerten noch den Eindruck dieſer düſteren Kluft, die nur durch unſern Traum belebt wurde; wie ſchön wurde ſie mit ihrer dürftigen Vegetation, ihren glühenden Kamillen, ihren haarigen, ſammetartigen Blättern! Welch endloſes Feſt, prächtiger Schmuck, ſelige Steigerung der menſchlichen Kräfte! Schon einmal hatte der See von Bienne, der Blick auf die Inſel Saint-Pierre ſo zu mir geſprochen; der Felſen von le Croisic wird vielleicht die letzte dieſer Freuden geweſen ſein! Doch was wird dann aus Pauline werden?

„Sie haben heute morgen einen ſchönen Fang gemacht, mein Lieber?" ſage ich zu dem Fiſcher.

„Ja, mein Herr", antwortete er, indem er ſtehenblieb und uns das gebräunte Geſicht der Leute zeigte, die ſtundenlang den Rückſtrahlungen der Sonne über dem Waſſer ausgeſetzt ſind.

Dieſes Geſicht kündigte eine tiefe Reſignation an, die Geduld des Fiſchers und ſeine wilden Sitten. Dieſer Mann hatte eine Stimme ohne Klang, gutmütige Lippen, keinerlei Ehrgeiz, irgend etwas Dürftiges, Armſeliges. Jede andere Phyſiognomie hätte uns mißfallen.

„Wohin bringen Sie das zum Verkauf?"

„Nach der Stadt."

„Wieviel wird man Ihnen für den Hummer geben?"

„Fünfzehn Sous."

„Für die Seeſpinne?"

„Zwanzig Sous."

„Warum ſolch ein Unterſchied zwiſchen der Hummer und der Seeſpinne?"

„Mein Herr, die Seeſpinne iſt ſehr viel feiner; und

dann iſt ſie boshaft wie ein Affe und läßt ſich nur ſelten fangen.“

„Wollen Sie uns das Ganze für hundert Sous laſſen?“ ſagte Pauline.

Der Mann war wie verſteinert.

„Du wirſt es nicht dafür bekommen!“ ſagte ich lachend; „ich gebe zehn Frank. Man muß für ſeine Gemütsregungen zu zahlen wiſſen, was ſie wert ſind.“

„Nun gut!“ antwortete ſie, „ich werde es doch haben, ich gebe zehn Frank zwei Sous.“

„Zehn Sous.“

„Zwölf Frank.“

„Fünfzehn Frank.“

„Fünfzehn Frank fünfzig Centimes“, ſagte ſie.

„Hundert Frank.“

„Hundert und fünfzig.“

Ich verneigte mich. Wir waren in dieſem Augenblick nicht reich genug, um den Preis noch höher zu treiben. Unſer guter Fiſcher wußte nicht, ob er ſich über eine Täuſchung ärgern oder ſich freuen ſollte; es gelang uns nur mit Mühe, ihm den Namen unſerer Wirtin zu geben und ihm aufzutragen, den Hummer und die Seeſpinne zu ihr zu bringen.

„Verdienen Sie Ihren Lebensunterhalt?“ fragte ich ihn, um zu erforſchen, welcher Urſache ſein Elend zuzuſchreiben war.

„Mit viel Mühe und Not“, ſagte er. „Der Fiſchfang vom Meeresufer aus iſt für den, der weder Barke noch Netz hat und ihn nur mit Falle oder Angel betreiben kann, ein unſicherer Erwerb. Sehen Sie, man muß auf den Fiſch oder die Muſchel lauern, während die großen Fiſcher ſie aus dem offenen Meere holen. Es iſt ſo ſchwer, auf dieſe Weiſe ſeinen Lebensunterhalt zu verdienen, daß ich der einzige bin, der an der Küste fischt. Ich verbringe ganze Tage, ohne etwas mitzubringen. Damit ich einen Fang machen kann, muß schon eine Seespinne verschlafen haben oder ein Hummer weit genug verschlagen sein, um zwischen den Felsen stecken zu bleiben. Manchmal kommen Lubinen hierher nach der Flut; dann fasse ich sie."

„Nun, wieviel verdienen Sie im ganzen täglich?"

„Elf oder zwölf Sous. Ich würde damit durchkommen, wenn ich allein wäre; aber ich habe meinen Vater zu ernähren, und der arme Mann kann mir nicht helfen: er ist blind."

Bei diesen Worten, die so schlicht gesprochen waren, sahen wir uns schweigend an, Pauline und ich.

„Sie haben eine Frau oder eine gute Freundin?"

Er warf uns einen der jammervollsten Blicke zu, den ich je gesehen habe, während er erwiderte: „Wenn ich eine Frau hätte, müßte ich doch meinen Vater im Stich lassen. Ich kann nicht ihn ernähren und noch Frau und Kinder dazu."

„Nun gut, mein armer Kerl, warum versuchen Sie nicht damit Geld zu verdienen, daß Sie am Hafen Salz tragen oder in den Salzteichen arbeiten?"

„Ach, mein Herr, ich würde diese Arbeit nicht drei Monate aushalten. Ich bin nicht kräftig genug, und wenn ich stürbe, müßte mein Vater betteln gehn. Ich brauche einen Beruf, der nicht mehr verlangt als ein wenig Geschicklichkeit und viel Geduld."

„Und wie bringen es zwei Personen fertig, mit zwölf Sous täglich zu leben?"

„Oh, mein Herr, wir essen Buchweizenkuchen und Entenmuscheln, die ich von den Klippen losmache."

„Wie alt ſind Sie denn?"
„Siebenunddreißig."
„Waren Sie auch mal fort von hier?"
„Ich bin einmal nach Guérande gegangen, um mich zum Militär zu ſtellen, und habe mich nach Savenay begeben, um mich von Herren unterſuchen zu laſſen, die mich gemeſſen haben. Wenn ich einen Zoll mehr hatte, war ich Soldat. Ich wäre bei der erſten Strapaze krepiert, und mein armer Vater würde heute betteln."
Ich habe viele Dramen erſonnen. Pauline war bei einem Menſchen, der ſo litt wie ich, an ſtarke Gemütsbewegungen gewöhnt; und dennoch! Noch niemals hatte weder ſie noch ich Worte vernommen, die uns ſo bewegt hätten wie die des Fiſchers. Wir gingen einige Schritte ſchweigend, ermaßen beide die ſtumme Tiefe dieſes unbekannten Lebens und bewunderten den Adel dieſer Ergebenheit, die ſich ſelbſt nicht kannte; die Kraft dieſer Schwäche ſetzte uns in Erſtaunen; der ſorgloſe Edelmut machte uns klein. Ich ſah ganz inſtinktiv dieſes arme Weſen an der Klippe geſchmiedet, wie ein Galeerenſklave an ſeine Kugel, und dort ſeit zwanzig Jahren auf Muſcheln lauern, um ſein Leben zu friſten, beſtärkt in ſeiner Geduld durch ein einziges Gefühl. Wieviel Stunden wurden ſo verbracht in einem Winkel des Strandes! Wieviel Hoffnungen durch ein Körnchen, durch einen Wetterwechſel vernichtet! Er hing am Rande einer Granitplatte und hielt den Arm ausgeſtreckt wie ein indiſcher Fakir, während ſein Vater, auf einem Schemel ſitzend, in Stille und Dunkelheit darauf wartete, daß er die gemeinſten Muſcheln und Brot bekam, wenn es dem Meer ſo beliebte.

„Trinken Sie manchmal Wein?“ fragte ich ihn.
„Drei oder viermal im Jahr.“
„Nun, dann ſollen Sie heute welchen trinken, Sie und Ihr Vater, und wir werden Ihnen ein Weißbrot ſchicken.“
„Sie ſind ſehr gütig, mein Herr.“
„Wir werden Ihnen Mittageſſen geben, wenn Sie uns am Meeresufer entlang bis nach Batz bringen wollen, wo wir uns den Turm anſehen werden, der das Waſſerbecken und die Küſte zwiſchen Batz und le Croiſic beherrſcht.“
„Mit Vergnügen“, ſagte er zu uns. „Gehen Sie gradeaus weiter und folgen Sie dem Weg, auf dem Sie ſich befinden; ich treffe Sie dort, nachdem ich mich meines Geräts und meines Fiſchfangs entledigt habe.“
Wir machten ein Zeichen des Einverſtändniſſes, und er ſchritt luſtig nach der Stadt zu. Dieſe Begegnung erhielt unſere ſeeliſche Erregung, aber ſie hatte unſere Fröhlichkeit gedämpft.
„Armer Mann,“ ſagte Pauline in jenem Ton, der der Teilnahme einer Frau das Verletzende nimmt, was Mitleid haben kann, „ſchämt man ſich nicht, ſich glücklich zu fühlen angeſichts dieſes Elends?“
„Nichts iſt ſchmerzlicher, als unerfüllbare Wünſche zu haben“, antwortete ich ihr. „Dieſe beiden armen Weſen, der Vater und der Sohn, ſie werden nicht mehr davon wiſſen, wie ſtark unſer Mitgefühl für ſie war, als die Welt weiß, wie ſchön ihr Leben iſt, denn ſie ſammeln Schätze im Himmel.“
„Armes Land!“ ſagte ſie, indem ſie auf ein Feld hinwies, das rings umgeben war von einer Mauer ausgedörrter Steine, von Kuhfladen, die ſymmetriſch aufgeſchichtet waren. „Ich habe gefragt, was das

wäre. Eine Bäuerin, die mit dem Aufschichten beschäftigt war, hat mir geantwortet, daß sie Holz mache. Stelle dir vor, mein Freund, daß, wenn diese Fladen getrocknet sein werden, die armen Leute sie sammeln, sie aufstapeln und damit einheizen. Im Winter verkauft man sie. wie man Lohkuchen verkauft. Was glaubst du wohl, wieviel die bestbezahlte Näherin verdient? Fünf Sous den Tag," sagte sie nach einer Pause, „aber man gibt ihr zu essen."

„Sieh nur," sage ich zu ihr, „die Seewinde dörren oder vernichten alles; es ist nicht ein Baum da; die Trümmer der außer Dienst gesetzten Fahrzeuge werden an die Reichen verkauft, denn die Transportkosten hindern die Leute ohne Zweifel daran, das Holz als Feuerung zu benutzen, an der es gerade der Bretagne mangelt. Dieses Land offenbart seine Schönheit nur den großen Seelen, gefühllose Menschen können darin nicht leben; es kann nur bewohnt werden von Dichtern oder von Teichmuscheln. Hat nicht der Salzspeicher auf diesen Felsen gesetzt werden müssen, damit er bewohnt wurde? Auf der einen Seite das Meer, hier Sand, darüber der Äther."

Wir hatten die Stadt bereits hinter uns und befanden uns in einer Art Wüste, die le Croisic von Bourg de Batz trennt. Stellen Sie sich, mein teurer Onkel, eine Steppe von zwei Quadratmeilen vor, angefüllt von dem schimmernden Sand, der am Meeresufer zu finden ist. Hier und da erhoben einige Felsen ihre Häupter, und Sie hätten gemeint, gigantische Tiere vor sich zu haben, die sich in den Dünen lagerten. Längs des Meeres wurden einige Riffe sichtbar, um die das Wasser spielte, indem es ihnen das Ausſehen großer weißer Roſen gab, die über der Waſſerfläche dahinſchweben und ſich auf das Ufer ſetzen wollen. Beim Anblick dieſer Savanne, die zur Rechten von dem Ozean begrenzt, zur Linken von dem großen See umſäumt wird, der ſich aus dem Durchbruch des Meeres zwiſchen le Croisic und den ſandigen Höhen von Guérande gebildet hat, an deren Fuße Salzteiche, entblößt von aller Vegetation, ſich ausbreiten, bei dieſem Anblick ſah ich Pauline an und fragte ſie, ob ſie den Mut in ſich fühle, der Sonnenhitze zu trotzen, und die Kraft, durch den Sand zu marſchieren.

„Ich habe Schnürſtiefel an, vorwärts," ſagte ſie zu mir, indem ſie auf den Turm von Batz zeigte, der die Sicht mit ſeinem gewaltigen Bau verſperrte, welcher ſich dort gleich einer Pyramide erhob, aber einer ſpindelförmigen, zierlich geſchnittenen Pyramide, einer ſo phantaſtiſchen Pyramide, daß ſie der Vorſtellung erlaubte, die bedeutendſte Ruine einer großen aſiatiſchen Stadt vor ſich zu ſehen. Wir machten einige Schritte, um uns auf ein Stück Felſen zu ſetzen, das noch im Schatten lag; aber es war elf Uhr vormittags, und dieſer Schatten, der bei unſern Füßen aufhörte, ſchwand reißend.

„Wie iſt dieſe Stille ſchön," ſagte ſie zu mir, „und welche Tiefe gewinnt ſie durch das gleichmäßige Rauſchen des Meeres an dieſer Küſte!"

„Wenn du dein Augenmerk", antwortete ich ihr, „auf die drei Unermeßlichkeiten richten willſt, die uns umgeben, Waſſer, Luft und Sand, und lauſchſt ausſchließlich dem Klang, den Ebbe und Flut immer wieder hervorbringen, — du erträgſt dieſe Sprache nicht, du glaubſt einen Gedanken zu erfaſſen, der dich zu Boden drückt. Gestern, bei Sonnenuntergang, erlebte ich diese Sensation; sie hat mich niedergeschmettert."

„O ja! sprechen wir", sagte sie nach einer langen Pause. „Schweigen ist unerträglich. Ich glaube den Ursprung der Harmonien zu erfassen, die uns umgeben", begann sie wieder. „Diese Landschaft, die nur drei scharf abgegrenzte Farben hat: das strahlende Gelb des Sandes, das Blau des Himmels und das gleichmäßige Grün des Meeres, ist groß, aber nicht wild, ist unendlich, aber nicht öde; sie ist monoton, aber nicht ermüdend; sie hat nur drei Elemente und ist doch mannigfach."

„Nur die Frauen verstehen ihre Eindrücke so wiederzugeben," erwiderte ich, „du würdest einen Dichter zur Verzweiflung bringen, teure Seele, die ich so wohl begriffen habe!"

„Die übermäßige Mittagshitze legt über jene drei Ausdrucksformen des Unendlichen eine verzehrende Farbe", begann Pauline wieder. „Ich begreife hier die Dichtungen und die Leidenschaften des Orients."

„Und ich begreife hier die Verzweiflung."

„Ja," sagte sie, „diese Düne ist ein erhabenes Kloster."

Wir hörten den eiligen Schritt unseres Führers; er hatte Sonntagskleider angezogen. Wir richteten einige Worte an ihn; er glaubte zu bemerken, daß unsere Seelenverfassung sich geändert habe; und mit jener Zurückhaltung, die das Unglück verleiht, beobachtete er Stillschweigen. Obgleich wir uns von Zeit zu Zeit die Hand drückten, um uns unsere beiderseitigen Gedanken und Eindrücke mitzuteilen, schritten wir während einer halben Stunde schweigend einher, sei es, daß wir von der Hitze niedergedrückt waren, die in leuchtenden Wellen aus der Mitte der Sandwüſte ausſtrahlte, ſei es, daß die Schwierigkeit des Marſches unſere Aufmerkſamkeit in Anſpruch nahm. Wir gingen Hand in Hand wie zwei Kinder; wir hätten nicht zwölf Schritte machen können, wenn wir uns den Arm gegeben hätten. Der Weg, der nach Bourg de Batz führt, war nicht abgeſteckt; es genügte ein Windſtoß, um die Spuren zu verwiſchen, die Pferdehufe oder Karrenräder zurückließen; aber das geübte Auge unſeres Führers erkannte an etwas tieriſchem Kot, an ein paar Stückchen Pferdemiſt unſern Weg, der bald zum Meere hinablief, bald zur Höhe der Hänge hinanſtieg oder um die Felſen herumführte. Zu Mittag hatten wir nicht mehr als den halben Weg zurückgelegt.

„Wir wollen uns dort unten ausruhen," ſage ich, indem ich auf ein aus Felſen gebildetes Vorgebirge zeige, hoch genug, um vermuten zu laſſen, daß wir dort eine Grotte finden würden.

Als er mich dies vorſchlagen hörte, ſchüttelte der Fiſcher, der der Richtung meines Fingers gefolgt war, den Kopf und ſagte zu mir: „Da iſt jemand. Alle die von Bourg de Batz nach le Croisic gehen oder von le Croisic nach Bourg de Batz, machen einen Umweg, um dort nicht vorbeizukommen." Die Worte dieſes Mannes waren halblaut geſprochen und ließen ein Geheimnis ahnen.

„Iſt es denn ein Dieb, ein Mörder?"

Unſer Führer antwortete uns nur durch ein tiefes Atemholen, das unſere Neugierde verdoppelte.

„Aber wenn wir da vorbeigehen, wird uns ein Unglück zuſtoßen?"

„O nein!"

„Gehen Sie mit uns dort lang?"
„Nein, mein Herr."
„Wir werden dennoch hingehen, wenn Sie uns versichern, daß keine Gefahr für uns damit verbunden ist."
„Das sage ich nicht", antwortete der Fischer lebhaft. „Ich sage nur, daß der, der dort anzutreffen ist, Ihnen nichts sagen und Ihnen nichts Böses antun wird. O mein Gott! er wird sich nicht einmal von seinem Platze rühren."
„Wer ist es denn?"
„Ein Mensch!"
Niemals sind zwei Silben so tragisch ausgesprochen worden.
In diesem Augenblick hatten wir uns auf zwanzig Schritt jenem Riff genähert, über das das Meer hinwegspülte; unser Führer schlug den Weg ein, der um die Felsen herumführte; wir gingen geradeaus weiter; aber Pauline faßte mich unter den Arm. Unser Führer beschleunigte seine Schritte, um zur gleichen Zeit mit uns die Stelle zu erreichen, wo die beiden Wege sich wieder vereinigten. Er nahm ohne Zweifel an, daß wir, nachdem wir den Menschen gesehen hätten, in beschleunigtem Schritt weitergehen würden. Dieser Umstand reizte unsere Neugierde, die nun so stark wurde, daß unsere Herzen klopften, als wenn uns ein Gefühl von Furcht befallen hätte. Trotz der Hitze des Tages und der Müdigkeit, die uns der Marsch durch den Sand verursacht hatte, waren unsere Seelen noch befangen in der unaussprechlichen Wollust eines harmonischen Entzückens; sie waren voll von jener reinen Freude, die man nicht anders wiedergeben kann als durch den Vergleich mit dem, was man

beim Anhören einer lieblichen Musik empfindet, dem ‚andiamo mio ben' von Mozart. Zwei echte Empfindungen, die sich miteinander vereinen, gleichen sie nicht zwei schönen Singstimmen? Um die Bewegung richtig würdigen zu können, die uns ergriffen hatte, muß man den halb wollüstigen Zustand mitempfinden, in den uns die Ereignisse dieses Vormittags versetzt hatten. Betrachte bewundernd eine Weile lang eine hübsch gefärbte Turteltaube, die auf einem biegsamen Zweige sitzt, nahe einer Quelle, und du wirst einen Schmerzensschrei ausstoßen, wenn du einen Sperber auf sie herabstoßen siehst, der ihr seine stählernen Krallen bis ins Herz gräbt und sie mit der mörderischen Geschwindigkeit davonträgt, die das Pulver der Kugel mitteilt. Als wir einen Schritt innerhalb des Raumes getan hatten, der sich vor der Grotte befand, eines freien Platzes, hundert Fuß über dem Ozean und geschützt gegen sein Toben durch einen Wasserfall abgebröckelter Felsen, da durchzuckte uns ein Schauder, fast wie wenn ein plötzlicher Lärm mitten in einer stillen Nacht uns aufschreckt. Auf einem Granitstück sitzend hatten wir einen Mann gesehen, der uns anblickte. Sein Blick, dem Feuer einer Kanone gleichend, kam aus zwei blutunterlaufenen Augen, und seine stoische Unbeweglichkeit war nur zu vergleichen mit der unveränderlichen Stellung der Granithaufen, die ihn umgaben. Seine Augen machten eine langsame Bewegung, sein Körper blieb starr, als wäre er versteinert; und dann, nachdem er jenen Blick auf uns geworfen hatte, der uns lebhaft erschütterte, wandte er seine Augen zurück zur Weite des Ozeans, sah unverwandt darauf hin, trotz des Lichts, das daraus hervorstrahlte, so wie man ſagt, daß die Adler in die Sonne ſehen, ohne ihre Augenlider zu ſenken, und behielt ſie feſt darauf gerichtet. Verſuchen Sie, mein teurer Onkel, ſich einen jener alten Eichbaumſtümpfe in Erinnerung zu rufen, deren knotiger Stamm, geſtern vom Sturm ſeiner Äſte beraubt, ſich phantaſtiſch an einem einſamen Weg erhebt, und Sie werden ein Bild jenes Menſchen haben. Das waren die zerrütteten Formen eines Herkules, das Antlitz eines olympiſchen Jupiters, aber zerſtört vom Alter, von der harten Arbeit des Seemanns, von Kummer, von grober Koſt und wie von einem Blitzſchlag geſchwärzt. Als ich ſeine behaarten und ſchwieligen Hände anſah, erblickte ich Nerven, die eiſernen Venen glichen. Alles an ihm kündigte eine ſtarke Konſtitution an. In einem Winkel der Grotte bemerkte ich einen Haufen Moos und auf einer grob behauenen Platte ein rundes angebrochenes Brot, das auf einer Steinkruke wie ein Deckel lag. Noch niemals, wenn meine Vorſtellung mich zu den Wüſteneien trug, wo die erſten Anachoreten der Chriſtenheit lebten, hat ſie mir eine Geſtalt von ſo gewaltiger Religioſität oder ſo ſchrecklicher Bußfertigkeit gezeigt, wie es bei dieſem Menſchen der Fall war. Sie, mein teurer Onkel, der Sie oft den Beichtſtuhl verſorgt haben, Sie haben vielleicht niemals eine ſo herrliche Gewiſſensqual geſehen, aber dieſe Gewiſſensqual war ertränkt in den Fluten des Gebets, des Gebets, das in ſtumme Verzweiflung übergeht. Dieſer Fiſcher, dieſer Seemann, dieſer plumpe Bretone war geadelt durch ein unbekanntes Gefühl. Hatten dieſe Augen denn geweint? Dieſe Hand einer grob gehauenen Statue, hatte ſie geſchlagen? Dieſe rauhe Stirn mit dem Ausdruck einer ſpröden

Redlichkeit, auf der die Kraft dennoch die Spuren jener Güte zurückgelaſſen hatte, die die Mitgift aller wahren Stärke iſt, dieſe runzelndurchzogene Stirn, ſtand ſie in Harmonie mit einem großen Herzen? Warum lebte dieſer Menſch zwiſchen den Granitfelſen? Eine ganze Welt von Gedanken ſtieg uns zu Kopf. Wie es unſer Führer angenommen hatte, gingen wir ſchweigend vorbei, in Eile, und er ſah uns von Schrecken ergriffen oder von Erſtaunen erfüllt wieder, aber er berief ſich uns gegenüber mit keinem Wort auf die Richtigkeit ſeiner Vorausſage.
„Sie haben ihn geſehen?" ſagte er.
„Wer iſt dieſer Mann?" ſage ich.
„Man nennt ihn den ‚Mann des Gelübdes'".
Stellen Sie ſich vor, mit welcher Bewegung ſich bei dieſem Worte unſere beiden Köpfe nach dem Fiſcher wandten! Er war ein einfacher Mann; er verſtand unſere ſtumme Frage, und nun erzählte er uns in ſeiner Sprache, deren Volkstümlichkeit ich zu erhalten verſuche.
„Gnädige Frau, die Leute von le Croisic wie die von Batz glauben, daß dieſer Mann irgendeine Schuld trägt und daß er eine Buße tut, die ihm von einem berühmten Pfarrer auferlegt iſt, zu dem er beichten gegangen iſt, noch weiter als bis Nantes. Andere glauben, daß Cambremer, ſo iſt ſein Name, ein Unglückspilz ſei, und daß er jeden anſtecke, der ihm in die Nähe kommt. Noch andere beobachten, bevor ſie um ſeinen Felſen herumgehen, woher der Wind kommt! Wenn es Nordweſtwind iſt, würden ſie ihren Weg nicht fortſetzen, und wenn es gälte, ein Stück des heiligen Kreuzes zu holen; ſie kehren um, ſie haben Furcht. Andere, die Reichen von le Croisic, ſagen, daß Cambremer ein Gelübde getan

hat, daher ſein Name ‚Mann des Gelübdes'. Er iſt dort Tag und Nacht, ohne jemals fortzugehen. Dieſe Gerüchte haben etwas Vernünftiges an ſich. — Sehen Sie", ſagte er, während er ſich umwandte, um uns etwas zu zeigen, was wir nicht bemerkt hatten, „er hat dort links ein Holzkreuz errichtet, um anzukündigen, daß er ſich unter den Schutz Gottes, der heiligen Jungfrau und der Heiligen begeben hat. Er hat noch kein Wort geſprochen, ſeitdem er ſich unter freiem Himmel eingeſchloſſen hat; er lebt von Brot und Waſſer, welches ihm jeden Morgen die Tochter ſeines Bruders bringt, ein kleiner Knirps von zwölf Jahren, der er ſein Hab und Gut vermacht hat und die ein reizendes Geſchöpf iſt, zart wie ein Lamm, ein allerliebſtes, ſehr drolliges Mädel. Sie hat Ihnen", ſagte er, indem er ſeinen Daumen zeigte, „blaue Augen ſo groß und darüber einen Engelſchopf. Wenn man ſie fragt: ‚Sag doch, Pérotte (das will bei uns ſoviel heißen wie Pierrette; Sankt Peter iſt ihr Schutzheiliger, Cambremer heißt Peter, er iſt ihr Pate geweſen) — ſag doch, Pérotte, was ſagt dir denn dein Onkel?' — ‚Er ſagt mir nix', antwortet ſie, ‚gar nix, nix.' — ‚Scho gut! Was macht er dir?' — ‚Er küßt mir am Sonntag die Stirn.' — ‚Du haſt keine Furcht?' — ‚A wa,' ſagt ſie, ‚er iſt mein Pate.' Er hat niemand anders haben wollen, der ihm zu eſſen bringen ſoll. Pérotte behauptet, daß er lächelt, wenn ſie kommt; ſie iſt der Sonnenſtrahl in ſeiner Düſternis."

„Aber Sie reizen", ſage ich, „unſere Neugierde, ohne ſie zu befriedigen. Wiſſen Sie, was ihn dorthin geführt hat? Iſt es der Kummer, iſt es die Reue, iſt es eine Manie, iſt es ein Verbrechen, iſt es ..."

„Ach, mein Herr, es gibt niemand außer meinem

Vater und mir, die die Wahrheit dieſer Sache wiſſen. Meine verſtorbene Mutter war im Dienſt bei einem Gerichtsbeamten, dem Cambremer auf Geheiß des Prieſters alles geſagt hat, welcher ihm nur unter dieſer Bedingung Abſolution erteilen wollte, nach dem, was die Leute im Hafen ſagen. Meine arme Mutter hat Cambremer belauſcht, ohne es zu wollen; weil die Küche des Gerichtsherrn neben dem Saal lag, hat ſie mitgehört! Sie iſt tot; der Richter, der ihn verhört hat, iſt ebenfalls verſtorben. Meine Mutter hat uns das Verſprechen abgenommen, meinem Vater und mir, den Leuten hier im Lande nichts zu verraten, aber das kann ich Ihnen ſagen, daß an dem Abend, wo unſere Mutter uns das erzählt hat, mir die Haare zu Berge ſtanden."

„Nun gut! Erzähl' uns das, mein Freund wir werden darüber mit niemandem ſprechen."

Der Fiſcher ſah uns an und fuhr alſo fort: „Peter Cambremer, den Sie da geſehen haben, iſt der Älteſte der Cambremers, die, Väter und Söhne, alle Seeleute ſind; ihr Name ſagt es, das Meer hat immer unter ihnen geduckt. Dieſer, den Sie geſehen haben, war Bootsfiſcher geworden. Er hatte alſo Barken, ging auf Sardellenfang, er betrieb auch die Hochſeefiſcherei für die Händler. Er würde ein Schiff ausgerüſtet und den Kabeljaufang betrieben haben, wenn er nicht ſeine Frau ſo ſehr geliebt hätte, die eine ſchöne Frau war, eine Brouin aus Guérande, ein prächtiges Mädchen, die auch ein gutes Herz hatte. Sie liebte Cambremer ſo, daß ſie niemals wollte, daß ihr Mann ſie länger verließ, als es für den Sardellenfang nötig war. Sie wohnten dort unten, ſehen Sie!" ſagte der Fiſcher, indem er auf eine Anhöhe ſtieg, um uns ein Inſelchen in dem kleinen Binnenmeer zu zeigen, das ſich zwiſchen den Dünen, über die wir gingen, und den Salzteichen von Guérande befindet, „ſehen Sie dieſes Haus? Es gehörte ihm. Jaquette Brouin und Cambremer hatten nur ein Kind, einen Jungen, den ſie geliebt haben . . . wie ſoll ich ſagen? Ja, wie man eben das einzige Kind liebt; ſie waren ganz vernarrt in ihn. Ihr kleiner Jacques hätte, mit Verlaub, in den Kochtopf machen können, und ſie hätten es für Zucker gehalten. Wieviel Male haben wir ſie doch geſehen, auf dem Markt, wenn ſie das ſchönſte Spielzeug für ihn kauften. Das war Unvernunft, alle Welt ſagte es ihnen. Als der kleine Cambremer ſah, daß ihm alles erlaubt war, wurde er ein ſehr böſes Kind. Wenn man zum Vater Cambremer ſagte: ‚Ihr Sohn hätte beinahe den kleinen Soundſo getötet!‘ dann lachte er und ſprach: ‚Bah, das wird ein mutiger Seemann! Er wird die Flotten des Königs befehligen.‘ Oder: ‚Peter Cambremer, wiſſen Sie, daß Ihr Junge der kleinen Pougaud ein Auge ausgeſtochen hat?‘ ‚Er wird die Mädchen lieben‘, antwortete Peter dann. Er fand alles gut. Nun, als der Bengel zehn Jahr alt war, prügelte er ſich mit aller Welt und amüſierte ſich damit, den Hühnern den Hals abzuſchneiden, er ſchlitzte den Schweinen den Bauch auf und ſielte ſich dann in dem Blute rum wie ein Steinmarder. ‚Das wird ein glänzender Soldat,‘ ſprach Cambremer, ‚er mag gern Blut ſehn.‘ Sehen Sie, was mich betrifft, ich habe mich alles deſſen erinnert,“ ſagte der Fiſcher. „Und Cambremer auch“, fügte er nach einer Pauſe hinzu. „Mit fünfzehn oder ſechzehn Jahren war Jacques Cambremer . . . was? ein Raubtier, ein Haifiſch. Er ging nach Guérande, um ſich zu amüſieren, oder nach Savenay, um zu pouſſieren. Dann begann er ſeine Mutter zu beſtehlen, die ihrem Manne nichts zu ſagen wagte. Cambremer war ein Mann, der imſtande war, zwanzig Meilen zu machen, um jemandem zwei Sous zurückzugeben, die man ihm auf eine Rechnung zuviel bezahlt hatte. Nun, eines Tages wurde die Mutter vollſtändig ausgeraubt. Während ſein Vater auf Fiſchfang war, trug der Sohn das Büfett weg, die Schüſſeln, die Wollſachen, die Wäſche, er ließ nichts zurück als die vier Wände. Er hatte alles verkauft, um davon in Nantes zu ſchlemmen. Die arme Frau hat darüber Tag und Nacht geweint. Sie hätte es dem Vater bei ſeiner Rückkehr ſagen müſſen, ſie fürchtete den Vater, nicht ihretwegen, keineswegs! Als Peter Cambremer wiederkam und ſein Haus mit Möbeln eingerichtet ſah, die man ſeiner Frau geliehen hatte, ſagte er: ‚Was ſoll denn das ſein?' Die arme Frau war mehr tot als lebendig, ſie ſprach: ‚Wir ſind beſtohlen worden.' ‚Wo iſt denn Jacques?' ‚Jacques iſt angeheitert. Niemand wußte, wo der Kauz hin iſt.' ‚Er amüſiert ſich zuviel!' ſagte Peter. Sechs Monate ſpäter erfuhr der arme Vater, daß ſein Sohn von der Juſtiz in Nantes gefaßt worden war. Er macht den Weg zu Fuß dorthin, kommt ſchneller hin als zu Waſſer, nimmt ſeinen Sohn in Gewahrſam und bringt ihn her. Er fragt ihn nicht: ‚Was haſt du gemacht?' Er ſagt zu ihm: ‚Wenn du hier nicht zwei Jahre vernünftig mit deiner Mutter und mit mir zuſammenlebſt, zum Fiſchen gehſt und dich wie ein anſtändiger Menſch benimmſt, bekommſt du es mit mir zu tun.' Der Raſende, der auf die Dummheit ſeiner Eltern baute, hat ihm ein Geſicht geſchnitten. Darauf verſetzt ihm Peter eine Mauſchelle, die den Jacques ſechs Monate aufs Bett geworfen hat. Die arme Mutter war halbtot vor Kummer. Eines Abends ſchläft ſie friedlich an der Seite ihres Mannes, da hört ſie einen Lärm, erhebt ſich und bekommt einen Meſſerſtich in den Arm. Sie ſchreit, man ſucht nach Licht. Peter Cambremer ſieht ſeine Frau verwundet; er glaubt, daß es ein Dieb iſt, als wenn es hier zu Lande Diebe gäbe, wo man ohne Furcht zehntauſend Franken in Gold von le Croiſic nach Saint-Nazaire bringen kann, ohne daß einen die Leute fragen, was man unterm Arme trägt. Peter ſucht Jacques, er kann ſeinen Sohn nicht finden. Am nächſten Morgen, hat dieſes Ungeheuer nicht noch die Stirn, zurückzukommen, mit der Erklärung, daß er nach Batz gegangen wäre! Brauche ich Ihnen zu ſagen, daß ſeine Mutter nicht wußte, wo ſie ihr Geld verſtecken ſollte? Cambremer ſeinerſeits brachte das ſeine zu Herrn Dupotet in le Croiſic. Die Streiche ihres Sohnes hatten ſie Hunderte von Talern, Hunderte von Franken und Goldſtücken gekoſtet, ſie waren gewiſſermaßen ruiniert, und das war hart für Leute, die ungefähr zwölftauſend Franken hatten, einſchließlich ihrer Inſel. Niemand weiß, wieviel Cambremer in Nantes gegeben hat, um ſeinen Sohn wieder zu bekommen. Das Unglück richtete die Familie zugrunde. Der Bruder von Cambremer hatte Pech gehabt. Um ihn zu tröſten, erzählte ihm Peter, daß Jacques und Pérotte (die Tochter des jüngſten Cambremer) ſich heiraten würden. Dann beſchäftigte er ihn, um ihm ſeinen Lebensunterhalt zu verſchaffen, bei ſeinem Fiſchfang; denn Joſeph Cambremer war darauf angewieſen, von ſeiner Hände Arbeit zu leben. Seine Frau war vom Fieber dahingerafft worden; es mußten die Nährmonate für Pérotte bezahlt werden. Die Frau von Peter Cambremer schuldete eine Summe von hundert Franken verschiedenen Personen für diese Kleine, für Wäsche, Sachen, und zwei oder drei Monatsgelder der großen Frelu, die ein Kind von Simon Gaudry hatte und Pérotte nährte. Die Cambremer hatte ein spanisches Goldstück in die Matratze eingenäht und drauf gestickt: ‚Für Pérotte'. Sie hatte eine gute Erziehung genossen, sie schrieb wie ein Kanzlist, und sie hat ihren Sohn lesen gelehrt, das ist es, was ihn zugrunde gerichtet hat. Niemand hat gewußt, wie das zuging, aber dieser Lumpen-Jacques hatte das Gold gerochen, hatte es gegriffen und war nach le Croisic schmausen gegangen. Der gute Cambremer kam eigens mit seiner Barke nach Hause. Beim Aussteigen sieht er ein Stück Papier flattern, greift es, bringt es seiner Frau, die auf den Rücken fällt, als sie ihre eigenen Schriftzüge wieder erkennt. Cambremer sagt nichts, geht nach le Croisic, erfährt dort, daß sein Sohn beim Billard ist; alsdann läßt er die gute Frau, die das Café hat, rufen und sagt zu ihr: ‚Ich habe Jacques geheißen, nicht ein Goldstück für seine Zeche bei Ihnen auszugeben; geben Sie es mir wieder, ich warte an der Tür, und werde Ihnen gutes Silber dafür geben.' Die gute Frau brachte ihm das Goldstück. Cambremer nimmt es und sagt: ‚Ist gut!' und kehrt nach Hause zurück. Die ganze Stadt hat das zu wissen bekommen. Aber jetzt kommt das, was ich allein weiß und worüber die anderen nur eine ungefähre Vermutung haben. Er sagt seiner Frau, sie solle ihr Zimmer, das unten liegt, in Ordnung bringen; er macht Feuer im Kamin, zündet zwei Lichter an, ſtellt zwei Stühle auf die eine Seite des Herdes und einen Schemel auf die andere, heißt ſeine Frau, ihm ſeinen Hochzeitsanzug reichen, und befiehlt ihr, ſich auch fein zu machen. Er kleidet ſich an. Als er fertig iſt, holt er ſeinen Bruder und trägt ihm auf, vor dem Hauſe Wache zu ſtehn, um ihm zu melden, wenn er an einem der beiden Ufer Lärm hört, dem hier und dem an den Sümpfen von Guérande. Er kommt zurück, als er glaubt, daß ſeine Frau angezogen iſt, er lädt ein Gewehr und verſteckt es in der Kaminecke. Da kommt Jacques; er kommt ſpät; er hatte bis zehn Uhr gezecht und geſpielt; er hatte den Weg über die Landzunge von Carnouf genommen. Sein Onkel hört ihn rufen, holt ihn vom Teichufer und bringt ihn rüber, ohne ein Wort zu ſprechen. Wie er eintritt, ſagt ſein Vater zu ihm: ‚Setz dich dahin', wobei er auf den Schemel weiſt. ‚Du ſtehſt', ſagt er, ‚vor deinem Vater und deiner Mutter, gegen die du dich vergangen haſt, und die über dich zu richten haben.' Jacques begann zu ſchreien, weil das Geſicht Cambremers ſeltſam verzerrt war. Die Mutter ſaß ſtockſteif da. ‚Wenn du ſchreiſt, wenn du dich rührſt, wenn du nicht wie ein Maſt auf deinem Schemel ſitzt,' ſagte Peter, indem er ſein Gewehr auf ihn richtete, ‚ſchieße ich dich wie einen Hund nieder.' Der Sohn wurde ſtumm wie ein Fiſch; die Mutter hat nichts geſprochen. ‚Hier iſt ein Stück Papier,' ſagte Peter zu ſeinem Sohn, ‚in das ein Goldſtück eingewickelt war; das Goldſtück war im Bett deiner Mutter; deine Mutter allein wußte den Platz, wo ſie es hingelegt hatte; ich habe das Papier am Waſſer gefunden, als ich hier an Land ging; heute abend haſt du dies Goldſtück der Mutter Fleurant gegeben, und deine Mutter hat ihr Goldſtück nicht mehr in ihrem Bett geſehen. Erkläre dich.' Jacques ſagte, daß er das Goldſtück ſeiner Mutter nicht weggenommen, daß er dieſes Stück noch von Nantes her habe. ‚Um ſo beſſer', ſagte Peter. ‚Wie kannſt du uns das beweiſen?' ‚Ich hab' es gehabt.' ‚Du haſt das nicht von deiner Mutter genommen?' ‚Nein.' ‚Kannſt du das bei deiner ewigen Seligkeit beſchwören?' Er wollte ſchwören; ſeine Mutter richtete ihre Augen auf ihn und ſagte zu ihm: ‚Jacques, mein Kind, nimm dich in acht, ſchwöre nicht, wenn das nicht wahr iſt; du kannſt dich beſſern, kannſt bereuen; noch iſt es Zeit.' Und ſie weinte. ‚Ihr zwei beiden ſeid es,' ſagte er zu ihr, ‚die immer mein Verderben gewollt haben.' Cambremer erbleichte und ſprach: ‚Das, was du eben zu deiner Mutter geſagt haſt, macht deine Rechnung voll. Kommen wir zur Sache. Schwörſt du?' ‚Ja.' ‚Sieh mal an', ſagte er, ‚war auf deinem Goldſtück dieſes Kreuz, daß der Sardellenhändler, der es mir gegeben hat, auf das unſere geſetzt hat?' Jacques wurde nüchtern und begann zu weinen. ‚Genug geſchwätzt', ſagte Peter. ‚Ich ſpreche dir nicht davon, was du vordem gemacht haſt, ich will nicht, daß ein Cambremer dazu beſtimmt ſein ſoll, auf dem Platz von le Croiſic zu ſterben. Sprich dein Gebet, und beeilen wir uns! Es wird ein Prieſter kommen, um dir die Beichte abzunehmen.' Die Mutter war rausgegangen, um nicht die Aburteilung ihres Sohnes mit anzuhören. Als ſie draußen war, kam der Onkel Cambremer mit dem Rektor von Piriac, dem Jacques nichts ſagen wollte. Er war ſchlau, er kannte ſeinen Vater genug, um zu wiſſen, daß er ihn nicht ohne

Beichte töten würde. ‚Danke ſehr, mein Herr, entſchuldigen Sie uns', ſagte Cambremer zu dem Prieſter, als er den Starrſinn Jacques ſah. ‚Ich wollte meinem Sohn eine Lektion erteilen, und wollte Sie bitten, darüber nicht zu ſprechen. Du', ſagte er zu Jacques, ‚wenn du dich nicht beſſerſt, dann mache ich ohne Beichte ein Ende mit dir.' Er ſchickte ihn zu Bett. Das Kind glaubte ihm und bildete ſich ein, daß es ſich mit ſeinem Vater wieder ausſöhnen könne. Er ſchlief ein. Der Vater blieb auf. Als er ſah, daß ſein Sohn in tiefſtem Schlafe lag, bedeckte er ihm den Mund mit Hanf, band ihn mit einem Stück Schleier feſt zu; dann feſſelte er ihm die Hände und Füße. Er raſte, er ſchwitzte Blut, wie Cambremer dem Gerichtsbeamten ſpäter geſagt hat. Was ſoll ich Ihnen ſagen? Die Mutter warf ſich dem Vater zu Füßen. — ‚Er iſt gerichtet,' ſprach er, ‚du wirſt mir ihn in die Barke bringen helfen.' Sie weigerte ſich. Cambremer brachte ihn allein hinein, warf ihn auf den Boden, band ihm einen Stein um den Hals, dann verließ er die Bucht, ging auf die See hinaus und kam zur Höhe des Felſens, wo er ſich jetzt aufhält. Als dann die gute Mutter ſich hierher von ihrem Schwager hatte bringen laſſen, da hatte ſie gut um Gnade rufen! Das war ſo viel, als wenn man mit einem Stein nach einem Wolf wirft. Es war Mondſchein, ſie hat es geſehen, wie der Vater ihr Herzenskind ins Meer warf, und da kein Lüftchen wehte, hat ſie es aufklatſchen hören. Dann Stille, keine Welle, keine Furche; das Meer wacht gut! Cambremer ging an Land, um ſeine wimmernde Frau zum Schweigen zu bringen, er fand ſie wie tot, es war den beiden Brüdern unmöglich, ſie zu tragen, man mußte ſie in die Barke bringen, die ſoeben den Sohn getragen hatte, und dann fuhren ſie ſie über le Cróiſic nach Hauſe. Ah, ja! Die ſchöne Brouin, wie man ſie nannte, hat keine acht Tage mehr gemacht; als ſie im Sterben lag, bat ſie ihren Mann, die verfluchte Barke zu verbrennen. Er hat es getan. Und er, er iſt ganz wirr geworden, er wußte nicht mehr, was er wollte; er ſchwankte beim Gehen wie ein Mann, der keinen Wein vertragen kann. Dann hat er eine Reiſe von zehn Tagen gemacht und iſt heimgekehrt zu jenem Platze, wo Sie ihn geſehen haben, und ſeitdem er dort iſt, hat er kein Wort geſprochen."

Der Fiſcher hatte nur ein paar Augenblicke gebraucht, um uns dieſe Geſchichte zu erzählen, und er hat ſie noch viel einfacher geſagt, als ich ſie niedergeſchrieben habe. Die Leute aus dem Volke überlegen wenig, wenn ſie etwas erzählen; ſie nennen das Ding beim Namen, das auf ſie Eindruck gemacht hat, und geben es ſo wieder, wie ſie es empfinden.

„Ich gehe nicht mehr nach Batz", ſagte Pauline, als wir den oberen Rand des Sees erreicht hatten. Wir kehrten über die Salzteiche nach le Croiſic zurück, durch das Labyrinth hindurch, aus dem uns der Fiſcher hinausführte, der ſelbſt ſchweigſam wie wir geworden war. Unſere Seelenverfaſſung hatte ſich gewandelt. Wir waren alle beide in finſtre Gedanken verſunken, erſchüttert von dieſem Drama, welches die plötzliche Ahnung erklärte, die uns beim Anblick Cambremers befallen hatte. Wir wußten die eine wie der andere genügend von der Welt, um von dieſem Leben zu dritt alles zu erraten, was uns unſer Führer davon verſchwiegen hatte. Das Unglück dieſer drei Weſen ſtellte ſich uns vor Augen, als wenn wir ſie in den Szenen eines Dramas geſehen hätten, das dieſer Vater durch die Sühne ſeines notgedrungenen Verbrechens krönte. Wir wagten nicht zu dem Felſen zurückzublikken, wo ſich der unglückliche Menſch befand, der einem ganzen Lande Furcht einflößte. Wolken verhüllten den Himmel; am Horizont ſtieg Dampf empor, wir gingen inmitten der allerdüſterſten Natur, die ich jemals angetroffen habe. Wir ſchritten durch eine Landſchaft, die leidend, krankhaft erſchien; Salzſümpfe, die man mit vollem Recht die Skrofeln der Erde nennen könnte. Dort iſt der Boden in ungleiche Vierecke eingeteilt, die alle von gewaltigen Böſchungen aus grauer Erde eingerahmt werden, und die mit einem brackigen Waſſer angefüllt ſind, auf deſſen Oberfläche das Salz erſcheint. Dieſe Schluchten, von Menſchenhand hergerichtet, ſind innen in Streifen eingeteilt, längs deren mit langen Rechen ausgerüſtete Arbeiter ſchreiten, um damit dieſe Salzlake abzuſchäumen und das Salz, wenn es zu Haufen geſchüttet werden kann, auf runde Schwellen zu bringen, die in Abſtänden angebracht ſind. Zwei Stunden ſchritten wir an dieſem traurigen Schachbrett entlang, wo das Salz mit ſeinem Überfluß die Vegetation erſtickt und wo wir dann und wann einige „Paludiers" bemerkten, wie man die Leute, die das Salz fördern, genannt hat. Dieſe Leute, oder vielmehr dieſer Stamm von Bretonen, trägt eine beſondere Kleidung, eine weiße Jacke, ganz ähnlich der der Bierbrauer. Sie heiraten untereinander. Es gibt kein Beiſpiel dafür, daß eine Tochter dieſes Stammes einen anderen Mann als einen Paludier geheiratet hätte. Der fürchterliche Anblick dieſer Sümpfe mit ihrem gleichmäßig abgetragenen

Schlamm und dieſer grauen Erde, der Schrecken der bretoniſchen Flora, ſtand im Einklang mit der Trauer unſerer Seele. Als wir die Gegend erreicht hatten, wo man den Meeresarm überſchreitet, der von dem Einbruch des Waſſers in dieſen Grund gebildet wird und von dem ohne Zweifel die Salzſümpfe geſpeiſt werden, bemerkten wir mit Vergnügen die ſpärliche Vegetation, die der Küſtenſand trägt. Bei der Überfahrt ſahen wir mitten im See die Inſel liegen, wo einſt die Cambremer wohnten; wir wandten den Kopf weg.

Als wir nach unſerm Gaſthaus kamen, bemerkten wir ein Billard, das in einem kleinen Saal ſtand, und als wir erfuhren, daß dies das einzige öffentliche Billard war, das es in le Croiſic gab, trafen wir in der Nacht unſere Reiſevorbereitungen; am nächſten Tag waren wir in Guérande. Pauline war noch in trauriger Stimmung, während ich bereits das Herannahen jenes Feuers fühlte, das jetzt in meinem Hirn brennt. Ich wurde von den Viſionen, die ich von dieſen drei Weſen hatte, ſo grauſam gemartert, daß Pauline zu mir ſagte: „Louis, ſchreibe das nieder, dann wirſt du das Fieber überwinden."

So habe ich Ihnen denn dieſes Abenteuer beſchrieben, mein teurer Onkel; aber es hat mich ſchon um die Ruhe gebracht, die ich meinen Bädern und unſerm Aufenthalt hier verdankte.

☆

☆

EINES WINTERABENDS TAFELTE DON BELVIDERO in ſeinem prächtigen Palaſt zu Ferrara mit einem Prinzen aus dem Hauſe Eſte. Dazumal war ein Feſt etwas ganz Beſonderes, nur königlicher Reichtum oder ein ſehr großmächtiger Herr konnten ſich ſo etwas leiſten. Auf dem Tiſch brannten duftende Kerzen, und rundherum ſaßen ſieben heitere Frauen zu ſanften Geſprächen; dicht dahinter ragten wundervolle Plaſtiken, deren weißer Marmor vor dem roten Stuck der Wände und in lebhaftem Kontraſt zu den türkiſchen Teppichen leuchtete. Sie trugen goldfunkelnde Atlasgewänder und waren förmlich überladen mit Edelſteinen, die gleichwohl überſtrahlt wurden von ihren Augen; und alle erzählten ſie ihre großen Leidenſchaften, die freilich ihre ſiebenfache Schönheit der Zahl nach um ein Erkleckliches übertrafen. Im Denken und Reden glichen ſie einander ganz und gar; Blick und Miene, einzelne Geſten oder ein Ausdruck ergänzten in Ausſchweifung, Wolluſt, Melancholie und Spott ihre Worte.

Die eine ſchien zu ſagen: „Meine Schönheit bringt das vereiſte Herz der älteſten Tapergreiſe zum Tauen!“

Die andere: „Wie gern liege ich ſtill in den Kiſſen und dämmere träumend dahin von meinen Liebſten.“

Eine dritte, ein Neuling noch bei dieſen Feſten, wollte erröten: „Im Grunde meines Herzens“, meinte ſie, „regt ſich wohl das Gewiſſen. Ich bin

Katholikin und habe Angſt vor der Hölle. Aber ich liebe euch ja ſo ſehr, ſo ſehr, ſo ſehr, daß ich meine Seligkeit gern für euch opferte."

Die vierte ſtürzte ein Glas Chios hinunter und rief: „Es lebe die Freude! Jeder Morgen ſieht mich als einen anderen Menſchen. Vergangenes iſt vergeſſen, der Sturm von geſtern hüllt mich noch in ſeinen Rauſch, Abend für Abend ſchlürfe ich bis zur Neige ein Leben des Glücks — ein Leben der Liebe!"

Die Frau neben Belvidero flammte ihn an; doch blieb ſie einſilbig. „Niemals könnte ich wider einen ungetreuen Liebhaber einen Bravo dingen!", und ſie lachte, aber unter ihrer zitternden Hand zerbrach eine koſtbare Vaſe.

„Wann wirſt du Großherzog ſein?" fragte die ſechſte den Prinzen, mörderiſche Freude gleiſte aus ihren Zähnen, bacchantiſcher Taumel durchirrte ihre Augen.

„Na du — wann krepiert endlich dein Alter?" Das war die ſiebente, und im ausgelaſſenſten Gelächter ſchleuderte ſie ihr Bouquet gegen Don Juan — ein unſchuldiges Kind, das gerne mit den heiligſten Dingen ſpielte.

„Aber ſo ſchweigt doch davon," wehrte der junge ſchöne Don Juan Belvidero, „in der ganzen Welt gibt es nur einen unſterblichen Vater, und das Unglück will, daß ausgerechnet ich ihn habe."

Die ſieben Kurtiſanen von Ferrara, Don Juans Freunde und ſogar der Prinz fuhren betroffen auf. Zweihundert Jahre ſpäter, zur Zeit Ludwigs XV., hätten einigermaßen gebildete Leute über ſolche Scherze nur gelächelt. Vielleicht auch war es noch zu früh am Abend und die innere Klarheit noch zu groß; vielleicht gab es trotz aller Leidenſchaft, trotz allem Glanz von Kerzen, von goldenem und silbernem Gerät, trotz Weinrausch und Geschwätz der so sehr begeisterten Frauen in ihrem Herzen doch noch etwas Scham vor Gott und Mensch, die sich bis dicht an die letzte Woge der Orgie behauptet. Die Blumen freilich waren schon zerdrückt, die Augen kreisten blöde, und ihre Trunkenheit, um mit Rabelais zu reden, leckte schon an den Sandalen. Als es einen Augenblick stille war, tat sich eine Türe auf, und wie beim Königsmahl Belsazars schickte Gott sein Menetekel — durch einen alten weißhaarigen, schlotternden und runzligen Diener; er machte ein überaus trauriges Gesicht, vor diesem Blick welkten die Kränze, stumpfte der Glanz an den glasierten Krügen, den Früchtebergen und am ganzen Fest, auf den erstaunten Wangen blaßte das Rot, die bunten Kissen unter weißem Frauenarm — und Flöre senkten sich auf alle Tollheit, als er in Fistelstimme dieses sprach:

„Herr, Euer Vater liegt im Sterben!"

Don Juan erhob sich mit einer Gebärde gegen seine Gäste, als wolle er etwa sagen:

„Entschuldigt, das kommt nicht alle Tage vor!"

Wie oft werden junge Leute mitten im heitersten Dasein, mitten im wildesten Trubel einer Orgie vom Tod ihres Vaters überrascht! Der Tod ist in seinen Launen so spontan wie eine Kurtisane in ihrer Verachtung, nur ist er treuer: noch keinen hat er je betrogen.

Als Don Juan die Saaltüre hinter sich zugeschlagen hatte und eine lange kalte düstere Galerie durchschritt, zwang er sich zu theatralischer Haltung; er bedachte wohl seine Rolle als Sohn, mit der Serviette hatte er auch die Freude weggeworfen. Die Nacht war ſchwarz. Der Diener, der den jungen Mann ſchweigend zum Sterbezimmer führte, ließ nur wenig Licht auf ihn herüber fallen; vielleicht wollte er, daß Tod und Kälte, Stille, Finſternis und jähe Nüchternheit den Verſchwender nachdenklich ſtimmten; und richtig forſchte dieſer auch in ſeinem Leben zurück, grübelte wie einer, der vor den Schranken des Gerichtes in einem Prozeß ausſagen ſoll.

Bartolomeo Belvidero, Don Juans Vater, war ein neunzigjähriger Greis, der ſein Leben namentlich mit Handelsgeſchäften zugebracht hatte. Auf Reiſen durch die Märchenländer des Oſtens hatte er unermeßliche Reichtümer geſammelt, dazu auch ein großes Wiſſen, das er höher ſchätzte als Gold und Diamanten, von denen er nun nichts mehr wiſſen wollte. — „Ein Zahn iſt mir lieber als ein Rubin, und Können lieber als Kenntniſſe", pflegte er bisweilen lächelnd zu ſagen. Dieſer gute Vater ließ ſich gern von Don Juan ſeine jugendlichen Torheiten erzählen, er ſparte ihm gegenüber nicht mit Gold und meinte dazu in ſeiner ſpöttiſchen Art: „Liebes Kind, mach aber nur ſolche Dummheiten, an denen du Vergnügen haſt!" Er war wohl der einzige Greis, der beim Anblick eines jungen Menſchen Freude empfand; vor ſo glänzendem Leben täuſchte er ſich in väterlicher Liebe über ſeine eigene Hinfälligkeit. Mit ſechzig Jahren noch war Belvidero für einen ſanften ſchönen Engel entflammt; Don Juan wurde die einzige Frucht dieſer ſpäten kurzen Neigung. Seit fünfzehn Jahren beklagte der biedere Alte den Verluſt der teuren Juana. Der Sohn und das zahlreiche Hausgeſinde ſchoben auf dieſen Schmerz die etwas abſonderlichen Gewohnheiten, die der Greis ſich zugelegt hatte. Bartolomeo lebte äußerſt zurückgezogen auf dem unbequemſten Trakt ſeines Palaſtes, er verließ ihn nur überaus ſelten, ſelbſt Don Juan durfte die Gemächer ohne ausdrückliche Genehmigung ſeines Vaters nicht betreten. Durchmaß der freiwillige Anachoret die Gänge des Palaſtes oder die Straßen von Ferrara, ſo war es immer, als ſuche er etwas Verlorenes; er machte dann gewöhnlich den Eindruck eines verträumten, unentſchloſſenen, zerſtreuten Menſchen, der mit ſeinen Gedanken oder Erinnerungen nicht im klaren iſt. Während der junge Menſch ſeine prächtigen Feſte gab und der Palaſt widerhallte vom Freudenlärm, während die Pferde auf den Höfen ſcharrten und die Edelknaben auf der Treppe ſich beim Würfelſpiel herumſtritten, aß Bartholomeo ſieben Unzen Brot am Tag und trank nichts als Waſſer. Geflügel wollte er höchſtens haben, um ſeinem getreuen Begleiter, einem ſchwarzen Pudel, Knochen zu geben. Nie beklagte er ſich über den Lärm. Und noch während ſeiner Krankheit, wenn da der Schall des Hifthorns und das Gebell der Meute in ſeinen Schlaf gellten, begnügte er ſich zu ſagen: „Nun alſo, Don Juan kommt nach Hauſe!“ Kein Sohn auf dieſer Erde ſah je einen bequemeren, nachſichtigeren Vater; und ſelbſtredend hatte der junge Belvidero, der keine beſonderen Umſtände mit dieſem Vater machte, alle Fehler verwöhnter Kinder angenommen; er verfuhr gegen Bartolomeo wie eine launiſche Kurtiſane gegen den greiſen Liebhaber: für Unverſchämtheiten heimſt ſie ein Lächeln ein, mit ihrer guten Laune macht ſie Geſchäfte und nimmt die Liebesbezeugungen hin. Don Juan dachte über ſeine Jugend nach, und da konnte er ſich keines Augenblicks väterlicher Ungüte erinnern. Im tiefſten Herzen ſpürte er nun doch ſein Gewiſſen ſchlagen, während er die Galerie durchſchritt, und war ſchon nahe daran, dem Belvidero ſein überlanges Leben zu verzeihen. Er wurde wieder kindlich pietätvoll, wie ein Dieb wieder anſtändig wird, wenn er die Früchte einer gut und gern geſtohlenen Million genießen kann. Bald betrat der junge Mann die hohen und ſo kühlen Räume der väterlichen Behauſung. Eine feuchte Atmoſphäre ſchlug ihm entgegen, er atmete dicke Luft, roch den Muff alter Teppiche und ſtaubbedeckter Schränke; ſtand ſchließlich im altväteriſchen Gemach des Greiſes ſtill vor einem ekelerregenden Bett; der Kamin nebenan war erloſchen. Von einem gotiſchen Tiſch wellte die Lampe flakkerndes Licht herüber, das das Bett bald heller, bald dunkler ſein ließ und das uralte Antlitz des Vaters unter immer anderen Aſpekten zeigte. Kälte pfiff durch die ſchlecht geſchloſſenen Fenſter, Schnee ſchlug mit taubem Laut gegen die Scheiben. Das alles ſtand in ſo ſchreiendem Kontraſt zu jener Szene, die Don Juan eben verlaſſen hatte, daß ihn fröſtelte. Und er ſchauerte am Bett zuſammen, wenn ein heftiger Windſtoß das Licht hochtrieb und das Haupt ſeines Vaters rot beſchien; die Züge waren aufgelockert, die Haut klebte nur noch wie Grünſpan an den Knochen, ſo daß der alte Schädel auf dem weißen Kopfkiſſen noch ſchrecklicher ausſah; der Mund, ſchmerzverzerrt, halb offen und zahnlos, ſeufzte aus einer kläglichen Kraft, die dennoch das Heulen des Sturmes überdauerte. Aus dieſem Kopfe aber ſtrahlte über alle Zeichen der Auflöſung hinweg ein unerhört machtvoller Wille; überlegener Geiſt ſtritt

wider den Tod, die Augen, von Krankheit vertieft, ſchauten mit einer unbezwinglichen Feſtigkeit. Es war, als wolle Bartolomeos erſterbender Blick noch einen töten, einen Feind dort am Fußende des Bettes. Dieſer zähe kalte Blick war um ſo fürchterlicher, als der Kopf wie die Schädel auf den Ärztetiſchen völlig ſtarr blieb. Da der Körper des Alten ſich unter den Bettüchern deutlich abzeichnete, war zu erkennen, daß die Starre durch alle Gliedmaßen ging. Nur das Auge war nicht tot. Schon hatten die Laute ſeines Mundes etwas ganz Mechaniſches bekommen. Ein gewiſſes Schamgefühl ließ Don Juan nicht näher an das Bett des ſterbenden Vaters treten; noch ſchwangen in ihm der Reigen der Kurtiſanen, der Feſtrauſch und die Weinlaune.
„Du unterhielteſt dich gut?" fragte der Alte, als er ſeinen Sohn erkannte.
In dieſem Augenblick klang die leichte und klare Stimme einer Sängerin, die ſich zur Unterhaltung der Gäſte ſelber auf der Viola begleitete, durch das Rauſchen des Sturmes herüber bis in dieſes Trauerzimmer. Don Juan wollte von ſo wilder Antwort an ſeinen Vater nichts hören.
Bartolomeo ſagte: „Ich grolle dir nicht, mein Kind!"
Dieses Wort in all ſeiner Sanftheit ging Don Juan mächtig auf die Nerven, er konnte ſeinem Vater eine derart peinigende Güte nicht verzeihen.
„Welche Selbstvorwürfe weckſt du in mir, Vater", meinte er ſcheinheilig.
„Armer Juanino," die Stimme des Alten klang matt, „ich bin immer viel zu gut mit dir geweſen, als daß du meinen Tod nun nicht wünſchen ſollteſt."
„Oh," rief Don Juan aus, „wäre es möglich, Euch

am Leben zu erhalten, ich gäbe dafür gern einen Teil von meinem hin!“ (Sowas kann man ruhig ſagen, dachte der Verschwender, das iſt genau ſo, wie wenn ich meiner Maitreſſe die Sterne vom Himmel verſpreche!) Doch während er ſo dachte, bellte der alte Pudel. Vor ſeiner Stimme erzitterte Don Juan, er glaubte ſich von dem Hund durchſchaut.

‚Ich wußte wohl, mein Sohn,‘ fuhr der Sterbende fort, „daß ich auf dich zählen kann. Ich werde leben. Geh, du wirſt mit mir zufrieden ſein. Ja, ich werde leben, doch ohne dich auch nur einen einzigen deiner eigenen Tage zu koſten.“

„Er phantaſiert wohl ſchon“, ſagte ſich Don Juan, und laut: „Ja, lieber Vater, ganz beſtimmt, Ihr werdet mit mir leben, denn Euer Bild wird unaufhörlich in meinem Herzen ſein.“

„Es handelt ſich hier nicht um eine ſolche Exiſtenz“, warf der alte Herr ein, und er nahm all ſeine Kräfte zuſammen, ſich auf dem Lager herumzudrehen, denn ein Argwohn beſchlich ihn, wie er nur aus dem Kopfkiſſen Sterbender aufſteigt. „Höre, mein Sohn“, ſagte er, aber ſeine Stimme war von den letzten Anſtrengungen etwas entkräftet. „Ich möchte mein Leben genau ſo ungern drangeben wie du deine Maitreſſen, Weine, Pferde, Falken, Hunde und dein Gold.“

‚Das will ich meinen‘, dachte der Sohn, während er ſich auf die Bettdecke ſetzte und Bartolomeos Leichenhand küßte. „Indeſſen, Vater,“ ſagte er laut, „lieber Vater, das ſteht wohl allein in Gottes Hand!“

„Gott — das bin ich,“ entgegnete mürriſch der Alte.

„Lästert nicht“, rief der junge Mann aus, als er die drohenden Mienen seines Vaters erkannte. „Bedenkt, Ihr habt schon die letzte Ölung empfangen, ich wäre untröstlich, Euch in Sünden sterben zu sehen.“

„Willst du mich anhören?“ fragte schnarrend der Sterbende.

Don Juan langweilte sich. Ein schreckliches Schweigen herrschte. Immer noch drangen durch das Schneetreiben herüber die Akkorde der Viola und jene köstliche Stimme, aber nur ganz schwach, als sei es die ersten Schimmer des Morgengrauens. Der Todkranke lächelte.

„Ich danke dir, daß du Sängerinnen einludest, nun gibt es doch etwas Musik. Ein Fest, Frauen, jung, schön, weiß, mit schwarzem Haar! Lauter Lebenslust, laß sie nur da, das erweckt mich zu neuem Leben!“

‚Das Fieber ist auf dem Höhepunkt‘, dachte Don Juan.

„Ich habe ein Mittel entdeckt, vom Tode wieder lebendig zu werden. Da! Such nur im Tischkasten nach. Wenn du den Klauengriff gegen eine geheime Sprungfeder drückst, kriegst du ihn auf!“ „Soweit habe ich es, Vater!“

„Gut, nimm ein Fläschchen aus Bergkristall heraus.“

„Hier!“

„Zwanzig Jahre habe ich gebraucht, bis . . .“ Da fühlte der Greis, das Ende sei da, er raffte seine letzte Kraft zusammen und sagte noch: „Sobald ich nicht mehr atme, reibst du meinen ganzen Körper mit diesem Wasser ab – und dann werde ich von neuem leben!“

„Dafür dürfte das wohl etwas zu wenig sein“, bemerkte der junge Mann.

Konnte Bartolomeo auch nicht mehr reden, ſo vermochte er doch noch zu hören und zu ſehen; auf jenes Wort hin drehte er ſein Geſicht mit furchtbar barſcher Bewegung Don Juan zu; und in dieſer Haltung blieb ſein Hals ſtehen wie bei einer Marmorſtatue, die ein bildhaueriſcher Einfall dazu verurteilt hatte, ewig ſeitwärts zu ſchauen; ſeine Augen wurden groß und ſcheußlich ſtarr. Er war tot — tot in dem Moment, wo auch ſeine letzte und einzige Illuſion zu Ende war: als er im Herzen ſeines Sohnes eine Zuflucht ſuchte, fand er ein weit hohleres Grab, als Menſchen ſonſt ihren Toten bereiten. Sein Haar ſtand ſchreckgeſträubt, ſein gekrampfter Blick redete noch. Er war ein Vater, der voller Grimm aus ſeiner Grube auffuhr, Gott um Rache zu beſchwören.

„Ha," ſchrie Don Juan, „mit dem Alten iſt's nun aus!"

Im Eifer, das myſteriöſe Kriſtall ſo recht in den Lichtkreis der Lampe zu ſtellen — etwa wie der Trinker nach der Mahlzeit ſeine Flaſche prüft, — hatte er am Vater gar nicht das Erlöſchen des Auges bemerkt. Der Hund ſtarrte ſcharf bald auf den toten Herrn, bald auf das Elixir. Die Lampe flackerte unruhig. Das Schweigen war tief, der Violenklang verſtummt. Belvidero zitterte; ihm ſchien, ſein Vater rühre ſich; die Starre dieſer anklägeriſchen Augen ſchüchterte ihn ein: er drückte ſie mit einer Haſt zu, mit der er etwa eine perſiſche Treibjagd durch nächtliche Herbſtſtürme gehetzt hätte. Hielt ſich aufrecht, unbeweglich, verloren an eine Welt von Gedanken. Plötzlich durchdrang die Stille ein ſchnarrendes Geräuſch, als knirſche eine roſtige Sprungfeder. Erſchrocken ließ Don Juan das Fläſchchen beinahe fallen. Schweiß, kälter als ein Dolchstahl, brach aus seinen Poren. Ein hölzerner Hahn sprang oben aus einer Uhr und rief dreimal. Das war eine von den sinnreichen Vorrichtungen, mittels deren damals die Gelehrten sich zu bestimmter Stunde für ihre Arbeit wecken ließen. Erste Frühe rötete schon die Fenster. Zehn Stunden hatte Don Juan hier in Nachdenken verbracht. Die alte Uhr erfüllte ihren Dienst treuer als er seine Pflichten gegen Belvidero. Dieser Mechanismus bestand nur aus Holz, Rollen, Schnüren, Räderwerk, aber er funktionierte genau so wie ein menschliches Herz. Damit er nicht noch mehr von der geheimnisvollen Flüssigkeit verlöre, barg Don Juan, bei aller Skepsis, das Fläschchen wieder in der Schublade des kleinen gotischen Tisches. In diese feierliche Stille hinein vernahm er von der Galerie her dumpfe Laute: verworrene Stimmen, unterdrücktes Kichern, leichte Schritte, Rauschen von Seide, schließlich den ganzen Lärm einer vergnügten Gesellschaft, die wieder zur Besinnung kommt. Die Türe tat sich auf, und der Prinz, Don Juans Freunde, die sieben Kurtisanen, die Sängerinnen erschienen in der bizarren Unordnung von Tänzerinnen, die das morgendliche Zwielicht zwischen Sonne und Kerzenschein überrascht. Sie kamen, dem jungen Erben die schuldige Teilhahme auszusprechen.

„Ei — sollte der arme Don Juan diesen Tod doch ernst genommen haben?" flüsterte der Prinz ins Ohr der Brambilla.

„Aber sein Vater war doch wirklich ein guter Mensch!" erwiderte sie.

Die nächtlichen Betrachtungen hatten einen so befremdlichen Ausdruck in Don Juans Züge geprägt, daß ſich der Gruppe tiefes Schweigen bemächtigte. Niemand rührte ſich. Die Frauen mit weinſatten Lippen und kußbenetzten Wangen knieten nieder und fingen an zu beten. Don Juan konnte ſich eines Schauders nicht erwehren, als er Glanz und Freude, Lied, Lachen, Jugend, Schönheit, Macht und das ganze Leben in Menſchengeſtalt ſo vor dem Tod in die Knie gehen ſah. Aber in dieſem ſeltſamen Italien paarten ſich Schwelgerei und Religioſität derartig gut, daß Religioſität hier Ausſchweifung, Ausſchweifung Religioſität war! Der Prinz drückte herzlich Don Juans Hand; und alle Geſichter nahmen förmlich Masken an, halb traurig, halb indifferent; das Blendwerk wich, der Saal blieb öde. So iſt das Leben! Auf der Treppe äußerte der Prinz zur Rivabarella: „Nein, wer hätte geglaubt, daß Don Juans Pietätloſigkeit nur gemimt war? Er liebte alſo ſeinen Vater!"

„Haben Sie den ſchwarzen Hund bemerkt?" fragte die Brambilla.

„Er iſt nun unmenſchlich reich", meinte lächelnd Bianca Cavatolino.

„Was mich das ſchon angeht!" Das war die ſtolze Veroneſa, dieſelbe, die die Vaſe zerbrochen hatte.

„Wie? Was dich das angeht?" rief der Herzog. „Mit ſeinen Talern iſt er genau ſo ſehr Fürſt wie ich."

Don Juan, zuerſt von tauſend Gedanken heimgeſucht, ſchwankte zwiſchen vielen Entſchlüſſen. Er hatte die Schätze ſeines Vaters in Augenſchein genommen und kehrte am Abend, voll des übelſten Egoismus, wieder in das Sterbezimmer ein. Hier traf er alle Hausbewohner an der Arbeit, das Paradebett zu ſchmücken, auf dem morgen, mitten im prachtvoll funkelnden Saal, der „Hochſelige Herr" aufgebahrt werden ſollte, ein erhabenes Schauſpiel, zu dem ganz Ferrara ſich einfinden würde. Don Juan gab ein Zeichen, und unter ängſtlichem Schweigen hielten die Leute inne.

„Laßt mich jetzt hier allein," ſagte er mit matter Stimme, „kommt nicht eher wieder, bis ich fort bin."

Als die Schritte des letzten, des alten Dieners, über die Flieſen verhallt waren, ſchloß Don Juan haſtig die Türe; und ſicher, daß er nun allein wäre, rief er aus: „Verſuchen wir es!"

Bartolomeos Körper lag ausgeſtreckt auf einem langen Tiſch. Um fremden Augen den gräßlichen Anblick eines Leichnams zu erſparen, der klapprig und ſkelettig mager war, hatten die Einbalſamierer ihn mit einem Laken bis an den Hals zugedeckt. Und ſo lag da eine richtige Mumie; die erſtarrten ſchmalen Formen drückten ſich ungefähr und doch deutlich bemerkbar in dem weichen Laken ab. Das Geſicht war ſchon von den breiten violetten Flecken gezeichnet, die empfahlen, mit der Einbalſamierung ſchnell zu machen. Don Juan, voller Zweifel zwar, zitterte doch, als er die magiſche Kriſtallfiole entkorkte. Dicht an dieſem Haupte mußte er einen Augenblick innehalten, ſo ſehr ſchauderte ihn; der junge Mann war indeſſen von den Sitten eines liederlichen Hofes ſchon frühzeitig und gründlich verdorben worden; eine Überlegung, die des Herzogs von Urbino würdig geweſen wäre, flößte ihm neuen Mut ein und regte ſeine Neugier lebhaft an; vielleicht ſogar ſoufflierte ihm der Dämon dieſe Worte, die in ſeinem Herzen forttönten: „Beträufele das eine Auge!" Und er nahm einen Faden, den er ſparſam in die koſtbare Flüſſigkeit

eintauchte, und führte ihn leicht über das rechte Lid des Toten. Das Auge öffnete ſich!
„Oh!“ ſtöhnte Don Juan und hielt das Fläſchchen feſt umkrampft, ſo etwa, wie wir im Traume einen Aſt umklammert halten, an dem wir über einem Abgrund ſchweben.
Er ſah ein Auge voller Leben — ein Kinderauge in einem Totenkopf. Ein Glanz vibrierte auf ſeinem jungen Fluidum und war unter den ſchönen ſchwarzen Wimpern wie eines jener köſtlichen Lichter, die winterabends den Reiſenden im öden Land beglücken. Es war, als wolle dieſes Auge ſich flammend auf Don Juan werfen, es dachte, klagte an, verurteilte, drohte, richtete, redete; es ſchrie und ſaugte ſich an. Alle menſchlichen Leidenſchaften ſchwankten hindurch. Da war das zarteſte Flehen, königlicher Zorn, dann die Liebe eines jungen Mädchens, das ſeine Peiniger um Gnade bittet, ſchließlich der tiefe Blick, den ein Menſch beim letzten Weg aufs Schafott über die Mitmenſchen gleiten läßt. Ungeheuer viel Sein brach aus dieſem Lebensbruchſtück. Don Juan wich entſetzt zurück; er ſchritt im Zimmer auf und ab und konnte ſich nicht entſchließen, dieſes Auge anzuſehen, daß ihm gleichwohl überall aus dem Boden, aus den Wandteppichen entgegenſtarrte. Das ganze Zimmer war Feuer, Leben, Wiſſen. Allenthalben glänzten Augen, die geradezu hinter ihm herbellten.
„Der würde gern noch hundert Jahre gelebt haben“, brach es unwillkürlich über ſeine Lippen, als er unter dem Zwang diaboliſcher Kräfte wieder vor ſeinem Vater ſtand und in dieſen leuchtenden Kern ſchaute.
Plötzlich ſchloß ſich das kluge Lid und tat ſich

haſtig wieder auf; es war genau ſo wie bei einer Frau, die Gewährung ſchenkt. Hätte eine Stimme gerufen „Ja!“, Don Juan wäre darüber nicht heftiger erſchrocken.
„Was tun?“ dachte er. Er wollte kühn ſein und die weiße Pupille wieder ſchließen.
Alle Mühe war umſonſt.
„Sie ausſtechen — ? Ob das wohl Vatermord wäre?“ fragte er.
„Ja!“ blinzelte das Auge, und dieſe Ironie war erſtaunlich.
„Haha!“ ſchrie Don Juan. „Dadrin iſt Hexerei!“
Er näherte ſich, um das Auge zuzudrücken. Eine große Träne rollte über die eingefallene Totenwange und auf Belvideros Hand.
„Sie brennt!“ ſagte er und ließ ſich nieder.
Dieſer Kampf hatte ihn ermüdet, wie wenn er, ein zweiter Jacob, mit dem Engel gerungen hätte. Schließlich erhob er ſich wieder und dachte: ‚Damit es kein Blut gibt!‘ Nahm, um gelaſſen zu bleiben, allen Mut zuſammen, zerquetſchte das Auge, indem er auch noch den Faden hineindrückte, doch ſchaute er dabei nicht hin. Ein Seufzen, unerwartet und grauenhaft, ließ ſich vernehmen. Heulend verendete der arme Pudel.
Ob er darum weiß? Nachdenklich betrachtete er das treue Tier.
Don Juan Belvidero galt als pietätvoller Sohn. Auf dem Grabe ſeines Vaters errichtete er ein Monument aus weißem Marmor, die Ausführung der Figuren vertraute er den hervorragendſten Künſtlern ſeinerzeit an. Wirklich beruhigt aber war er erſt an dem Tage, da die Statue des Vaters, knieend vor der RELIGION, mit ihrem maſſiven Gewicht

das Grab endgültig deckte und damit alle Gewiſſensnöte, die in Stunden körperlicher Mattigkeit bisweilen Don Juans Herz bedrängt hatten. Er machte nun Inventur unter den phantaſtiſchen Schätzen, die der alte Orientaliſt aufgeſtapelt hatte, und darüber wurde er zum — Geizhals. Mußte er mit ſeinem Geld nicht für ein doppeltes Daſein ſorgen? Sein forſchendes Auge durchſpürte den Sinn des ſozialen Lebens; er erfaßte die Welt um ſo beſſer, als er ſie ſchon von jenſeits des Grabes ſah. Er zerdachte Menſch und Ding, um endlich einmal mit der Vergangenheit, d. h. mit der Geſchichte, und mit der Gegenwart, d. h. mit dem Geſetz, und mit der Zukunft, die hinter den Schleiern der Religion liegt, fertig zu werden. So warf er Kraft und Stoff in einen Tiegel, aber aus ihrer Verſchmelzung erſtand ihm nichts. Und von da an wurde er DON JUAN!

Als ein Meiſter über die Illuſionen der Menſchen ſtürzte er ſich, jung und ſchön, weltverachtend und doch lebenshungrig, in den Rauſch. Jenes bürgerliche Behagen, das an der Gewohnheit Genüge findet, an einer guten Wärmflaſche im Winter, an einer milden Lampe für die Nacht und an neuen Pantoffeln alle Vierteljahre — das freilich konnte ihm nicht zuſagen. Er griff nach dem Leben wie ein Affe nach der Nuß, die er, ohne lange damit herumzuſpielen, bloßſchält, um den ſchmackhaften Fruchtkern zu koſten. Dichtung und alle erhabenen Geſtaltungen der menſchlichen Leidenſchaft gingen ihn keinen Deut an. Er verfiel nicht in den Fehler der Mächtigen, die da wähnen, kleine Seelen vertrauten den großen, und nun verſuchen, ihre Phantaſiegebilde gegen das Kleingeld unſerer Lebensanſchauungen einzutauſchen. Natürlich konnte er wie ſie mit hocherhobenem Haupte ſicher auf der Erde wandeln; doch ſaß er lieber neben einem zarten jungen Weibe und küßte ihm den Duft von den Lippen; und wie der Tod alles auf ſeinem Wege aufſaugt, weil er reſtlos beſitzen will, ſo riß er ſkrupellos und mit friſcher Leidenſchaft kleine und große Freuden an ſich. Er liebte in den Frauen nur das Weib. Ironie wurde der natürlichſte Zug ſeines Weſens. Beſtiegen ſeine Mätreſſen das Bett, um aus betörender Ekſtaſe in den Himmel zu fahren, ſo folgte ihnen Don Juan mit der ernſten und gründlichen Ausdauer eines deutſchen Studenten. Doch dem „Wir“ ſeiner toll ſich hingebenden Freundin ſetzte er das klare „Ich“ entgegen. Er verſtand es fabelhaft, ſich von einer Frau nehmen zu laſſen. Immer vermochte er den Eindruck zu erwecken, als zittere er wie ein ſchüchterner Gymnaſiaſt, der ſeiner erſten Tänzerin auf dem Ball zuflüſtert: „Tanzen Sie gern?“ Aber er wußte auch zur rechten Zeit loszubrüllen, überlegen ſeinen Degen zu ziehen und ſeinen Mann zu ſtehen. In ſeiner ſimplen Art lag Spott, Gelächter in ſeinen Tränen — denn weinen konnte er in jedem Augenblick, geradeſo wie eine Frau, die zu ihrem Gatten ſagt: „Einen Wagen — oder ich ſterbe vor Schwindſucht!“ Dem Kaufmann iſt die Welt ein Paket Wechſel, die zur Zeit in Umlauf ſind; den meiſten jungen Leuten ein Weib; etlichen Frauen ein Mann; gewiſſen Schöngeiſtern ein Salon, eine intrigante Geſellſchaft, ein Vorort oder eine Stadt; für Don Juan war das Univerſum er ſelbſt. Er, der Inbegriff von Anmut und Gediegenheit und ſprühendem Geiſt, lenkte ſein Boot an alle Küſten; und lenkte es doch nur dorthin, wohin er es haben wollte. Je mehr er ſah, deſto ſkeptiſcher wurde er. Indem er die Menſchen prüfte, erriet er oft, wo Mut Wagehalſigkeit war, wo Klugheit Feigheit, Edelmut ein Kniff, Juſtiz ein Verbrechen, Zartgefühl Einfalt, Rechtſchaffenheit Gewohnheit; und durch ſeine beſonderen Umſtände wurde er gewahr, daß wirklich rechtſchaffene, zartfühlende, gerechte, edle, kluge, mutige Menſchen völlig unwichtig ſind. ‚Was für ein troſtloſer Spaß!' dachte er. ‚Der kommt gewißlich nicht von Gott." So verzichtete er auf jene beſſere Welt; und wenn er einen heiligen Namen nennen hörte, rührte er ſich nicht und betrachtete die ſteinernen Male in den Kirchen lediglich als Kunſtwerke. Er ergründete wohl den Mechanismus der menſchlichen Geſellſchaft, aber weil er nicht über die Macht des Henkers verfügt, konnte er auch die Vorurteile der Menſchen nicht ſonderlich verletzen; doch drehte und wendete er die menſchlichen Geſetze ſo anmutig und witzig hin und her, wie wir es aus einer Szene mit Molières Monſieur Dimanche kennen.

Er war in der Tat der Typus von Molières Don Juan, von Goethes Fauſt, Byrons Manfred und Mathurins Meemoth. Was für erhabene Geſtalten aus der Hand der größten europäiſchen Genies, zu denen ſich noch die Muſik Mozarts und Roſſinis geſellt! Doch ſind es auch beunruhigende Geſtalten, die die Quelle alles menſchlichen Übels verewigen und durch die Jahrhunderte hin immer wieder auftauchen — ſei es, daß dieſer Typus beredt wird als Mirabeau oder ſchweigt als Bonaparte oder die Welt in einer Ironie zuſammenfaßt wie der göttliche Rabelais; gut, wenn er ſich wenigſtens an der

Menſchheit ergötzt, anſtatt ſie zu beſchimpfen wie der Marſchall Richelieu, beſſer vielleicht, wenn er ſich über Menſch und Ding mokiert wie unſer höchſtberühmter Botſchafter. Doch der geniale Don Juan Belvidero nahm ſie alle vorweg. Er war jeder einzelne von ihnen. Sein ganzes Daſein umfaßte mit einer Spötterei Menſchen und Mächte, Gedanken und Taten. Für ſein Seelenheil genügte es ihm, daß er einmal eine halbe Stunde mit Papſt Julius II. geplaudert hatte; am Ende dieſer Unterhaltung meinte er lächelnd: „Vor die Wahl geſtellt, würde ich ſchon lieber an Gott als an den Teufel glauben; die einige Macht der Güte bietet immer mehr Chancen als der Genius des Böſen."

„Ja, aber Gott will, daß man Buße tut in dieſer Welt . . ."

„Müßt Ihr denn immer daran denken?" fragte Belvidero. „Schön! Ich habe, um die Fehler meines erſten Lebens zu bereuen, eine zweite Garnitur zur Verfügung."

„Wenn du das Alter ſo auffaſſeſt, kannſt du eines Tages noch heilig geſprochen werden."

„Seitdem Ihr Papſt geworden ſeid, iſt alles möglich!"

Damals beſuchten ſie die Arbeiter, die die ungeheuere Baſilika für den heiligen Petrus aufführten.

„Der heilige Petrus iſt der geniale Mann, der uns zu unſerer doppelten Machtſtellung verholfen hat," erklärte der Papſt Don Juan. „Er verdient dieſes Denkmal. Aber manchmal nachts denke ich wohl, daß eines Tages eine Sintflut über all das hinfegen wird, und dann können wir wieder von vorne anfangen . . ."

Don Juan und der Papſt brachen in ein Gelächter aus; ſie hatten ſich verſtanden. Dieſe Geſchichte wurde nicht etwa erfunden, um denen Material in die Hände zu liefern, die da Aufzeichnungen über das Leben Don Juans ſchreiben wollen; ſie ſoll vielmehr ehrenwerten Leuten beweiſen, daß Don Juan gar nicht von einem ſteinernen Bild erſchlagen wurde, wie ein paar Zeichner glauben machen wollen. Mit ſechzig Jahren ließ Don Juan ſich in Spanien nieder. Noch auf ſeine alten Tage heiratete er eine junge heißblütige Andaluſierin, freilich mehr aus Berechnung, und er wurde weder ein guter Vater noch ein guter Gatte. Er hatte beobachtet, daß wir am zärtlichſten geliebt werden von Frauen, an die wir wenig denken. Donna Elvira, tief in Andaluſien auf einem Schloß unfern San Lucar von einer alten Tante fürs Kloſter erzogen, war offenbar ein gottgefälliges Mädchen. Don Juan fühlte heraus: ſie würde die Frau ſein, die lange gegen eine Leidenſchaft anginge, ehe ſie ihr nachgäbe; er durfte hoffen, ſie bis zu ſeinem Ende in Tugend zu erhalten — ein ernſthafter Scherz, gewiſſermaßen eine Partie Schach, die er ſich für ſeine alten Tage aufheben wollte. Gewitzt aus allen Fehlern ſeines Vaters nahm Don Juan ſich vor, alles, was er täte, nur im Hinblick auf des Gelingen jenes letzten Aktes zu tun, der ſich auf ſeinem Sterbebett vollziehen würde. So ruhte der größte Teil ſeiner Reichtümer in den Kellern das Palaſtes von Ferrara, wohin er ſelten kam; der Reſt ſeines Vermögens war auf lebenslängliche Rente angelegt, wodurch ſeine Frau und ſeine Kinder an der Erhaltung ſeines Lebens intereſſiert waren — eine Gaunerei, die von ſeinem Vater hätte ſtammen können; doch war dieſe macchiavelliſtiſche Spekulation ziemlich überflüſſig. Der junge Philipp Belvidero, ſein Sohn, wurde ein ebenſo gewiſſenhaft religiöſer Spanier, wie ſein Vater ein gottloſer war, vielleicht um das Sprichwort zu beweiſen: „à père avare, enfant prodigue.“ Der Abt von San Lucar war von Don Juan dazu auserſehen, das Gewiſſen der Herzogin von Belvidero und Philipps zu leiten. Dieſer Geiſtliche war ein geradezu heiliger Mann, von gutem Ausſehen und glänzend gewachſen, mit ſchönen ſchwarzen Augen und einem von Faſten und Kaſteiung aſketiſch gewordenen Tiberiuskopf, ein Mann, der unabläſſig unter den Verſuchungen ſeines Anachoretentums litt. Der alte Herr mochte hoffen, auch noch einen Mönch ins Jenſeits zu befördern, ehe er ſeinen erſten Pakt mit dem Leben abſchloß. Doch ſei es, daß der Abt nicht ſchwächer war als Don Juan, ſei es, daß Donna Elvira weſentlich klüger oder tugendhafter war als ſonſt in Spanien die Frauen — Don Juan mußte ſeine letzten Tage wie ein ſimpler alter Landpfarrer verbringen, es kam zu Hauſe ganz einfach zu keinem Skandal. Mitunter leiſtete er ſich den Spaß, Sohn oder Gattin bei ihren religiöſen Übungen zu überraſchen, dann forderte er gebieteriſch, ſie ſollten all das aufs peinlichſte ausführen, was der Papſt ſeinen Schafen auferlegt hätte. Kurz, er fühlte ſich am wohlſten, wenn er hörte, wie der edle Abt von San Lucar mit Donna Elvira und Philipp Fragen des Gewiſſens diskutierte. Indeſſen, bei aller noch ſo ausgeklügelten Sorgfalt, mit der der großmächtige Don Juan Belvidero ſeine Perſon pflegte — die Tage des Greiſentums kamen unweigerlich; mit dieſer Leidenszeit ertönten in ihm auch die Stimmen der Ohnmacht, um ſo quälender, je reicher die Erinnerungen ſeiner ſchäumenden Jugend, ſeiner wollüſtigen Reife waren.

Dieſer Mann der raffinierteſten Spottluſt: Andere zur Anerkennung von Geſetzen und Fundamenten zu zwingen, über die er ſelbſt ſich luſtig machte, — ſchlief abends mit einem fragenden „vielleicht" ein. Der Herzog, das Vorbild des guten Tons, männlich bei Ausſchweifungen, prunkvoll bei höfiſchen Feſten, liebenswürdig zu Frauen, deren Herzen er knickte wie der Bauer die Weidengerte, dieſer ganze genialiſche Kerl litt an einem widerborſtigen Schmerz in der Lendengegend, an einer hundsgemeinen Gicht. Er mußte mit anſehen, wie ihm die Zähne ausfielen — was genau ſo war, wie wenn nach einer Soirée die blendendſten, ſchönſten Frauen, eine nach der anderen davongehen und den Salon öde und verwaiſt zurücklaſſen. Schließlich bekamen ſeine ſonſt ſo energiſchen Hände den Datterich, ſeine ſchlanken Beine das Zipperlein, und eines Abends krallte ihm der Schlag mit Eiſesfingern die Kehle zu. Seit dieſem Tag verhärtete er ſich und wurde mürriſch. Er ſchalt: die Aufopferung von Sohn und Gattin ſei nur deshalb ſo rührend und dauerhaft, weil er ſein ganzes Vermögen auf Renten angelegt hätte. Elvira und Philipp vergoſſen dann wohl bittere Tränen und verdoppelten ihre Zärtlichkeiten für dieſen boshaften Greis, der nur mit gebrochener Stimme ſagen konnte: „Liebe Freunde, mein gutes Weib, gelt, ihr verzeiht mir? Ich quäle euch ein wenig. Du großer Gott, warum machſt du mich zum Werkzeug deiner Prüfungen an dieſen beiden himmliſchen Geſchöpfen. Ich, der ich ihre Freude ſein ſollte, bin nun ihre Geißel!" Damit feſſelte er ſie an ſein Lager und machte ſie mit einer einzigen Stunde, in der er unabläſſig neue Schätze ſeiner Anmut und falſchen Zärtlichkeit entfaltete, ganze Monate der Ungeduld und Grausamkeit vergessen — ein patriarchalisches System, das ihm weit besser gelang als das, welches sein Vater früher ihm gegenüber angewandt hatte. Schließlich war seine Krankheit derart weit vorgeschritten, daß man ihn, um ihn zu Bett zu bringen, wie eine Felukke in gefährlicher Furt manövrieren mußte. Und dann kam der Todestag. Dieser illustre Skeptiker, der lediglich mit dem Verstand allen Zerfall überdauerte, fand sich zwischen einem Arzt und einem Beichtvater, welche beide ihm durchaus antipathisch waren — aber er verfuhr jovial mit ihnen. Funkelte ihm nicht hinter dem Schleier der Zukunft ein Licht? Auf diesem Schleier, der den anderen ein bleierner Vorhang, ihm ein durchsichtiger erschien, tummelten sich für seine Augen die raffiniertesten und reizendsten Wonnen der Jugend. Es war an einem schönen Sommerabend, als Don Juan das Nahen des Todes spürte. Der Himmel Spaniens leuchtete in wundervoller Klarheit, die Orangenhaine durchsüßten die Luft, als große lebendige neue Lichter glitzerten die Sterne drein; die Natur schien ihm deutliche Zeichen seiner Auferstehung zu geben, mit Achtung und Liebe betrachtete ihn ein frommer, gehorsamer Sohn. Etwa um elf Uhr wünschte er mit diesem edlen Wesen allein zu bleiben.

„Philipp", sprach er zu ihm mit einer so leisen, zärtlichen Stimme, daß der junge Mann zitterte und beglückt aufschluchzte, denn niemals hatte dieser harte Vater derart „Philipp" ausgesprochen. Und: „Höre, mein Sohn", hub der Sterbende wieder an. „Ich bin ein großer Sünder. All mein Lebtag habe ich deshalb auch an meinen Tod denken müſſen. Einſtens war ich der Freund des großen Papſtes Julius II. Dieſer bedeutende Prieſter fürchtete, daß meine ſo ſehr erregbaren Sinne mich zwiſchen der letzten Ölung und dem Tode noch irgendeine Sünde begehen laſſen könnten. Er ſchenkte mir eine Phiole mit heiligem Waſſer, das einſtmals aus dem Felſen in der Wüſte geſprudelt war. Ich habe ſtets darüber geſchwiegen, daß dieſer Schatz der Kirche an mich verſchwendet wurde, doch darf ich meinem Sohn das Geheimnis wohl enthüllen — in articulo mortis. Dieſe Phiole wirſt du in der Lade jenes gotiſchen Tiſches finden, der immer neben dem Kopfende meines Bettes geſtanden hat. Das köſtliche Kriſtall kann dir eines Tages noch von hohem Nutzen ſein, mein vielgeliebter Philipp. Willſt du mir, bei allem, was dir heilig iſt, ſchwören, daß du meine Befehle pünktlich ausführſt?"

Philipp ſah ſeinem Vater in die Augen; Don Juan kannte nur zu gut den Ausdruck menſchlicher Gefühle: er konnte in Frieden ſterben vor der Aufrichtigkeit eines ſolchen Blickes, wie ſein Vater vor der Aufrichtigkeit des ſeinen in Verzweiflung ſterben mußte.

„Du verdienſt einen anderen Vater", hub Don Juan wieder an. „Ich will es dir geſtehen, mein Kind, daß ich im Augenblick, da mir der treffliche Abt von San Lucar die letzte Ölung erteilte, an die Unvereinbarkeit zweier Mächte dachte, die ſo weit voneinander entfernt ſind, wie die Gottes und des Teufels . . ."

„Oh, mein Vater! . . ."

„Und ich ſagte mir: wenn Satan ſeinen Frieden macht, um nicht der größte Schuft zu ſein, die Vergebung für alle ſeine Anhänger erwirken!

Dieſer Gedanke verfolgt mich. Ich würde alſo zur Hölle fahren, mein Sohn, wenn du meinen letzten Willen nicht erfüllteſt."
„Oh, ſagen Sie ihn mir ſchnell, mein Vater!"
„Wenn ich, vielleicht in wenigen Minuten ſchon", begann Don Juan, „die Augen für immer geſchloſſen habe, wirſt du meinen noch warmen Körper auf einen Tiſch mitten in dieſem Zimmer legen. Du wirſt dieſe Lampe auslöſchen. Das Leuchten der Sterne muß dir genug ſein. Du mußt mich entkleiden; und unter fortwährendem Beten von Paternoſters und Avemarias, wobei du deine Seele zu Gott erheben mußt, wirſt du mit dieſem heiligen Waſſer ſorgfältig meine Augen netzen und meine Lippen, erſt den Kopf, nacheinander dann die Glieder und den ganzen Leib. Doch, mein lieber Sohn, Gottes Macht iſt ſo groß, daß du dich über nichts wundern darfſt."
Und mit grauſiger Stimme fügte Don Juan, der den Tod nun ganz nahe fühlte, hinzu.
„Halte das Fläſchchen feſt!" Dann verſchied er ſanft in den Armen ſeines Sohnes, deſſen Tränen auf das ironiſch blickende bleiche Antlitz tropften. Es war gegen Mitternacht, als Don Philipp den Leichnam ſeines Vaters auf den Tiſch legte. Er küßte die dräuende Stirn und das graue Haar und löſchte darauf die Lampe. Unter der milden Klarheit einer Mondnacht, die das Land ſeltſam erſchimmern ließ, vermochte der fromme Philipp den Leib des Vaters nur vage zu erkennen als irgend etwas Weißes mitten im Dunklen. Der junge Mann tauchte ein leinenes Tuch in die Flüſſigkeit und ſalbte glaubenstreu unter inſtändigen Gebeten das geheiligte Haupt. Es war totenſtill ringsum. Wohl

vernahm er unerklärliche Seufzer, doch meinte er, ſie kämen vom Spiel des Windes in den Baumkronen. Als er aber den rechten Arm benetzt hatte, fühlte er ſich durch einen kräftigen jungen Arm tüchtig im Nacken gepackt — es war der rechte Arm ſeines Vaters! Er ſtieß einen gellenden Schrei aus und ließ die Phiole fallen — die zerbrach. Die Flüſſigkeit verdunſtete. Die Leute aus dem Schloß kamen mit Fackeln herbeigeſtürzt. Der Schrei hatte ſie ſchrecklich erregt, wie wenn die Tuba des Jüngſten Gerichts die Welt erſchüttert hätte. Im nächſten Augenblick ſchon war das Zimmer voller Menſchen. Die erregte Menge entdeckte den ohnmächtigen Philipp, dem der gewalttätige Arm des Vaters unentrinnbar die Kehle zuſchnürte. Und ſie ſah auch Don Juans Haupt ſo gegen alle Natur: jung, ſo ſchön wie das Haupt des Antinous, einen Kopf mit ſchwarzen Locken, glänzenden Augen, wundervollem Mund — einen Schädel, der ſich ſchrecklich hin- und herbewegte, während das Skelett, das dazugehörte, ſtille lag. Ein greiſer Diener ſchrie „Wunder!" Und die Spanier alle ſchrien „Wunder!" Viel zu fromm, um an die Myſtik der Magie zu glauben, ließ Donna Elvira den Abt von San Lucar rufen. Als der Prieſter mit eigenen Augen das Wunder ſchaute, beſchloß er als Mann von Geiſt und als Abt, der unbedingt befliſſen iſt, ſeine Einkünfte zu ſteigern, auch hiervon zu profitieren. Alſobald erklärte er, der Herr Don Juan würde ganz zweifellos heilig geſprochen werden, und er forderte das Recht der Verehrung für ſein Kloſter, das, ſo ſagte er, künftighin San Juan de Lucar heißen würde. Bei dieſen Worten machte der Schädel eine recht ſpaßige Grimaſſe.

Die Spanier haben bekanntlich ſo viel Sinn für Feierlichkeiten, daß ſie mit großem Vergnügen an ſolchem heiligen Zauber hängen, wie der, mit dem man die Beiſetzung des hochſeligen Don Juan Belvidero in der Abteikirche von San Lucar beging. Etliche Tage nach dem Tode des berühmten Herrn wurde das Wunder ſeiner unvollendet gebliebenen Auferſtehung ſo munter von Dorf zu Dorf, mehr denn fünfzig Meilen im Umkreis von San Lucar, weitererzählt, daß es förmlich zur Komödie wurde, die zahlloſen Neugierigen unterwegs zu beobachten. Von allen Seiten ſtrömten ſie herbei, angelockt durch ein bei Kerzenſchein geſungenes Tedeum. Das Kloſter San Lucar, eine alte Moſchee, ein wundervolles mauriſches Bauwerk, in deſſen Wölbungen nun ſchon länger als dreihundert Jahre der Name Jeſu Chriſti ſtatt Allahs widerhallte, vermochte die Menge nicht zu faſſen, die der Zeremonie halber herbeigeeilt war. Wie die Ameiſen, ſo dichtgedrängt ſtanden die Hidalgos in ihren Sammetmänteln und bewaffnet mit ihren guten Degen da, ganz aufrecht zu allen Seiten der Pfeiler, und hatten nirgends Platz, die Knie zu beugen, wo ſie es eigentlich tun mußten. Reizende Bäuerinnen, durch deren Röcke ſich verliebte Formen abzeichneten, boten weißhaarigen Greiſen den Arm. Junge Männer mit feurigen Augen ſahen ſich Seite an Seite mit alten gezierten Weibern. Und Paare, die vor lauter Luſt ſeufzten, neugierige Bräute, dahingeleitet von ihren Liebhabern, eben erſt Verheiratete, Kinder, die ſich ängſtlich bei den Händen hielten — eine Welt, reich an Farben, erſtaunlich in ihren Gegenſätzen, in einem Garten von Blumen, in Charme und durch die Nachtſtille verhaltenem Lärm! Die Nachzügler, die draußen bleiben mußten, beobachteten durch die drei offenen Portale eine Szene, der gegenüber die phantaſtiſchen Dekorationen unſerer modernen Opern nur ein ſchwacher Abklatſch wären. Fromme und Sünder, innig bemüht, die Gnade eines neuen Heiligen zu gewinnen, entzündeten zu ſeiner Ehre abertauſend Wachskerzen allüberall in der Kirche, ſo daß das Bauwerk einen magiſchen Eindruck machte. Die dunklen Bogengänge mit Säulen und Kapitälen, die von Gold und Silber mächtig glänzenden Kapellen, die Galerien und das von Bildhauerhand mit zarteſter Ziſelierung geſchmückte Gitterwerk verwoben ſich vor der Lichtflut wie die kapriziöſen Figuren in einem roten Kohlenbecken. Es war ein Ozean von Glut, überſtrahlt noch vom vergoldeten Chor, der im Hintergrund der Kirche über dem Hauptaltar ſelbſt mit dem Sonnenaufgang noch gewetteifert hätte. Der Glanz der goldenen Lampen, ſilbernen Leuchter, der Banner, Quaſten, der Heiligen und der Votivtafeln verblich in der Tat vor dem Schrein, der die Gebeine Don Juans umſchloß. Der Leib des gottloſen Mannes funkelte von Geſchmeide, Blumen, Kriſtallen, Diamanten, Gold und Federn, ſo weiß wie die Flügel eines Engels, und ſtand auf dem Altar an der Stelle des Bildniſſes Chriſti. Zahlloſe Wachskerzen umblitzten ihn und trugen flimmernde Wellen in die Luft. Der gute Abt von San Lucar ſaß im Chorhemd und in prieſterlichen Gewändern, die edelſteingeſchmückte Mitra auf dem Haupt, den goldenen Krummſtab gefaßt, als Herr über dem Chor auf einem Seſſel von kaiſerlicher Pracht mitten unter ſeinen Geiſtlichen — lauter lebenstauben Männern im Silberhaar, ähnlich den

heiligen Bekennern, die die Maler um den Ewigen gruppieren.
Der große Vorſänger und die Würdenträger des Kapitels, mit Brillanten geſchmückt als mit dem Siegel ihrer geiſtlichen Eitelkeit, kamen und durchſchritten das Weihrauchgewölbe wie die Geſtirne das Firmament. Als die Stunde des Triumphes da war, weckten die Glocken das Echo allenthalben im Lande, und die große, mächtige Gemeinde warf den erſten Lobesſchrei, mit dem das Tedeum anhebt, Gott entgegen. Ein wahrhaft göttlicher Aufſchrei! Darin hallten reine und leichte Stimmen, die Stimmen verzückter Frauen, vermiſcht mit ernſten ſtarken Männerſtimmen, tauſende gewaltige Stimmen, unter denen die Orgel ertrank trotz ihren brauſenden Bälgen. Nur die durchdringenden Stimmen der Chorknaben und die feſten Töne einiger Baſſiſten erweckten zarte Gedanken, gemahnten an Kindheit und Kraft in dieſem wundervollen Konzert menſchlicher Stimmen, die ſich wie im Liebesgefühl vermiſchten.
‚Te deum laudamus!‘
In der Tiefe der Kathedrale, die ſchwarz war von knienden Frauen und Männern, erſchien dieſer Geſang wie ein jähes Licht in finſtrer Nacht, und es war, als durchbräche ein Donnerſchlag die Stille. Die Stimmen erhoben ſich mit den Weihrauchwolken, die nun durchſichtige bläuliche Schleier über die Phantaſiewunder der Architektur warfen. Alles hier war Fülle, Duft, Licht und Melodie. In dem Augenblick, da dieſe Muſik der Liebe und des Dankes auf den Altar zuwogte, antwortete Don Juan — zu höflich, um ſeinen Dank zu verſchweigen, zu geſcheit, um Spott nicht zu verſtehen, mit einem

ſchaurigen Lächeln und warf ſich, in ſeinem Schrein, in die Bruſt. Der Teufel jedoch vermeinte, ihn daran erinnern zu müſſen, daß er leicht für einen ganz ungewöhnlichen Menſchen wie einen Heiligen, für einen Bonifazius, für einen Pantaleon gehalten werden könnte; und er ließ dieſe Melodie der Liebe durch ein tauſendſtimmiges Höllengeheul ſtören. Der Himmel verfluchte, was die Erde ſegnete. In ihren alten Grundveſten erzitterte die Kirche.

„Te deum laudamus!" rief die Gemeinde.

„Schert euch zu allen Teufeln, ihr dummen Viecher! Gott, o Gott! Carajos demonios — ihr Tiere mit eurem blöden alten Gott!"

Und ein Sturzbach von Verwünſchungen gleich dem Lavaſtrom eines ausbrechenden Vulkans war entfeſſelt.

„Gott Zebaoth! Zebaoth!" ſchrien die Chriſten.

„Ihr beleidigt die Majeſtät der Hölle!" antwortete Don Juan zähneknirſchend.

Bald vermochte der lebend Arm über den Schrein hinauszulangen und der Gemeinde mit verzweifelten und ironiſchen Geſten zu drohen.

„Der Heilige ſegne uns!" riefen die alten Frauen und die Kinder, die Verlobten und alle Toren.

So täuſcht uns unſere Bewunderung oft. Der überlegene Menſch verſpottet den, der ihm Ergebenheit zeigt, und macht doch manchmal denjenigen Komplimente, die er im Grunde ſeines Herzens verachtet.

Gerade als der Abt, vor dem Altar in die Knie geſunken, ſein „Sancte Johannes, ora pro nobis!" ſang, hörte er einigermaßen deutlich ſagen: „O coglione!"

„Was ist denn da oben los?" schrie der Subprior, als er den Schrein sich bewegen sah.
„Der Heilige mimt den Teufel", antwortete der Abt. Da löste sich dieser lebende Kopf jäh vom nicht mehr lebenden Körper los und fiel auf den gelben Schädel des Offizianten.
„Denke an Donna Elvira!" schrie der Schädel und biß sich in den des Abtes fest.
Der aber stieß einen gellenden Schrei aus. Das störte denn doch die Zeremonie. Alle Priester stürzten herbei und umringten ihren Vorgesetzten.
„Dummkopf! So sag doch, daß es einen Gott gibt!" schrie die Stimme, während der Abt an diesem Biß in sein Gehirn verschied.

☆

Französische Literatur im Diogenes Verlag

Honoré de Balzac
Die Menschliche Komödie in 40 Einzelbänden:

Das Haus zur ballspielenden Katze. Erzählungen. Deutsch von Otto Flake. detebe 130/I
Zwei Frauen. Roman. Deutsch von Gabrielle Betz. detebe 130/II
Modeste Mignon. Roman. Deutsch von Friedrich Sieburg. detebe 130/III
Albert Savarus. Erzählungen. Deutsch von Max Krell und Hugo Kaatz. detebe 130/IV
Die falsche Geliebte. Erzählungen. Deutsch von Friedrich von Oppeln-Bronikowski und Emmi Hirschberg. detebe 130/V
Die Grenadière. Erzählungen. Deutsch von Paul Mayer, Rosa Schapire und Hugo Kaatz. detebe 130/VI
Honorine. Erzählungen. Deutsch von Paul Mayer, Max Krell und Hugo Kaatz. detebe 130/VII
Beatrix. Roman. Deutsch von Viktor von Koczian. detebe 130/VIII
Die Frau von dreißig Jahren. Roman. Deutsch von Erich Noether. detebe 130/IX
Vater Goriot. Roman. Deutsch von Rosa Schapire. detebe 130/X
Oberst Chabert. Erzählungen. Deutsch von Ernst Weiss, Hugo Kaatz und Paul Mayer. detebe 130/XI
Der Ehekontrakt. Erzählungen. Deutsch von Rosa Schapire. detebe 130/XII
Ursula Mirouet. Roman. Deutsch von Walter Benjamin. detebe 130/XIII
Eugenie Grandet. Roman. Deutsch von Mira Koffka. detebe 130/XIV

Pierrette. Erzählungen. Deutsch von Rosa Schapire. detebe 130/xv

Junggesellenwirtschaft. Roman. Deutsch von Franz Hessel. detebe 130/xvi

Nebenbuhler. Erzählungen. Deutsch von Paul Mayer. detebe 130/xvii

Verlorene Illusionen. Roman. Deutsch von Otto Flake. detebe 130/xviii

Geschichte der Dreizehn. Erzählungen. Deutsch von Viktor von Koczian. detebe 130/xix

Cäsar Birotteaus Größe und Niedergang. Deutsch von Hugo Kaatz. detebe 130/xx

Das Bankhaus Nucingen. Erzählungen. Deutsch von Else von Hollander. detebe 130/xxi

Glanz und Elend der Kurtisanen. Roman in zwei Bänden. Deutsch von Emil A. Rheinhardt. detebe 130/xxii–xxiii

Die Geheimnisse der Fürstin von Cadignan. Erzählungen. Deutsch von Luci und Hans Pollnow, Paul Mayer und Else von Hollander. detebe 130/xxiv

Tante Lisbeth. Roman. Deutsch von Paul Zech. detebe 130/xxv

Vetter Pons. Roman. Deutsch von Otto Flake. detebe 130/xxvi

Volksvertreter. Erzählungen. Deutsch von Paul Mayer und Charlotte Stucke-Kornfeld. detebe 130/xxvii

Die Kleinbürger. Roman. Deutsch von Hugo Kaatz. detebe 130/xxviii

Eine dunkle Geschichte. Erzählungen. Deutsch von Friedrich von Oppeln-Bronikowski und Frieda von Oppeln. detebe 130/xxix

Die Königstreuen. Roman. Deutsch von Magda Kahn. detebe 130/xxx

Die Bauern. Roman. Deutsch von Hugo Kaatz. detebe 130/xxxi

Der Landarzt. Roman. Deutsch von Emmi Hirschberg. detebe 130/xxxii

Der Landpfarrer. Roman. Deutsch von Emmi Hirschberg. detebe 130/xxxiii

Die Lilie im Tal. Roman. Deutsch von Charlotte Braun-Wogau. detebe 130/XXXIV

Die tödlichen Wünsche. Roman. Deutsch von Emil A. Rheinhardt. detebe 130/XXXV

Buch der Mystik. Erzählungen. Deutsch von Franz Hessel, Else von Hollander und Emmi Hirschberg. detebe 130/XXXVI

Das ungekannte Meisterwerk. Erzählungen. Deutsch von Heinrich E. Jacob und Hete Maass. detebe 130/XXXVII

Der Alchimist. Roman. Deutsch von Emmi Hirschberg. detebe 130/XXXVIII

Der verstoßene Sohn. Erzählungen. Deutsch von Sigrid von Massenbach. detebe 130/XXXIX

Katharina von Medici. Roman. Deutsch von Paul Hausmann. detebe 130/XL

Über Balzac. Zeugnisse und Aufsätze von Victor Hugo bis Somerset Maugham. Mit einem Repertorium der wichtigsten Romanfiguren, Chronik, Bibliographie. Herausgegeben von Claudia Schmölders. detebe 152

Charles Baudelaire

Die Tänzerin Fanfarlo und *Der Spleen von Paris.* Sämtliche Prosadichtungen in einem Band. Deutsch von Walther Küchler. detebe 144

Alexandre Dumas père

Horror in Fontenay. Roman. Übersetzt von Alexander Schmitz. detebe 129

Gustave Flaubert

Briefe. Ausgewählt und übersetzt von Helmut Scheffel. detebe 143

Erckmann-Chatrian

Der Rekrut. Roman. Deutsch von J. von Harten, K. Henninger und Tatjana Fischer. Vorwort von V. S. Pritchett. detebe 12

Guy de Maupassant

Meistererzählungen. Ausgewählt, übersetzt und eingeleitet von Walter Widmer. Ein Diogenes Sonderband

Molière

Komödien und Materialien in 8 Einzelbänden

Neuübertragung von Hans Weigel:

Der Wirrkopf / Die lächerlichen Schwärmerinnen / Sganarell oder Der vermeintlich Betrogene. Komödien I. detebe 95/I

Die Schule der Frauen / Kritik der ‚Schule der Frauen' / Die Schule der Ehemänner. Komödien II. detebe 95/II

Tartuffe oder Der Betrüger / Der Betrogene oder George Dandin / Vorspiel in Versailles. Komödien III. detebe 95/III

Don Juan oder Der steinerne Gast / Die Lästigen / Der Arzt wider Willen. Komödien IV. detebe 95/IV

Der Menschenfeind / Die erzwungene Heirat / Die gelehrten Frauen. Komödien V. detebe 95/V

Der Geizige / Der Bürger als Edelmann / Der Herr aus der Provinz. Komödien VI. detebe 95/VI

Der Hypochonder / Die Gaunereien des Scappino. Komödien VII. detebe 95/VII

Über Molière. Zeugnisse, Essays und Aufsätze von Anouilh bis Voltaire. Mit Chronik und Bibliographie. Herausgegeben von Christian Strich, Rémy Charbon und Gerd Haffmans. detebe 37

Georges Simenon

Neuedition in Einzelbänden

Bisher liegen vor:

Der Verdächtige. Roman. Deutsch von Eugen Helmlé

Der Mörder. Roman. Deutsch von Lothar Baier

Als ich alt war. Tagebücher 1960–1963. Deutsch von Linde Birk

Georges Simenon/André Gide. Briefwechsel. Deutsch von Stefanie Weiss

Brief an meinen Richter. Roman. Deutsch von Hansjürgen Wille und Barbara Klau. detebe 135/I
Der Schnee war schmutzig. Roman. Deutsch von Willi A. Koch. detebe 135/II
Die grünen Fensterläden. Roman. Deutsch von Alfred Günther. detebe 135/III
Im Falle eines Unfalls. Roman. Deutsch von Hansjürgen Wille und Barbara Klau. detebe 135/IV
Sonntag. Roman. Deutsch von Hansjürgen Wille und Barbara Klaus. detebe 135/V
Bellas Tod. Roman. Deutsch von Elisabeth Serelmann-Küchler. detebe 135/VI

Roland Topor

Memoiren eines alten Arschlochs. Roman. Deutsch von Eugen Helmlé
Der Mieter. Roman. Deutsch von Wolfram Schäfer. detebe 126

Jules Verne

Hauptwerke in Einzelbänden:
Ungekürzt, originalgetreu, mit allen Stichen der französischen Erstausgabe.

Bisher liegen vor:
Reise um die Erde in achtzig Tagen. Roman. Deutsch von Erich Fivian. detebe 64/I
Fünf Wochen im Ballon. Roman. Deutsch von Felix Gasbarra. detebe 64/II
Von der Erde zum Mond. Roman. Deutsch von William Matheson. detebe 64/III
Reise um den Mond. Roman. Deutsch von Ute Haffmans. detebe 64/IV
Zwanzigtausend Meilen unter Meer. Roman in zwei Bänden. Deutsch von Peter Laneus und Peter G. Hubler. detebe 64/V–VI
Reise zum Mittelpunkt der Erde. Roman. Deutsch von Hansjürgen Wille und Barbara Klau. detebe 64/VII

Der Kurier des Zaren. Roman in zwei Bänden. Deutsch von Karl Wittlinger. detebe 64/VIII–IX

Zwei Jahre Ferien. Roman. Deutsch von Erika Gebühr. Ein Diogenes Sonderband

Die großen Seefahrer und Entdecker. Ein Diogenes Sonderband

Als deutsche Erstausgabe erscheint, in der Übersetzung von Eva Rechel-Mertens:

Die erstaunlichen Abenteuer der Expedition Barsac. Ein Diogenes Sonderband

Diogenes Taschenbücher

64/VII		Verne, *Reise zum Mittelpunkt der Erde*
64/VIII–IX		Verne, *Der Kurier des Zaren*
64/X		Verne, *Die fünfhundert Millionen der Begum*
64/XI–XII		Verne, *Die Kinder des Kapitäns Grant*
64/XIII		Verne, *Die Erfindung des Verderbens*
64/XIV		Verne, *Die Leiden eines Chinesen in China*
64/XV		Verne, *Das Karpathenschloß*
64/XVI–XVII		Verne, *Die Gestrandeten*
64/XVIII		Verne, *Der ewige Adam*
64/XIX		Verne, *Robur der Eroberer*
65/I		Leblanc, *Arsène Lupin – Der Gentleman-Gauner*
65/II		Leblanc, *Die hohle Nadel*
66/I	o	Conrad, *Lord Jim*
66/II	o	Conrad, *Der Geheimagent*
66/III	o	Conrad, *Herz der Finsternis*
67/I		Wells, *Der Unsichtbare*
67/II		Wells, *Der Krieg der Welten*
67/III	o	Wells, *Die Zeitmaschine*
67/IV	o	Wells, *Die Geschichte unserer Welt*
67/V		Wells, *Das Land der Blinden*
68		Belloc Lowndes, *Jack the Ripper**
69/I		Hammett, *Der Malteser Falke*
69/II		Hammett, *Rote Ernte*
69/III		Hammett, *Der Fluch des Hauses Dain*
69/IV		Hammett, *Der gläserne Schlüssel*
69/V		Hammett, *Der dünne Mann*
70/I		Chandler, *Der große Schlaf*
70/II		Chandler, *Die kleine Schwester*
70/III		Chandler, *Das hohe Fenster*
70/IV		Chandler, *Der lange Abschied*
70/V	o	Chandler, *Die simple Kunst des Mordes*
70/VI		Chandler, *Die Tote im See*
70/VII		Chandler, *Lebwohl, mein Liebling*
70/VIII		Chandler, *Playback*
70/IX		Chandler, *Mord im Regen*
71		Christie, *Villa Nachtigall*
72		Simenon, *Die Glocken von Bicêtre*
73		Stoker, *Draculas Gast*
74/I		Highsmith, *Der Stümper*
74/II		Highsmith, *Zwei Fremde im Zug*
74/III		Highsmith, *Der Geschichtenerzähler*
74/IV		Highsmith, *Der süße Wahn*
74/V		Highsmith, *Die zwei Gesichter des Januars*
74/VI		Highsmith, *Der Schrei der Eule*
74/VII		Highsmith, *Tiefe Wasser*
74/VIII		Highsmith, *Die gläserne Zelle*
74/IX		Highsmith, *Das Zittern des Fälschers*
74/X		Highsmith, *Lösegeld für einen Hund*
75/I		Ambler, *Die Maske des Dimitrios*
75/II		Ambler, *Der Fall Deltschev*
75/III		Ambler, *Eine Art von Zorn**
75/IV		Ambler, *Schirmers Erbschaft*

75/v Ambler, *Die Angst reist mit* *
75/vi Ambler, *Der Levantiner*
75/vii Ambler, *Waffenschmuggel*
76 Aiken, *Die Kristallkrähe* *
77/i Slesar, *Das graue distinguierte Leichentuch*
77/ii Slesar, *Vorhang auf, wir spielen Mord!* *
77/iii Slesar, *Erlesene Verbrechen*
77/iv Slesar, *Ein Bündel Geschichten*
78 o Lardner, *Geschichten aus dem Jazz-Zeitalter*
79 o Sacharow, *Wie ich mir die Zukunft vorstelle*
80/i Chaval, *Zum Lachen*
80/ii Chaval, *Zum Heulen*
80/iii Chaval, *Hochbegabter Mann*
81 Friedell, *Die Rückkehr der Zeitmaschine*
82 Loriot, *Kleiner Ratgeber*
83 o *Das Tintenfaß, Nr. 24* *
84 Sempé, *Volltreffer*
85/i o O'Connor, *Und freitags Fisch*
85/ii o O'Connor, *Mein Ödipus-Komplex* *
85/iii o O'Connor, *Don Juans Versuchung* *
85/iv o O'Connor, *Eine unmögliche Ehe* *
85/v o O'Connor, *Eine selbständige Frau* *
85/vi o O'Connor, *Brautnacht* *
86 Faulkner, *Der Springer greift an*
87 Quentin, *Bächleins Rauschen tönt so bang*
88 Hare, *Mörderglück*
89 Geen, *Tolstoi wohnt in 12N B9* *
90/i o D. H. Lawrence, *Der preußische Offizier* *
90/ii o D. H. Lawrence, *England, mein England* *
90/iii o D. H. Lawrence, *Die Frau, die davonritt* *
90/iv o D. H. Lawrence, *Der Mann, der Inseln liebte* *
90/v o D. H. Lawrence, *Der Fremdenlegionär* *
90/vi o D. H. Lawrence, *Der Fuchs*
90/vii o D. H. Lawrence, *Der Hengst St. Mawr*
90/viii o D. H. Lawrence, *Liebe im Heu* *
91 Price, *Der kleine Psychologe*
92 Childers, *Das Rätsel der Sandbank* *
93/i Buchan, *Die neununddreißig Stufen*
94 Siné, *Katzenjammer*
95/i–vii o Molière, *Komödien in 7 Bänden* *
96 o Schnitzler, *Spiel im Morgengrauen*
97/i o Fitzgerald, *Der große Gatsby*
97/ii o Fitzgerald, *Der letzte Taikun*
98/i Millar, *Liebe Mutter, es geht mir gut*
98/ii Millar, *Die Feindin*
99/i Macdonald, *Dornröschen war ein schönes Kind* *
99/ii Macdonald, *Unter Wasser stirbt man nicht*
99/iii Macdonald, *Ein Grinsen aus Elfenbein*
99/iv Macdonald, *Die Küste der Barbaren*
99/v Macdonald, *Der Fall Galton*
99/vi Macdonald, *Gänsehaut*
100 o *Das Tintenfaß, Nr. 25* *
101 Gorey/Phypps, *Das jüngst entjungferte Mädchen*
102/i o O'Faolain, *Sünder und Sänger*
103/i o O'Flaherty, *Armut und Reichtum*

104 Becker, *Russisch Roulette* *
105 o Poe, *Der Untergang des Hauses Usher*
106 Bierce, *Die Spottdrossel*
107 O. Henry, *Glück, Geld und Gauner*
108/I Haggard, *Sie*
109 Hornung, *Raffles – Der Dieb in der Nacht*
110/I Heller, *Herrn Collins Abenteuer*
111 Hearson, *Euer Gnaden haben geschossen?*
112 o Wollschläger, *Karl May*
113 o Wollschläger, *Die Gegenwart einer Illusion* *
114 o Plomer, *Turbott Wolfe*
115 o Lessing, *Hunger* *
116 Richartz, *Das Leben als Umweg* *
117 o *Das Diogenes Lesebuch amerikanischer Erzähler* *
118 o *Das Diogenes Lesebuch englischer Erzähler* *
119 o *Das Diogenes Lesebuch irischer Erzähler* *
120/I *Dolly Dolittle's Crime Club I*
120/II *Dolly Dolittle's Crime Club II*
121 Lodemann, *Anita Drögemöller*
122 o *Das Tintenfaß, Nr. 26* *
123 Ungerer, *Der erfolgreiche Geschäftsmann*
124 Moss/Gorey, *Augenblicke aus dem Leben großer Geister* *
125/I o Maugham, *Honolulu*
125/II o Maugham, *Das glückliche Paar*
125/III o Maugham, *Vor der Party*
125/IV o Maugham, *Die Macht der Umstände*
125/V o Maugham, *Lord Mountdrago*
125/VI o Maugham, *Fußspuren im Dschungel*
125/VII o Maugham, *Ashenden oder Der britische Geheimagent*
125/VIII o Maugham, *Entlegene Welten*
125/IX o Maugham, *Winter-Kreuzfahrt*
125/X o Maugham, *Fata Morgana*
126 Topor, *Der Mieter* *
127 Bradbury, *Der illustrierte Mann*
128 Kersh, *Mann ohne Gesicht* *
129 Dumas, *Horror in Fontenay* *
130/I–XL o Balzac, *Die Menschliche Komödie*
131 Bellairs, *Das Haus, das tickte* *
132 Cullingford, *Post mortem* *
133 Armstrong, *Mein Leben in New Orleans*
134 o Hesse, *Die Fremdenstadt im Süden*
135/I Simenon, *Brief an meinen Richter*
135/II Simenon, *Der Schnee war schmutzig*
135/III Simenon, *Die grünen Fensterläden*
135/IV Simenon, *Im Falle eines Unfalls*
135/V Simenon, *Sonntag*
135/VI Simenon, *Bellas Tod*
135/VII Simenon, *Der Mann mit dem kleinen Hund*
135/VIII Simenon, *Drei Zimmer in Manhattan*
135/IX Simenon, *Die Großmutter*
136 o *Das deutsche Tintenfaß, Nr. 27* *
137 o Shakespeare/Kraus, *Sonette*
138 o Richartz/Widmer, *Shakespeares Geschichten* *
139 o Heine, *Gedichte*
140/I–IV o Schopenhauer, *Die Welt als Wille und Vorstellung I/II*

140/V–VI o Schopenhauer, *Kleinere Schriften*
140/VII–X o Schopenhauer, *Parerga und Paralipomena I/II*
141 o Gogol, *Die toten Seelen*
142 o Melville, *Moby-Dick*
143 o Flaubert, *Briefe*
144 o Baudelaire, *Die Tänzerin Fanfarlo*
145/I–VI Hottinger, *Geschichten für den Connaisseur*
146 o Jiménez, *Herz, stirb oder singe*
147 o D. H. Lawrence, *John Thomas & Lady Jane*
148 Tschukowskaja, *Untertauchen*
150/I o O'Casey, *Ich klopfe an*
151 Andersch, *Einige Zeichnungen*
152 o *Über Balzac* *
153 o *Über Schopenhauer* *

mini-detebes
1 *Lektüre für Intelligente* *
2 *Cartoons für Intelligente* *
3 *Das mini-anti-Lesebuch* *
4 *Das kleine Liederbuch* *
5 *Das mini-Krimi-Kompendium* *
6 Sendak, *Zehn kleine Kerlchen* *
I–XXV *Die Diogenes mini-Bibliothek der Weltliteratur* *

detebe-Kassetten
K 1 o Hottinger, *Morde in 3 Bänden*
K 2 o Čechov, *Das erzählende Werk in 10 Bänden*
K 3 o Hammett, *Sämtliche Romane in 5 Bänden*
K 4 o Chandler, *Sämtliche Romane und mehr in 9 Bänden*
K 5 o Maugham, *Gesammelte Erzählungen in 10 Bänden*
K 6 o D. H. Lawrence, *Sämtliche Erzählungen und Kurzromane in 8 Bänden*
K 7 o Molière, *Komödien und Materialien in 8 Bänden*
K 8 o O'Connor, *Gesammelte Erzählungen in 6 Bänden*
K 9 Chaval, *Gesammelte Cartoons in 3 Bänden*
K 10 o Balzac, *Die Menschliche Komödie in 40 Bänden*
K 11 o McCullers, *Werke in 8 Bänden*
K 12 o Schopenhauer, *Zürcher Ausgabe in 10 Bänden*
K 13 o Busch, *Studienausgabe in 7 Bänden*
K 14 Hottinger, *Geschichten für den Connaisseur in 6 Bänden*
K 15 o Maugham, *Der Menschen Hörigkeit in 2 Bänden*
K 16 o Faulkner, *Gesammelte Erzählungen in 5 Bänden*

Titel mit * sind Erstausgaben oder deutsche Erstausgaben.
Titel mit o sind auch als Studienausgaben empfohlen.